BIG INNING, IOWA

William Patrick Kinsella

BIG INNING, IOWA

Roman traduit de l'anglais par Élaine Potvin

Les heures
bleues

Conception graphique et mise en pages : Mardigrafe inc.

Illustration de la couverture : Stéphane Poulin
Révision : Micheline Dussault

Distribution pour le Québec :
Diffusion Dimedia
539, boulevard Lebeau
Saint-Laurent (Québec) H4N 1S2

Titre original : The Iowa Baseball Confederacy
Première édition : HarperCollins Publishers Ltd., Canada
Copyright© 1986 by W. P. Kinsella
Copyright© 1997 by L'instant même et Les 400 coups pour
la traduction française
Dépôt légal – 3ᵉ trimestre 1997

Données de catalogage avant publication (Canada)
Kinsella, W. P.
    [Iowa Baseball Confederacy. Français]
    Big Inning, Iowa
    Traduction de : The Iowa Baseball Confederacy.
    Publié en collaboration avec : Les 400 coups.
    ISBN 2-922265-02-1
    I. Potvin, Élaine. II. Titre. II. Titre : Iowa Baseball Confederacy. Français.
PS8571.I57I614 1997   C813'.54   C97-940718-4
PS9571.I57I614 1997
PR9199.3.K561614 1997

L'instant même et Les 400 coups reçoivent l'aide du Programme
de subventions globales du Conseil des Arts du Canada et celle du
Programme d'aide aux entreprises du livre et de l'édition spécialisée
de la Société de développement des entreprises culturelles du Québec.

Première partie

AVANT LE MATCH

Pour faire couler le sang,
rien ne vaut la ferveur.

— Gary Kissick

Chapitre premier

Je m'appelle Gédéon Clarke, et, comme mon père avant moi, j'ai été à plusieurs reprises éjecté par la force des bureaux de la direction du club de baseball des Cubs de Chicago, qui sont situés au Wrigley Field, 1060 West Addison, à Chicago. Les infructueux échanges épistolaires de mon père avec les Cubs de Chicago ont commencé lorsqu'il a poliment demandé des renseignements sur la saison de baseball de 1908 : fiches des joueurs, sommaires officiels, bref, rien de bien compliqué. Au début, le directeur des relations publiques des Cubs s'est montré des plus coopératifs. J'ai ses lettres en main. Toutefois, les renseignements qu'il a bien voulu fournir à mon père ne sont pas ceux qu'il recherchait. Les lettres de mon père sont peu à peu devenues plus caustiques, critiques, accusatrices, puis tout à fait insultantes, jusqu'à friser l'incohérence. La dernière qui lui est parvenue du club de baseball des Cubs de Chicago, sur du papier à lettres orné d'une petite illustration du Wrigley Field dans le haut de la page, est datée du 7 octobre 1945. Elle affirme sans équivoque : « Nous estimons que le sujet est clos et nous aimerions que vous cessiez de nous importuner. »

Après cette lettre, mon père a commencé à se rendre en personne aux bureaux administratifs des Cubs.

La quête de mon père avait commencé en 1943. Je suis né en 1945 et j'ai grandi dans une maison où l'atmosphère était imprégnée d'un vague malaise. Je devinais bien que mon père était un homme perturbé. L'angoisse et l'inconfort habituels qui flottaient dans l'air avaient aussi un effet sur ma mère et sur ma sœur, Enola Gay.

Mon père était affligé du problème suivant : il avait en sa possession des renseignements sur les Cubs de Chicago, sur notre ville, Onamata, en Iowa, et sur une ligue de baseball connue sous le nom de Confédération du baseball de l'Iowa. Il savait ces renseignements véridiques et précis, mais personne d'autre au monde n'en reconnaissait l'existence. Il savait que les manuels d'histoire ne racontaient pas la vérité, que les annales du baseball étaient falsifiées et que des gens qui étaient par ailleurs sans tache, lui mentaient grossièrement lorsqu'il tentait d'apprendre ce qu'ils connaissaient de la Confédération du baseball de l'Iowa et dans quelle mesure ils avaient participé à cette ligue.

Bien que je fusse sympathique à la cause de mon père au cours de mon enfance, je ne saisissais pas très bien l'ampleur de son obsession. Comme disent les Indiens, aucun homme ne peut chausser les mocassins d'un autre. Je n'ai jamais pu comprendre sa souffrance, jusqu'à sa mort. J'avais alors seize ans. J'ai à ce moment reçu son héritage, qui n'était pas composé d'argent, de biens ou de bijoux (bien que je ne fusse pas laissé sans le sou), mais plutôt d'une espèce de greffe de cerveau. En effet, à l'instant où mon père est décédé, j'ai non seulement hérité de *toute* l'information dont lui seul avait connaissance, mais aussi de son obsession visant à prouver à la face du monde que ce qu'il savait était juste et vrai.

Son exemple m'a servi de leçon, car peu importe l'inanité de l'effort, il avait toujours poursuivi sa quête sans jamais se laisser ébranler. Comme lui, rien ne saurait m'ébranler. Je poursuivrai le rêve insaisissable de la Confédération du baseball de l'Iowa jusqu'à ce qu'on admette que les Cubs de Chicago se sont effectivement rendus en Iowa à l'été de 1908 et qu'ils ont disputé un match contre l'équipe d'étoiles de la Confédération du baseball de l'Iowa.

Tout comme il existe des étapes à traverser dans le deuil, le vieillissement, la résignation à l'annonce d'une maladie, il semble aussi que l'évolution d'une obsession laissée en héritage, comme celle dont je parle, doive suivre son cours. J'ai commencé mon enquête en faisant parvenir, comme mon père, des demandes de renseignements polies aux Cubs de Chicago et à d'autres sources qui auraient dû connaître la Confédération. Ces lettres ont mené aux mêmes confrontations et aux mêmes accusations, qui m'ont valu d'être fermement escorté hors des bureaux des Cubs.

Il y a maintenant deux ans, j'ai entendu dire, en écoutant avec indiscrétion une conversation privée dans la loge adjacente à la mienne au Wrigley Field, que les Cubs allaient bientôt embaucher un relationniste débutant. J'ai posé ma candidature. En fait, j'ai soumis aux Cubs une demande d'emploi de douze pages, dans laquelle je décrivais une partie de ce que je savais des Cubs, passés et présents. Le service du personnel n'a même pas eu la politesse de m'adresser un accusé de réception. Toutefois, en téléphonant aux bureaux des Cubs sous divers prétextes, j'ai pu apprendre que le candidat retenu allait commencer à travailler le mercredi suivant. J'ai aussi appris que les cadres se réunissaient tous les lundis matin.

Je me suis donc présenté le lundi, vêtu d'un complet trois-pièces de location, affichant un air plein d'empressement, d'espoir et d'enthousiasme et aussi ému que le serait, à mon avis, le nouvel employé.

« Bonjour ! Je dois commencer à travailler ce matin ! » ai-je dit, souriant de toutes mes dents. J'avais pour l'occasion fait couper mes cheveux, que j'avais également fait teindre d'une couleur brune, plus neutre. Mes cheveux m'arrivent normalement aux épaules et ils ont la couleur de la crème glacée à la vanille, ce qui est un sérieux handicap pour qui veut passer inaperçu. Je ne suis toutefois pas un albinos, car bien que ma peau manque de pigmentation, mes yeux sont colorés : ils sont d'un bleu pâle, translucide.

Mon travail — ou plutôt celui du nouveau relationniste — devait consister à rédiger des textes pour le programme-souvenir annuel des Cubs de Chicago. Une jeune femme, avec qui je me souvenais d'avoir eu une vive discussion quelques années auparavant, ne cessait de jeter des coups d'œil à son calendrier et de vérifier la date, en essayant, j'en suis sûr, de se rappeler mon visage. Elle m'a donné à lire d'anciens numéros du programme-souvenir annuel, promettant de me confier un travail plus important après le repas, lorsque le directeur des relations publiques serait de retour.

À mesure que je feuilletais les programmes, j'observais les classeurs, vert militaire, salivant à l'idée de faire un bond dans l'histoire. Peu avant l'heure du repas, je me suis rendu dans la pièce où l'on range les fournitures pour me dissimuler derrière plusieurs milliers d'exemplaires du programme-souvenir annuel des Cubs de Chicago. Je me suis étendu sur le plancher et recouvert de ces petits magazines au papier glacé, dont la surface lisse dégageait la même odeur que l'intérieur d'une voiture neuve. J'ai dormi quelques instants et rêvé que j'étais à bord d'un bateau de pêche, recouvert de poissons tropicaux à la peau glissante.

Lorsque les aiguilles fluorescentes de ma montre-bracelet ont indiqué 18 h, j'ai osé quitter ma cachette. Les bureaux étaient déserts et silencieux. Ils embaumaient le café moulu et le papier.

J'ai passé toute la nuit à écrémer les classeurs, à lire tout ce que je trouvais sur les années 1902 à 1908, qui sont les années d'existence de la Confédération du baseball de l'Iowa.

J'ai découvert avec tristesse qu'aux yeux des Cubs de Chicago, le baseball n'avait absolument rien de magique : ce n'était qu'une question d'argent. Les dossiers ne contenaient rien d'autre que des contrats, des formulaires de déclaration de revenus, des réclamations de frais médicaux. Il n'y avait aucun dossier personnel complet, pas de coupures de journaux, pas de lettres d'admirateurs.

Il y avait là le plus grand lanceur des Cubs, Mordecai Peter Centennial « Three Finger » ou « Miner » Brown, dans une enveloppe de papier kraft portant la mention M. BROWN, maculée de taches de doigts. Pas même de prénom. Aucun mot sur ses 239 victoires ou encore sur son admission au Temple de la renommée. Pas un mot sur sa blessure, le doigt coupé qui lui permettait de donner à la balle un effet spécial. Rien qu'une enveloppe contenant le plus dépouillé des dossiers.

J'ai bien mis la main sur quelques-unes de mes propres lettres dans un dossier étiqueté COURRIER BIZARRE, classées avec une autre lettre dont l'auteur affirmait que les Cubs gagneraient le dernier championnat avant la fin du monde, et une autre encore qui contenait ce qui devait être la preuve irréfutable que Ernie

Banks et Billy Williams étaient des extraterrestres. Côte à côte, je dois admettre que ces lettres avaient autant de sens que les miennes.

Il y avait des annotations au crayon sur l'une de mes lettres les plus indignées : « *Dangereux ? FBI ? S'agit-il d'un parent de E.G. Clarke ?* » Ma sœur, Enola Gay, est une récidiviste.

Je suis sorti de là à 6 h, les cheveux ébouriffés, la bouche desséchée, les yeux rougis, et sans l'ombre d'une preuve que les Cubs de Chicago se soient jamais rendus à Big Inning, Iowa, ou à tout prendre, que Big Inning, Iowa ait jamais existé.

« Il existe vraiment des fissures dans le temps », répétait sans cesse mon père. « Des fissures, ou des failles, si tu préfères, dans le monde voilé des rêves qui sépare le passé du présent. » À force d'entendre cet inlassable refrain durant toute mon enfance, j'ai fini par y croire, ou plutôt par l'accepter ; ce ne fut jamais une question de simple croyance. À mes oreilles, c'étaient des mots extraordinaires ; après tout, on apprend bien à certains enfants à croire que les énormités, les absurdités racontées dans les saintes Écritures sont des faits véridiques.

« Le temps s'est détraqué ici, dans le comté de Johnson ; c'est ce que j'en conclus », me disait souvent mon père. « Mais s'il y a quelque chose de détraqué, rien ne nous empêche de le réparer. Et lorsque tout sera arrangé, on verra bien que j'avais raison. »

En résumé, voici ce que croyait mon père : par ces failles dans le temps, des fragments du passé, comme de petites souris, avaient grugé des trous dans le plâtre et le papier peint de ce qui avait un jour existé, puis avaient follement gambadé dans le présent, et le bruit de leurs pas minuscules faisait hausser les sourcils et frémir les oreilles. Pour la plupart des gens, ces fragments ne sont qu'une masse confuse et la marque infime d'un son rapidement atténué et oublié. Certains d'entre nous, cependant, sont en mesure d'entendre plus que ce qu'ils auraient jamais souhaité entendre. Mon père est un de ceux-là, tout comme moi d'ailleurs.

Mon père, Matthieu Clarke, avait vu son épouse en rêve. Il se reposait dans sa chambre à coucher au milieu de la maison de bois carrée aux volets verts, dans une ville de l'Iowa appelée Onamata, qui, voilà longtemps, très longtemps, avant le déluge qui a tout emporté vers le Missouri, sauf l'église, s'appelait Big Inning. Tout éveillé, les yeux fermés dur, Matthieu Clarke a rêvé la femme idéale, l'a sommée de sortir de l'obscurité cramoisie sous ses paupières, jusqu'à ce qu'elle apparaisse devant lui, comme le génie de la lampe, vibrante et onduleuse.

« Cette contrée a toujours eu quelque chose d'étrange », avait-il l'habitude de me dire. « Avant même que je ne rêve de Maudie, avant que je n'aie eu vent de la Confédération, je savais qu'il y avait des couches et des couches d'histoire empilées dans cette région, comme une chaise qu'on a recouverte de dix couches de vernis. Et j'ai senti que l'une de ces couches commençait à s'écailler, flottant dans l'air et attendant qu'on la respire, pleine comme la lumière du soleil. Je te le dis, Gédéon » — et il grattait alors le bout de son long nez bronzé en passant une main dans ses boucles noires, aussi indisciplinées que le chiendent — « toutes sortes de mystères dansent autour de nous comme des rayons de soleil, presque à portée de la main. » Lorsque je lui jetais un regard incrédule, il poursuivait : « Ils sont ici, comme des oiseaux dans un buisson, qu'on entend sans les voir. »

Je l'écoutais et m'émerveillais devant son énergie et son dévouement, et je le croyais, ou du moins, j'acceptais ses paroles, sans aucune trace de crainte, toutefois. Lorsque mon père soutenait avec insistance que lui seul était au diapason, et que le reste du monde n'était qu'un défilé de racaille hirsute, de quel droit aurais-je pu m'objecter? Rien, y compris la résurrection des morts, n'aurait réussi à m'étonner.

Ma première expérience de cette magie ambiante dont parlait mon père a eu lieu lorsque j'ai entendu chanter les roses trémières. Je devais avoir huit ans la première fois où j'ai entendu ces roses trémières, de robustes fleurs de haute taille, de la couleur des framboises restées au soleil. Elles grimpaient sous la fenêtre de la chambre à coucher de mon père, hautes et envahissantes, leur tige comme un manche à balai. Dans le silence, elles penchaient leur tête, de la taille d'une soucoupe, pour se rapprocher des autres fleurs, à la façon d'un quartette fraîchement rasé. « Ooooooh, oooooh, ooooh », ont-elles chanté d'abord, tout doucement, en harmonie.

Tout en les écoutant, je savais qu'elles chantaient pour moi seul, et que si l'un de mes compagnons de jeu venait me rejoindre, il n'entendrait rien. Je me rappelle d'avoir pensé : « Pourquoi les roses trémières ne chanteraient-elles pas après tout? » Puis je me suis imaginé devant un mur de pierres, de la couleur du sable du désert, s'ouvrant comme un œuf, et les grandes fleurs hochant la tête en surgissant du mur, aussi inquiétantes que des extraterrestres. Moi j'étais assis dans l'herbe, les jambes croisées, devant elles, et leur chant devenait de plus en plus fort, le rythme de plus en plus rapide : « LA la LA la LA LA, LA la LA la la, LA la LA la la, LA la LA LA LA. » Des années allaient s'écouler avant que je ne découvre la source de leur musique.

Je ne comprends toujours pas pourquoi je n'ai jamais parlé de cette histoire à mon père. Il aurait tellement aimé savoir que j'étais son allié. Comme tous les enfants qui acceptent avec crédulité ce que la vie leur offre, je n'avais pas saisi à quel point la quête de mon père était solitaire. Avant que je ne m'en rende compte, ma mère nous avait quittés depuis longtemps en emmenant avec elle à Chicago ma sœur et mon chat. Père consacrait toute sa vie à prouver l'existence de la Confédération du baseball de l'Iowa et son entreprise connaissait bien peu de succès.

Je ne comprenais pas assez bien son obsession pour devenir le genre de fils qu'il aurait souhaité avoir. Aujourd'hui, après avoir vécu plus d'années depuis sa mort que d'années de son vivant, après avoir moi aussi développé ma propre obsession, je comprends trop bien ce qu'il a enduré, et je sympathise avec lui, même s'il est maintenant trop tard.

Mais revenons au rêve de mon père. Je ne raconterai pas tout de suite ce que je sais de la Confédération du baseball de l'Iowa. Il faut d'abord que j'explique qui étaient mon père et ma mère, la femme qu'en rêve mon père a fait venir à la vie. « Elle était parfois si réelle, je pouvais la sentir et la goûter, tout sauf la toucher », avait-il l'habitude de me dire. « Lorsque tu seras plus vieux, tu comprendras ce que c'était, Gédéon. » Je me demande si tous les parents racontent à leurs enfants des choses qu'ils ne comprennent pas, mais qu'ils saisiront lorsqu'ils seront plus vieux. Moi, je voulais comprendre tout de suite.

Matthieu Clarke savait bien qu'il n'allait pas trouver la femme de ses rêves parmi les habitants d'Onamata, ou même parmi ceux d'Iowa City, tout près. C'était l'été de 1943, la guerre faisait rage, et Matthieu Clarke venait tout juste de terminer des études à l'université de l'Iowa, où il avait reçu son diplôme en histoire des États-Unis.

« Il fallait que je fasse un choix, et vite », me disait-il souvent. Cette histoire fait partie de mes tout premiers souvenirs. Alors que nous formions encore une famille, nous avions l'habitude de nous asseoir sur la vaste véranda par les soirs humides d'été, Mère et Père sur des chaises en lattes de bois, celle de ma mère peinte en blanc, celle de mon père vermillon, tandis que ma sœur et moi étions sur le plancher, nos jambes étendues en forme de V, faisant rouler un ballon devant nous de l'un à l'autre.

« J'avais le choix entre l'armée et la maîtrise », poursuivait mon père. « En fait, j'avais déjà rempli la demande d'admission aux études supérieures et je l'avais mise dans la poche de mon pantalon le soir où j'ai fait naître votre mère de mes rêves. » Il poussait alors un petit rire doux et étouffé, jetant un regard vers ma mère, assise sur le bord de sa chaise, le teint bistré comme celui des Indiens, ses yeux impénétrables, noirs comme de la mélasse.

J'ai souvent imaginé Matthieu Clarke étendu sur la vieille courtepointe noire et rouge qui recouvre toujours le lit, qui a encore l'air d'avoir un jour servi de cape à un gitan, sa demande d'admission pliée et fourrée dans la poche arrière de son pantalon, bruissant à ses moindres mouvements, comme pour lui rappeler sa présence.

« Ce soir-là, je me sentais comme un ours qui aurait humé une bouffée de miel, Gédéon. J'étais là, debout, les bras allongés devant moi comme un somnambule, et je me dirigeais vers le camion, pour me rendre à Iowa City où avait lieu la fête foraine. Le reste, c'est de l'histoire. »

C'était la version courte de son histoire. Je crois que le récit s'allongeait en proportion de la durée des absences de ma mère. Avec le passage des ans, le souvenir de cette fatidique soirée d'été se faisait de plus en plus précis. À mesure que je grandissais, il rajoutait des détails et revoyait avec plus de netteté ce qu'il avait ressenti lors de cette nuit magique.

Après avoir raconté la version courte, mon père observait ma mère, puis baissait les yeux vers nous les enfants, et souriait. Il essuyait alors des gouttes de sueur imaginaires sur son grand front, et levait les mains, paumes vers le ciel, en un geste d'émer-veillement. J'observais alors mon père avec ses cheveux noirs, ma mère et ma sœur avec leur teint bistré, qui se perdaient dans les ombres de l'été sous le porche, et je me demandais parfois s'ils étaient vraiment là. Et je cherchais à savoir comment j'avais pu avoir des cheveux si blonds, raides et ternes, et des sourcils de la couleur des épis de blé.

Matthieu Clarke avait vécu toute sa vie près d'Iowa City, où s'attroupaient autour du campus de l'université de l'Iowa des filles blondes comme le soleil, à la peau bronzée, souriant de toutes leurs dents d'un air engageant. Quelques-unes habitaient même les deux douzaines de maisons qui composaient son village natal d'Onamata. Au cours de l'été de 1943, ces jeunes femmes, gentilles, sincères et interchangeables, portaient des chaussures plates à deux couleurs et des jupes plissées. Pour conserver un air de modestie, elles portaient à peine plus haut que le genou leur jupe, à carreaux jaunes, rouges ou verts, souvent ornée d'une énorme épingle à ressort de six pouces. Nombre de ces jeunes femmes étaient fort belles; la plupart étaient scrupuleusement propres et sentaient le linge frais repassé. Elles étaient enthousiastes, respectueuses, dévotes et cherchaient toutes un mari avec voracité. Matthieu Clarke n'avait envie d'aucune d'entre elles.

Il savait quelle femme il lui fallait. Il était même allé à sa recherche à Chicago.

« T'ai-je déjà parlé de la grosse femme de Chicago? », me rappelé-je l'avoir entendu dire. Nous étions sur la route de Saint Louis pour assister à un programme double des Cardinals. C'était un dimanche, et nous étions partis d'Onamata à cinq heures du matin afin d'arriver assez tôt pour avoir de bonnes places.

« Cinquante fois », avais-je envie de répondre, tout en me taisant. J'avais environ quatorze ans et je croyais que toute personne aussi âgée que mon père devait être partiellement fossilisée et totalement demeurée. J'étais quand même prudent. Il ne s'attendait pas à ce que je lui réponde.

« On aurait dit qu'il y avait dans toutes les rues par lesquelles je déambulais dans le centre-ville de Chicago, des femmes postées à tous les quarante pieds environ, plantées comme des statues dans des postures suggestives. Et il y avait des femmes vulgaires dans les bars où j'allais, des femmes aux voix querelleuses et aux mains noueuses. Mais ce n'était pas le genre de femmes que je recherchais. Tiens-toi loin de ce genre de femmes, Gédéon. Elles n'apportent que le malheur. »

« Pourtant, ton expérience des femmes n'a pas toujours été sans malheur », étais-je tenté de répliquer, mais encore, je me taisais.

« Puis j'ai rencontré cette femme, Gédéon. Et je crois que c'est là qu'a commencé toute cette histoire de Confédération. »

« Elle était passée par une de ces failles dans le temps », ai-je dit, le regard fixé sur la route, et résistant à l'envie de dire qu'il devait s'agir d'une faille vraiment grosse.

« C'était tout près de la rue State, il me semble. Une rue sombre aux trottoirs recouverts de débris et de fragments de verre. Il y avait des bâtiments placardés et des bars dont la vitrine était éclairée par une cascade de néons bleus en forme de bouteilles de bière. D'un pas tranquille, elle est sortie de nulle part, haute comme trois pommes et large comme quatre, si blonde que la lumière autour de ses cheveux lui faisait une aura. Elle était aussi blonde que tu l'es. Des boucles descendaient jusqu'au milieu de son front, et le reste de ses cheveux étaient droits et coupés court, comme si on avait mis un bol sur sa tête. Elle pouvait aussi bien avoir vingt-cinq ans que cinquante. Son visage était large et son teint brouillé, son nez aussi plat que celui d'un bébé. Elle portait une robe-tente qui découvrait ses genoux pâles ; la robe faisait un tourbillon de couleurs, comme des voiles flottant au vent.

« Ses yeux étaient d'un bleu pâle, très pâle, et elle marchait pieds nus. Elle avançait droit sur moi, les jambes tournées vers l'extérieur, et ses pieds grassouillets, aux orteils gris comme des limaces, faisaient crisser le sable. Elle était sortie d'un immeuble désaffecté où des rideaux de velours sales pendaient devant la vitrine. Il y avait quelques étoiles et des triangles peints sur la vitre vis-à-vis des rideaux. Les mots DISEUSE DE BONNE AVENTURE avaient été écrits à la main sur la vitre par un amateur.

« Cette femme ressemblait un peu à Missy, tu sais, sauf qu'elle était beaucoup plus grosse que Missy, et qu'elle n'était pas... mongolienne, bien que j'aie cru qu'elle l'était avant qu'elle n'ouvre la bouche. J'étais là devant elle à la fixer, et la seule chose qui me soit venue à l'esprit était qu'il s'agissait d'une bohémienne blanche, une gitane albinos.

« "Excusez-moi", ai-je dit, puis j'ai essayé de la contourner. Elle est toutefois restée sans bouger ; en fait, elle est venue vers moi, jusqu'à ce que sois obligé de m'arrêter.

« "Non, non, non", chantonnait-elle, comme on parle aux enfants. Et elle a mis sa main potelée sur mon bras. Ses doigts étaient blancs comme du poisson frais, ses ongles rongés jusqu'au sang.

« "Je suis venue à ta rencontre", a-t-elle dit de cette même voix chantonnante. Je la sentais s'approcher. Sa lèvre inférieure avançait, comme celle d'un enfant sur le point de pleurer. Ses dents étaient courtes, de travers et tachées.

« "Retourne chez toi en Iowa, a-t-elle dit. Tu n'es pas censé être *ici*. Va-t-en chez toi." J'ai jeté un coup d'œil à ses énormes genoux ; on y voyait des fossettes et des cicatrices.

« "Que veux-tu dire ?, ai-je dit. Mais elle était repartie. Je te le jure, Gédéon. Partie, disparue. J'étais là, debout sur ce trottoir sordide, j'avais l'air d'un fou parlant au parcomètre, un de ces énormes machins préhistoriques tout grêlé et sale, à tête d'animal et à l'odeur de métal.

« Je suis parti de là en vitesse, laisse-moi te le dire. Mais je n'ai jamais oublié cette femme, ni sa voix. Et elle avait raison. Car à peine revenu à Onamata, j'ai rêvé de ta mère. C'est alors que je suis parti à sa recherche et que je l'ai trouvée. »

Ah oui, ma mère. Je crois qu'il vaudrait mieux que ce soit moi qui raconte l'histoire de la rencontre de Matthieu Clarke avec sa femme. J'ai grandi avec cette histoire. Mon père me l'a racontée une dernière fois sur la route de Milwaukee, le jour de sa mort. C'est la première histoire que j'ai entendue de mon père, et la dernière.

Les événements qui sont venus troubler la vie de mon père, et la mienne à mon tour, se sont produits au cours de l'été de 1943. L'histoire commence le jour où mon père a été frappé par la foudre.

Par une de ces nuits suffocantes de l'Iowa, des nuages orageux sont venus de l'ouest, comme une flotte de grands navires. Des éclairs argentés zébraient le ciel nocturne, lorsque la foudre a frappé mon père alors que lui et Maudie, l'étrange fille qu'il venait de rencontrer, cherchaient à se mettre à l'abri. Il ne fut pas tué, ni même gravement blessé. Il ne fut pas grillé par la chaleur de l'éclair, défiguré ou réduit à un amas de chair fondue, comme un disque qu'on aurait laissé sous la lunette arrière d'une voiture. Il ne fut toutefois plus jamais le même. Comme du papier à lettre marqué par les mâchoires d'acier d'un sceau officiel, comme le métal fondu frappé pour devenir une pièce de monnaie toute neuve et toute reluisante, la vie de mon père fut à jamais changée.

En plus de lui avoir fait cadeau d'une montagne de renseignements sur une ligue de baseball connue sous le nom de Confédération du baseball de l'Iowa, le coup de foudre avait aussi altéré le sang de mon père, changé la disposition de ses chromosomes aussi doucement que le souffle d'un bébé fait tourner un mobile suspendu au-dessus de sa tête, secoué sa moelle épinière et dérangé son système immunitaire. C'est ainsi qu'il m'a transmis la Confédération du baseball de l'Iowa. À ma naissance, deux ans après le coup de foudre, la petite fleur de mon cerveau était gavée des mêmes statistiques, des mêmes moyennes au bâton, des mêmes renseignements qui hantaient mon père. Pourtant, cette connaissance était encore voilée, recouverte par l'une de ces couches d'histoire dont mon père aimait tellement parler, cachée comme une colombe sous le mouchoir d'un magicien. Un jour, la Confédération m'a été dévoilée d'un seul coup, un jour fatidique, au County Stadium de Milwaukee, le jour où mon père est mort. Mais cette partie de l'histoire vient plus tard.

Après que Matthieu Clarke eut été frappé par la foudre, la graine d'information qu'était la Confédération du baseball de l'Iowa s'est mise à germer et à grossir comme une citrouille. La Confédération envahissait sa vie, jusqu'à prendre les allures d'un obèse dans un ascenseur, flanqué de deux énormes valises.

Dire que l'on considérait mon père comme un excentrique au cours de ces années où il est devenu obsédé par la Confédération serait un euphémisme. Heureusement, les excentriques sont tolérés, et même vus d'un bon œil, dans les petites villes de l'Iowa. « Tel père, tel fils », disaient les habitants d'Onamata à mon sujet. « Ce Gédéon Clarke est vraiment bizarre, disaient-ils, mais au moins, il est honnête. » Je pense qu'ils médisent à mon sujet plus qu'ils ne le faisaient de mon père parce que je n'ai pas d'emploi stable, un péché capital dans le cœur de l'Amérique industrieuse. Grâce à ma mère et à ma sœur, cependant, j'ai plus d'argent qu'il ne m'en faudra jamais.

21

Mais revenons à notre histoire… Comme je l'ai expliqué, mon père transportait sa demande d'admission à l'université dans sa poche de pantalon en cette langoureuse nuit d'août lorsqu'il a senti le besoin urgent de se rendre à Iowa City et d'aller à la fête foraine du *Gollmar Brothers Carnival and American Way Shows*. À mesure qu'il s'approchait du parc de stationnement, il pouvait voir que cette fête foraine n'était qu'une petite et lamentable affaire. Des camions rouillés aux ailes carrées étaient embourbés dans un désordre de boue et de câbles. Derrière les camions, un défilé d'autobus au nez plat, certains ornés de rideaux effilochés aux fenêtres. Des génératrices portatives, qui alimentaient le carrousel déglingué et la grande roue à la peinture écaillée, grondaient de façon assourdissante.

Lorsque Matthieu avait pris la route vers Iowa City ce jour-là, il sentait qu'il y avait des présences tout autour de lui, de la vie cachée dans les feuilles de peupliers, qui s'agitaient de façon charmante dans la cour; il était revenu sur ses pas une fois, comme attiré par le bouquet de maigres roses trémières sous la fenêtre de sa chambre, sur le côté de la maison. Les roses trémières étaient entourées de cosmos, de grande taille eux aussi. Les cosmos, rose pâle, pourpres et mauves, pointant à travers la dentelle verte de leur feuillage, avaient l'air d'enfants chétifs suppliant leurs parents.

Matthieu est resté immobile quelques instants, observant le tableau d'un regard fixe, hésitant. Les fleurs lui faisaient une impression étrange; il sentait qu'elles voulaient lui parler.

Durant le parcours vers Iowa City, Matthieu avait cru voir un Indien marchant dans le fossé, avançant à pas de géant, un Indien vêtu seulement d'un pagne. Mais parvenu à l'endroit où il avait cru voir l'Indien, il s'était aperçu qu'il ne s'agissait que d'une illusion causée par le soleil, dont les rayons tombaient en oblique à travers les tiges de maïs d'un vert émeraude.

Matthieu parcourut l'allée centrale de la fête foraine en traînant les pieds, les mains enfoncées dans les poches, son regard sombre, bien que tourné vers le sol, absorbant tout autour de lui. Il regarda fixement les manèges et les stands. Il ne dépensa pas un sou. L'herbe piétinée et boueuse du champ de foire était recouverte de copeaux de cèdre dont l'odeur embaumait l'air. Matthieu tendit le cou, écarta des boucles rebelles de son front, s'arrêta et se mit à examiner un stand brillamment éclairé où une pyramide de bidons de lait repoussait des balles de baseball ramollies, jusqu'à ce qu'il ait la certitude que le stand ne cachait rien qui vaille.

En avançant dans l'allée, il aperçut une bannière annonçant l'incontournable spectacle d'effeuilleuse. Les mots LA BELLE MAUDIE, étaient peints en lettres écarlates d'un bout à l'autre de la toile ; à chaque extrémité de la bannière, un même dessin représentait une fille à la bouche en cerise, coiffée à la mode des années vingt. Le dessin s'arrêtait au nombril. La fille était vêtue d'un corsage de soie rouge, d'un style vaguement chinois. Les doigts de chacune de ses mains empoignaient le tissu d'un rouge criard, comme si la fille était sur le point d'ouvrir tout grand son corsage. EXOTIQUE ! AUDACIEUX ! COQUIN ! ELLE DÉVOILE TOUT ! pouvait-on lire en lettres plus petites, sous la première ligne.

Matthieu remarqua que le crieur de la Belle Maudie n'attirait pas les masses. D'une part, sa voix n'arrivait pas à couvrir le tonnerre des génératrices ; d'autre part, c'était en temps de guerre et la foule éparse était surtout composée de femmes et d'enfants que les quelques hommes sur place, frisant la cinquantaine, tiraient derrière eux.

Après avoir observé le crieur quelques instants, Matthieu prit un raccourci entre la tente de l'effeuilleuse et la structure de bois aux allures de baril où des casse-cou à motocyclette risquaient à tout moment de se rompre les os. En tournant le coin de la tente, il entendit une discussion. Il poursuivit jusqu'à l'arrière de la tente, où il aperçut la Belle Maudie, perchée en haut d'un escalier de fortune, sur le pas de la porte d'une minuscule roulotte d'un gris métallique que seule la rouille semblait faire tenir debout. La première chose qu'il vit fut sa bouche. Large et sensuelle, elle n'avait rien d'une cerise. La Belle Maudie portait un pantalon de soie bouffant, vert céleri, du genre de celui que portent les femmes dans les harems, au cinéma. Elle était également vêtue du même corsage que la fille de la bannière, mais tous ses boutons étaient bien boutonnés, entourés chacun de ce que les couturières appellent des brandebourgs.

La Belle Maudie pointait un doigt accusateur et jurait comme si une vache venait de lui marcher sur les pieds. L'homme à la face ronde et rubiconde à qui s'adressaient ces jurons avait les cheveux drus coupés en brosse ; il portait des bottes de travailleur, un jean et un t-shirt sale remontant sur une bedaine de bière plutôt considérable.

« Peu importe ce que tu diras, tu ne pourras pas m'obliger à le faire, hurlait la Belle Maudie. Mon espèce de…» Puis elle déclina tous les jurons que Matthieu avait jamais entendus, et une série d'autres qui lui étaient tout à fait inconnus.

« Si c'est pas aujourd'hui, ce sera demain », répondit d'une voix traînante l'homme à la brosse. Tandis que Maudie lançait dans son dos des jurons comme des flèches empoisonnées sorties d'une sarbacane, l'homme s'éloigna, ses bottes produisant des bruits de succion dans la boue.

La Belle Maudie finit par retourner vers la roulotte, et c'est alors qu'elle aperçut Matthieu, debout, les yeux grands ouverts comme un orphelin devant un magicien, passant la main avec précaution sur le métal rouillé.

« Qu'est-ce que tu veux ? » dit-elle, en ouvrant grand ses yeux sombres pour imiter le regard étonné de Matthieu tout en extirpant de ses vêtements un paquet de cigarettes. Matthieu était figé sur place, bouche bée, tandis qu'elle allumait une Phillip Morris en inhalant la fumée à fond. Matthieu savait qu'il devait avoir l'air d'un garçon de ferme apercevant un gratte-ciel pour la première fois. Toutefois, les effluves qui flottaient dans l'air lui avaient jeté un sort : l'arôme piquant des copeaux de cèdre, le relent de mazout brûlé des génératrices, le parfum de Maudie, l'odeur âcre de la cigarette.

« Puis-je vous être utile ? » répondit finalement Matthieu en bégayant. Il s'imaginait aux côtés d'une monture éclatante, sa lance rougeoyant sous les rayons du soleil.

« Serais-tu un policier par hasard ? dit la Belle Maudie.

— Vous aviez l'air d'avoir quelques difficultés, répondit Matthieu.

— Rien que je ne puisse régler moi-même », dit-elle, l'observant d'un œil encore soupçonneux. Le soleil faisait briller ses cheveux noirs aux reflets bleus. Un accroche-cœur tombait devant chacune de ses oreilles. Après quelques secondes, elle fit un sourire, laissant voir de petites dents délicatement espacées. « Ouais, tu peux te rendre utile », dit-elle, le sourire toujours aux lèvres. « Tu peux me transporter quelque part où je pourrai poser les pieds sur la terre ferme. Je ne peux pas salir ces maudits souliers. » Avec sa cigarette, elle pointa vers les chaussures à talons hauts, du même rouge que son corsage.

Matthieu, le souffle coupé par l'amour, sachant trop bien que le rouge lui montait au cou aussi sûrement que le mercure dans un thermomètre, fit un pas en avant, ses propres chaussures s'enfonçant dangereusement dans la boue.

« Je n'aurai pas à vous transporter très loin, dit-il. Votre roulotte est stationnée dans un creux.

— C'est ce qu'on verra », dit Maudie d'un ton de défi tout en descendant avec précaution les marches branlantes pour venir se poser dans les bras de Matthieu. Il la porta de l'autre côté du terrain et à cinquante verges sur la chaussée, en bordure d'un champ de maïs.

« Merci », dit la Belle Maudie, observant attentivement son sauveur pour la première fois. « Comment t'appelles-tu ?

— Matthieu.

— Tes amis, ils t'appellent Matt ?

— Non. Ils m'appellent Matthieu.

— J'aurais dû le deviner », dit-elle, ouvrant grand les yeux encore une fois. Puis elle aperçut un gros arbre penché à environ quatre-vingt-dix verges dans le champ de maïs. « Allons-y, dit-elle. Tout a l'air si calme. »

Le maïs leur arrivait aux aisselles, et le champ embaumait comme à l'aube. La Belle Maudie tâta le sol de son soulier écarlate.

« Je vous avais bien dit que le sol serait sec par ici », dit Matthieu, en lui prenant la main pour la mener vers l'arbre.

L'arbre ressemblait à un parasol, avec son tronc robuste et ses branches recourbées en forme d'arc. L'herbe poussait à sa base, où les racines couraient au-dessus de la terre comme des veines à fleur de peau.

Ils se sont assis dans l'herbe, et Matthieu a cueilli des branches et des morceaux d'écorce pour que Maudie puisse s'asseoir sans salir son costume exotique.

Le maïs étouffait les sons de la foire. Ils pouvaient sentir le rythme des génératrices, martelant l'air comme une lointaine musique.

« Tout est si calme », dit Maudie, l'air toute petite et effrayée, comme un lutin que l'on aurait enlevé d'un milieu bruyant et tonitruant pour le plonger dans le silence du champ de maïs. « Cela fait des mois et des mois que je ne me suis retrouvée dans un endroit calme, depuis que nous avons quitté la Floride au printemps. »

Matthieu pouvait apercevoir les omoplates de Maudie qui tendaient le tissu de son corsage. En jetant un regard furtif sur ses yeux noirs, il vit qu'elle avait un grain de beauté sur la joue, à un pouce environ de ses lèvres. Il n'aurait pu dire si c'était un vrai grain de beauté ou s'il avait été peint sur sa peau, mais il sentit l'eau lui venir à la bouche. Il avait une envie furieuse de caresser cette tache mystérieuse avec sa langue. Maudie sourit de nouveau, et il en profita pour compter les interstices entre ses dents. Il tendit les bras vers elle, avec hésitation, craignant qu'elle ne rie de lui avec insolence ou qu'elle ne le ridiculise. Elle se rapprocha, là sous le dais de verdure, la tête penchée toutefois, de sorte qu'il n'y eut pas de baiser. Elle appuya la tête sur la poitrine de Matthieu, il posa une main sur son bras, et le trouva si maigre qu'il se demanda s'il tenait dans ses bras une poupée de papier ou une vraie femme.

Il pouvait cependant percevoir son odeur. Ses cheveux avaient conservé les notes sombres et musquées du savon, du parfum et de la cigarette. En allongeant un peu le cou, Matthieu aurait pu poser ses lèvres sur le dessus de la tête de Maudie. Ses cheveux étaient un entrelacs de velours noir et les rayons du soleil, presque à la hauteur du maïs, enflammaient des mèches ici et là.

Pendant qu'ils étaient enlacés, le soleil disparut, comme une lumière qu'on éteint. Le tonnerre gronda et un vent soudain se mit à faire frémir les feuilles et bruire le maïs.

Maudie restait absolument immobile, aussi légère qu'un chaton contre la poitrine de Matthieu.

« Si tu as de la chance, au cours de ta vie, tu vivras un moment que tu voudrais voir durer toute l'éternité, disait mon père lorsqu'il me racontait cette histoire. Un instant que tu voudrais voir figé pour toujours, dans un paysage, un tableau, une sculpture ou un vase. C'était mon moment à moi. Si je devais tout recommencer, Gédéon, je referais tout de la même façon. Même si j'avais su alors ce que je sais maintenant. »

À l'époque, dans le champ de maïs, Matthieu avait dit : « Nous devrions partir, trouver un endroit où nous mettre à l'abri de l'orage.

— Non, avait vivement répondu la fille aussi légère qu'une plume. Je veux rester ici. Je veux voir de quoi l'orage a l'air.

— Mais tes vêtements…, dit Matthieu.

— Qu'ils aillent au diable. Je n'y retourne pas. Il ne peut pas m'obliger à le faire. »

Jusqu'à son dernier jour, Matthieu Clarke n'a jamais su ce que Maudie refusait de faire. Car elle s'appelait *vraiment* Maudie. La seule dépense folle que se permettait le Gollmar Brothers Carnival tous les printemps avant que la troupe ne prenne la route consistait à faire imprimer une bannière pour le spectacle de l'effeuilleuse, en y inscrivant le nom de la vedette.

Dans le champ de maïs, les premières gouttes de pluie, grosses comme des sous, se sont écrasées sur le sol.

« Il faudrait nous rapprocher de l'arbre », dit Matthieu lorsqu'une goutte vint éclabousser le bout de l'une des chaussures écarlates de Maudie. Ils se rapprochèrent du tronc de l'arbre.

Le vent soufflait en rafales et l'arbre au-dessus de leur tête frémissait. Mais sous les feuilles, le silence régnait et l'air était lourd. Matthieu pensait qu'il était étrange de voir le vent plier et aplatir le maïs à quelques mètres de distance, tandis qu'ils ne sentaient qu'une brise sous leur abri.

Des éclairs fendaient le ciel en dents de scie, y traçant des zébrures argentées. Le roulement du tonnerre était suivi d'un sifflement de canon et d'un crépitement tandis que la foudre frappait, tout près. Comme le tonnerre retentissait avec violence, Maudie se serra contre Matthieu. Lorsqu'elle leva son visage vers lui, il vit la peur dans ses yeux en amande.

« Je ne savais pas que ce serait comme cela », dit-elle dans un murmure. « Je ne suis pas d'ici. »

Matthieu l'embrassa alors, malhabile, ses lèvres touchant le nez de Maudie avant de recouvrir sa bouche. La pluie déferlait autour d'eux ; quelques gouttes se frayèrent un chemin à travers les feuilles pour tomber sur l'herbe entortillée à leurs pieds. Maudie resserra ses bras sur Matthieu et lui rendit son baiser. Sa langue se faisait petite et chaude contre la sienne.

« Je me sens si bien que je pourrais mourir sur place », pensait Matthieu. À l'instant même, il y eut un craquement violent, déchirant, comme si on avait cassé des branches tout près de leurs oreilles. L'arbre hurlait. Après coup, Maudie dit que c'était elle qui avait crié, ou peut-être même Matthieu. Mais Matthieu savait que c'était l'arbre qui avait poussé un long hurlement, comme celui d'un lapin qu'on égorge.

L'arbre fut frappé derrière eux, au-dessus de leur tête. L'éclair en avait arraché une énorme branche. Matthieu s'était retrouvé sur l'herbe, les yeux fixés sur la cicatrice blanche où s'était trouvée la branche. La branche était tombée à ses côtés, et des feuilles effleuraient son bras.

Il fut pris de nausée ; son bras gauche et sa jambe gauche picotaient, comme remplis d'aiguilles et de fourmis. Lorsqu'il essaya de battre des paupières, il s'aperçut que sa paupière gauche était paralysée. Une seconde plus tard, il découvrit que la seule partie de son corps qui pouvait encore bouger était son œil droit, et cet œil était rempli de la vision de Maudie.

En bordure du champ de maïs, la Belle Maudie était debout sous la pluie battante, jambes arquées et bras par-dessus tête, comme pour supporter un poids monstrueux sur ses paumes tournées vers le ciel. De sa position, il semblait à Matthieu qu'elle tenait dans chacune de ses mains des éclairs d'un bleu métallique, bruissant comme du cellophane, aussi longs que le ciel. La foudre s'étirait, partait des mains de Maudie jusqu'aux nuages, qui couraient, noirs et impétueux, tels une locomotive.

Matthieu sentit de lourdes gouttes de pluie sur son visage. Les gouttes grésillaient en s'écrasant sur sa peau grillée par la foudre. Il observait la scène de son œil intact tandis que Maudie s'embrasait en un triomphe mystique, ses doigts devenus éblouissants par la foudre.

« Je ne le ferai pas ! » l'entendait dire Matthieu. « Je ne le ferai pas ! Je ne le ferai pas ! »

Il ne sut jamais si elle essayait d'attirer la foudre sur elle ou si elle tentait plutôt de la repousser.

Ensuite, Matthieu n'a d'autre souvenir que celui de la Belle Maudie, penchée à ses côtés sur l'herbe humide, la joue contre la sienne, gémissant comme un chiot, tour à tour l'embrassant et le suppliant de lui montrer qu'il était toujours en vie.

Lorsqu'il reprit connaissance, Matthieu se rendit compte que ses deux yeux pouvaient voir, et qu'il pouvait battre de la paupière gauche. Les fourmis se retiraient tranquillement de son bras et de sa jambe gauches, laissant sa hanche et son genou endoloris. Ses doigts et ses orteils du côté gauche brûlaient comme des bougies qu'on aurait allumées puis éteintes.

« Je vais bien », dit Matthieu tandis que Maudie déposait d'autres baisers sur sa joue.

Matthieu pouvait sentir ses seins, petits et chauds contre sa poitrine, comme une brûlure à travers sa chemise. Il arriva à passer son bras droit autour des épaules de Maudie pour la ramener encore plus près de lui. Son souffle était chaud contre sa joue à lui, et en la tenant ainsi dans ses bras, il avait l'impression de serrer une gerbe de fleurs. Les odeurs qui émanaient d'elle le faisaient hésiter entre le trèfle et le paradis. Mais l'image terrifiante de Maudie, bras au ciel, fusionnée à la foudre, était gravée sous sa paupière.

Comme il cessait de pleuvoir, Maudie aida Matthieu à se remettre sur pieds. Il se sentait tout mou et des points noirs gros comme du tapioca flottaient devant ses yeux. Alors qu'il avançait parmi les rangs de maïs en direction de la fête foraine, Matthieu dit : « Je ne peux pas te porter dans mes bras cette fois », en essayant d'esquisser un sourire d'excuses.

« Pas besoin, dit Maudie.

— Mais, tes souliers…

— Qu'ils aillent au diable, mes souliers, je n'y retourne pas », dit-elle, jetant un coup d'œil sur son costume maculé et ses souliers entièrement couverts de boue. « À condition de pouvoir t'accompagner. »

Matthieu prit la main de Maudie. « Il faut faire un long bout de chemin dans la boue avant d'atteindre mon camion, particulièrement si on doit éviter la fête foraine. »

« Je te suis », dit Maudie.

Une heure plus tard, mouillés, débraillés, couverts de boue, Matthieu Clarke et la Belle Maudie sont arrivés chez Matthieu, à Onamata. En aidant Maudie à descendre du camion, Matthieu leva les yeux au ciel : des moutons de nuages noirs glissaient dans la nuit, couvrant et découvrant une lune mandarine. Matthieu borda Maudie dans l'énorme lit à colonnes en noyer foncé qui domine toujours la chambre à coucher du rez-de-chaussée, puis la recouvrit de la courtepointe de gitan.

« Comment te sens-tu ? » lui demandait-il sans cesse.

« C'est toi qui as été frappé par la foudre, pas moi », répondait la Belle Maudie.

J'habite toujours dans le village d'Onamata, à deux milles au sud-ouest d'Iowa City, à cent milles à l'est de Des Moines. Je suis la seule personne à connaître l'origine du nom d'Onamata. Et pourtant, allez savoir pourquoi, personne ne m'accorde d'attention. Dans le répertoire des noms géographiques de l'Iowa, Onamata est décrit comme suit : « Origine inconnue. Il s'agit peut-être d'une mauvaise prononciation du mot signifiant "magie" dans la langue des Indiens d'Aigle Noir. Village fondé en 1909. »

Onamata abrite maintenant trente habitations, un magasin général, un café, une station service Conoco, un concessionnaire John Deere et l'Agence d'assurances Clarke et fils, dont j'étais le propriétaire jusqu'à tout récemment. Mon grand-père était le tout premier Clarke. Puis son fils, Matthieu Clarke, est devenu le père. Je suis le seul fils de Matthieu. Aujourd'hui, je suis le seul Clarke : il n'y a pas de fils. La devanture de l'agence se trouve sur la rue principale d'Onamata, à une centaine de verges des rives de la rivière Iowa, où coule une eau calme, de la couleur du quartz vert. La fausse devanture de l'agence d'assurances est peinte d'une vibrante couleur de pêche. L'édifice a autrefois abrité une banque, et avant cela, un embaumeur. Sous la peinture pêche, on peut encore lire BANQUE D'ONAMATA, et les lettres sombres semblent vouloir revenir à la surface.

Je sais seulement que, voilà longtemps, Onamata s'appelait Big Inning. C'était avant le déluge de 1908, avant que la Confédération du baseball de l'Iowa ne soit effacée de la mémoire des hommes pendant trente-cinq années. Lorsque la Confédération a refait surface, ses origines, son histoire et ses secrets n'étaient connus que d'un seul homme, mon père. Sa connaissance de la Confédération a détruit sa vie et on dit maintenant qu'elle est en train de détruire la mienne. Personnellement, je me sens comme un prophète, et le destin des prophètes est d'être tournés en dérision et calomniés.

J'ai consacré les dix-sept dernières années de ma vie à essayer de prouver que l'obsession que m'a léguée mon père reposait sur une réalité. Tout ce qui a été accompli pour effacer la trace de la Confédération n'a pas suffi. Des bribes en ont survécu çà et là, comme des rumeurs, comme un mal qu'on aurait déterré et qui aurait recommencé à frapper.

Mes grands-parents, Justin et Flora Clarke, se sont retirés en Floride en 1942 et ont laissé la compagnie d'assurances à mon père, ainsi que la maison de bois à deux étages et son belvédère de fer forgé, entourant un grand paratonnerre. Vu de loin, le haut de la maison ressemble au casque d'un chevalier du Moyen-Âge.

Grant Wood, artiste de l'Iowa de renommée mondiale, aurait pu connaître mes grands-parents. Ils auraient pu servir de modèles pour son tableau *American Gothic*. C'étaient des gens arides et méticuleux. Mon grand-père a pris sa retraite à la date exacte de son soixante-cinquième anniversaire, un mercredi. À la naissance de mon père, il avait quarante et un ans et ma grand-mère, trente-neuf. Ils avaient eu un autre enfant vers la fin de la vingtaine, prénommée Nancy-Rae, qui, peu après son quatorzième anniversaire, alors que mon père commençait à peine à marcher, s'est éclipsée au milieu de la nuit. Elle s'est rendue jusqu'à l'autoroute où des voisins l'ont vue en train de faire du pouce en direction de Chicago avant qu'elle ne disparaisse complètement.

« Notre plus grande peine. » C'est ainsi que ma grand-mère décrivait la perte de ma tante Nancy-Rae.

Je n'ai rencontré mes grands-parents qu'une seule fois. Lorsque j'avais environ huit ans, mon père et moi étions allés aux camps d'entraînement, en Floride. J'y ai vu Curt Simmons, Robin Roberts, Allie Reynolds, Vinegar Bend Mizell, Yogi Berra, et mes grands-parents.

Ils habitaient une très petite maison dans une petite rue de Miami. Il y avait un oranger dans leur cour. La maison et mes grands-parents sentaient le Listerine, les bonbons à la menthe et l'Absorbine junior.

Ils ont à jamais tourné le dos à l'Iowa lorsqu'ils ont pris leur retraite. Ils n'y sont jamais retournés en visite, n'ont jamais invité personne d'Onamata à venir les voir, nous y compris je crois, même si mon père ne l'a jamais affirmé.

Il m'a toutefois dit, sur le chemin du retour, comme s'il essayait de m'expliquer quelque chose, sans trop savoir quoi :

« Nous sommes hantés par notre passé, qui s'accroche à nous comme des peluches, étranges et mystiques. Du passé, le mystère de la famille est le plus merveilleux, le plus triste et le plus inéluctable. Ceux à qui nous sommes joints par les liens éthérés du sang sont souvent ceux que nous connaissons le moins. » Je crois qu'il parlait alors de mes grands-parents et de beaucoup d'autres choses aussi.

J'écoutais les histoires de mon père d'une oreille distraite. Je savais qu'il était obsédé par quelque chose qui n'intéressait personne d'autre que lui. Il écrivait des lettres, des articles, parlait d'un livre, qu'il a fini par écrire. Il se plaignait. Je ne lui portais pas la moitié de l'attention que j'aurais dû lui accorder. Les enfants se croient immortels et s'imaginent que tous les autres le sont aussi. Il est mort quelques mois avant mon dix-septième anniversaire.

Le matin suivant le jour où il fut frappé par la foudre, Matthieu Clarke s'est réveillé dans le sombre lit à deux places de la chambre à coucher du devant, un de ses longs bras passé autour des frêles épaules de la Belle Maudie. Il remua légèrement et ses doigts effleurèrent les côtes de Maudie. À son contact, elle se rapprocha de lui. Il devait se retenir de lui toucher les côtes une à une pour les compter : une, deux, trois. Son corps était frais, enroulé contre le sien.

Il pouvait voir son dos, sa peau du même brun clair que le cuir tanné. Son oreille, à travers les boucles de cheveux noirs comme le charbon, semblait avoir envie de ses baisers.

Matthieu se rappelait la foire, la pluie, la foudre, la route vers la maison en compagnie de Maudie, débraillée, complètement trempée à ses côtés tel un rat musqué. Dans la spacieuse cuisine à l'arrière de la maison, il se souvenait d'avoir ajouté du whisky au café, et plus tard, de Maudie, délirante de passion dans le grand lit, ses ongles pointus contre son épaule à lui, leurs corps glissant sous les couvertures tandis que s'emmêlait leur sueur.

Lorsque j'entendais les diverses versions de cette histoire, inlassablement répétée, qu'on me racontait comme on raconte des contes de fées aux autres enfants, j'étais toujours mal à l'aise. Je me suis rendu compte en grandissant que c'était parce que j'avais de la difficulté, comme la plupart des enfants, à accepter la vie sexuelle de mes parents. Même aujourd'hui tandis que je me rappelle la voix de mon père, j'admets que je ressens bien malgré moi une certaine gêne. Ce n'est qu'en prenant mes distances, en relatant cette histoire avec mes propres mots que je suis suffisamment à l'aise pour la raconter.

Il y a une partie de l'histoire qui n'était pas embarrassante, mais seulement curieuse. Ce matin-là, quand Matthieu s'est réveillé aux côtés de Maudie, il avait la sensation que quelque chose allait bientôt devenir l'élément le plus essentiel de sa vie, plus important que son entreprise, que sa maison, et même que l'étrange et fragile jeune femme, qui près de lui grelottait tout en rêvant. Dans le cerveau de Matthieu Clarke, qui ce matin-là était tout aussi clair que le chrome, rempli de lumière et de métal éblouissant, l'histoire complète de la Confédération du baseball de l'Iowa était en train de se graver au tison, profonde, éclatante, resplendissante et éblouissante de détails.

Deux semaines plus tard, par un après-midi humide du mois d'août 1943, la Belle Maudie et Matthieu Clarke se sont mariés dans l'immeuble de pierre du palais de justice d'Iowa City.

« Je ne te mens pas, Gédéon », m'a dit mon père, « il y a eu pendant ces deux semaines-là une quantité effrayante de courrier qui a circulé entre Onamata et Miami. Tout le monde dans un rayon de dix milles autour d'Onamata se sentait obligé de raconter à mes vieux ce que j'avais fait. J'avais non seulement permis à une fille de franchir le seuil de la maison de mon père, mais je m'étais en plus mis en ménage avec ce qu'on appelait alors une fille de foire. Quelques-uns parmi les plus choqués dans leur moralité ont même annulé leur police d'assurance, mais ils étaient peu nombreux.

« Après le mariage, ces mêmes femmes, pincées et hautaines, qui avaient envoyé à mes parents des lettres fielleuses à mon sujet, sont venues minauder autour de la maison avec des plats cuisinés, des tartes, des bons vœux et des cadeaux de noces.

« Quand j'ai écrit à mes parents pour leur annoncer mon mariage, ma mère a ajouté une note au bas de sa lettre de réponse. "Nous espérons que tu seras heureux." Ils n'ont jamais envoyé de cadeau et n'ont jamais fait la connaissance de Maudie. »

La semaine de son mariage, Matthieu a été admis au programme de maîtrise en histoire de l'université de l'Iowa. On l'avait accepté à contrecœur, par un vote de trois contre deux, uniquement parce qu'il avait eu de bonnes notes au bac. Lors de son entrevue, il avait été fébrile et avait parlé sans grande cohérence de rédiger un mémoire sur une espèce de ligue de baseball qui aurait existé près d'Iowa City au début du siècle. La majorité des membres du comité avaient attribué son exubérance et son incohérence au fait qu'il allait se marier dans un jour ou deux.

« D'ici octobre, tout sera revenu à la normale et nous le convaincrons de rédiger son mémoire sur la guerre de Sécession », avait dit E.H. Hindsmith, l'homme dont le vote avait fait pencher la majorité en faveur de Matthieu.

Au cours des mois qui ont suivi, Matthieu Clarke a continué d'exploiter son agence d'assurances dans la boutique aux vitrines poussiéreuses d'Onamata. Il ne sollicitait plus de nouveaux clients et se contentait de rappeler aux gens de l'endroit la date du renouvellement de la police d'assurance de leur habitation, leur automobile, leur ferme ou leurs récoltes. Il acceptait les nouveaux clients qui se présentaient à lui.

« Mon fils Joseph se marie le mois prochain », venait parfois lui dire un grand fermier robuste, d'un ton embarrassé, dans la pièce qui sentait le vernis et le papier et qui abritait un gros bureau jaune cire, un classeur de bois et deux chaises austères. « Il viendra bientôt vous voir pour son assurance. À condition que vous soyez là mardi soir, bien sûr. »

« Quand Matthieu Clarke t'envoie sa facture, tu sais qu'elle est juste », disaient les gens. Ils disaient aussi : « Matthieu Clarke

aurait pu faire quelque chose de sa vie s'il n'était pas aussi inté-
ressé par ses équipes de baseball. » Ils murmuraient aussi, dans la
chaleur douce et moite de l'été de l'Iowa : « Matthieu Clarke avait
une femme, mais il n'a pas su la garder. »

Matthieu trimait dur à sa proposition de mémoire sur l'histoire de la Confédération du baseball de l'Iowa. Il lui arrivait
cependant, lorsqu'il essayait de vérifier un détail en consultant
divers ouvrages sur l'histoire du baseball sans y arriver, d'avoir des
doutes. Mais il les repoussait sans tarder. Il n'avait pas besoin que
son mémoire soit confirmé par des sources extérieures. L'histoire
de la Confédération du baseball de l'Iowa était gravée dans sa
mémoire comme dans la pierre. Il était impossible qu'il eût été
au courant de ces choses si elles n'avaient jamais existé.

À cette époque, il a aussi fait un enfant à la Belle Maudie.

Matthieu a eu beau essayer, il n'a jamais appris grand-chose
du passé de Maudie.

« Pourquoi me le demandes-tu encore ? » répondait-elle
quand il lui posait des questions. Ou encore, elle disait :
« M'aimes-tu ? »

« Bien sûr que je t'aime, répondait alors Matthieu.

— Alors, que veux-tu de plus ? » Puis elle le regardait fixement
de l'autre côté de la trop grande table en chêne de la salle à
dîner, les doigts accrochés à sa lèvre inférieure, souriant amou-
reusement, plissant légèrement les yeux.

Matthieu ne pouvait s'empêcher de poser des questions. Cela
faisait partie de sa nature. Il sentait que le passé de Maudie était
comme un roc qu'il devait réduire en gravier.

Ce n'est que bien des années plus tard, bien après que
Maudie l'eut quitté pour la dernière fois, que Matthieu s'est
rendu compte à quel point elle devait s'être sentie seule. Il avait
son entreprise, ses études, son idée fixe sur cette mystérieuse
ligue de baseball. Il avait toutefois peu d'amis, et vivait la plupart
du temps dans la solitude. Maudie s'occupait de la vieille
maison, qui avait gardé l'odeur des parents retraités. Mais elle
n'avait pas d'amis. Il n'y avait simplement personne qui aurait
pu devenir son ami. Les jeunes gens vivaient à la ferme ; les

maisons d'Onamata abritaient surtout des fermiers à la retraite et des hommes d'affaires. Il n'y avait même pas dix enfants dans tout Onamata. Et les mères de ces enfants étaient des baptistes à l'air pincé, aux dents protubérantes et aux cheveux tirés en un chignon si serré que leurs yeux finissaient par saillir. Les femmes semblaient de même couleur et de même texture que les rues poussiéreuses du village. Maudie allait pieds nus au magasin général, vêtue de son pantalon bouffant vert céleri. Et elle fumait en public.

Le seul changement que Maudie ait apporté à la maison a été d'ouvrir les lourds rideaux à doublure dont la mère de Matthieu avait recouvert les immenses fenêtres de la chambre à coucher donnant sur une cour où foisonnaient le lilas et le chèvrefeuille. Maudie exigeait que les rideaux restent ouverts jour et nuit. Elle avait également ouvert les fenêtres. Elle avait apporté dans la maison le boyau d'arrosage et avait fait disparaître des années de poussière accumulée dans les moustiquaires. Ce faisant, elle avait permis aux odeurs de camphre, de cire à plancher et de boules à mites de s'échapper.

Par de chaudes matinées, ils restaient au lit, les rayons du soleil faisant chatoyer leur chambre à coucher. Ils faisaient l'amour sans se presser. Il fallait du temps à Matthieu pour qu'il s'habitue à la lumière, au chant des oiseaux par la fenêtre, au reflet d'un cardinal sur la vitre, au roitelet, ou encore au colibri pas plus gros que le doigt qui les observait sur la corolle d'une rose trémière, grande comme une soucoupe.

La peau de Maudie, qui avait la couleur du thé à la crème, exerçait sur Matthieu attirance et fascination. Il la taquinait en lui disant qu'elle était sûrement de descendance indienne, lui faisait remarquer ses pommettes hautes, son nez plutôt plat et ses lèvres sensuelles, en espérant déclencher une réponse qui la pousserait à lui révéler son passé. Dans l'immense lit, où flottait l'odeur des corps après l'amour, Matthieu passait lentement la langue sur le ventre de Maudie, saisi par son goût de sucre et de sel, persuadé qu'il pouvait déjà sentir la vie grandir en elle, bien qu'elle ne fût peut-être pas encore enceinte.

« Je m'appelle Maude Huggins Clarke. J'ai dix-neuf ans, et je travaillais dans une foire ambulante. C'est tout ce que tu savais de moi lorsque tu m'as demandé de t'épouser, et c'est tout ce que tu auras jamais besoin de savoir », répondait Maudie à toute question ou tout semblant de question que posait Matthieu.

« Des maladies héréditaires », s'est écrié Matthieu un bon matin. « Il faut que nous pensions au bébé. Y a-t-il des maladies héréditaires dans ta famille ? Ta mère ? Ton père ? Tes frères ? Tes sœurs ?

— La chaude-pisse, c'est héréditaire ? répondit Maudie en riant.

— Tu sais bien ce que je veux dire.

— Je ne sais pas du tout qui était mon père. Je crois bien que personne ne sait qui était mon père.

— Et ta mère ?

— Je n'ai pas eu de mère.

— Allons donc, tout le monde a une mère.

— J'étais un de ces bébés enveloppés dans un journal et découverts par le concierge dans une poubelle.

— Dans quelle ville ?

— Bon Dieu, Matthieu, tu ne cesseras donc jamais ? Mon père était un Indien qui faisait du rodéo, et ma mère suivait la troupe, une pute à rodéo. À Oklahoma City. Ça te va comme ça ?

— C'est vrai ?

— Seulement si tu veux que ça soit vrai. »

Et Matthieu riait, passait son bras autour d'elle et la faisait rouler de l'autre côté du grand lit. Il croyait qu'elle lui avait dit la vérité en lui avouant qu'elle ne savait pas qui était son père. Le roc venait de commencer à s'effriter.

Mon père n'a pas tenu compte d'abord des suggestions, puis des recommandations de ses directeurs de recherche du département d'histoire de l'université de l'Iowa. Il a finalement décidé que son mémoire serait intitulé : *Bref historique de la Confédération du baseball de l'Iowa.* Ses directeurs de recherche ont d'abord fait preuve de tact ; ils se sont montrés magnanimes et tolérants. Ils sont ensuite devenus plus sérieux, ordonnés et méthodiques ; ils ont exigé des preuves.

« Il est peu probable que nous reconnaissions vos efforts, à moins que vous ne vous décidiez à nous fournir des documents attestant l'existence de cette supposée ligue sur laquelle vous proposez de rédiger votre mémoire », est l'une des phrases tirées des nombreuses lettres qu'a échangées mon père avec le département d'histoire.

Mon père, imperturbable, répondit qu'étant donné que plusieurs habitants notoires de l'Iowa, dont certains étaient associés à l'université de l'Iowa, faisaient partie des membres fondateurs de la Confédération du baseball de l'Iowa, il n'aurait aucune difficulté à fournir les documents exigés. Il a conservé toute la correspondance relative à son projet. J'ai également en main son mémoire terminé, un livre de 288 pages, d'où je puiserai à l'occasion quelques citations. Lorsque je cite mon père, c'est d'abord pour souligner la complète incertitude de sa situation, mais aussi l'apparente véracité des renseignements qu'il présentait comme la vérité.

En fait, je transcrirai ici même une lettre qu'a rédigée mon père et la réponse qui suivit, ainsi qu'un extrait du *Bref historique de la Confédération du baseball de l'Iowa.*

Lorsqu'il s'est réveillé le lendemain du jour où il fut frappé par la foudre, aux côtés de la Belle Maudie blottie contre lui, mon père savait hors de tout doute que la Confédération du baseball de l'Iowa était née au début de 1902. L'idée de créer cette ligue de baseball tirait son origine d'une conversation ayant eu lieu dans un bar d'Iowa City, entre Clarke Fisher Ansley, l'un des fondateurs de ce qui allait devenir l'Atelier littéraire de l'Iowa, et Frank Luther Mott, un habitant notoire de l'Iowa qui était professeur, savant et fanatique de baseball.

Dans le livre de mon père, l'histoire de la Confédération se divise en trois chapitres : Origines, puis Émergence, et enfin

Croissance et Consolidation. Chaque chapitre à son tour comporte plusieurs sections, divisées elles aussi en plusieurs sous-sections. Le chapitre des Origines occupe soixante-dix pleines pages de texte. Il n'est pas vraiment nécessaire de reprendre ici ce chapitre. Je peux vous assurer que toute l'information qu'il contient est exacte dans ses moindres détails.

Voici la lettre qu'a fait parvenir mon père à M. Mott, qui, en 1943, avait pris sa retraite, mais était tout à fait en vie :

Cher Monsieur Mott,

Je m'appelle Matthieu Clarke, et je poursuis des études de maîtrise en histoire des États-Unis à l'université de l'Iowa, à Iowa City. Je m'intéresse plus particulièrement à la Confédération du baseball de l'Iowa, dont vous êtes l'un des cofondateurs.

Je ne prendrai pas la liberté de formuler dans cette lettre les nombreuses questions que j'aimerais vous poser. Toutefois, je vous serais très reconnaissant de bien vouloir songer à m'accorder une entrevue, au cours de laquelle je serai heureux d'apprendre tout ce que vous voudrez bien me confier sur la création, l'existence et l'histoire de la Confédération du baseball de l'Iowa.

Je demeure votre dévoué,

Matthieu Clarke

La réponse de M. Mott suit.

Cher Monsieur Clarke,

J'ai votre lettre sous les yeux, et je dois vous avouer qu'elle me laisse plutôt perplexe. La Confédération du baseball de l'Iowa m'est totalement inconnue, et je n'ai sûrement rien à voir avec la création d'une telle ligue. Je suis toutefois depuis longtemps un grand amateur de baseball, et si une telle organisation avait existé en Iowa, je suis persuadé que j'en aurais eu connaissance.

J'ai été associé au baseball amateur et professionnel à de nombreux titres au cours des années où j'ai vécu à Iowa City. Vous devez certainement avoir fait erreur quant au nom de la ligue. Apportez-moi quelques précisions, et je serai heureux de répondre à vos questions.

Tous mes vœux de succès vous accompagnent,

Frank Luther Mott

Voilà donc un aperçu des difficultés qui attendaient mon père. Il détenait une mine de renseignements, aussi clairs et magnifiques que des diamants reposant dans un écrin de velours bleu. Pourtant, personne n'était en mesure de confirmer ces renseignements. Les lettres reproduites ici ne sont que la pointe de l'iceberg. Il y en a eu des dizaines, des douzaines, et finalement des centaines, envoyées à quiconque aurait pu être en contact avec un fondateur, un joueur, ou même un spectateur au cours des sept saisons d'existence de la Confédération.

Je me sens un peu comme si j'avais moi-même écrit le *Bref historique de la Confédération du baseball de l'Iowa,* car mon père y a répertorié les mêmes renseignements que ceux qui sont imprégnés dans mon cerveau. La seule chose qui nous distingue, c'est que j'arrive une génération plus tard. Le nombre de personnes qui pourraient se souvenir de la Confédération diminue presque tous les jours. Ma tâche devient de plus en plus ardue.

Je reproduirai une autre lettre, la dernière qu'a écrite mon père à Frank Luther Mott. Ils ont échangé onze lettres en tout. Celles de mon père se faisaient de plus en plus détaillées, de plus en plus exigeantes et désespérées, tandis que celles de M. Mott devenaient de plus en plus courtes, sèches et finalement presque condescendantes.

Cher Monsieur Mott,

Après toutes les lettres que nous avons échangées, je n'arrive toujours pas à comprendre pourquoi vous n'avez aucun souvenir de la Confédération du baseball de l'Iowa. Je comprends que bien des années de sont écoulées depuis 1902 ; peut-être devrais-je vous rafraîchir la mémoire. C'était le 16 janvier 1902 au soir, lorsque vous et M. Ansley vous êtes rencontrés au bar Donnelly, à Iowa City.

« Il y a parmi ces gars qui jouent dans les ligues du dimanche des joueurs rudement bons », avez-vous dit à M. Ansley.

« On devrait les regrouper et fonder une ligue semi-professionnelle », a répondu M. Ansley.

« Je suis prêt à te donner un coup de main si tu la mets sur pied », avez-vous dit.

« Ça m'a l'air d'une bonne idée », a dit Clarke Ansley. « Je connais une équipe des environs de Blue Cut ; les joueurs se font appeler les Useless Nine, les Neuf Bons à rien. Ils n'ont pas perdu une seule partie en deux saisons. J'étais à Chicago en septembre, et certains de ces gars-là ont assez de talent pour jouer pour les Cubs ou les White Sox. »

« Je connais bien une couple de personnes que ça intéresserait. Pourquoi on n'organiserait pas une réunion pour mercredi prochain ? »

Et voilà, Monsieur Mott. C'est comme ça qu'est née la Confédération du baseball de l'Iowa. Ça doit sûrement vous dire quelque chose.

J'attends de vos nouvelles avec impatience.

Sincèrement,

Matthieu Clarke

La lettre qui suit est la dernière qu'a envoyée M. Mott à mon père.

Cher Monsieur Clarke,

Vous affirmez que bien des années se sont écoulées depuis 1902, et j'ai en effet passé énormément plus d'années que vous sur cette planète, mais je peux vous assurer que je ne suis pas encore sénile, fou à lier, amnésique ou menteur. Je n'apprécie pas du tout les sous-entendus de votre dernière lettre. Une bonne fois pour toutes, je ne sais rien de la Confédération du baseball de l'Iowa. Je n'ai rien eu à voir avec la fondation d'une telle ligue. À ma connaissance, et ma connaissance est fort étendue, il n'y a jamais eu de telle ligue. Et si, à tout hasard, elle a vraiment existé dans un coin perdu de l'État, je n'ai certainement rien eu à voir avec elle, ni d'ailleurs mon ami Clarke Fisher Ansley.

Je vous saurai gré de ne plus jamais m'écrire.

Sincèrement,

Frank Luther Mott

Voici maintenant une citation que j'ai puisée dans le *Bref historique de la Confédération du baseball de l'Iowa* :

La Confédération du baseball de l'Iowa était composée de six équipes, représentant, à l'exception d'Iowa City et de Big Inning, des circonscriptions rurales plutôt que des villes et villages, bien qu'il y ait tout de même eu un bureau de poste à Frank Pierce, dans une ferme, et à Husk. Blue Cut et Shoo Fly ont déjà été des régions aux frontières un peu vagues, définies par les circonscriptions d'où les équipes de baseball puisaient leurs joueurs. Shoo Fly était située dans la région que l'on connaît maintenant sous le nom de Lone Tree, et Blue Cut était aux environs d'Anamosa.

Le classement de la ligue, le 4 juillet 1908 — date à laquelle, pour une raison encore inconnue, la Confédération du baseball de l'Iowa a cessé d'exister à tout jamais — se lisait comme suit :

Équipe	Victoires	Défaites	Moyenne	Différence
Big Inning	32	16	0,667	—
Blue Cut	27	21	0,562	5
Shoo Fly	26	22	0,541	6
Husk	22	26	0,458	10
Frank Pierce	21	27	0,437	11
Iowa City	16	32	0,333	16

« Il s'est passé quelque chose », disait mon père, toujours avec le même geste d'incompréhension, les paumes tournées vers le ciel. « Il s'est produit quelque chose le 4 juillet 1908, qui a freiné en pleine course la Confédération du baseball de l'Iowa. Il s'est passé quelque chose qui a effacé la ligue de la mémoire des hommes, qui a changé le cours de l'histoire de l'Iowa, des États-Unis, et peut-être même l'histoire du monde. Je donnerais ma chemise pour savoir ce que c'est. Je ne sais pas s'il y avait quelque chose dans l'air, ou si une main mystérieuse a traversé les nuages pour venir se poser sur des dizaines de milliers de têtes et purger les mémoires et les esprits jusqu'à ce qu'ils soient vierges et luisants comme un mur qu'on vient de repeindre à l'émail blanc. Ou peut-être s'agissait-il d'un chirurgien fantôme qui a pénétré dans tous ces cerveaux et coupé à petits coups de ciseaux magiques tous les souvenirs de la Confédération du baseball de l'Iowa. »

Tout ce que je sais de la Confédération s'arrête également le 3 juillet 1908. La veille d'un match prévu entre les Cubs de Chicago et les joueurs étoiles de la Confédération du baseball de l'Iowa.

J'ai consacré de nombreuses années de ma vie à passer au peigne fin le *Iowa City Daily Citizen* et le *Chicago Tribune,* pour y trouver quelques mots sur le match ou sur un événement inhabituel dans le monde du baseball cet été-là. J'en connais long sur les Cubs de Chicago de 1908, et j'ai écrit à leurs héritiers et à leurs successeurs. Peine perdue.

Chapitre 2

Ma sœur est née en 1944, et comme par prophétie, elle a été baptisée Enola Gay, une année avant que le bombardier ne vrombisse sur Hiroshima, ses entrailles crachant la destruction. Je suis né un an après ma sœur, et je m'appelle Gédéon Jean. Gédéon, parce que mon père comme le Gédéon de la Bible, jouait de la trompette. Il était fasciné par ce qu'il décrit comme « la musique qui a une âme ». Lorsqu'il jouait, on aurait dit que son instrument devenait son ombre, son double. Les notes assourdies reflétaient ses états d'âme, chantant comme une source lorsque mon père était heureux, rythmé comme une horloge lorsqu'il était songeur et hurlant comme un animal blessé lorsqu'il était triste ou frustré, ce qui arrivait souvent. Au beau milieu de la nuit, je l'entendais dans son bureau ou le salon, pousser des notes douces et tristes comme des anges. Je frissonnais et enfouissais ma tête sous l'oreiller, car, lorsque j'étais petit, je savais que cette musique annonçait le départ de ma mère. Plus tard, elle signifierait que la frustration de mon père avait atteint des proportions insupportables. Lorsque ma mère nous quittait, il montait à l'étage, abaissait la vieille échelle à ressort qui était toujours placée contre le plafond du corridor, et grimpait sur le belvédère, au sommet de la maison. Là, il libérait toute sa colère, sa douleur et sa déception, et je pleurais en silence, sur son sort autant que sur le mien, tandis que sa trompette lançait des notes dans la nuit bleue et argent.

J'ai rapidement découvert que j'avais le même talent naturel que mon père pour la trompette. Ni lui ni moi n'avons jamais appris à en jouer. Alors que j'avais à peine l'âge d'aller à l'école, après une fin de semaine de baseball à Saint Louis, j'ai pris l'instrument et j'ai poussé les notes de *Take Me Out to the Ball Game*. En sourdine, et avec tristesse, à la façon qui était celle de mon père.

En lieu et place de véritables grands-parents, j'avais John et Marylyle Baron. Je n'ai eu de sœur de sang que pendant les cinq premières années de ma vie, mais toute ma vie j'ai eu Missy Baron. Missy, l'éternelle enfant. Comme un chiot affectueux, son cœur était rempli d'un amour sans condition. Mon premier souvenir de Missy, peut-être même mon premier souvenir tout court, est celui où penchée sur mon berceau, elle gazouille avec tout l'amour du monde. Missy, ses cheveux roux et raides tombant comme des queues de rats sur ses joues ternes et criblées de taches de rousseur, me caressant de ses mains potelées comme on tapote une crinoline. Aujourd'hui, Missy a dépassé la cinquantaine, un âge très avancé pour une trisomique, comme on dit maintenant.

Les Baron, âgés tous deux de plus de quatre-vingts ans, habitent toujours leur ferme, à un mille de la sortie du village sur la route de l'église catholique d'Onamata. L'église avait été bâtie en prévision du nouveau chemin de fer. L'inconstante voie ferrée a choisi de suivre une autre route, mais l'église, elle, est restée au même endroit.

« Nous avons toujours essayé de comprendre ta pauvre mère », m'a dit Mme Baron tout récemment. « C'était une femme bizarre, Gédéon. »

Dans les petites villes, les événements qui passeraient inaperçus de tous, sauf de la famille immédiate, deviennent du domaine public, et chacun peut les remâcher à loisir. Je n'avais pas encore six ans lorsque ma mère a déserté le foyer en emmenant ma sœur avec elle.

« Ton père était un brave homme, un homme intelligent aussi, jusqu'à ce qu'il se mette à radoter son histoire de ligue de baseball. Tu sais, Gédéon, j'ai suivi des cours d'infirmière pendant trois années, à l'hôpital d'Iowa City, avant de me marier. On nous apprenait alors à surveiller les symptômes, et j'ai pris l'habitude de t'observer d'un œil professionnel pendant que tu grandissais, pour savoir si la même maladie allait te frapper. »

Puis elle s'est tue. Elle venait de commettre un impair. Tout le monde peut parler comme il le veut de l'obsession de mon père, mais jamais personne ne discute sérieusement de la mienne; jamais personne n'ose me critiquer. Personne ne se prive non plus de parler des allures bizarres de ma mère, mais jamais on ne parle de Claire, bien qu'elle soit mon épouse, et qu'elle aussi, comme ma mère, aille et vienne comme elle l'entend.

« La maladie m'a frappé d'un coup sec. Il n'y a pas eu de symptômes.

— Je devrais peut-être me taire, mais j'ai toujours eu l'impression que c'était un peu comme la polio que les gens contractaient parfois en été; ça te frappait sournoisement et te paralysait le corps. Mais toi, c'est ton esprit qui a été affecté. » Elle fit une pause. « J'ai vraiment mis les pieds dans le plat cette fois, non? Mais vraiment, tu n'avais aucune connaissance de cette ligue avant que ton père ne meure?

— Je n'en savais que ce qu'il m'avait dit. Je n'étais qu'un enfant, et je montrais une parfaite indifférence envers tout ce qui intéressait mon père, un peu de mépris, aussi, comme le font les adolescents.

— Et cette connaissance t'est tombée dessus, un peu comme la foi? Mais pourquoi continuer? Un jeune homme intelligent comme tu l'es devrait savoir qu'il perd là sa peine et son temps.

— Personne ne sait vraiment quand s'arrêter de tourner en rond. Mais si je continue d'essayer de prouver l'existence de la Confédération, c'est parce que *je sais que j'ai raison et que tous les autres ont tort!* » ai-je ajouté avec un petit rire triste, comme pour lui montrer que je comprenais l'inutilité de mes efforts.

« Eh bien, bonne chance, Gédéon. Tu vas quand même essayer de faire changer le nom de la ville?

— Je ne veux pas qu'on change le nom de la ville. Je veux seulement qu'on reconnaisse qu'Onamata était le nom de l'épouse de Celui-qui-erre, le grand guerrier de la nation indienne d'Aigle Noir.

— Et je suppose que tu n'as aucune preuve de l'existence de cet Indien nommé Celui-qui-erre?

— Pas l'ombre d'une preuve. Je *sais* qu'il a existé, tout comme le savait mon père, et nous n'avons ni l'un ni l'autre la réputation d'être menteurs. »

Il me faudra faire des efforts monumentaux pour qu'on finisse par admettre et reconnaître l'existence de la Confédération du baseball de l'Iowa. J'ai déjà lu l'histoire d'un homme qui avait grimpé à un poteau et fait le vœu de rester assis sur une plate-forme à vingt pieds du sol jusqu'à ce que les Indians de Cleveland gagnent le championnat. Ça s'est passé vers le milieu des années cinquante. Je suppose que *lui* au moins a fini par revenir sur terre.

« Eh bien, bonne chance, Gédéon. » Et Marylyle Baron a resserré les cordons de son tablier taché et remonté en boitillant les marches de la maison. Je fais de menus travaux pour les Baron. Par amour plus que par besoin d'argent. Aujourd'hui je tonds la vaste pelouse devant la maison ; l'odeur du gazon fraîchement coupé embaume l'air. Je suis nu jusqu'à la taille et je dégouline de sueur.

Depuis environ un an, j'ai essayé une autre tactique : j'ai commencé à aborder le sujet de la Confédération du baseball de l'Iowa d'un angle moins direct. C'est un peu comme essayer d'enfoncer une cale dans le roc.

Une partie des renseignements que m'a légués mon père concernent un Indien nommé Celui-qui-erre, un guerrier et chef de la nation indienne d'Aigle Noir. Je suis persuadé que ce que je sais de Celui-qui-erre est vrai, mais comme pour tout ce qui touche la Confédération, il n'existe pas l'ombre d'une preuve. Toutefois, si j'arrive à faire reconnaître l'existence de Celui-qui-erre, si j'arrive à convaincre une seule personne que la ville a été baptisée Onamata en l'honneur de son épouse, qui a été assassinée par les colons blancs dans les années 1830, alors j'aurai vraiment réussi à enfoncer une cale dans le roc.

Tiré du *Bref historique de la Confédération du baseball de l'Iowa :*

Celui-qui-erre se souvient. Il se souvient du doux paysage ondu-leux de l'Iowa, lorsque les bisons paissaient encore tranquille-ment, et que le seul bruit qu'ils entendaient était le grondement de leurs propres os. Le crissement d'une roue de carriole n'était alors qu'une prophétie, la charrette tirée par les bœufs une vision, le sifflement du fouet et le crépitement des carabines connus uni-quement de ceux qui savaient montrer le blanc de leurs yeux pour plonger leur regard dans le puits du futur. Celui-qui-erre se rap-pelle le halo des feux de camp, flottant comme un nuage au sommet des peupliers pommelés...

Pourquoi donc le baseball? Était-ce en raison de notre amour obsessif de ce sport que mon père et moi avons été comblés, si je puis dire, d'un savoir encyclopédique sur une ligue de baseball?

J'ai hérité de mon savoir sur la Confédération et de mon intérêt pour le baseball, mais qu'en était-il de mon père? Mon grand-père n'avait jamais assisté à un match de sa vie.

« Comment es-tu devenu amateur de baseball? » demandais-je sans cesse à mon père. Il me racontait alors comment sa passion avait été éveillée par un oncle en visite, un vagabond qui faisait halte dans la vie de sa famille environ une fois par an. Il appa-raissait alors, serrant dans ses bras un paquet de cartes à jouer et un jeu de baseball compliqué qui se jouait sur un carton avec des dés et des pions. Il trimballait aussi un gant de voltigeur et une balle de baseball tout usée. Il racontait que cette balle avait autre-fois été autographiée par Walter Johnson.

L'oncle — je ne sais trop de quel côté de la famille le situer — avait d'abord ensorcelé mon père en jouant à la balle avec lui, puis en explorant les subtilités de son jeu de société.

« Mon oncle s'appelait Jacques Jean Jacques », racontait mon père. « Il ne possédait rien, si ce n'est un habit de drap bleu, un chapeau de feutre déformé et quelques articles de baseball. »

« Je n'avais jamais exploité mon imagination, poursuivait-il. Mes parents n'étaient pas de ce genre. L'oncle Jacquot faisait jaillir la fantaisie de mon esprit comme un magicien qui aurait fait sortir un chapelet d'ampoules de ma bouche. Nous jouions à son jeu, déplaçant les petits morceaux jaunes et bleus sur le terrain de baseball de carton. Aussi étrange que cela puisse paraître, c'est à travers ce jeu de carton que j'ai appris à aimer le baseball, car mon oncle avait le don de lui donner vie. Chaque coup de dés se transformait en un coup de bâton. Mon oncle arrivait avec sa copie toute fripée du *St. Louis Sporting News,* et à mesure que le jeu avançait, nous inventions des ligues, composées d'équipes piquées au hasard dans le classement du journal — des équipes aux noms évocateurs comme Cheyenne, Quincy, Tuscaloosa, Bozeman, Burlington, York, Far Rockaway. Nous inventions des joueurs, leur donnions un nom, un numéro et une histoire. Ils lançaient, frappaient, couraient vers les buts, retournaient au banc des joueurs s'ils ne frappaient pas de coup sûr ou commettaient trop d'erreurs, ou encore changeaient de position dans l'alignement pour faire un malheur s'ils frappaient comme des fous. Nous dressions le calendrier des matchs en prévoyant un programme double le jour de la fête nationale ou celui de la fête du Travail et nous arrivions à jouer toute une saison pendant les quelques semaines où mon oncle nous rendait visite.

« Puis il m'a finalement emmené voir une vraie partie. Nous sommes allés à Iowa City voir des joueurs professionnels à l'œuvre, et c'était comme si je venais de découvrir le sens de l'univers.

« Après le départ de mon oncle, je continuais à faire jouer mon imagination. Si tu jettes un coup d'œil sur le côté du garage, Gédéon, tu y verras une planche clouée qui a la même forme que la zone des prises, et s'il n'est pas complètement pourri, tu y trouveras aussi un bout de bois incrusté dans la terre droit devant cette zone des prises. Moi et mes amis du bas de la rue, on fabriquait nos propres balles de baseball, selon la recette de mon oncle. On faisait tremper des magazines *Life* dans un mélange de lait et de kérosène. Oncle Jacquot disait que ça donnait des balles à la fois dures et spongieuses. Je peux te dire qu'elles sentaient vraiment mauvais. Puis après on les faisait sécher au soleil. On se servait d'une petite planche d'un pouce sur deux en guise de bâton. Il n'y avait pas de coussin, on ne courait pas, ni rien du genre. C'était un combat entre le lanceur et le frappeur. J'avais chipé un peu de chaux du garage et on avait tracé des lignes blanches jusqu'au milieu du jardin, comme sur un terrain de football. Si le frappeur arrivait à envoyer la balle jusqu'à une certaine distance, il s'agissait d'un simple. Un peu plus loin, c'était un double, puis un triple, puis finalement, de l'autre côté de la clôture, c'était un coup de circuit. Nous passions la plus grande partie de notre temps à chercher la balle parmi les concombres de ta grand-mère. L'automne venu, lorsque nous passions le râteau dans les feuilles et les plantes du jardin, il nous arrivait de retrouver une ou deux douzaines de nos balles. Quelle imagination nous avions alors. »

J'ai joué à ce même jeu ; mon père m'a appris comment y jouer. Il nous arrivait souvent de tracer des lignes blanches dans tout le jardin jusqu'à ce qu'il ressemble à un terrain d'exercice pour le golf. Puis un jour, j'ai fait la connaissance d'un garçon qui avait de l'imagination ; il s'appelait Stan Rogalski, et même s'il jouait au baseball pour vrai (en fait, Stan joue encore parmi les semi-professionnels), nous avons lui et moi passé des heures de nos journées et soirées d'été à frapper et à lancer, puis à chercher des balles parmi les concombres et à garder les sommaires précis de nos équipes imaginaires. Après la partie, nous allions nous asseoir dans la cuisine, chez Stan ou chez moi, pour y mettre à jour nos statistiques.

Ni mon père ni moi n'avons joué à autre chose qu'à la balle au champ. Je faisais bien partie de l'équipe de baseball de l'école secondaire d'Onamata, mais seulement parce qu'il n'y avait que dix garçons dans toute l'école et que l'un d'eux était en fauteuil roulant, ce qui rendait son handicap à peine pire que le mien, qui était le manque d'adresse.

« Pourquoi pas le baseball ? » disait mon père. « Trouve-moi un seul sport qui soit plus parfait ! Trouve-moi un seul autre sport qui offre plus de magie, de génie, de chance, de malchance, d'enchantement, d'obsession et de possession. Au stade, il te reste toujours du temps pour rêver tout éveillé, pour créer tes propres illusions. Je te parie qu'il n'existe pas un seul magicien, où que tu ailles, qui n'adore le baseball. Prends seulement l'agencement du terrain. Aucun mortel n'aurait pu concevoir les dimensions d'un terrain de baseball. Pas un seul homme ne peut atteindre cette perfection. Abner Doubleday, si c'est vraiment lui qui a inventé ce jeu, a dû recevoir la grâce divine.

« Ce terrain s'étend jusqu'à l'infini », criait-il alors, en ouvrant grand les bras. « Y as-tu déjà songé, Gédéon ? Il n'existe aucune limite à la distance à laquelle un homme peut arriver à frapper la balle, il n'y a pas de limite à celle qu'un voltigeur peut courir pour essayer de l'attraper. Les lignes des balles fausses courent à l'infini, à jamais opposées. Il n'existe pas un seul endroit en Amérique qui ne fasse partie d'un terrain de baseball professionnel ; du ghetto le plus dangereux à la montagne la plus élevée, les Grands Lacs et le Colorado, il n'existe pas un seul endroit *au monde* qui ne fasse pas partie d'un terrain de baseball.

« Tous les autres sports sont limités par des frontières, certaines de dimensions établies et indiscutables, d'autres pas : le football, le hockey, le basketball, le golf. Mais il n'y a aucune limite à la taille que peut avoir un terrain de baseball. De quel autre sport peut-on dire la même chose ? Et il n'y a pas de sport plus énigmatique. Je suis heureux que ce qui est arrivé me soit arrivé à moi, Gédéon. J'ai créé des ligues de baseball imaginaires lorsque j'étais un gosse. Maintenant, je dois me préoccuper d'une *vraie* ligue imaginaire, s'il est possible qu'une telle chose existe. Mais je suis heureux que ça me soit arrivé, à moi. Je me considère comme l'un des Élus. Je suis un évangéliste, à ma manière un peu cocasse. Ce n'est pas facile, mais tu aurais vraiment de la veine que ça t'arrive. »

J'ai eu de la veine.

Voici quelques statistiques sur les frappeurs, tirées du *Bref historique de la Confédération du baseball de l'Iowa* :

Moyennes au bâton

1. Bob Grady, Husk	0,368
2. Simon Shubert, Blue Cut	0,360
3. Jack Luck, Iowa City	0,358
4. Horatio N. Scharff, Big Inning	0,357
5. Henry Pulvermacher, Shoo Fly	0,351

Coups de circuit

1. Ezra Dean, Blue Cut	27 (1906)
2. Orville Swan, Big Inning	26 (1903)
3. Jack Luck, Iowa City	22 (1906)
4. Bob Grady, Husk	20 (1905)
5. William Stiff, Frank Pierce..............................	20 (1907)

À l'été de 1907, les Tigers de Detroit, qui faisaient fureur dans la Ligue américaine, ont été invités à Big Inning, Iowa, pour y jouer contre l'équipe des joueurs étoiles de la Confédération du baseball de l'Iowa, le 4 juillet. En mai, les Tigers ont envoyé un de leurs anciens joueurs, du nom de Norman Elberfeld, aussi connu sous le surnom de Tabasco Kid, à Big Inning pour y observer les joueurs de la Confédération. Tabasco Kid a fait parvenir un rapport aux Tigers, les avisant que, bien que les joueurs fussent pour la plupart des inconnus, le jeu de la Confédération du baseball de l'Iowa était de calibre si élevé qu'il pourrait s'avérer embarrassant pour une équipe professionnelle qui connaîtrait une mauvaise passe. Les Tigers ont donc décliné l'invitation.

Mon père a remis son mémoire, un manuscrit de 288 pages, au département d'histoire de l'université de l'Iowa, au printemps de 1946. C'est vers cette époque que ma sœur, Enola Gay, a versé un grosse boîte de sirop de maïs dans mon berceau, ce qui a failli causer ma perte.

Quelques jours plus tard, mon père fut appelé au bureau du professeur E.H. Hindsmith, son directeur de recherche.

« Il m'a jeté un regard par-dessus ses lunettes de corne, ses sourcils étaient semblables à une croûte de neige, son visage terne, des traces de tabac à chiquer s'accrochaient à ses rides près de sa bouche. »

« "Il n'existe aucune preuve de l'existence de la Confédération du baseball de l'Iowa", a-t-il dit sans détour. "En fait, M. Clarke, il semble que mes collègues et moi-même vous ayons averti à plusieurs reprises de ne pas rédiger votre mémoire sur un tel sujet." »

Mon père savait imiter toutes les inflexions de la voix de Hindsmith. J'ai moi-même rencontré Hindsmith lorsque je fus gagné par l'obsession de la Confédération, et c'était comme si j'avais parlé à un vieil ami. La voix de Hindsmith trahissait ses racines : il était né dans un endroit appelé Breadstone Hill, au Kentucky, d'un père mineur. Mon père a joué la scène de leur conversation au moins une fois par mois pendant toutes les années où je l'ai connu.

« Ses yeux ont croisé les miens, et il m'a jeté un regard franc, bleu, froid comme l'acier. "C'est là un mémoire rédigé de main de maître". Suivit un silence théâtral. Il étirait la première syllabe de maître. "Nous avons voté à l'unanimité et nous le refusons dans sa totalité en tant que mémoire d'histoire. Toutefois, nous avons été fort impressionnés par vos talents d'écrivain, à tel point que nous avons pris la liberté d'en montrer un exemplaire à Paul Engle, de l'Atelier des écrivains de l'Iowa. M. Engle a montré beaucoup d'enthousiasme face à votre style d'écriture. Il suggère qu'après, disons, un semestre en rédaction littéraire, vous pourriez vous servir du même matériel pour en faire un roman et probablement trouver un éditeur et obtenir par la même occasion une maîtrise en littérature anglaise." Pendant tout ce temps, il m'observait pour voir quelle serait ma réaction.

« "Mais c'est la vérité", ai-je répliqué dans un gémissement. "Chacun des mots de ce mémoire raconte la vérité. Je me fous de savoir qui le réfute. Je me fous de savoir combien de personnes se liguent contre moi, peu importe leurs raisons." Oh, comme je me suis ridiculisé.

« "Nous vous conseillons fortement de tenir compte de nos recommandations, Matthieu", a ensuite dit M. Hindsmith. "Le département d'histoire est unanime : votre champ d'études devrait être la littérature de fiction. " »

Celui-qui-erre se rappelle, et observe fixement un monde désormais délimité en carrés. Le monde de l'homme blanc est rempli de carrés. Les villes sont mesurées en carrés et en rectangles : les maisons, les usines, les tables, les automobiles. L'homme blanc est obsédé par l'envie de dompter les lignes de la nature, de s'attaquer aux cercles naturels de la nature, de redresser les lignes courbes en grilles, de briser les rondeurs, de recouvrir la terre de barreaux de prison.

Les carrés n'ont aucun pouvoir, se dit Celui-qui-erre. Le pouvoir réside dans le cercle. Tout dans la nature s'efforce d'atteindre la rondeur : le soleil, la lune, les étoiles; la vie est une ronde; les oiseaux font des nids ronds, pondent des œufs ronds, les fleurs sont rondes.

Les Indiens le savaient. Les tipis, disposés en rond, sont des nids parmi d'autres nids. Celui-qui-erre se rappelle les pistes ondu- leuses, douces et tranquilles, longues comme des rivières, ondulées comme des serpents. Au début, l'homme blanc avait suivi les pistes des Indiens, mais, toujours pressé, il n'avait su prendre le temps de suivre la nature; il lui fallait vaincre la nature. Les pistes de l'homme blanc étaient rectilignes, peu importe que le chemin fût parfois impraticable. Puis vinrent les rivières d'acier, elles aussi rectilignes, se croisant toujours à angles droits.

Celui-qui-erre, dans l'une de ses vies, avait construit un abri rond, l'avait recouvert de peaux, avait chassé avec fierté; riche, il avait bien subvenu aux besoins de sa squaw et de ses petits. Il avait possédé de nombreux chevaux. Il avait construit cet abri rond à l'orée d'un bocage rempli de toutes les espèces d'oiseaux, sur les rives calmes de la rivière Iowa, éloigné du village blanc le plus près.

Mais les Blancs ont découpé la terre en carrés, ils en ont pris possession, même si chacun sait qu'il est impossible de vendre le sol où chacun pose les pieds. La terre, comme le ciel, n'est pas à vendre.

Les hommes blancs sont venus, ont traversé les collines avec bruit, sans peur au ventre, car leurs carabines et leurs machines savent humilier la nature. Ils ont mesuré la terre, l'ont entourée de cordages pour la délimiter, comme s'ils avaient pu la retenir.

Ils ont regardé l'abri de Celui-qui-erre, visage impassible.

« Tu ne peux plus vivre ici », lui ont-ils dit.

« La terre appartient à tous les hommes », leur a répondu Celui-qui-erre.

« Pas à toi, l'Indien », ont-ils dit. « Pour toi, il y a la réserve. Selon la loi, tu dois vivre dans la réserve. »

Celui-qui-erre a fait mine de ne pas comprendre, et prié pour qu'ils s'en aillent. Ce qu'ils ont fait, non sans lui laisser un avertissement, comme un amoncellement de nuages faisant gronder le tonnerre dans le ciel.

« Une lune », ont-ils dit. « Ça se passera mal si tu n'es pas parti. »

Quelle influence mon père a-t-il eue sur ma vie ? Il a été comme un géant m'étouffant sous son ombre. Dès que son souvenir recule d'un pouce dans ma mémoire, son ombre grandit d'un pied. Son souvenir me tient dans les hauteurs : il est un Cyclope, un colosse en colère, qui me secoue dans les airs en me tenant d'un seul bras tandis que je me débats, jouet minuscule.

Et pourtant, il m'est très difficile de prendre au sérieux un homme qui a été tué par une balle frappée en flèche. Aussi macabre que cela puisse paraître, il y a quelque chose de drôle dans le fait de se faire tuer par une balle frappée en flèche. C'est un peu comme de se faire frapper à mort par la foudre. Voici quelques années, à Iowa City, un homme a vraiment été frappé par la foudre. Il marchait sur le trottoir en se rendant chez sa fiancée, puis, *floc,* il était frit comme un œuf sur le trottoir, cuit comme un hamburger, étalé comme du mercure brillant au soleil. Il paraît même que c'était un pratiquant, diacre ou marguillier, ou quelque chose du genre. Je me suis souvent demandé ce que pouvait vraisemblablement dire un pasteur, en gardant l'air sérieux, sur un homme frappé à mort par la foudre. C'est si biblique. Si prophétique. Si comique.

Je suis le seul à savoir que mon père s'est suicidé. Je ne l'ai jamais dit à Claire, aux Baron, à ma sœur, à ma mère, ni à mon meilleur ami, Stan. Je suis persuadé qu'en ce clair après-midi ensoleillé de septembre au County Stadium de Milwaukee, où le souvenir du givre craquait dans l'air rendu âcre par l'odeur des feuilles brûlées, mon père a vu venir le coup en flèche. Bill Bruton, le voltigeur de centre de Milwaukee, avait tardé à frapper la balle rapide de Harvey Haddix et l'avait envoyée siffler au-dessus de l'abri des visiteurs, à une vitesse de plus de cent milles à l'heure. Mon père notait la partie sur sa feuille de pointage et il n'a prétendument jamais vu venir la balle, qui l'a frappé de plein fouet sur la tempe gauche, faisant éclater un vaisseau sanguin et le tuant sur-le-champ. Mais j'étais là moi aussi. Il est bien vrai qu'il était en train d'écrire sur sa feuille de pointage. J'ai conservé la feuille de pointage ; on y voit un ultime trait de plume glisser vers le bas, comme la courbe vacillante d'une action qui perd de sa valeur. Moi, pour une raison que j'ignore, tout en versant ce qui restait de la boîte de maïs soufflé dans ma main droite, j'observais mon père du coin de l'œil. Il a vu venir la flèche — je jure que j'ai vu le reflet de la balle dans sa pupille — et plutôt que de se pencher ou de reculer la tête pour l'éviter, il a baissé imperceptiblement la tête, en un geste las de résignation, et a laissé la balle le frapper, mettant ainsi fin à son long et infructueux combat contre ses bourreaux, ces bureaucraties poltronnes qui, pour une raison quelconque, refusaient de reconnaître l'existence de la Confédération du baseball de l'Iowa.

À le voir là, en manches de chemise, replié en boule dans le soleil aveuglant de l'après-midi, je savais qu'il était mort, car au même instant, je commençais à faire le plein de l'information à laquelle lui seul avait eu accès pendant de si nombreuses années. C'était comme le transfert d'une écluse à une autre. Là, dans le County Stadium, l'odeur d'herbe fraîchement tondue et d'oignons frits dans les narines, j'étais soudain illuminé comme un vieux juke-box, éblouissant de néons criards. Je débordais de connaissance, et je bouillais de l'indignation du juste, car aucune autre âme au monde ne voulait s'intéresser à ce savoir.

Ce qui avait été infligé à mon père m'était à mon tour infligé. L'histoire de la Confédération du baseball de l'Iowa était transplantée dans mon cerveau, comme on transplante un régulateur cardiaque dans un cœur palpitant.

Si je pouvais choisir ma mort, je suppose que je voudrais mourir comme lui. Y a-t-il meilleure façon de quitter ce monde ? Dans la luminosité apaisante du soleil, le craquement du bâton qui frappe la balle, le grondement de la foule. Entouré de tout ce qu'on aime. Je ne lui en veux pas un seul moment de sa résignation, s'il s'agit bien de cela. Il avait pourchassé l'insaisissable Confédération du baseball de l'Iowa pendant dix-huit années et tout ce temps, elle était restée hors de portée, inatteignable lapin mécanique de ses rêves.

Sur le chemin du retour vers Iowa City, j'ai conduit notre camionnette Fargo verte tandis que, dans un cercueil doublé de satin, la dépouille de mon père voyageait en train à double tarif dans un fourgon à bagages. J'ai moi-même pris les dispositions funéraires. Je n'ai appelé personne. À qui aurais-je pu annoncer la nouvelle ? J'avertirais les Baron à mon retour à Onamata. Si je leur avais appris cela avant de rentrer, ils auraient insisté pour venir à Milwaukee. Après tout, je n'étais pas sans ressources.

Je n'ai jamais songé à ne plus essayer de faire reconnaître la Confédération. Au moins n'avais-je pas à me préoccuper d'argent. Mon père n'était certes pas riche, mais la grande et vieille maison d'Onamata ainsi que l'immeuble qui abritait l'agence d'assurances étaient payés. Mon père avait pris à son service une femme charmante, Mme Lever, qui gérait l'affaire. Elle était grande, aussi plate qu'une planche à repasser, portait ses cheveux gris tirés vers l'arrière par des peignes et avait des lunettes nacrées. Elle était l'épouse d'un producteur de maïs qui, retraité, était parti pour la ville et avait laissé son aîné reprendre la ferme. Elle devait être beaucoup plus jeune qu'elle n'en avait l'air — ou peut-être qu'un adolescent sur le point d'avoir dix-sept ans estime-t-il que tout le monde est vieux — car elle dirige toujours l'agence.

Il y a quatre ans environ, je lui ai dit : « Accordez-vous une augmentation de cent dollars par mois. Continuez à diriger l'agence comme vous l'avez toujours fait. À la fin de l'année, nous partagerons les profits. »

Elle a un peu hésité, mais elle n'a pas refusé.

L'année suivante, je lui ai accordé une autre augmentation et soixante pour cent des profits. L'automne dernier, je lui ai dit : « Tout cela vous appartient. Promettez-moi seulement de ne pas changer le nom de l'agence. »

Ma mère s'est remariée et elle s'est, semble-t-il, assagie. À quel âge ? Dans son contrat de mariage, lorsqu'elle a épousé mon père, elle disait avoir dix-neuf ans, mais avait-elle dû fournir une preuve ou l'avait-on crue sur parole ? Si elle avait vraiment dix-neuf ans, elle devait donc avoir vingt-deux ans lorsque je suis né, vingt-sept lorsqu'elle nous a abandonnés, trente-quatre lorsqu'elle a épousé ce Beecher qui, dit-on, avait ses entrées chez les Wrigley et les Cubs de Chicago.

Presque tout ce que je sais de ma mère m'a été raconté par mon père. Je me souviens de sa chaleur, de ses yeux noirs et troubles. Il m'a semblé, plus tard, qu'elle ne savait pas vraiment comment embrasser. Je me rappelle qu'elle effleurait mes joues ou mon front de ses lèvres, mais elle ne faisait vraiment qu'effleurer, pas embrasser. J'ai toujours eu l'impression d'une manière ou d'une autre d'avoir été responsable du départ de ma mère et d'Enola Gay. Peut-être avais-je été un enfant si bizarre que ni l'une ni l'autre n'avait pu me supporter. Peut-être ma mère haïssait-elle ma blondeur, la blancheur de pomme de terre de ma peau, mes cheveux couleur de papier à lettre neuf. Quelle bonne raison avait-elle de partir? Et si mon père l'avait mal-traitée? Il n'avait jamais levé la main sur elle, mais la violence peut prendre bien d'autres formes plus subtiles. Et s'il lui était insoutenable de rester dans l'indifférence? Et s'il lui avait été impossible d'accepter que mon père ait une maîtresse, une maî-tresse beaucoup plus exigeante que n'importe quelle femme en chair et en os, sexuelle et sensuelle, une maîtresse qu'elle ne pouvait combattre mentalement ou physiquement? La Confédé-ration est comme cela, vous savez. Moi, je le sais.

Ma mère s'est donc casée à trente-quatre ans, pour vivre dans une grande maison de Chicago.

Claire n'a pas encore trente-quatre ans. Peut-être y a-t-il encore de l'espoir. Peut-être Claire choisira-t-elle de se caser avec moi.

À ma grande surprise, la Belle Maudie et Enola Gay sont reve-nues pour les funérailles. J'avais pensé les avertir, mais je ne l'ai pas fait. Le décès de mon père n'a sûrement pas fait les man-chettes du *Tribune*. À moins, bien sûr, que la nouvelle ait été rap-portée dans la chronique des faits insolites : UN ADMIRATEUR ENRAGÉ TUÉ PAR UNE BALLE, ou UN ADMIRATEUR TUÉ PAR UNE BALLE ENRAGÉE. Aux funérailles, il y avait six hommes de l'organisation de Milwaukee, en habit noir, nerveux. Les Braves craignaient tellement que je les poursuive pour un montant astronomique et que je gagne le procès qu'ils ont décidé de payer les frais de transport de mon père jusqu'à Iowa City, le corbillard et l'embaumeur, ainsi que le cercueil en chêne aux poi-gnées d'argent : il s'agissait en soi d'un règlement. Les propriétaires de l'équipe, le directeur et les joueurs ont aussi envoyé des couronnes de fleurs qui auraient eu l'air à leur place parmi le cercle des vainqueurs au derby du Kentucky.

On m'a également fait parvenir une poche contenant vingt-cinq balles de baseball, chacune autographiée par un membre de l'équipe, et on m'a aussi offert un billet de saison à vie dans une loge, privilège qui, bien sûr, a expiré en même temps que l'équipe en 1965.

Ma sœur et ma mère sont arrivées dans une limousine noire, conduite par un jeune homme au visage d'un blanc cadavérique, partiellement caché par sa casquette de chauffeur. Elles étaient toutes deux vêtues de noir avec élégance et toutes deux me paraissaient plus petites que dans mes souvenirs. Ma mère faisait à peine cinq pieds un pouce, et Enola Gay avait la même taille.

Dans la chapelle du Salon funéraire Beckman-Jones d'Iowa City, il y avait une section isolée par un rideau réservée aux membres de la famille, mais ni ma mère ni Enola Gay n'ont pris place près de moi. En fait, elles ne m'ont pas approché du tout. C'était comme si elles avaient assisté aux funérailles d'une vague connaissance, dont elles n'auraient jamais rencontré la famille.

Les Baron m'ont conduit au salon funéraire. Je me suis assis sur la banquette arrière de leur vieille Dodge confortable, qui sentait la poussière et l'huile à moteur rance, tandis que Missy fredonnait et souriait, en tortillant le bas de sa robe marron.

« Tu ne devrais pas rester seul dans cette petite pièce, Gédéon », m'a dit Marylyle Baron. «Viens plutôt dans la chapelle t'asseoir avec nous.

— Non, venez plutôt à l'intérieur avec moi, ai-je dit. Je n'ai pas envie de me sentir observé. Je suppose qu'on jase déjà. » J'ai souri un peu. « Ça n'arrive pas tous les jours que le plus grand admirateur de baseball de la communauté se fasse tuer pendant une partie de baseball.

— Ne les écoute pas, dit Mme Baron. Les gens ont l'esprit étroit et une grande gueule. »

Nous nous sommes donc assis tous les quatre sur des chaises couleur pastel dans la pièce isolée par un rideau, séparés de la chapelle par un voilage de couleur pêche assez transparent pour que je puisse reconnaître les gens d'après leur silhouette.

Je n'ai qu'une seule fois jeté un coup d'œil de l'autre côté du rideau : la Belle Maudie et Enola Gay étaient assises vers le centre de la chapelle, sagement et chèrement vêtues. Elles sont parties au moment où les porteurs se préparaient à transporter le cercueil vers le corbillard pour son voyage au cimetière Fairfield d'Iowa City. Je crois qu'elles ont bien fait de partir. Les porteurs auraient pu prendre leur limousine pour le corbillard.

Ce n'est qu'un an ou deux plus tard qu'Enola Gay est devenue l'un des premiers guérilleros urbains des États-Unis. Je dois admettre qu'Enola savait innover ; peut-être avait-elle hérité ce trait de caractère de notre père. Elle avait plusieurs années d'avance sur le gang des sept de Chicago, le Weather Underground et l'Armée de libération symbionaise. Et pour ce qui est de guérilla, elle avait bien réussi. Son premier exploit avait été l'explosion d'une filiale de la Dow Chemical à Chicago : un demi-million de dollars de dégâts et aucun blessé. Elle et ses complices avaient laissé une note, signée de leur véritable nom, suivie d'un post-scriptum : *Attrapez-nous si vous en êtes capables !*

Ils n'ont jamais été capables d'attraper Enola Gay, même si l'un des responsables de la première explosion s'est livré à la police au début des années soixante-dix pour se vider le cœur en échange d'une période de probation de trois ans et d'une réconciliation avec sa riche famille. Il est désormais vice-président d'une banque. Un autre membre du groupe s'est fait sauter en 1969, près d'une usine d'emballage d'Omaha où se déroulait un conflit de travail. Dans tous les bureaux de poste des États-Unis, on peut voir des affiches d'Enola Gay qui montrent de quoi elle avait l'air quinze années plus tôt et ce qu'on pense qu'elle devrait avoir l'air aujourd'hui. La liste de ses crimes remplit deux pages des avis de recherche. Il y a un collectif de femmes nommé en son honneur à Iowa City, et la clinique d'avortement de Winston-Salem, en Caroline du Nord, porte son nom. Il arrive qu'une voiture remplie de femmes débraillées portant des t-shirts à slogans politiques passent devant ma maison, et quelques regards viennent scruter l'endroit où est née Enola Gay.

Après l'enterrement, Marylyle Baron m'a attrapé par le bras tandis que j'essayais de partir à la sauvette — de quitter les Baron, les condoléances polies des voisins et des connaissances qui, n'ayant rien à dire, tenteraient quand même de le dire. Dommage qu'il n'y ait pas de carte de souhait qui dise : « Désolé qu'un de vos proches ait été tué par une fausse balle. »

« Tu reviens à la maison avec nous, a dit Mme Baron. Tu ne retourneras sûrement pas dans cette grande maison solitaire. En fait, je crois que tu devrais venir habiter chez nous. Tu pourras terminer tes études. Mais malheureusement, tu devras marcher un mille plutôt qu'un coin de rue pour te rendre à l'école. » John Baron se tenait derrière elle, opinant de sa grosse tête à crinière grise.

« Je te ferai des biscuits, a dit Missy. Gédéon sera moins triste si je lui fais des biscuits, non ? » demanda-t-elle à sa mère, souriant en toute innocence, laissant poindre un peu d'espoir dans son enthousiasme.

Missy fait d'excellents biscuits en pain d'épices ; elle a toujours su comment. Marylyle a pu lui apprendre comment mélanger les ingrédients, diviser la pâte en petites boules, aplatir les boules au rouleau à pâte, tracer des sillons dans chaque biscuit avec les dents d'une fourchette et placer les biscuits sur une plaque de cuisson graissée, prête à mettre au four. Je l'ai regardée faire d'innombrables fois ; elle chantonne à mesure qu'elle exécute ce rituel, concentrée, les sourcils froncés comme quelqu'un qui tenterait de résoudre un problème de mathématiques.

« Je me sens toujours bien avec toi, Missy », lui ai-je dit en lui tapotant le bras.

J'ai vécu avec les Baron durant deux années, jusqu'à la fin de mon cours secondaire à Onamata. J'ai voulu payer moi-même mes dépenses. C'était la moindre des choses.

C'est à cette époque que Marylyle Baron m'a raconté ce que j'appelle la tradition orale de Big Inning, Iowa. D'elle, j'ai appris que je n'étais pas si différent des autres après tout. Je lui ai raconté mon histoire de la Confédération et, bien qu'elle n'eût aucun souvenir des événements que je savais vrais, elle a tout de même été en mesure d'ajouter à mon répertoire des contes populaires plutôt étonnants.

Celui-qui-erre se souvient du désert éclatant, des collines du Dakota où ondulait l'herbe verte et argentée. Celui-qui-erre a combattu aux côtés de Crazy Horse, a galopé avec lui dans la nature, partagé ses rêves les plus intimes, il était avec lui lorsque sa fille unique Ils-ont-peur-d'elle agonisait, étouffée par ses sécrétions, avant même d'avoir eu cinq ans.

Celui-qui-erre était là lorsque Crazy Horse est mort, assassiné par un soldat dénommé Gentles, retenu par derrière par son frère, le perfide Little Big Man. D'un couteau aussi bleu que la clarté de la nuit, Celui-qui-erre a extrait le noble cœur du mort, l'a rapporté aux vieux parents du guerrier, qui l'ont englouti dans les eaux pures et claires du ruisseau Wounded Knee.

Chapitre 3

« Je crois que je vais aller me coucher », ai-je dit aux Baron, tôt dans la soirée qui a suivi les funérailles. Je n'arrivais plus à supporter la conversation, aussi affectueuse et attentionnée fut-elle.

Mais dans ma chambre, sous les draps de pur fil bien repassés, je n'arrivais pas à m'endormir. Je me suis relevé, je me suis habillé, puis j'ai traversé le corridor et descendu les escaliers sur la pointe des pieds comme un voleur, tenant mes chaussures à la main, devant moi.

Le ciel était clair, les étoiles étincelaient, la terre était encore chaude du soleil de l'après-midi. J'ai parcouru les rues dans la nuit silencieuse, je suis passé devant la petite église catholique d'Onamata, son clocher trônant au milieu d'une trinité d'ombres ; des chênes verts de chaque côté de l'église avaient presque atteint la même hauteur que l'édifice. Le long de la route, le maïs blond et craquant jacassait comme de petits rongeurs dans la brise, ténue comme un soupir.

Onamata était silencieuse ; on entendait le bourdonnement des lampadaires. Au-dessus d'une haie, on apercevait de temps à autre le scintillement d'une luciole ; on pouvait entendre une bestiole courir dans l'herbe trop longue d'une cour. J'ai laissé mes pas me guider vers la maison inhabitée. Je suis monté à ma chambre et j'ai récupéré ma trompette, entourée de velours fuschia dans son boîtier noir.

La lumière de la lune glissait sur la trompette, la faisant briller jusqu'à donner l'impression que je tenais de l'or liquide dans mes mains. Je me suis dirigé vers la petite colline aux abords de la ville, où la terre s'élève progressivement des rives de la rivière Iowa. La rivière ce soir-là était si calme qu'on l'eût dite peinte dans le paysage. J'ai monté la pente douce, jusqu'à l'endroit où je savais qu'avait existé autrefois le terrain de base-ball de Big Inning. Je savais qu'une chose terrible, une chose qui avait dû changer le cours de l'histoire, s'était produite à cet endroit. J'ai marché jusqu'au point le plus éloigné du champ centre, m'arrêtant sur les bords d'un précipice qui avait dû être une falaise à bisons. Je suis resté là à observer les vastes étendues de maïs, les lampadaires d'une ferme ou deux comme des piqûres d'épingles dans le noir. Derrière moi, le rougeoiement sinistre d'Onamata, comme un feu de camp au-dessus d'une montagne.

J'ai pointé ma trompette vers le ciel et l'ai laissée pleurer à ma place, pour qu'elle traduise ma douleur en musique. J'ai joué entièrement *Take Me Out to the Ball Game*, d'un ton aussi plaintif que le chant du huard, aussi mélancolique que le son du clairon lors d'un enterrement. À la fin, j'ai repris mon souffle pendant quelques secondes, puis j'ai rejoué l'air en accélérant le rythme jusqu'à ce qu'il soit presque normal tout en restant expressif. Enfin, sachant bien que mon père ne voudrait pas que je m'apitoie trop longtemps sur mon sort, j'ai joué à tue-tête, comme j'aurais joué au milieu de la septième manche devant cent mille spectateurs en liesse pendant un match de championnat.

Une seule fois avant que je ne retourne dans ma propre maison, avant de rencontrer Claire, j'ai amené Missy Baron dans la cuisine fraîche et haute de plafond, aux grandes armoires et à l'évier rectangulaire à fond plat. Au-dessus de l'évier trônaient des robinets à poignées de porcelaine. J'ai fait de la soupe et des sandwiches au fromage fondant, la spécialité des célibataires. Je voulais surtout savoir si Missy pouvait elle aussi se rendre compte des événements étranges qui se déroulaient dans la cuisine. Je crois aussi que je voulais que quelqu'un confirme ce que j'avais vu ; il me fallait une preuve que l'obsession de la Confédération n'était pas en train de me déranger l'esprit.

Nous avons terminé notre repas, Missy prenant bien soin de ne pas perdre une seule goutte de sa soupe et de ramasser du bout de son majeur les dernières miettes de son sandwich.

« Tu nettoies vraiment bien ton assiette », ai-je dit.

Le visage de Missy s'éclaira d'un sourire.

« On ne doit pas gaspiller la nourriture », dit-elle. Il me semblait reconnaître le ton de Marylyle Baron comme en écho dans la voix légèrement nasillarde de Missy.

« Tu as bien raison, ai-je dit. Allons nous asseoir sur la véranda. »

Comme nous nous levions pour quitter la pièce, l'eau s'est mise à couler à grands jets dans l'évier, le savon à vaisselle à sortir de sa bouteille, et des bulles ont monté jusqu'au bord de l'évier. Puis les assiettes, comme si elles étaient manipulées par des domestiques invisibles, flottaient dans l'évier et s'y trempaient d'elles-mêmes, tout doucement, comme des enfants qui se laissent glisser dans un bain de bulles.

Une fois la vaisselle lavée et rincée, les assiettes, les tasses et les ustensiles ont glissé comme des papillons jusqu'à leur place assignée sur les étagères, puis les portes d'armoires et les tiroirs se sont doucement refermés.

Tout ce temps, Missy était restée là, extasiée. Je tenais ma revanche. Ce que j'avais vu s'était produit pour vrai. Lorsque nos regards se sont croisés, je souriais d'une oreille à l'autre, éclatant de joie. Jamais je n'avais partagé ce mystère avec quiconque auparavant. Mon père parlait sans cesse de magie dans l'air, mais je n'avais jamais vraiment su jusqu'à quel point il avait été témoin de cette magie. Jusqu'à aujourd'hui, la vaisselle avait exécuté son petit manège uniquement lorsque j'étais seul en sa présence.

« Elles ne se rincent qu'une seule fois », avait dit Missy, sérieuse comme un pape. « Maman dit qu'il faut rincer une fois pour enlever le savon et une autre fois pour tuer les microbes. »

Si les fantômes de la cuisine ont entendu, ils ne semblaient pas vouloir le laisser paraître, même si j'ai cru un instant

entendre une porte d'armoire donner un petit coup de l'intérieur comme pour mieux se refermer.

Après les funérailles, Missy a fait des biscuits, et je lui ai donné
un coup de main. Quelquefois, il m'arrivait de la taquiner et de
prendre la fourchette pour tracer une croix sur l'un des biscuits,
ou encore un sillon très mal centré. Missy pinçait alors les lèvres
d'exaspération ; elle devenait la mère, et moi l'enfant.

« Voyons, Gédéon, c'est pas comme ça qu'il faut faire », disait-
elle d'un air renfrogné. Puis elle prenait alors délibérément le
biscuit en pain d'épices mal dessiné, passait le rouleau à pâte
pour effacer les marques et avec d'extrêmes précautions, refaisait
les marques de fourchette.

C'était un bon divertissement, et ça me faisait penser à autre
chose qu'à la mort de mon père et au trésor incommensurable de
connaissances sur la Confédération du baseball de l'Iowa qui ne
cessaient de tourner et virevolter dans ma tête comme des vêtements dans la sécheuse.

Plus tard, du bout du corridor, j'écoutais Missy faisant éclabousser l'eau de son bain, rigolant comme un enfant de cinq ans.
« Gédéon, viens voir mon voilier », criait-elle entre deux éclaboussures.

Puis de derrière la porte, j'entendais la voix ferme de Marylyle qui disait : « Tu es trop grande pour que Gédéon vienne te
voir jouer dans ton bain. »

Je pouvais toutefois assister à sa prière du soir. Tout le monde
y assistait. John Baron se tenait tout juste à l'intérieur du cham-
branle peint en blanc, au seuil de la chambre où des ballerines
dansaient pour l'éternité sur le papier peint et où un lit à balda-
quin s'appuyait sur le mur le plus éloigné. John portait une salopette et une chemise à carreaux rouge et noire, ses cheveux
blancs étaient coiffés en banane, son visage large et brûlé par le
vent. Il avait l'air un peu gêné, comme s'il avait peur de laisser des
traces de cambouis ou d'autre saleté. Missy s'agenouillait près de

son lit, sa chemise de nuit montrant une profusion de marguerites jaunes, ses cheveux encore humides après le bain.
« Bonsoir, bonne nuit, merci petit Jésus », disait Missy.

Mes tourments. La richesse est un tourment. J'étais bien assez heureux avant d'être riche. L'agence d'assurances rapportait assez pour que nous puissions payer nos impôts, mettre du beurre sur notre pain et acheter une nouvelle camionnette de temps à autre. La seule chose que j'ai faite avec cet argent a été de publier quelques petites annonces. Vous avez probablement vu mes petites annonces, j'en ai fait paraître dans presque tous les journaux, du *Christian Science Monitor* au *National Inquirer*. Ces petites annonces demandaient que quiconque se rappelant un quelconque renseignement concernant la Confédération du baseball de l'Iowa communique avec moi par l'entremise d'une boîte postale d'Onamata. J'ai reçu bon nombre de publications à caractère religieux, d'offres de coucous de la vallée du Rhin, de dépliants sur la numérologie, de brochures publicitaires sur des voyages à Hawaï et des renseignements sur la façon de devenir membre des Rose-Croix. J'ai aussi découvert que le mouvement pacifiste utilise largement le publipostage. Jusqu'à ce jour, j'ai reçu des lettres polies de plusieurs experts en baseball, réels et imaginaires, qui me disent que la Confédération n'a jamais existé.

Voici comment je suis devenu riche. Ma mère, Maude Huggins Clarke, a épousé un homme appelé Beecher, qui s'est révélé être un parent des Wrigley, les propriétaires des Cubs de Chicago, et de plusieurs millions de dollars. Il est décédé alors que j'avais dix-neuf ans, sans testament. Ma mère était sur le point de toucher la totalité de l'héritage — l'homme n'avait pas d'assez proche parent qui aurait pu soulever d'objection légale — lorsque les exécuteurs testamentaires ont découvert que ma mère avait des enfants d'un premier mariage. Grâce à une excentricité de la loi de l'Illinois, Enola Gay et moi sommes devenus ses héritiers : cinquante pour cent de la succession est allée à ma mère, et vingt-cinq pour cent chacun à ma sœur et moi.

Les exécuteurs n'ont jamais pu verser sa part à Enola Gay, car avant que l'affaire ne soit dépêtrée, Enola Gay avait déjà lancé sa carrière de guérillero urbain. Je ne sais pas si Enola Gay se rend compte que je n'ai presque pas touché mon héritage ; je dirais qu'elle s'en doute. Tard le soir, il arrive que le téléphone sonne, et bien que je soupçonne qu'il s'agisse d'Enola, je réponds au cas où Claire serait au bout du fil. Enola veut que je lui donne une partie de mon argent, ou que je réclame sa part de l'héritage pour ensuite la lui remettre. Ça m'étonnerait qu'elle ait été très gentille avec mon chat Shoeless Joe dans ses vieux jours.

« Surveille tes arrières, salaud », m'a dit Enola Gay quand elle a appelé la dernière fois. Ça doit être plutôt frustrant de savoir que tout cet argent est à sa portée, qu'il pourrait servir sa cause, et de ne pas pouvoir mettre la main dessus.

« Je pense que le FBI a mis ma ligne sur écoute », ai-je dit à Enola, et elle a raccroché.

Ma part de l'argent a été déposée dans un fonds que gère un cabinet d'avocats d'Iowa City. J'ai signé une procuration ; les avocats investissent l'argent en mon nom, ils paient mes impôts et me tiennent au courant de l'état de ma richesse. Toute cette richesse ne pourrait acheter une seule chose que je désire. Je veux
(a) que Claire m'aime suffisamment pour vivre avec moi ;
(b) qu'on nous donne raison, à mon père et à moi-même, et prouver que la Confédération du baseball de l'Iowa a existé ;
(c) faire quelque chose pour Missy Baron.

Aucun élément de cette liste n'exige une grande richesse, et ça ne m'étonne pas.

Le chat. Je le serrais dans mes bras, et il pendait alors devant moi comme une grosse serviette de bain orangée. Lorsqu'il avait faim, il venait se frotter contre mes chevilles, à m'en faire perdre l'équilibre. Je crois que ce chat m'a appris l'indifférence. Il voulait être nourri, caressé, qu'on le fasse entrer et sortir. Quand il avait ce qu'il voulait, il manifestait le plus grand mépris. Sinon, il devenait aussi servile qu'un chien.

Lorsqu'il se sentait bien, il se couchait sur le dos et me laissait caresser ses pattes de devant ; j'appuyais alors sur les coussinets, semblables à des mocassins, et faisais sortir puis rentrer les griffes. Il était tout chaud, les yeux remplis d'adoration, aussi doux que les coussins de velours du sofa du salon.

Enola n'aimait pas Joe. Je n'ai jamais compris pourquoi elle l'a emporté avec elle alors que je n'avais pas encore six ans. Si elle n'avait pas pris mon chat, j'aurais réclamé son argent, l'aurais mis en petites coupures dans une valise et l'aurais laissé à son intention dans une poubelle d'un parc quelconque de la banlieue de Chicago par un soir de pluie. Lorsque je le lui ai dit, elle a craché des jurons dans mes oreilles et a raccroché le téléphone.

Les hommes qui ont déblayé et nivelé le terrain pour construire un terrain de baseball aux abords de Big Inning ont souvent vu, ou ont souvent cru voir, rapide comme un cerf parmi les peupliers s'agitant au vent par delà le champ extérieur, le visage d'un Indien géant.

Il avançait en bondissant derrière le bouquet de peupliers, levant haut les genoux, le dos arqué vers l'arrière, comme pour exécuter une danse sacrée ou une grande cérémonie. Parfois, dans l'air pur du matin, en se penchant pour enlever des racines, ils entendaient sa voix, hurlant comme un coyote ou roucoulant un cri d'oiseau plaintif. En d'autres occasions, ils sentaient sa présence seulement. Il arrivait quelquefois au cours d'un après-midi humide d'été que les hommes interrompent leur travail, remarquent le silence qui entourait le terrain, les arbres, la rivière. L'un d'eux frissonnait alors, malgré la sueur qui coulait sur son visage et sa poitrine.

« On vient de marcher sur ma tombe », disait-il aux autres, avec un rire embarrassé.

Quelqu'un d'autre disait : *« Ce maudit Indien n'est pas très loin. Je peux sentir sa puanteur, mais je ne le vois pas. »*

Personne ne disait mot et chacun observait les alentours. Puis un oiseau poussait un cri, ou un taon piquait un des hommes ou encore une grenouille chantait sur la rive, et tout rentrait dans l'ordre, comme si l'instant de silence ne s'était jamais produit.

Celui-qui-erre, qui avait été assez près des hommes blancs pour humer leur sueur, assez près pour tendre la main et toucher leur dos ruisselant, disparaissait parmi les peupliers, ricanant doucement comme la brise.

« Tu te souviens de Walt "No Neck" Williams ? », me demande soudainement mon ami Stan, fidèle à son habitude de sauter du coq à l'âne.

Nous sommes accompagnés de nos épouses, sur le chemin du retour après un match en soirée à Cedar Rapids.

« Hum », laissé-je entendre sans trop me commettre. « Le nom me dit quelque chose, mais les détails m'échappent. Il a fini sa carrière au Japon, non ?

— Il jouait pour les Sox. Les White Sox. On l'appelait Walt No Neck parce qu'il n'avait vraiment pas de cou. » Stan rit, d'un long rire qui bégaie, donnant l'impression qu'une écale d'arachide est coincée dans sa gorge. Une automobile nous suit et ses phares éclairent le rétroviseur, qui à son tour jette un trait de lumière blanche comme un rayon de lune sur le front de Stan. Comme je l'observe de mon côté de la banquette, il a l'air de porter un masque doré.

« L'an dernier, j'ai croisé No Neck Williams dans la rue, à Chicago, poursuit Stan. J'ai quasiment perdu la tête. "Hé ! No

Neck", ai-je crié, avant de déposer mes valises sur le trottoir pour courir le rattraper.

« Tu te rappelles, Gloria ? » Il adresse ces derniers mots à sa femme, en tournant la tête vers l'arrière pour s'assurer de sa présence, le masque de lumière glissant au même instant autour de son oreille.

Gloria est une grosse Polonaise débraillée, pleine d'entrain et d'endurance. Jusqu'à maintenant, elle a frappé des fausses balles sur toutes les courbes que la vie lui a lancées, mais j'ai remarqué que ses sourcils se sont rapprochés lui donnant un air légèrement renfrogné, comme si elle avait fixé l'horizon trop longtemps.

« En fait, il s'est furtivement éloigné de moi. Tu te rappelles de ça, Gloria ? Je suppose qu'on doit souvent croiser des lunatiques quand on fait partie des ligues majeures. J'arrêtais pas de lui dire : "Je te regardais jouer quand t'étais pour les Sox. T'étais un joueur formidable, mon gars, vraiment formidable." Puis j'ai sorti mon portefeuille pour y chercher quelque chose à lui faire signer, mais j'avais même pas un bout de papier, rien, pas même un reçu de Master Charge ; je lui ai donc demandé de signer au dos d'une photo de Gloria. C'est une photo que je porte sur moi depuis dix ans, Gloria est en jean et ses cheveux sont coiffés tout en hauteur, et elle se tient debout près de la Buick 69 de son vieux. No Neck m'a regardé comme si j'étais fou de laisser ma femme et mes valises sur le trottoir pour lui courir après. Tu ne te souviens pas de lui, Gédéon ?

— Je ne m'intéresse pas aux joueurs actuels autant que toi, Stan. »

Claire, mon épouse, est écrasée dans un coin de la banquette arrière, dans mon dos. Elle n'a pas dit un mot depuis que nous avons quitté le terrain de baseball de Cedar Rapids. J'aperçois le rougeoiement de sa cigarette du coin de l'œil. Assise là derrière, elle est aussi menue qu'un enfant. Je me demande comment quelqu'un de si petit, qui a l'air d'avoir si peu d'importance, peut arriver à me déchirer à ce point.

« No Neck est à peine plus vieux que nous, Gédéon, dit Stan. Il a joué sa dernière partie dans les majeures en 1975. Tu sais ce que ça me fait ? Un gars qui a à peine deux ans de plus que moi a pris sa retraite. Et moi j'essaie encore de me rendre dans les majeures ?

— Tu y arriveras, Stan », dis-je automatiquement, tout comme je l'ai fait toutes ces années pendant près de la moitié de ma vie.

Stan et Gloria sont venus à Onamata rendre visite à la mère de Gloria ; elle est tout ce qui leur reste de famille à tous deux dans les environs. Le père de Stan est mort et sa mère est partie en Floride vivre avec une sœur mariée.

Depuis le printemps, Stan joue au baseball au sein d'une équipe du AAA à Salt Lake City, mais il s'est fait une vilaine entorse à la main voilà quelques semaines et le club l'a mis sur la liste des blessés puis a fait venir un jeune d'une équipe de Burlington, Iowa, pour le remplacer.

« Je voulais demander à No Neck s'il s'entraînait beaucoup. Je te parie qu'il s'entraînait comme un malade, sinon il ne se serait jamais rendu dans les majeures. Tu te rappelles à quel point je pouvais m'entraîner, Gédéon ? Gloria ? Hé, Claire, t'es affreusement tranquille. Je t'ai jamais dit à quel point je pouvais m'entraîner ? »

Claire tire une bouffée de sa cigarette, mais elle ne répond pas.

Stan est grand et musclé, il a la tête carrée et les cheveux courts, mais son visage est ouvert et innocent comme celui d'un enfant costaud. Ses yeux écartés sont d'un bleu pâle ; ses cheveux, qui sont plus foncés aujourd'hui, avaient la couleur des citrons lorsque nous étions enfants, et Stan ne cessait de les mouiller, comme s'ils avaient été du gazon et qu'ils seraient plus vigoureux une fois arrosés.

« Mon vieux n'a jamais aimé le baseball, mais j'arrivais à le faire sortir, et quand il s'installait devant la porte de la grange, je lui demandais de me frapper des ballons. Toutes mes paies servaient à acheter des balles de baseball, tout l'argent que j'ai gagné à travailler pour le vieux Piska, l'entrepreneur en ciment. Le samedi, je transportais des seaux de ciment au bout de chaque bras, de la boîte à mortier jusqu'au trottoir ou au plancher de garage que nous étions en train de faire. Je prenais ma paie, et j'achetais une boîte de balles de baseball, toute une douzaine.

« Je les déposais sur mon lit, comme un plein sac d'oranges blanches, et je les humais, je les touchais, je les prenais dans mes mains comme un grippe-sou son argent. Dommage que je n'aie pu en fabriquer de vraies, comme celles qu'on faisait dans ta cour, non, Gédéon ? Bon Dieu qu'elles puaient, mais on s'amusait bien.

« Parlant de puanteur, le vieux n'était pas vraiment un bon frappeur, et il lui arrivait de temps à autre de frapper une fausse balle dans ce maudit enclos à cochons. Il fallait alors que je lave toute cette merde, et parfois quand j'entrais dans l'enclos, un de ces gros salauds tenaient la balle entre ses dents ; il fallait alors que je lui descende un coup sur le museau pour lui faire lâcher prise, et la balle finissait par avoir des marques de dents pour toujours. »

Stan se tait une ou deux secondes. Il fait sombre sur la route. J'aperçois un éclair orangé derrière moi au moment où Claire s'allume une autre cigarette. Je constate qu'elle plisse l'œil gauche pour le protéger de la fumée. Sa peau bistrée est marquée d'une cicatrice rose comme un ver de terre, qui descend sur un pouce de long du coin de son œil jusqu'à sa pommette. De petites ridules s'étendent de chaque côté de ses yeux. Claire a beaucoup vieilli depuis sa dernière escapade.

« J'adore ce jeu, j'ai toujours adoré ce jeu, pas vrai Gédéon ? J'ai toujours rêvé de faire carrière dans le baseball. Ce n'était pas que de vagues espoirs comme en ont presque tous les garçons. Je savais ce que je faisais. J'ai gagné ma vie à jouer au baseball pendant près de quinze ans. Et tu verras si je me rendrai dans les majeures, tu verras bien.

— Tu y arriveras Stan. On le sait bien, ai-je dit.

— Je veux dire, j'ai vu des gars qui avait deux fois plus de talent que moi et qui ont tout foutu en l'air. Ils font la fête toute la nuit et ils arrivent en titubant dix minutes avant le match en affichant leur gueule de bois comme un drapeau. Ce n'est pas juste que mes réflexes soient un centième de seconde plus lents que les leurs. Je veux dire, je fais de l'exercice pendant trois heures tous les après-midi. J'ai toujours trimé dur, non, Gédéon ?

— T'as toujours trimé dur, Stan », dit Gloria dans le noir. Sa voix est sans vie. Elle répond par habitude. Elle a appris, comme moi, à être d'accord avec Stan sans même l'écouter.

« J'avais même renversé un vieux bac à lessive sur le côté et je m'en servais comme marbre. J'attrapais la balle et prenais mon élan, et j'en suis venu au point où j'arrivais, après un ou deux rebonds, à toucher le bac environ neuf fois sur dix. Tu connais la différence entre les ligues majeures et les mineures ? » Stan ne fait qu'une courte pause, ne s'attend pas à une réponse. « La régularité. Tout est affaire de régularité. Il y a des joueurs dans les mineures qui font des jeux spectaculaires et frappent la balle aussi solidement que dans les majeures, mais les gars des majeures le font plus régulièrement. Ils réussissent le jeu pas seulement neuf fois sur dix, mais quatre-vingt-dix-neuf fois sur cent. » Il reste songeur quelques instants. « Tu sais, j'arrivais à atteindre le bac neuf fois sur dix, mais la dixième fois, la balle pouvait bien se rendre trente pieds trop loin, ou encore aller frapper la porte de la grange à quinze pieds dans les airs avec un son qui ressemblait à une détonation. Hé, Gédéon, qu'est-ce que tu dirais de venir me frapper des ballons demain matin ? »

De retour à la maison après la partie, j'ai doucement embrassé Claire sur les lèvres et l'ai attirée vers moi. Ses lèvres étaient sèches et elle les tenait serrées, sans me rendre mon baiser. J'ai fait tout ce que j'ai pu pour lui faire plaisir. Je l'ai effleurée du bout des doigts, je l'ai tranquillement dévêtue, je lui ai fait un massage, je l'ai caressée, je lui ai fait l'amour avec mes mains, ma bouche, j'ai réussi à maîtriser mes élans, attendu en vain qu'elle réagisse.

Je me rappelle d'une fois semblable, un soir où Claire était mal lunée ; elle a dit des mots cruels, des mots pour que je la déteste.

« À la façon dont je te touche, ne vois-tu pas que je t'aime ? ai-je dit.

— Non », a dit Claire, nous précipitant dans un long silence.

J'ai fini par faire l'amour avec elle. Son corps n'avait aucune souplesse, comme un mannequin. Je souhaitais si désespérément réveiller ses sens, je prenais soin de me maîtriser, je l'ai bercée doucement pendant un long moment, jusqu'à ce que nos corps glissent avec délice.

« Achèves-tu? » a dit Claire, sans même un soupir. « Je suis fatiguée. »

Si elle avait deviné à quel point j'ai été près de la tuer à ce moment-là, ç'aurait fait son bonheur.

Je me suis brusquement détaché d'elle sans un mot, et je suis resté étendu comme une pierre dans le noir, mon corps tendu, les nerfs à vif. Tard dans la nuit, je l'ai entendue partir. Je me suis réveillé au tintement des cintres dans la garde-robe, et j'ai compris qu'elle mettait quelques chemises, un ou deux jeans dans la même valise déformée avec laquelle elle était arrivée douze années plus tôt. J'étais couché, aussi tendu qu'une corde de piano, craignant de parler, craignant de ne rien dire. Elle a doucement refermé la porte de la maison sur elle; j'ai entendu le bruit léger de ses pas dans l'escalier s'estomper à mesure qu'elle avançait sur le trottoir.

Où va-t-elle? Comment s'y rend-elle? Il n'y a pas d'autobus, pas de voitures. Je suppose qu'elle marche jusqu'à la grand-route et qu'elle attend comme un enfant misérable sur le bord du chemin. Il me semble entendre le sifflement sinistre des freins pneumatiques d'un camion qui s'arrête sur le bas-côté…

Je me rappelle une nuit, il y a de nombreuses années, où j'étais sorti d'un restaurant en courant à sa poursuite, terrifié à l'idée de ne plus jamais la revoir. Je me rappelle le visage de l'homme dans une camionnette immatriculée au Tennessee qui était en train de la perdre. Il ne devait pas avoir plus de trente-cinq ans, bien qu'il m'ait paru vieux. Je n'ai jamais oublié la douleur sur le visage de cet homme qui ne semblait rien comprendre. J'ai souvent revu cette image depuis. Mon visage la porte comme un masque tragique.

Ces derniers temps, Marylyle Baron a commencé à me raconter petit à petit ses souvenirs.

« Je n'arrive pas à croire que tu parles sérieusement de cette ligue de baseball, me dit-elle. Il y a toujours eu des événements bizarres dans le comté de Johnson. Je suppose que tu es trop jeune pour te rappeler de la Peste à reculons?

— Probablement », dis-je en la regardant d'un air interrogateur.

Les Baron ont une grande cuisine à l'ancienne; on voit encore les marques laissées par l'écrémeuse sur le prélart. Il y aussi un divan fleuri dans la cuisine. Missy y est assise de côté, et elle habille soigneusement sa poupée, Suzanne, de quelques vêtements qu'a cousus sa mère. Missy fredonne et parle à sa poupée sur un ton apaisant.

« C'était au début du siècle ; je n'étais pas encore mariée. Les gens étaient beaucoup plus superstitieux qu'ils ne le sont maintenant. Malgré tout notre esprit d'aventure, nous étions des gens plutôt ignorants. La médecine était encore assez primitive aussi. Pas qu'elle ne le soit plus aujourd'hui. Mais ni la médecine, ni la religion, ni même le folklore ne pouvaient expliquer la Peste à reculons.

« Ce qui s'est produit, c'est qu'un groupe de jeunes gens, tous de dix-sept à vingt ans, se sont mis à perdre du poids, une livre par semaine exactement. Il a fallu du temps avant qu'on ne s'en rende compte parce qu'il n'y avait jamais deux malades par famille, et il n'y en avait qu'un ou deux par village. Il y en a eu deux ici dans le nôtre, deux autres vers Blue Cut, quatre à Iowa City, et quelques-uns encore aussi loin au sud que Frank Pierce et Boscurvis.

« Lorsque les familles de ces jeunes gens se sont rendu compte qu'ils maigrissaient, plusieurs d'entre elles sont allées voir les médecins. En ce temps-là, le seul hôpital de la région était à Iowa City. Eh bien, les docteurs n'ont pas su que penser. Ils ont fait passer aux jeunes tous les tests connus à l'époque, mais n'ont rien trouvé d'anormal. Les jeunes gens étaient en bonne santé, mais, quoi qu'ils aient mangé et même s'ils faisaient peu d'exercice, ils perdaient une livre par semaine.

« Ce que les docteurs ont découvert, c'est que non seulement ces jeunes-là perdaient du poids, mais ils rapetissaient aussi : leurs os devenaient plus courts, tout devenait plus petit.

« Et alors, les docteurs ont aussi découvert que les victimes régressaient mentalement autant que physiquement. » Marylyle fait une pause et m'observe de ses yeux bleus délavés.

« Et après, que s'est-il passé ?

— Si tu crois à *ça*, tu es prêt à croire n'importe quoi, Gédéon Clarke.

— Je suis prêt à croire n'importe quoi, ai-je dit en riant. Cette histoire n'est pas à moitié aussi folle que la mienne sur la Confédération. À part ça, les roses trémières me parlent. Elles l'ont toujours fait. J'ai toujours voulu vous le dire.

— C'est tout ? demande Mme Baron. Les fleurs ont toujours parlé à Missy. » Elle m'observe de nouveau, et seuls ses yeux sourient, sa bouche ridée a l'air d'avoir été cousue.

« La Peste à reculons, poursuit-elle. Ces enfants n'ont pas cessé de régresser, de perdre une livre par semaine jusqu'à ce qu'ils aient atteint leur poids de naissance. Il a fallu à certains d'entre eux presque quatre années avant de redevenir de petits bébés. Mais aussitôt qu'ils eurent atteint leur poids de nouveau-né, ils se sont mis à grandir à nouveau, comme s'ils venaient juste de naître. Mais bien sûr, ils ne se souvenaient pas d'avoir déjà vécu ; ils ont grandi au même rythme que la première fois, ont eu les mêmes maladies, les mêmes fractures et tout le tralala. » Elle me fixe de nouveau, comme pour me mettre au défi de la traiter de menteuse.

« Je vous crois, dis-je. Pourquoi ne devrais-je pas vous croire ? Le monde est un endroit bizarre.

— Les prédicateurs s'en sont donné à cœur joie. Les tourments de l'enfer sont tombés des chaires du comté de Johnson. Ce doit être le rêve de tous les pasteurs de pouvoir prêcher sur une plaie sortie tout droit de l'Ancien Testament. La punition divine, la colère de Dieu s'écrasant sur la tête de ces jeunes pécheurs. Mais ce qu'ils avaient à dire n'avait jamais l'accent de la vérité, car ces jeunes gens atteints de la peste n'étaient ni mieux ni pires que tous les autres.

« La Peste à reculons nous a même donné une histoire vraiment émouvante. L'une des filles Hannichek, Alberta May — elle avait mon âge je crois, environ dix-sept ans, lorsque la peste l'a frappée. C'était un beau brin de fille, elle ne pesait que quatre-vingt-dix livres, et elle était fiancée à Walcomb Andrews, un jeune homme bien qui devait avoir cinq ou six ans de plus qu'elle.

« Il avait le cœur brisé. Il était tombé amoureux d'elle lors de la fête d'anniversaire donnée pour ses quatorze ans. Le père d'Alberta May avait décidé qu'elle ne pourrait se marier avant d'avoir eu dix-huit ans. Les jeunes gens obéissaient à leurs parents en ce temps-là. Lorsque Alberta May a régressé jusqu'à ses douze ans, elle n'a plus eu aucun souvenir de Walcomb Andrews, mais ça n'a pas empêché le jeune homme de venir faire son tour. Elle a été l'une des premières à contracter la maladie, et personne ne savait si elle allait mourir ou non. Je me rappelle d'avoir vu Walcomb Andrews dans un habit du dimanche, conduisant son boghei chez les Hannichek, son habit trop grand pour lui, faisant pitié à voir, ses grosses mains tenant les rênes.

« Lorsqu'elle a atteint son poids de naissance et qu'elle a commencé à grandir à nouveau, Walcomb Andrews est resté perplexe. La famille a décidé de la baptiser une nouvelle fois, et c'est Walcomb Andrews qui a porté la fillette jusqu'à l'autel aux côtés de son père, un tout petit bébé vêtu de sa robe de baptême, dans les bras de celui qui avait été son fiancé.

« Lorsqu'il a compris qu'elle était en bonne santé et qu'elle grandissait normalement, Walcomb a quitté la ville. C'était un homme intelligent; il s'est installé à Omaha, a fait du commerce de bétail et de porcs et a acheté des parts dans une affaire d'emballage de cet endroit. Il s'est fait construire l'une des plus magnifiques maisons d'Omaha à ce qu'il paraît; moi, je ne l'ai jamais vue.

« À l'été où Alberta May a eu quatorze ans, Walcomb Andrews est revenu à Onamata. Il devait bien avoir alors quarante ans. Il a dû lui falloir bien du courage pour se présenter chez les Hannichek : tu sais bien ce que la plupart des filles de quatorze ans pensent des hommes de quarante ans. Mais elle l'a accueilli comme un ami de longue date qu'elle aurait perdu de vue, et son père, qui avait lui aussi vieilli, n'a pas trop insisté cette fois pour que sa fille attende d'avoir dix-huit ans pour se marier. Ils se sont donc mariés lorsqu'elle a eu quinze ans, et ils ont vécu plus de trente années ensemble. On m'a dit qu'ils ont élevé une belle famille ici, à Onamata, et qu'ils ont été aussi heureux qu'on puisse souhaiter l'être. »

La Confédération du baseball de l'Iowa a vu le jour presque par accident. Par une soirée tranquille de février, en 1902, Clarke Fisher Ansley et Frank Luther Mott se sont rencontrés, certains disent au bar Donnelly, d'autres affirment que c'était dans un club privé d'Iowa City, probablement pour prendre un verre entre amis, bien que les plus pieux estiment qu'il devait s'agir de café. Il est fort peu probable qu'ils aient eu l'intention préalable de parler de baseball avec sérieux.

Mott admet, dans sa correspondance ultérieure, que c'est lui qui a d'abord suggéré de fonder une ligue. La plupart des petites villes de l'est de l'Iowa avaient une équipe de baseball, tandis qu'à Iowa City, de nombreux corps de métier et même quelques employeurs avaient vaguement mis sur pied des équipes de baseball. Le calendrier, si toutefois on peut parler de calendrier, était des plus irréguliers, et les parties avaient lieu surtout la fin de semaine lorsque les diverses communautés commanditaient des tournois dans le cadre de journées sportives ou de pique-niques organisés par l'Église.

À la suite de leur conversation, Ansley et Mott ont rassemblé les parties intéressées provenant de douze « villages, hameaux et divers cantons ruraux » comme Mott les a décrits, qui avaient tous fait jouer une équipe à un moment ou un autre de la saison précédente.

L'idée de fonder une ligue officielle a été bien reçue, et plusieurs autres rencontres ont eu lieu par la suite. Il fut finalement convenu qu'il y aurait six équipes. Il y eut alors de nombreuses alliances, aussi rapidement conclues que défaites, avant que les six équipes n'aient été formées pour de bon.

On raconte que les représentants de Husk, Boscurvis et Phlange River ont tiré aux cartes pour déterminer quel nom l'équipe de leur région allait porter. Husk a tiré un roi, Phlange River un sept et Boscurvis un quatre. C'est donc le nom de Husk qui a été retenu par la Confédération du baseball de l'Iowa. L'équipe jouait ses parties à domicile sur le terrain de l'école de Deep Valley, qui était situé à peu près au cœur d'un triangle formé par des lignes reliant les bureaux de poste des trois villages.

Le nom de la Confédération du baseball de l'Iowa a été adopté sans opposition, et le 14 mars 1902, Frank Luther Mott, d'Iowa City, est devenu le premier, et le seul, commissaire de la ligue. Il fut décidé que les équipes joueraient un calendrier de quatre-vingt-seize parties en deux temps; la première mi-saison prendrait fin le 3 juillet, et la deuxième commencerait le 6 juillet; les gagnants de chaque mi-saison allaient s'affronter à la mi-septembre dans le cadre des séries de championnat de l'Iowa.

Chapitre 4

J'ai rencontré Claire, il y a de cela douze ans, dans un restaurant d'Iowa City où il m'arrivait à l'occasion de remplacer un ami, quand il voulait prendre une fin de semaine de congé. Elle est entrée en compagnie d'un homme corpulent à l'allure fripée, vêtu d'un habit à rayures marine. Il était haut de taille et avait l'air cadavérique, et il était impossible de deviner quel lien l'unissait à Claire. Il aurait tout aussi bien pu être son père que son mari, son amant ou son frère. Ils traversèrent la salle à manger, elle à sa suite, drapée d'une robe à plumes lui arrivant à mi-jambe, faite d'un tissu qui collait à son corps comme si la robe et la femme étaient toutes deux chargées d'électricité statique.

Sa poitrine était plate, ses cheveux noirs grossièrement taillés à la garçonne ; ses lèvres étaient minces, et lorsqu'elle ouvrait la bouche on pouvait voir les espaces entre ses dents. D'un sac à main très usé qui avait déjà été en cuir noir, elle sortit un paquet de Winston tout froissé. L'homme l'ignora tandis qu'elle fouillait dans le minuscule sac jusqu'à ce qu'elle trouve un carton d'allumettes. Elle plissa l'œil gauche pour éviter la fumée, tira longuement sur la cigarette, puis passa sur sa lèvre inférieure une langue rose comme celle d'un chat.

Avant même que j'arrive à leur table pour leur offrir l'apéro, j'étais déjà amoureux. Claire était penchée au-dessus de la table, fumant comme si elle croyait commettre un délit. Ses yeux brillaient, leur iris brun fauve au milieu d'un blanc sans tache. J'ai essayé de m'imaginer passant le bout de ma langue sur ses seins pour les faire durcir. Je voulais goûter à sa bouche, sentir sa langue explorer la mienne. Je n'arrivais pas à deviner son âge : elle pouvait bien avoir quinze ans, ou trente. Cela n'avait aucune importance.

Pendant tout le repas, j'ai tourné autour de leur table comme un faucon, à remplir les verres d'eau et à rajouter du café dans les tasses, à allumer les cigarettes de Claire et à demander sans cesse s'ils étaient satisfaits.

L'homme avait une voix grave et un accent du Sud prononcé ; la voix de Claire était bizarrement voilée, comme si elle faisait semblant, comme si elle essayait de prendre une voix qui n'était pas tout à fait la sienne. Ils parlaient peu. J'ai épié chacun de leurs mots, négligeant les autres clients. Malgré toute mon attention, je n'ai pas réussi à apprendre son nom, la raison de leur rencontre ou la nature de leur relation.

Par désespoir, je les ai suivis jusqu'au stationnement lorsqu'ils sont sortis du restaurant, arrachant d'abord mon tablier puis attrapant mon manteau, suspendu à la patère aux nombreux crochets près du bar. Ils sont montés à bord d'une camionnette d'un rouge délavé immatriculée au Tennessee. J'ai appris par cœur le numéro de la plaque — en fait, je m'en rappelle encore : PNT-791 — et je les ai regardés partir impuissant, me voyant déjà écrire au Bureau des véhicules automobiles de Nashville pour obtenir un nom et une adresse.

À mon immense soulagement, le camion a tout simplement traversé la rue pour s'arrêter dans le stationnement de l'église chrétienne évangélique. L'homme est sorti, s'est rendu d'un pas pesant jusqu'à la porte, puis est disparu à l'intérieur.

Comme je m'avançais du côté du passager, Claire m'a jeté un regard. Je lui ai fait signe de baisser la vitre, ce qu'elle a fait.

« Vous êtes très belle », ai-je dit.

Elle m'a regardé, vraiment regardé, pour la première fois. J'ai prié pour qu'elle aime ce qu'elle voyait. Puis elle a souri, et j'ai vu que c'était malgré elle. Je parie que j'ai été la première personne à lui avoir jamais dit qu'elle était belle. Et elle l'était, à mes yeux, de cette façon magique que personne ne peut expliquer. Son nez était trop plat, elle avait l'air de s'être elle-même coupé les cheveux comme pour contrarier quelqu'un d'autre. Elle était couverte de taches de rousseur, même ses doigts étaient rousselés. Et je souriais comme quelqu'un qui vient de voir un miracle, et me rappelais comment, lorsqu'elle m'avait frôlé au moment d'entrer dans le restaurant, j'avais respiré son odeur pour la première fois, suave et piquante, pas l'odeur de son parfum, mais bien son odeur à *elle*. Et je pouvais sentir ma langue mettre le désordre dans les taches de rousseur de son cou, ses seins, son ventre.

Et cette sensation ne m'a plus jamais quitté, ne me quittera jamais non plus — ce souffle court, cet étau dans ma poitrine lorsque Claire entre dans une pièce. Le désir qui fait fléchir mes genoux. L'amour qui me fait endurer ses tortures. Claire est une de ces femmes qui vont et viennent. Les démons qui la hantent semblent la pousser à toujours se déplacer. Elle disparaît pendant des jours, des semaines, des mois, puis elle revient aussi mysté-rieusement qu'elle est partie. Tour à tour, elle sort de ma vie pour y être de nouveau parachutée.

Claire a fini par descendre de la camionnette. Elle a passé les bras par-dessus le panneau arrière pour extirper une petite valise mal en point. Nous sommes restés là à parler un moment. J'ai bavardé avec nervosité à propos du restaurant, de ma grande et vieille maison d'Onamata à quelques milles et de mon intérêt pour l'histoire du baseball. Je lui ai fait part de ma quête perpé-tuelle en vue de prouver l'existence de la Confédération du base-ball de l'Iowa, sans lui laisser savoir toutefois quelles proportions pouvait prendre mon obsession. Je ne me suis pas rendu compte alors qu'elle n'avait rien dit.

« Je peux t'offrir un verre ? » ai-je finalement dit, montrant d'un geste vague le restaurant, le reste de la ville. « Si tu as l'âge...»

«Je suis assez vieille pour tout faire », a répondu Claire, et je crois qu'à voix basse, elle a ajouté « et j'ai tout fait ».

Comme nous nous éloignions du camion, la porte latérale de l'église s'est ouverte, et le propriétaire du camion est sorti. Je ne savais que faire. Claire avait l'air de vouloir l'ignorer, mais j'avais le sentiment de lui devoir une explication. J'ai tourné la tête dans la direction de l'homme, qui s'est arrêté soudainement, ses pieds dérapant sur le gravier.

Claire s'est retournée et lui a adressé un signe de la main, joyeux et impersonnel.

« Merci pour la balade », a-t-elle dit. « On se reverra peut-être un jour. »

L'homme a levé la main, non pas pour la saluer, mais plutôt comme pour tenter de la retenir. Puis il a joint ses deux grandes mains impuissantes à la hauteur de la ceinture. Il n'a pas dit un mot, mais son geste et son visage éploré en disait plus long qu'il ne le voulait.

Nous avons traversé la rue et poursuivi notre chemin jusqu'au cœur de la ville. Claire n'a jamais regardé derrière elle. J'ai jeté un coup d'œil par-dessus mon épaule une seule fois et j'ai vu l'homme, debout, dans la même position.

« Alors, dit Claire en observant ma tête, que fais-tu à tes cheveux?

— Je ne leur fais rien, je suis né comme ça.

— Les cheveux de Marilyn Monroe n'ont jamais été aussi blancs que les tiens. »

Mes cheveux ont la couleur du fil à coudre; ils n'ont pas de pigmentation.

« Tu n'es pas un de ces... comment dit-on déjà?

— Je ne suis pas un albinos, ai-je patiemment expliqué. Regarde, mes yeux ont de la couleur; ils sont bleu pâle. »

J'allais poursuivre et prononcer le discours que j'avais appris par cœur sur les albinos et les combinaisons de pigmentation, mais Claire m'a interrompu pour dire : « Je ne suis pas si curieuse que ça, je voulais seulement savoir si tu les teignais, c'est tout. »

À l'école primaire, quelques garçons avaient pris l'habitude de m'appeler le Rat blanc, mais mon ami Stan, qui était le plus grand de la classe, a fait cogner quelques têtes l'une contre l'autre, et plus personne n'a jamais osé m'appeler le Rat blanc par la suite.

« Il y un bar à l'ancienne en ville, ai-je dit. Tables de bois et miroirs fumés. Ça te plaira.

— Avant tout, je veux aller aux toilettes et me débarrasser de ça », répondit Claire en faisant glisser ses mains sur le tissu glacé et moulant de sa robe. « Ça, c'était son idée à lui. »

Pourquoi est-ce que je supporte tout ce que Claire me fait endurer ? Pourquoi est-ce que je la laisse faire ? Ça va à l'encontre de toute logique. Je suppose — je sais — qu'il y a des centaines de femmes au monde qui ne détesteraient pas d'avoir un mari propre, sobre, et riche. Elles supporteraient mes excentricités, elles feraient le ménage, elles me nourriraient quand il m'arrive d'oublier de manger, elles me donneraient avec joie des enfants plein les bras comme j'ai toujours souhaité en avoir, elles me laisseraient courir après mon impossible rêve, et elles sauraient reconnaître quelle partie de ma vie leur appartient ou pas. Autrement dit, l'horizon scintille de la lumière perlée des robes de mariée, chacune recouvrant une femme, attrayante et fidèle.

La vérité, triste ou autre, est que je ne m'intéresse à personne d'autre qu'à Claire. Son indifférence m'électrise, son infidélité m'excite. Parfois, il m'arrive de penser que j'aimerais être emprisonné dans l'ambre, comme un insecte, entouré de la suavité de son odeur, son goût doux-amer pour toujours sur mes lèvres. Car même lorsqu'elle n'essaie pas de me plaire, je fonds contre son corps. Les autres peuvent bien exister, mais à mes yeux, elles semblent aussi asexuées que l'argent, et comme l'argent, à moins qu'elles ne fassent naître la passion, elles sont inutiles.

Une automobile s'arrête sur le gravier dans la profondeur de la nuit. Long silence. Je me l'imagine, petite comme une fillette dans le noir en train de se donner du courage pour ce qu'elle s'apprête à faire. Puis on entend le crissement de ses petits pas sur le gravier. La porte s'ouvre. Silence encore tandis que ses yeux apprivoisent l'obscurité.

Devant la porte de la chambre à coucher : « Gédéon ? » Elle fume.

« Par ici. »

Elle se cogne contre une table, trouve le cendrier. J'en laisse toujours un sur cette table, même si je n'ai jamais fumé. On entend un petit craquement tandis qu'elle éteint sa cigarette.

Elle retire son blouson et le jette sur le plancher. Elle lève les bras tout en souplesse et son t-shirt passe par-dessus sa tête. Elle repousse une botte en s'aidant de l'autre pied, se penche et retire l'autre. Le désir que j'ai d'elle est si intense que je me sens fondre. Je peux sentir l'odeur sure et sucrée de sa sueur. L'odeur d'un intérieur d'automobile. Je l'attrape par la bande de taille de son jean, la tire vers moi jusqu'à ce qu'elle touche le bord du lit. Le bout de ses seins est dur comme du bonbon. Son goût de musc et de tabac remplit mes sens. Sa bouche trouve la mienne. Sa langue est un oiseau remis en liberté. Elle a un léger goût de whisky.

« Au pays des merveilles », dis-je en repoussant les couvertures, l'attirant sur moi.

Qu'elle rentrerait à la maison avec moi ce soir-là, cela n'a jamais fait aucun doute. Pendant que nous étions assis au bar à siroter nos verres, je parlais et Claire m'observait, m'étudiait, comme si elle essayait de mesurer ses chances, de deviner comment je réagirais à ses secrets. Chaque fois qu'elle riait, elle pinçait les lèvres, faisant du rire un geste de maîtrise de soi.

Lorsque nous sommes entrés dans le bar, Claire a ouvert sa petite valise, en a retiré quelques vêtements, puis est disparue aux toilettes ; elle en est ressortie les mains vides, vêtue d'un jean, d'un chemisier blanc et d'un veston de denim délavé, presque de la couleur du lait. La robe n'était nulle part en vue.

« J'ai plus de vies qu'un chat », répondit-elle devant mon air interrogateur. « Je viens d'en utiliser une. Ce qui est fini est fini.

— Il te faudra une robe le jour de tes noces, ai-je dit.

— Tu n'as pas l'air de plaisanter, non ? » dit-elle en plissant le nez, ses yeux couleur de chêne poli me dévisageant à nouveau.

« Je ne plaisante pas.

— Alors il faudra que tu m'en achètes une autre. »

Plus tard, lorsque j'ai arrêté la camionnette devant ma maison, je me suis tourné vers Claire, vers l'endroit où elle était assise, sa hanche frôlant la mienne.

« Tu portes tes vêtements comme si tu voulais qu'on te déshabille », ai-je murmuré, défaisant du doigt un bouton de son chemisier. Puis soudain, Claire s'est accrochée sauvagement à moi, sa bouche fusionnée à la mienne. Elle me tenait dans ses bras comme si sa vie en dépendait, plus proche de moi que personne ne l'avait jamais été.

Elle a tout de suite adoré la maison, ma grande maison carrée et blanche. Je savais qu'elle avait été construite en 1909, même si les voisins disent qu'elle est plus ancienne encore. Ses volets verts ont la couleur des feuilles au printemps; elle est solide, immuable, une ancre, un rocher, une racine. Claire en a fait le tour le lendemain matin, avec hésitation, passant d'abord la tête par la porte avant de permettre à son corps de poursuivre. Les planchers des chambres à coucher et du salon sont d'un jaune ensoleillé; les chambres dégagent une odeur subtile de cire, de poussière et de cuir.

« Ça te plaît? ai-je demandé.

— On dirait un conte de fées. Tu es bien sûr qu'elle t'appartient?

— Elle pourrait aussi être à toi. J'ai besoin de la partager avec quelqu'un. » J'ai entouré sa taille de mon bras, la serrant de près.

« Elle est vraiment à toi? J'ai toujours rêvé d'une belle grande maison comme celle-là. Si je faisais un dessin de la maison de mes rêves, ce serait celle-là. Et elle t'appartient vraiment? Tu es si jeune. T'es sûr que tes parents ne vont pas revenir de vacances la semaine prochaine?

— Mon père est mort. J'ai une mère à Chicago et une sœur qui fait sauter des immeubles.

— Ça m'a l'air d'une famille normale, dit Claire en riant.

— Tout le monde devrait avoir une sœur hors-la-loi », ai-je dit.

J'ai toujours eu l'impression que le plus grand reproche que m'ait fait Claire, c'est que je ne la traite pas aussi mal qu'elle croit que je devrais le faire.

« Je ne suis pas un cadeau », a-t-elle dit dans la douce pénombre de ma chambre à coucher. « Je t'aurai averti.

— Je suis averti, ai-je répondu.

— Je suis comme une volute de fumée, a dit Claire. Pas une porte ne me résiste. Je finis toujours par passer, que ce soit par-dessous, par-dessus, à travers ou autour.

— Je prendrai le risque », ai-je dit.

Il y a deux ans, pendant une absence de Claire, j'ai même essayé de sortir avec des filles. J'ai flâné autour de la librairie de l'université de l'Iowa, dans un bar appelé le Airliner, fréquenté par les étudiants, et dans un restaurant connu sous le nom de La Tortue. Mais tout comme dix ans plus tôt, les filles que je rencontrais étaient trop jeunes, trop écervelées ou trop sérieuses. Je détestais les filles aux grands yeux ingénus qui parlaient de relations à long terme ; je détestais les parfums, les déodorants, les fixatifs, les cardigans, les soutiens-gorge et les robes cousues à la main, les ongles manucurés, le maquillage, la musique trop forte, les championnats de football universitaire, les animaux en peluche et la cuisine végétarienne. Chaque fille que je rencontrais était si pressée et avait si peu d'expérience. J'ai beaucoup parlé de Claire.

« J'ai fait des choses qui te feraient friser », m'a dit Claire un jour dans la chaleur de notre lit. Elle venait tout juste de rentrer après deux mois d'absence.

« Cesse de me mettre au supplice, ai-je répliqué d'un ton féroce. Si tu veux me raconter ce que tu as fait, vas-y, raconte. Sinon, tais-toi. Rien de ce que tu pourras me dire ne changera ce que je ressens pour toi.

— Je devrais peut-être essayer.

— Claire, je ne sais pas ce que tu veux, mais je ne le ferai pas. Je ne te punirai pas. Je ne t'abandonnerai pas. Je ne te chasserai pas. Je refuse de te mettre en cage. Si tu restes avec moi, il faut que ce soit par amour. »

J'ai fini par comprendre, debout devant une garde-robe à moitié vide, le matin où Claire m'a quitté pour la première fois. Comme si je sortais d'un banc de brouillard, je me suis rendu compte que j'avais épousé une femme qui ressemblait à ma mère autant qu'il était possible de lui ressembler.

J'ai envie d'une femme comme celle qu'a épousée mon bon vieux père.

Pourquoi n'avais-je rien vu avant? Je ne me suis jamais considéré comme un imbécile. L'ombre d'Œdipe, son père abattu par une épée sur la route de Thèbes. Jusqu'à ce jour, je n'avais pas encore saisi que Claire, comme ma mère, était une de ces femmes qui vont et viennent.

Je me suis soudain souvenu de mon père, faisant les cent pas d'une pièce vide à l'autre, dans cette même maison, s'arrêtant pour fixer la même garde-robe à moitié vide, secouant la tête de désarroi, puis retournant dans son bureau pour s'y enfermer des jours durant. Le même bureau où j'ai passé la moitié de ma vie à poursuivre le même rêve insaisissable que mon père n'a jamais pu retenir. Mon père n'était pas un homme facile à vivre. J'ai toujours senti que ma mère avait de bonnes raisons pour expliquer ses longues absences. C'était plus qu'en pouvait tolérer mon cerveau.

Pourchasser un rêve, un rêve que personne d'autre ne perçoit ni ne comprend, comme chasser un papillon à travers une prairie interminable, est extrêmement difficile. Je m'aperçois maintenant que mon père et moi partageons non seulement le rêve de la Confédération du baseball de l'Iowa, mais que nous avons aussi une autre chose en commun, qu'il avait dû me transmettre par les gènes : une fascination fatale pour les femmes vagabondes.

Je me rappelle une conversation avec Gloria la semaine dernière à Iowa City. Je l'ai croisée sur la rue Dubuque, et nous avons marché côte à côte jusqu'au café Pearson pour y boire du lait malté. De grosses portions de lait malté au chocolat, épais comme du ciment, servies dans des verres perlés par la condensation.

« Gédéon, tu comprends Stan mieux que quiconque, peut-être même mieux que moi, a dit Gloria. Il t'admire. Si tu pouvais l'entendre quand il parle de toi. Il aimerait avoir ton intelligence. Il voudrait pouvoir lire et comprendre les choses comme tu le fais, tu sais.

« Je parie que Stan ne t'en a jamais parlé, mais il y a deux printemps, l'année où il a eu trente et un ans, je l'ai convaincu de prendre sa retraite.

— Non, il ne m'en a jamais rien dit, ai-je répondu.

— Nous avions passé l'hiver en Caroline du Sud. Il avait trouvé un boulot dans un entrepôt ; nous avions un bel appartement. J'ai même pensé à devenir enceinte. C'était vraiment bien : Stan rentrait à la maison tous les soirs, je préparais le souper pour lui… tu sais bien.

« Stan y prenait goût. Vraiment, je te l'assure. Il était aussi nerveux qu'un coyote en cage, mais il s'y habituait tranquillement. Puis Stan et une couple de ses camarades de travail se sont joints à une équipe de balle molle. Le calendrier de la ligue commençait à la fin d'avril, et au début, j'ai pensé que ce n'était pas une si mauvaise idée. Il jouait encore bien, tu sais ; je me suis dit que comme ça, le baseball ne lui manquerait peut-être pas trop. L'équipe était commanditée par la pizzeria Le Cavalier rouge. Le chandail de l'équipe était d'un rouge cardinal et fait d'un tissu reluisant. Dans le dos, à l'endroit où on aurait dû voir le numéro des joueurs il y avait la silhouette d'un cowboy à la mâchoire carrée.

« Oh, misère, Gédéon, c'était si triste de le regarder aller. Tu sais, il était la vedette de l'équipe ; il avait une moyenne au bâton d'environ 0,500 et l'équipe ne perdait presque jamais. Mais ça n'était pas du baseball. Ça ne voulait rien dire pour lui. Les gars allaient tous manger de la pizza au Cavalier rouge après la partie et le propriétaire leur en servait avec de la bière à volonté. Après six semaines, Stan a commencé à prendre du ventre.

« Puis vers le premier juin, il est revenu du travail un soir, et il était assis au pied du lit, en train d'enfiler son chandail. Je ne pouvais plus voir ça ; je me suis approchée, je l'ai empêché de passer ce bout de tissu reluisant par-dessus sa tête. J'ai attrapé le chandail, je le lui ai arraché des mains, je l'ai roulé en boule pour le lancer dans un coin, puis je me suis penchée pour embrasser Stan. Je n'avais jamais vu Stan afficher un sourire aussi radieux depuis le jour où j'avais accepté de l'épouser. J'ai pensé que son visage allait éclater.

« "Glory", il m'a dit, "j'ai entendu dire qu'il y a une équipe aux environs de Tidewater qui a désespérément besoin de joueurs. Je pense qu'ils ne détesteraient pas trop de voir arriver un voltigeur d'expérience."

« Puis j'ai répondu "je suis de ton bord" et le lendemain, nous avions déjà fait nos bagages et nous étions en route vers le sud.

— Il finira toujours par se débrouiller, Gloria, tant que tu seras à ses côtés. » J'ai tendu la main le long du comptoir pour aller serrer la sienne.

« Oui, mais maintenant, je crois que j'ai fait une erreur. Je ne sais pas quoi faire, Gédéon. Sa moyenne est de 0,220, il est blessé et il n'a plus de jambes. Il n'a jamais été très rapide, mais là, on dirait un gros ours dans le champ extérieur. Les spectateurs le huent quand il n'arrive pas à attraper une longue balle ou un ballon à l'entre-champs.

— Je verrai ce que je peux faire, lui ai-je dit. Mais prends bien soin de lui. Il a besoin de toi.

— Toi et Claire, ça va ? demanda Gloria.

— Pas très bien, j'en ai peur.

— Elle est affreusement tranquille. On dirait qu'elle est déprimée.

— Elle va probablement partir encore bientôt.

— Je suis désolée, Gédéon.

— Personne n'y peut rien. Elle partira et elle reviendra. Elle aura encore changé, subtilement, comme un meuble qu'on aurait transporté d'un bout à l'autre du pays, encore une fois. Et moi, je deviens un peu plus excentrique pendant son absence. J'irai hanter l'université, faire encore un peu de recherche sur la Confédération ; plus mes idées soulèvent la risée, plus je m'entête, Gloria. »

Gloria détache ses lèvres de la paille qui plonge dans son verre. Elle hausse les sourcils ; elle semble vraiment inquiète.

« Quand tu as l'air, aussi bien avoir la chanson, dis-je encore. Les gens de l'université, les gens du baseball pensent tous que je suis fou de poursuivre. Ils disent "Gédéon Clarke a passé presque toute sa vie à travailler à un projet de recherche sans queue ni tête. Quelque chose qui a à voir avec le baseball. Gédéon Clarke a passé presque toute sa vie, seul dans sa grande et vieille maison, il joue de la trompette la nuit et accepte des petits boulots alors qu'il a plus d'argent en banque qu'il ne pourrait en dépenser sa vie durant." C'est ce qu'ils disent, Gloria. Ça et puis "Gédéon Clarke avait une femme et il n'a pas su la garder". »

Je me lève tôt le lendemain matin, après que Claire m'eut quitté une nouvelle fois. Je passe la journée à la bibliothèque de l'université de l'Iowa, à faire un peu de recherche, assis sans dire un mot, à rêver de Claire.

Comme j'ouvre la porte de la maison, les odeurs de l'abandon se précipitent vers moi. Bien que nous soyons en juillet, l'air qui me saute au visage est froid comme celui du frigo d'un abattoir. Claire partie, je ne crois pas que je serai capable de vivre encore dans ces pièces traversées de courants d'air. Je referme la porte. La porte du moustiquaire claque. Il me faut au moins deux portes entre les souvenirs de Claire et les odeurs. Dans l'air frais et humide du soir de l'Iowa, je m'étends sur les coussins de la grande balançoire blanche, sur la véranda.

Des bruits de pas sur le trottoir et sur les marches devant la maison me réveillent. Une silhouette dans l'ombre se tient devant la porte, la main avancée, pour frapper.

« Je suis ici, Stan », dis-je en un murmure. Stan tressaille, comme si quelqu'un venait de marcher sur sa tombe, portant la tête vers l'arrière en un geste de surprise.

« Mon Dieu, tu m'as fait peur, Gédéon. Je me demandais s'il fallait frapper fort à la porte. »

Je me redresse tranquillement pour m'asseoir. La balançoire fend l'air, d'avant en arrière.

« Il est tard ? demandai-je.

— Très, répond Stan. Je n'arrive pas à dormir. Que fais-tu dehors ?

— Claire est partie encore une fois, dis-je.

— Je suis désolé, Gédéon. Je sais à quel point tu l'aimes. »

Je hoche la tête. Le clair de lune donne des reflets argentés à la véranda et à la cour.

« Mes problèmes sont bien légers à côté des tiens, j'imagine, poursuit Stan. J'ai reçu un télégramme à la maison hier soir. J'ai dit au club que je n'avais pas le téléphone. L'idée qu'une espèce de secrétaire puisse m'appeler pour me dire que je ne fais plus partie de l'équipe me rend fou.

— C'est ce que t'annonce le tél…

— Je ne l'ai pas lu. Gloria est allée se coucher en colère. Je ne voulais pas qu'elle le lise non plus. La belle-mère me regarde, le bec pincé… comme si j'étais un phénomène de foire.

— Tu veux que je sois près de toi lorsque tu le liras ?

— Je ne sais pas ce que je veux. Il était là comme une condamnation à mort sur la table noire du hall d'entrée. Merde, c'est vraiment un endroit déprimant ce hall d'entrée. Ce guéridon, recouvert de son chemin de table ; ces plinthes jusqu'à hauteur des épaules, peintes en émail noir ; ce poteau au pied de l'escalier, noir et luisant comme un crâne. Un vrai salon funéraire. J'avais envie de retourner sur mes pas et de me sauver en courant. Il n'y a pas grand-chose qui me fait fuir, tu le sais bien. Le télégramme jaune faisait comme un tache sur le chemin de table. La belle-mère était là, debout, les mains croisées sur son ventre, les cheveux tirés en un chignon serré. "Mais lis-le, pour l'amour du bon Dieu", a dit Gloria. Mais je ne voulais pas y toucher, et je ne la laissais pas y toucher non plus. Je sais bien ce qu'il raconte, mon vieux, je ne suis pas con. Il y avait quelque chose qui sentait mauvais quand on m'a dit que je ferais partie de la liste des blessés. Le gérant avait cet air rusé. J'ai trente-trois ans, et j'ai joué tout en étant blessé. On m'a mis de côté, je le sais.

— Ce n'est peut-être pas…

— Je *sais*, a répondu Stan avec emportement. Tu comprends mieux que n'importe qui. Il faut que j'aille faire un tour. Je veux que tu m'accompagnes.

— D'accord.

— Mon vieux, t'aurais dû venir à la maison lorsque tu t'es rendu compte que Claire était partie. Tu ne devrais pas rester tout seul.

— Allons-y », ai-je dit en me levant. L'arc que faisait la balançoire diminue jusqu'à n'être plus qu'un tremblement.

« Ce n'est pas juste », dit Stan, alors que nous déambulons par les rues silencieuses et bordées d'arbres, l'air embaumant encore de l'odeur sucrée des derniers lilas de la saison.

« Qu'est-ce qui n'est pas juste ? ai-je répondu.

— Je veux aller à Iowa City, dit Stan. Ma voiture est au coin de la rue. Je l'ai laissée là il y a un petit moment, et j'ai essayé de marcher pour oublier, comme je fais quand je reçois une fausse balle sur le tibia. Mais ça n'a rien donné. »

Nous essayons de refermer les portières sans faire de bruit. Nous sommes probablement les seules personnes à ne pas dormir dans toute la ville d'Onamata.

« Je suis censé garder ce plâtre pendant dix autres jours », dit-il, en cognant le plâtre blanc contre le volant de sa voiture tout en tournant sur la grande route obscure. « Mais je te parie que je pourrais le faire enlever au bout de sept jours si je me concentre suffisamment. Tu guéris plus vite si tu concentres toute ton énergie sur la partie souffrante de ton organisme, savais-tu ça ?

— Non. » Je m'imagine vaguement en train de concentrer toute mon énergie sur mon cœur.

« Eh bien, tu le peux. Encore une semaine, et je serai comme neuf. Ce n'était pas juste de leur part de me congédier plutôt que de me laisser remonter la pente et quitter la liste des blessés. J'ai encore de nombreuses bonnes années devant moi. Il se pourrait même que j'arrive encore à faire les majeures. Je sais que je ne serai jamais un régulier, mais je pourrais encore servir de réserviste, remplacer un joueur de temps à autre, agir comme frap-

peur d'urgence à l'occasion, jouer en défensive dans les dernières manches. Il me reste encore quelques années, non?
Trente-trois ans, c'est pas si vieux, non?

— Ce n'est pas trop vieux », dis-je. Je regarde dans le rétroviseur, m'attendant à y voir la silhouette de Gloria sur la banquette
arrière, la lueur de la cigarette de Claire.

« Tu sais, hier, quand je suis allé à Iowa City, je suis allé voir
le frère de Gloria, Dmetro. Je suis allé au dépôt de la gare et il
m'en a fait faire le tour. Je ne l'ai fait que pour faire plaisir à
Gloria et à sa mère. Dmetro est gardien au dépôt de la gare. Je ne
sais pas trop ce qu'il fait. On ne le laisse pas toucher aux
aiguillages ni rien du genre. Il a une espèce de tableau sur une
tablette à pince, et je crois qu'il vérifie si les wagons sont tous sur
la bonne voie. Il a commencé ce boulot le lendemain de son
quinzième anniversaire. Son père lui a fait quitter l'école et lui a
trouvé cet emploi. Il a fait la même chose pour Gloria, mais elle
est retournée à l'école après être partie de la maison. Son vieux
père a travaillé quarante-neuf ans à la minoterie; il est mort à
peine six mois après qu'on l'eut forcé à prendre sa retraite.
Dmetro a le même âge que moi; il a un emploi à vie. Il ne se fera
jamais mettre à pied et personne ne prendra jamais sa place.
J'imagine qu'il est heureux. "Je pourrais faire mon travail les yeux
fermés", qu'il dit. "Je n'ai pas besoin de penser à quoi que ce
soit."

« Dmetro m'a offert de me trouver un emploi au même
endroit. Je te l'ai dit? Gloria voudrait que je le prenne. Je veux
dire, ils ont manigancé ça à eux trois. Ils s'imaginent que je suis
trop con pour m'en rendre compte. Je commencerais par être
l'homme à tout faire, je ferais le quart de nuit, rien de très
stable. »

Stan s'interrompt pour m'observer.

Je voudrais le réconforter, mais les bons mots ne me viennent
pas à l'esprit. Plutôt, je lève les mains en un geste d'impuissance,
les paumes tournées vers le ciel.

« Tu sais, Gédéon, poursuit Stan, la semaine dernière, j'ai
roulé jusqu'au stade, à Iowa City; j'ai couru jusqu'au bout du

terrain, j'ai fait quelques exercices d'étirement dans l'herbe, des choses du genre, jusqu'au moment où j'ai levé les yeux vers le ciel. Il y avait de petites boules de nuages, comme si un chat avait marché dans du lait et laissait des traces dans le bleu du ciel. J'ai trouvé ça si merveilleux que je l'ai raconté à Dmetro. Il m'a simplement fixé du regard. "J'ai pas regardé le ciel depuis dix ans", qu'il a dit. » Stan guide le volant du bout de ses doigts qui sortent à peine du plâtre, et il frappe le tableau de bord de sa main libre.

« Il y avait aussi autre chose qui me dérangeait vraiment, Gédéon. Dmetro était en train de me nommer le nom des voies de garage, ces voies ferrées qui ne vont nulle part et où ils gardent les wagons de marchandises, ou qui servent à les déplacer d'un bout à l'autre du dépôt. Il y avait la voie Exxon, la voie Texaco, la voie Miller, qui va jusqu'à la brasserie. Il y avait aussi la voie de la glacière, du temps où on fendait encore la glace sur la rivière Iowa et qu'on la conservait dans le bran de scie dans de vieux hangars. Puis il y avait cette autre voie, au bout du dépôt, où on avait empilé des traverses. "Celle-là sert à garder les wagons endommagés", a dit Dmetro. Il ne m'a pas dit alors comment elle s'appelait, mais un peu plus tard, il a vu un wagon qui avait une roue fendue, puis il a dit qu'il lui faudrait l'amener sur la voie du terrain de baseball.

— Où ça? » lui ai-je demandé, dressant l'oreille.

« "Dans l'ancien temps", a dit Dmetro, "la voie du terrain de baseball sortait de la ville sur un ou deux milles. Il y avait un terrain de baseball dans les environs d'Onamata. Il paraît que les samedis et dimanches après-midi, des familles au complet mettaient leurs beaux habits, emportaient des pique-niques et prenaient le train pour aller au match de baseball. Mon vieux père m'a raconté qu'il y avait deux voyages aller-retour. Il s'en souvenait, bien qu'il n'y soit jamais allé lui-même. Ils ont démoli les gradins il y a longtemps de cela, peut-être dans les années vingt, et la compagnie de chemin de fer s'est dit qu'il coûtait moins cher de laisser pourrir les traverses que d'arracher la voie ferrée. Un quelconque marchand de ferraille a finalement trouvé le moyen de faire un peu d'argent avec le métal, mais on peut encore voir les traverses de bois courir sur quelques centaines de verges, et en s'y mettant vraiment, on peut encore suivre la trace du chemin de fer. Tout ce qui reste maintenant de la voie du terrain de baseball, ce sont les quelques centaines de verges qui traversent le périmètre du dépôt."

— Tu n'as pas besoin de me raconter tout cela, ai-je dit. Je *connais* déjà cette histoire. C'est là que le *match* a eu lieu, à l'époque où Onamata s'appelait encore Big Inning. La voie ferrée se rendait jusqu'au terrain de baseball. Il y avait des stands à hot-dogs, et on pouvait louer des mailllots de bain et des bateaux.

— Ah oui, a dit Stan, je suppose que tu m'as déjà raconté ça… quelques milliers de fois », ajoute-t-il d'un ton rempli d'ironie.

« Le terrain de baseball a été abandonné en 1908, dis-je. Il y a eu un déluge, et un de ces jours, je trouverai bien… Mais je n'avais jamais entendu parler de la voie du terrain de baseball avant aujourd'hui. C'est du nouveau, et ça pourrait bien déboucher sur quelque chose. C'est comme ça qu'on fait des découvertes. Les gens se rappellent les années trente, les années vingt et avant, mais personne ne se souvient de l'époque où Onamata s'appelait Big Inning. Ils pensent tous qu'Onamata est apparu, comme ça, en 1909, que la ville est tombée du ciel, qu'il n'y a jamais eu de déluge, jamais d'autre ville…

— Un de ces jours, tu finiras bien par trouver tout ce que tu veux savoir, Gédéon. Tu n'as pas à m'en convaincre. Est-ce que je t'ai jamais dit que je ne te croyais pas?

— Non, Stan, jamais. Je suis désolé. Je deviens de plus en plus susceptible, de plus en plus excentrique. Un de ces jours, on va peut-être devoir m'enfermer. »

Stan prend le volant de sa main gauche et tape deux petits coups sur mon épaule de ses doigts recouverts de plâtre, comme si mon t-shirt était un piano.

Parlant d'excentricité, je ne suis pas certain si j'ai fait le rêve suivant pendant mon sommeil ou en état de veille. L'autre matin, j'ai sérieusement pensé à construire un dôme géodésique, et à l'installer devant ma maison pour aller y vivre, quelque chose d'un peu plus grand qu'une véranda. Mais le dôme aurait eu la forme d'une balle de baseball. Je l'imagine là comme un igloo sur notre petite rue verte et tranquille, tout brillant, blanc, avec des coutures rouges. Peu importe dans quel état j'étais lorsque j'ai imaginé ce dôme; plus j'y pense, plus je trouve que c'est une bonne idée.

Et Claire dans tout cela? Est-ce qu'elle trouverait que j'exagère? Aurait-elle peur? Remonterait-elle la rue sur le bout des pieds pour voir cette annexe luisant d'une lumière argentée sous les rayons de la lune et serait-elle terrifiée? Ou y verrait-elle le message : « Va-t-en et ne reviens plus. J'en ai assez de tes allées et venues » ?

Stan fait doucement ralentir la voiture jusqu'à ce qu'elle s'arrête du côté sombre de la rue, tout près du dépôt de la gare. Nous refermons tous deux les portières sans faire de bruit.

« Hé, Gédéon », dit Stan d'une voix trop forte pour les circonstances. « Tu te rappelles à l'école secondaire, quand je me suis rendu compte que le lanceur de West Branch se tenait d'une façon particulière sur le monticule quand il s'apprêtait à lancer une balle courbe?

— Je me rappelle, répondis-je.

— Et je ne voulais le dire à personne, sauf à toi?

— Je me rappelle.

— "Si je tiens mon bâton sur mon épaule, ça sera une courbe", t'ai-je dit alors. Et tu as frappé un triple au champ centre.

— Le seul triple que j'aie jamais frappé.

— Ouais, t'as jamais été un très bon frappeur, hein? Lorsque mon tour au bâton est arrivé, il m'a lancé deux prises avant que je ne le voie prendre cette position particulière. J'ai respiré à fond et j'ai attendu. La balle montait encore lorsqu'elle a traversé la clôture, et ces deux points ont vraiment sorti l'adversaire du match. »

Le dépôt de la gare apparaît indistinctement devant nous lorsque nous arrivons au sommet d'une butte ; des acres et des acres de wagons et les rubans bleus des voies ferrées qui se croisent comme des écheveaux de laine.

« C'est là que nous allons ? ai-je demandé.

— Ouais, je veux que tu voies cet endroit, Gédéon. »

Dans la cour, des lampes se balancent doucement sur leur fil, jetant de longues ombres fantomatiques. La rotonde surgit devant nous, aussi haute qu'un silo à céréales. Des hommes en salopettes s'affairent à gauche et à droite ; l'air sent l'acier, la graisse et le métal chauffé. Des étincelles bleues provenant des torches à souder s'épanouissent dans la lumière jaunâtre. La porte de la rotonde est grande ouverte. À l'intérieur, on aperçoit des silhouettes en t-shirts blancs qui grimpent comme des souris le long d'une grande locomotive noire. Personne ne fait attention à nous.

« On fait partie du décor », dit Stan.

Il a raison. Nous portons tous deux un t-shirt blanc et un jean.

« Ça, c'est la voie Exxon », chuchote Stan, en la pointant du doigt.

Des pics et des marteaux de forgeron sont appuyés ici et là contre le mur de tôle ondulée d'un hangar. Stan s'arrête ; il prend un marteau, le jette sur son épaule comme un bâton de baseball. Je me penche et en prends un à mon tour. Il est plus lourd que je ne le croyais.

« La voie du terrain de baseball est dans cette direction », dit Stan, indiquant deux rangées sombres de wagons.

Il y a deux wagons sur la voie ; chacun a une roue en partie cassée dont la surface fracturée brille comme un sou neuf. Nous passons lentement devant les wagons endommagés, marchons entre les rails ; l'herbe qui nous arrive aux chevilles est couverte de rosée et mouille nos souliers ainsi que le bas de nos pantalons.

« J'aime cette sensation », dit Stan, en soulevant le marteau et en prenant la position du frappeur qui attend la balle. « Rogalski est dans le cercle d'attente », annonce-t-il. « Rogalski a battu Reggie Jackson et obtenu le poste de voltigeur de droite au sein des Yankees. "C'est dommage de laisser un gars qui a le talent de Jackson sur le banc", a dit le gérant des Yankees, "mais Rogalski est vraiment le meilleur". »

Nous arrivons aux limites du dépôt et au bout de la voie du terrain de baseball. Entre les rails se dresse une barricade, composée de deux solides poutres de six pouces sur huit, enfoncées comme des pieux dans le gravier de chaque côté de la voie, puis de cinq traverses empilées entre les rails et fixées aux poutres par leurs extrémités.

Je passe derrière la barricade, où la voie devient un fouillis de framboisiers, de saules et d'arbrisseaux. Au loin, j'aperçois une minuscule trace argentée, où le vent et la neige ont réussi à déloger la rouille du rail. Un rayon de lune l'effleure comme une baguette magique, et elle brille comme une aiguille dans la chaleur crémeuse de la nuit.

« Tu vois, je te l'avais bien dit. Elle est là comme je te l'avais promis. Pense un peu à toute l'histoire qui s'est déroulée ici, Gédéon... Ça ne te donne pas des frissons? C'est comme la première fois qu'une fille a accepté que je passe ma main sous sa chemise. »

Le visage de Stan, tourné vers le ciel éclairé par la lune, s'épanouit d'un large sourire. Je suis tenté de lui rappeler que c'est moi l'historien, mais je me tais.

« Hé, Gédéon, tu te rappelles quand nous étions petits, ces annonces publicitaires au dos des bandes illustrées et des magazines de sport? Je ne me rappelle pas qui étaient les commanditaires, mais elles s'adressaient à des groupes — tu sais les Églises et les troupes de scouts et des choses du genre. Elles demandaient qui réussirait à vendre le plus d'images saintes, ou de cartes de Noël, ou de papier d'emballage. Et le grand prix qu'on remettait au groupe qui était le meilleur vendeur était un terrain de baseball. Ils disaient qu'ils viendraient dans votre ville et qu'ils y construiraient un terrain de baseball — tu sais, ils allaient niveler le terrain, le recouvrir de terre et installer un filet d'arrêt. Je ne sais pas s'ils préparaient aussi le champ ou non. Mais ils publiaient toujours une photo au dos des magazines, où l'on pouvait voir les nouveaux buts, blancs comme des poules albinos, et l'herbe d'un vert irréel, un vert divin, et tout le terrain plein d'enfants vêtus d'uniformes rouges et blancs. Tu sais de quoi j'ai toujours rêvé, Gédéon? Que j'étais un organisme de charité ou un groupe religieux à moi seul et que je vendais le plus grand nombre d'images saintes ou d'autres choses et qu'ils venaient me construire mon propre terrain de baseball. »

J'aurais aimé passer de l'autre côté de la barricade et prendre Stan dans mes bras pour lui dire que je comprenais son angoisse, que je savais combien il se sentait pris au piège, que je connaissais l'importance de ses rêves et que j'en avais moi-même quelques-uns de mon cru.

La barricade qui traversait la voie du terrain de baseball avait été mise en place pour arrêter les wagons qui auraient pu rouler jusque-là. Stan et moi avons souri comme deux joueurs qui viennent de réussir un double vol de but. La lune éclaire tellement, que même le dépôt a l'air beau, de loin. Les voies ferrées sont bleues, argent et or, et bien qu'elles ne soient qu'à quelques pieds de distance, derrière la barricade, elles sont recouvertes de rouille et disparaissent dans les mauvaises herbes et les fleurs sauvages. Dans les fossés, un soupçon de rosée et des moustiques qui vrombissent autour de ma tête.

Stan redresse les épaules, lève son marteau et lui donne un élan de côté, comme pour frapper un gong, puis il frappe les traverses d'un formidable coup. La barricade bouge à peine. Mais Stan frappe et frappe encore, arrachant des morceaux de bois, faisant voler les traverses en éclats, arrachant des écrous à tête bleutée. Il dépose le marteau, et soulève les traverses une à une pour les repousser dans le fossé. Chaque fois, des bouffées de fraîcheur, remplies de la douce odeur de l'herbe, s'élèvent et nous enveloppent.

« Il m'arrive parfois de me sentir coupable envers Missy », m'a dit récemment Mme Baron.

J'allais lui demander pourquoi, mais elle a poursuivi, sans me regarder. Elle travaillait au lavabo, rinçait et empilait la vaisselle, polissait le dessus du comptoir en Arborite d'un bleu délavé, recouvert de tortillons qui ressemblent à des vers.

« Nous n'étions pas obligés de la prendre, tu sais. Les doc-teurs nous ont dit qu'on pouvait attendre qu'un autre bébé se présente. Ils avaient trouvé cette jeune femme pour nous, qui avait prévu donner son bébé en adoption. Pauvre petite ! Je vois encore la peur dans son regard. Elle était famélique et recouverte de taches de rousseur, si nombreuses qu'elle en était criblée, et bien qu'elle eût à peine dix-sept ans, son dos était voûté et elle avait l'air de n'avoir jamais mangé un bon repas de toute sa vie. Elle s'appelait Melissa Ann Jeffcoat, et elle venait d'une famille de paysans. Ils vivaient à quinze dans une cabane, quelque part près de la frontière du Missouri. En fin de compte, même dans ce temps-là, ils savaient qu'il y avait quelque chose d'anormal chez Missy. "Vous n'êtes pas obligés de la prendre", nous ont dit les docteurs. "On vous trouvera une autre fille qui veut donner son bébé en adoption". »

« "Tu parles", leur a dit John. Il était vraiment déterminé. Nous avons accepté de prendre cet enfant et de l'élever comme si c'était le nôtre. "Si ma femme Marylyle avait pu avoir des enfants, et qu'on avait fini par avoir un enfant malade ou déformé, on l'au-rait gardé aussi. Alors, pourquoi pas celui-ci ? Nos avons conclu un accord, pas seulement avec vous, mais aussi avec le Seigneur. Cette petite fille est la nôtre, pour le temps que le Seigneur voudra bien nous la laisser. Ça ne se passera pas autrement."

— Je n'ai pas l'impression que vous ayez quelque chose à vous reprocher », ai-je dit entre une gorgée de café et une bouchée de tarte à la rhubarbe.

« Oh non, on ne regrette pas de l'avoir prise. Elle a rempli nos vies de bonheur. Ce qui fait que je me sens coupable, c'est qu'on ne savait pas dans le temps tout ce qu'on sait maintenant sur le syndrome de Down. Je ne comprends toujours pas ce qui le cause, quelque chose à voir avec les chromosomes X et Y qui ne sont pas en bon nombre ; on m'a déjà tout expliqué, mais ça ne m'entre pas dans la tête. Dans le temps, on disait seulement : "Te voilà avec un enfant mongol, qui ne sera jamais capable de se débrouiller tout seul."

« On les a crus ; il n'y avait aucune raison de ne pas les croire. On n'a donc jamais envoyé Missy à l'école, et on n'a jamais vraiment essayé de lui apprendre quoi que ce soit. De nos jours, ces petits enfants qui ont le syndrome de Down vont dans des écoles spéciales et ils apprennent à se débrouiller dans la vie. La plupart d'entre eux savent lire et écrire assez bien. Ils peuvent lire les affiches et les panneaux publicitaires sur les routes, et ils peuvent apprendre à déposer de l'argent à la banque et à le retirer, à payer leur propre loyer et à survivre en groupe. Et voilà notre pauvre Missy, qui a vécu plus longtemps que personne ne l'avait prévu. Il ne reste plus beaucoup de temps à John, et moi je ne suis plus jeune non plus. Que lui arrivera-t-il quand nous ne serons plus là ?

« Missy ne comprend même pas ce qui passe à l'église, même si on lui a fait faire sa Confirmation. Ça, c'était surtout une idée de John ; il est beaucoup plus croyant que moi. Le jour de sa Confirmation, Missy portait la plus jolie robe de dentelle qui soit, Gédéon. Le vieux père Rafferty a jeté un coup d'œil à Missy, puis il a dit : "Si jamais j'ai vu un enfant du bon Dieu, Marylyle, cet enfant-là, c'est Missy. Innocence, amour et bonté, qu'est-ce que Dieu, ou l'homme, peut vouloir de plus ?" Il l'a confirmée dans son église, même si la pauvre ne comprenait pas un traître mot de ce qui se passait.

« Et je me sens coupable aussi de la façon dont Missy parle. J'ai lu tout récemment comment on peut opérer les enfants trisomiques ; on leur opère le nez pour qu'il ait l'air plus normal et on referme leur palais fendu ou quoi que ce soit qui les fait parler comme ils le font. J'aurais simplement aimé savoir ces choses-là plus tôt.

« J'imagine que les parents se sentent toujours coupables, et je pense que les enfants leur en veulent toujours, sauf Missy, bien sûr. Elle a tellement d'amour en elle. »

Je me rappelle Missy, lorsque j'étais petit, penchée sur moi, parlant de sa voix lente, pincée. « Voudrais-tu que je te fasse des câlins ? » m'avait-elle demandé.

J'ai répondu oui, puis elle a tendu les bras vers moi. Je devais avoir trois ans environ, à l'âge où on commence à peine à avoir des souvenirs. Missy a pris mes mains dans les siennes, rondes et rousselées, puis elle m'a attirée vers elle. Elle portait une robe imprimée et des souliers de toile, et même à cette époque, elle avait un petit ventre, doux comme un coussin accueillant.

Aujourd'hui lorsque nous nous voyons, il m'arrive de saluer Missy, qui a des mains potelées veinées par le temps et des cheveux roux traversés de fils gris, en lui disant : « Voudrais-tu que je te fasse des câlins ? »

Au cours de nos premiers mois de mariage, j'ai essayé d'expliquer à Claire ce que je savais et pourquoi il fallait que je trouve le moyen de prouver à la face du monde que la Confédération du baseball de l'Iowa avait réellement existé. Mais c'était comme d'expliquer sur papier comment attacher ses lacets à quelqu'un qui n'aurait jamais vu de chaussures de sa vie. Tout ce que je pouvais dire avait soudain l'air idiot et sans importance. Je me sentais comme un présentateur de produits à la télévision, l'un de ceux qui ont une grosse pomme d'Adam et un nez d'alcoolique, en train de vanter les mérites d'un vendeur de voitures d'occasion pas très honnête dont la cour serait remplie d'automobiles aux pneus usés à la corde et à la transmission pleine de bran de scie.

« Tu prêches encore plus que Memphis Ray l'a jamais fait », a dit Claire. J'ai supposé qu'elle parlait de l'homme du camion immatriculé au Tennessee. « Mais au moins tu es drôle », a-t-elle dit en me prenant par le cou. Nous nous suffisions l'un à l'autre alors. L'un se sentait seul et était las de son combat perdu d'avance contre des ennemis indistincts et obstinés, l'autre en avait assez de voyager en solitaire, et chacun était prêt à faire fi des bizarreries de l'autre.

Puis Claire m'a posé la question qu'il m'arrive souvent de me poser : « Pourquoi tu t'obstines ? T'as une jolie maison dans le plus bel endroit du monde. Tu dis que t'as de l'argent en banque, je suis là, et tu es là, et on on s'aime plus que je ne l'aurais espéré. Pourquoi t'arrives pas à traiter cette histoire de baseball comme une chose inutile que t'aurais apprise à l'école ? Sors-toi ça de la tête. »

« Tout le monde doit s'intéresser à quelque chose, ai-je dit. Le monde est vaste et on a toute une vie à vivre. Et toi ? » ai-je poursuivi, en pensant que j'étais habilement en train de changer de sujet. « Qu'est-ce qui t'intéresse ?

— Bof…, a dit Claire.

— Tu dois bien t'intéresser à quelque chose, ai-je insisté.

— Je m'intéresse à toi, a-t-elle dit.

— Ce n'est pas assez », ai-je répondu, sans y penser. J'ai senti la douleur peser sur ma poitrine avant même d'avoir fini de prononcer ces mots ; c'était comme si j'avais avalé une roche. « Tu sais bien ce que je veux dire », ai-je dit sans conviction.

Je suis persuadé qu'elle le savait.

« Tu veux dire qu'on peut vraiment faire tout ce qui nous chante, aller partout où on en a envie ? demandait Claire sans cesse.

— Qu'est-ce qui te ferait plaisir ? lui ai-je répliqué. Dis-moi. Une grosse voiture ? Une limousine longue comme un pâté de maison ? Ou une Rolls-Royce ? De la couleur qui te plairait. Ou encore une de ces voitures plates qui ressemblent à un insecte, une Corvette ou une XKL ou quelque chose du genre ?

— Non, je n'en veux pas.

— Et des vêtements ? Ça serait comme à la télé ; on pourrait assister à un défilé de mode à New York, ou à Paris si tu veux. Tu pourrais choisir tout ce qui te tente.

— Je les porterais où, tes fringues ? Y'a rien que dans mon jean que je me sens bien. Et puis j'aurais l'air bizarre à côté de toi

107

avec ta casquette vissée sur le crâne. » Elle essaya d'attraper la casquette rouge et blanche portant l'inscription ORKIN sur le devant, et qu'en fait je portais depuis que je l'avais rencontrée.

« Mais je crois bien que j'aimerais voyager, a-t-elle dit avec sérieux. Dans un an ou deux, quand je me serai reposée. Quand t'as roulé ta bosse pendant un bout de temps, tu finis par avoir la bougeotte.

— Choisis un endroit.

— Je ne veux aller nulle part où on ne parle pas anglais, mais j'ai envie de voyager. Je deviens vraiment nerveuse parfois, Gédéon. J'ai l'impression qu'il me pousse des ailes, et j'ai seulement envie de partir. C'est comme une obsession, comme un ivrogne qui a envie de prendre un verre. Ça me fait peur parfois. Quand je me sens comme ça, je mets un disque et j'écoute Hank Williams ou Jimmy Rodgers chanter des histoires de train, j'augmente le volume jusqu'au bout, et j'attends que l'envie me passe.

— Je ne t'ai jamais entendu faire ça, ai-je dit.

— Tu n'es jamais là », répondit-elle.

Nous sommes allés à Hawaï, avons pris l'avion en première classe et séjourné à l'hôtel Illiki, dans une chambre presque aussi grande que la maison d'Onamata. Dans l'ascenseur de verre sur le devant de l'immeuble, Claire, légèrement désorientée, a pris le bras de l'étranger à ses côtés, croyant que c'était le mien, puis l'a serré de toutes ses forces. L'homme avait le sens de l'humour et un accent texan à trancher au couteau.

« À moi l'honneur, ma petite dame, a-t-il dit. Je me suis déjà fait mordre le bras par un opossum enragé, mais il ne me serrait pas aussi fort que vous. »

J'avais apporté un dossier rempli à craquer, et j'ai hanté les bibliothèques de Honolulu et de l'université de Hawaï dans l'espoir de trouver un indice que la Confédération avait réussi par quelque moyen à traverser l'océan, comme une graine étrange et merveilleuse.

C'est grâce aux efforts incessants de Frank Luther Mott, le premier et seul commissaire de la Confédération du baseball de l'Iowa, qu'un match hors concours contre une équipe des ligues majeures a finalement été organisé. Mott avait fait les contacts nécessaires avec les Cubs de Chicago ; on avait convenu verbalement que les Cubs viendraient jouer une partie à Big Inning, Iowa, le samedi 4 juillet 1908.

Mott a envoyé Paul Eicher, l'éditeur du Iowa City Citizen, *pour prendre les dernières dispositions. Mott et au moins un représentant de chaque équipe était à la gare d'Iowa City lorsque Eicher, content comme un chat devant un bol de crème, est descendu sur la voie, parmi les odeurs d'humidité et de créosote.*

La nouvelle s'est répandue dans Iowa City plus vite qu'un courant d'air. Le lendemain, les gens faisaient la queue devant les bureaux du Citizen *pour lire les détails de l'affaire. LES CUBS VIENNENT À BIG INNING, disait la manchette.*

Une folle controverse s'ensuivit : les Cubs devaient-ils jouer contre une équipe composée des meilleurs joueurs de la Confédération, ou contre les Corn Kings de Big Inning, qui étaient les champions de la Confédération en 1907 et qui menaient la ligue par six parties le jour où on annonça que le match aurait lieu ?

Après une rencontre orageuse qui dura huit heures, le mieux que purent faire les représentants de la ligue fut d'aboutir à une impasse. Big Inning, Iowa City et Husk votèrent en faveur de Big Inning, tandis que Blue Cut, Frank Pierce et Shoo Fly votèrent pour une équipe d'étoiles.

La décision revint donc au commissaire Mott, qui, bien qu'il fût d'Iowa City, était un homme fort juste et déterminé à faire ce qu'il considérait le mieux pour la Confédération. Sa décision ne fut jamais remise en question. L'équipe d'étoiles de la Confédération du baseball de l'Iowa serait l'hôte des Cubs de Chicago lors d'un programme double au terrain de baseball de Big Inning, le samedi 4 juillet 1908.

Chapitre 5

C'est au cours d'un triste mois de janvier que Claire m'a abandonné pour la première fois. Il y avait un pied de neige et une tempête de verglas menaçait dans l'air, comme un coyote tapi dans les montagnes. Tout à la fois désespéré et en colère face à cette trahison, j'ai transporté les plantes de Claire à l'extérieur — ses géraniums étiolés, ses violettes africaines, ses cactus phalliques, et sa préférée, une glace — de l'autre côté de la grande véranda, et je les ai déposées dans la neige au milieu de la pelouse, à l'avant de la maison. Puis je les ai observées de la fenêtre du salon, me demandant si je les verrais se ratatiner sous mes yeux, noircir, ployer et ramollir comme le céleri fané, à mesure que le gel les ferait mourir.

Sans noircir ni flétrir, les plantes sont restées telles que je les avais mises, comme des taches de peinture multicolores sur la neige immaculée. Pendant la nuit une tempête de verglas s'est abattue sur l'Iowa, recouvrant les fils électriques, les arbres et les clôtures d'un demi-pouce de glace, claire comme de l'eau de source. À l'aube, les arbres gémissaient puis fendaient, les crampons des clôtures de métal émettaient un bruit strident et les gouttières s'affaissaient.

Dans la cour, la neige était recouverte de glace blanche, mais chaque plante restait droite comme elle l'avait été dans la maison, protégée par une couche transparente. Quand, quelques jours plus tard, un vent doux a fait fondre presque toute la glace, les plantes de Claire sont restées enchâssées dans leur écrin. Le vent d'hiver soufflait et la neige tombait, mais les plantes restaient tout aussi brillantes sous leur enveloppe.

Le printemps a fini par arriver, et là où le soleil plombait le plus, les perce-neige se sont mis à sortir de terre. C'est alors seulement que la couche de glace a disparu. Les plantes sont restées sur la pelouse verdissante, comme de grands cocktails aux fruits qu'on sert dans des verres à pied.

Celui-qui-erre se souvient d'Onamata, se souvient d'avoir traversé à cheval un village Nuage Bleu, et de l'avoir vue, vêtue de blanc, devant le tipi de son père. C'était jour de fête chez les Arapahos, et le visage d'Onamata était orné de traits de peinture jaune, de la couleur des pissenlits. Elle l'a regardé droit les yeux et lui a souri, sans gêne ni réticence, mais plutôt avec audace et courage.

Sa peau avait la couleur du tabac, parsemée de taches plus foncées, ses yeux étaient d'un brun chaud. Il a ressenti les pincements de l'amour irradier vers l'extérieur, comme si le soleil était en son centre. Il a sauté de son cheval, atterri sur le bout des pieds, sans bruit comme un danseur. Il voyait chaque trait jaune comme les pétales d'un tournesol. Et encore, elle ne baissait pas les yeux.

« Je m'appelle Celui-qui-erre, dit-il. Je viens d'un endroit très éloigné. »

« Et vers quel lieu te diriges-tu ? »

« Vers un autre endroit très éloigné. »

« Je m'appelle Onamata, ce qui veut dire "celle qui va". »

Celui-qui-erre avait un ami Arapaho, Effrayé-par-ses-propres-chevaux, à qui il a demandé de parler en son nom au père d'Onamata. Le père adorait sa fille et souhaitait qu'elle demeure au campement, qu'elle épouse quelqu'un de leur village. Mais Effrayé-par-ses-propres-chevaux a vanté les talents de chasseur et de guerrier de Celui-qui-erre, raconté à quel point il était riche. Lorsque le père a proposé cinq chevaux en guise de dot, Effrayé-par-ses-propres-chevaux a dit qu'un guerrier de la trempe de

*Celui-qui-erre refuserait de donner moins de dix chevaux et que,
plutôt que de refaire le long voyage vers son propre campement, il
irait voler des chevaux chez les Corbeaux, dont ils venaient récemment de dépasser le campement.*

« Plus je te raconte ces histoires invraisemblables, dit Mme Baron,
plus les souvenirs me reviennent. Bien sûr, personne d'autre
que moi ne se rappelle ces légendes. Tu vois, ça ne me dérange
pas beaucoup d'être la seule. Je me sens un peu à part, en fait.
Ta vie serait beaucoup plus simple si tu pouvais faire de même,
Gédéon.

— N'est-ce pas », lui dis-je, en lui faisant mon plus piteux
sourire.

« Pourquoi penses-tu te rappeler toutes ces histoires de baseball dont personne d'autre ne se souvient ? Ça ne te fatigue pas ?
Tu dois te demander pourquoi ?

— Je suppose qu'il y a des failles dans le temps, comme ces
brèches dans les haies, dont seuls les enfants semblent connaître
l'existence. Et puis, peu importe qui est *là-haut,* ou *là-bas,* son sens
de l'humour est plutôt particulier. La vie est une suite de mauvaises blagues.

— Tu le sais, Gédéon, et pourtant tu résistes.

— N'est-ce pas ce que vous feriez, vous aussi ?

— Je suppose, oui. Si les blagues étaient suffisamment
cruelles. Parfois, j'ai envie de continuer à me battre, pour Missy.
Je me rappelle à quel point elle a été flouée. Combien c'est
injuste. Puis je jette un coup d'œil à Missy. Elle ne sait pas ce qui
lui a échappé. Elle est heureuse en quelque sorte. Et alors je me
calme. Mais je serais capable de me battre, pour moi, ou pour
John. John ne le ferait jamais pour lui-même. Il a foi en…» Elle
pointe le ciel du doigt. « Moi, il y a longtemps que j'ai laissé
tomber.

— Je crois bien que je continue à me battre parce que la
mort de mon père a été une blague trop cruelle. Combien

connaissez-vous de personnes qui sont mortes tuées par une balle frappée en flèche?

— C'est bien vrai, déclare Mme Baron. Pour ce qui est de cette histoire…»

Elle me regarde fixement, un pli profond barrant son front comme une blessure.

« Il s'appelait Sigmund Foth. Un homme bizarre s'il en fut. Je crois qu'il était venu directement d'Allemagne, mais je ne mettrais pas ma main au feu pour ça. Il avait un accent, mais bien des Allemands de deuxième génération ont encore un accent.

« Il ne ressemblait pas aux Allemands du coin. Il n'avait ni les pommettes, ni l'air impassible des chevaux de trait, comme tous les autres. Il était tout simplement décharné. Il avait le visage pointu d'un renard et la peau sombre; il avait l'air d'un Espagnol ou d'un Italien. Ses yeux étaient bleus, mais profondément enfoncés dans leur orbite. Ils brillaient parfois, comme des pierres précieuses au fond d'un sac.

« Il exploitait un lopin de terre au sud-est d'ici, il avait une vieille cabane, quelques bestiaux, des remises et quelques acres de maïs. Dès que quelque chose disparaissait dans le voisinage, c'est Foth qu'on accusait. Il s'était fait prendre la main dans le sac avec une pompe à eau volée. La pompe appartenait à un des fils de Snell. Il a repris la pompe et a dit à Foth de ne plus jamais recommencer. Il a raconté que Foth s'était conduit comme un chien qu'on aurait fouetté.

« Un jour, après que Foth eut vécu ici pendant cinq années ou plus, une femme et deux enfants sont arrivés inopinément. Une fille et un garçon, de onze ou douze ans, une grande femme pâle aux cheveux blonds roux avec un air de chien battu. La petite fille était assez mignonne, de peau sombre comme son père, mais couverte de taches de rousseur comme sa mère et elle avait un sourire charmant.

« On raconte que Foth maltraitait vraiment sa famille. Bien qu'ils ne fussent pas catholiques, le garçon est allé voir le père Rafferty un jour, un peu comme en dernier recours. Il a raconté que Foth battait la mère et la fille avec une ceinture et une attelle de harnais. Il a dit que le père faisait des choses affreuses à sa fille ; tu sais de quel genre de choses je parle.

« Le garçon s'est enfui peu après cet incident. Il n'avait pas plus de quatorze ans. On dit qu'il a lancé une fourche vers le vieux Sigmund, qu'il lui a cloué un bras au mur de bois de la grange avec la dent du milieu. Il y avait un médecin au village dans ce temps-là. Foth a fini par aller le voir parce qu'il croyait faire un empoisonnement du sang.

« Près d'un an plus tard, la femme — je crois bien qu'elle s'appelait Irma — s'est enfuie elle aussi, avec un commis voyageur de Chicago qui allait de ferme en ferme vendre des cuisinières de luxe sur catalogue.

« Les gens disent qu'ils l'ont vue assise sur le siège du boghei du commis voyageur, son sac de toile sur le dos, portant une capeline aux couleurs vives.

« Personne n'était vraiment surpris d'apprendre que la femme de Sigmund Foth avait fini par le quitter. Mais ce qui s'est passé par la suite en a surpris plusieurs. Foth s'est mis à errer dans le village pendant quelques jours comme une âme en peine, les yeux tournés vers le sol. "Vous savez, ma femme m'a quitté", disait-il à tous ceux qu'il croisait. Les gens lui ont fait montre de peu de sympathie, et je suppose qu'il y en a même un ou deux qui lui ont dit que toutes ses histoires s'étaient retournées contre lui et qu'il n'avait en somme que ce qu'il méritait.

« Mais Foth les regardait d'un air abasourdi en marmonnant quelque chose sur son Irma et disant à quel point elle lui manquait. "Vous savez, ma femme m'a quitté", leur disait-il encore, comme s'il ne venait pas tout juste de leur annoncer la même chose à peine deux minutes auparavant.

« Foth avait travaillé à temps partiel au chemin de fer, et environ une semaine après que sa femme fut partie dans le boghei du commis voyageur, il est allé dans un de ces abris le long de la voie ferrée où l'on remise le matériel, et il a volé suffisamment de dynamite pour réduire en pièces la totalité du district. Il a lié entre eux les bâtons de dynamite, et s'en est recouvert comme d'une armure, puis il a traversé tout le village, faisant une peur bleue à tout le monde, jusqu'au terrain de baseball près de la rivière. Il s'est assis derrière le deuxième but pendant une heure ou deux, puis il a mis le feu à la dynamite. L'explosion a creusé un cratère de dix pieds de diamètre sur quatre ou cinq pieds de profondeur, brisé la moitié des fenêtres du village et rendu sourds la plupart des chiens qui se trouvaient à moins d'un mille de la déflagration.

« On n'a pas retrouvé suffisamment de restes de Sigmund Foth pour les enterrer. Les ouvriers ont dû transporter je ne sais plus combien de pelletées de terre uniquement pour remplir le cratère afin que le match de baseball de la fin de semaine puisse avoir lieu. Il y en a qui disent qu'on a retrouvé quelques bouts de chair dans le champ et que des lambeaux sont venus s'accrocher au grillage derrière le marbre. Un des gars les a mis dans un sac de jute et les a rapportés au pasteur luthérien, qui les a emportés à la ferme pour savoir comment la fille, qui devait bien avoir quatorze ans à l'époque, voulait en disposer. "Donnez-les à manger aux cochons", aurait-elle dit au pasteur en crachant sur le sac pour ensuite lui claquer la porte au nez.

« Puis la communauté a organisé une espèce de réunion pour discuter du sort de la fille. Il paraît que le pasteur a fait quelques prières sur le sac de jute, puis l'a enterré dans le cimetière luthérien. La réunion a eu lieu dans le salon mortuaire de mon père ; le père de John y était probablement aussi et peut-être même un membre de ta famille. Ils ont décidé d'embaucher quelqu'un pour s'occuper de la ferme, puis ont ajouté son salaire aux impôts de Foth, en espérant pendant tout ce temps que la femme de Foth finirait par revenir, ou qu'un quelconque parent se pointerait le nez.

« Tu sais, Gédéon, j'y pense tout à coup. Quand j'étais jeune fille et que je m'appelais encore Marylyle McKitteridge, ma famille vivait à l'étage au-dessus du salon funéraire, dans le bâtiment qui abrite ton agence aujourd'hui. Pourtant, il n'y a plus d'étage…

— Le bâtiment où vous avez grandi a été détruit par le déluge.

— Je ne me rappelle aucun déluge.

— Je ne vous ai pas raconté l'histoire du déluge pendant toutes ces années, depuis le décès de papa ? Il a bien dû vous en parler lui aussi.

— Je crois que je ferais mieux de revenir à mon histoire. Je ne suis pas certaine de vouloir parler de ce bâtiment. J'ai fait la brave en t'écoutant parler de "failles dans le temps", à l'époque où ça ne me touchait pas. Quand on vieillit, Gédéon, on gagne le droit de penser à ce qui nous chante. Et maintenant, retournons à Foth.

« Cette femme, Irma Foth, est finalement revenue. Sauf qu'elle n'était plus tout à fait la même. Un bon jour, elle est arrivée par le train d'Iowa City. Toute seule. Ceux qui l'ont vue ont affirmé qu'elle n'avait plus la même démarche. Elle avait l'air de savoir ce qui était arrivé à son mari. Les journaux raffolaient de ces histoires grotesques, tout comme aujourd'hui. Même le *Citizen* en avait fait ses manchettes, avec de longs sous-titres, comme pour l'histoire de Foth :

UN FERMIER SE FAIT SAUTER À LA DYNAMITE SUR UN TERRAIN DE BASEBALL

UN CRATÈRE DE SEPT PIEDS DE PROFONDEUR DANS LE CHAMP CENTRE

« Sigmund Foth n'était pas un amateur
de baseball », affirme le gérant

« La première chose qu'elle a demandée c'est : "Où est-il enterré ?", puis elle s'est mise à faire comme si elle était vraiment en deuil. J'aurais plutôt pensé qu'elle aurait poussé un soupir de soulagement à l'idée d'être enfin débarrassée de cette fouine de Foth, vendu la ferme puis ramené sa fille à Chicago ou là où elle habitait maintenant.

Plutôt, la première chose qu'elle a faite, ç'a été de marier sa fille au garçon amish qui avait été embauché pour s'occuper de la ferme. Les Amish étaient toujours à la recherche de sang neuf à intégrer à leur colonie. Ils se sont mariés en ville, puis il a ramené la fille dans son village ; elle avait probablement encore l'âge de jouer à la poupée. Quelqu'un se souvient de les avoir vu rouler vers la colonie. La petite a enlevé sa capeline et l'a laissée tomber à l'arrière du boghei, où elle est restée, toute déformée et abîmée dans la poussière rougeâtre.

« Ensuite, Irma Foth est allée voir le maire du village et lui a demandé à voir l'endroit où Foth s'était dynamité, et elle a aussi réclamé les restes mis en terre par les luthériens.

— J'ai remarqué que vous vous êtes mise à dire "le village" plutôt que Onamata, et que vous faites toujours une petite pause, comme si vous aviez l'intention de dire autre chose. Se pourrait-il que les mots Big Inning vous soient venus sur le bout de la langue ? » ai-je demandé précipitamment.

« Tu m'as raconté trop souvent tes histoires, Gédéon, c'est tout.

— Quand même, vous me redonnez de l'espoir. Que s'est-il passé ensuite ? Qu'est-il arrivé à Irma Foth, j'entends ?

— Elle l'a ramené à la vie.

— Qui donc ?

— Foth, évidemment. Elle l'a ramené à la vie.

— Comment a-t-elle fait ?

— Elle s'est promenée comme le font les sourciers, mais au lieu d'un bâton fourchu, elle s'est servie de ses doigts. Je l'ai vue une fois ; bien des gens allaient au terrain de baseball pour la voir. Elle était grande et pâle, elle portait de longues robes d'intérieur à fleurs qui ne lui allaient pas, comme si elle avait perdu beaucoup de poids pendant son absence. Elle gémissait comme un chat malade. Elle faisait quelques pas, les doigts de sa main droite écartés et raides, pointant vers le sol. Puis elle s'arrêtait pile, un peu comme un chien de chasse, puis l'Amish se mettait à creuser avec sa pelle à long manche. Quand il remontait quelque chose à la surface, elle brassait la terre jusqu'à ce qu'elle trouve ce qu'elle était venue chercher, puis elle le mettait dans un sac de toile, comme ceux qu'on utilise pour transporter le courrier.

« Elle faisait encore un ou deux pas, tournait en rond, un peu comme pour danser ou jouer à un jeu d'enfant, poussant des cris de mort pendant tout ce temps, jusqu'à ce qu'elle se fige de nouveau, les doigts pointés vers le sol. Le garçon se remettait alors à creuser.

« Quand elle eut fini sa besogne, le terrain de baseball avait l'air d'avoir été bombardé. Heureusement que c'était l'automne et que la saison de baseball était terminée. Elle devait bien avoir une demi-douzaine de sacs remplis de boue et de terre et, je suppose, de restes de Sigmund Foth.

« Sa tâche accomplie, son gendre est arrivé au village dans une de ces voitures peintes en noir qu'utilisent encore les Amish et qui ressemblent à des diligences affectées aux enterrements. Il a chargé tous les sacs à l'arrière, et Irma Foth a grimpé sur le siège à ses côtés, puis ils sont repartis vers la ferme.

« Il y avait beaucoup de curieux qui traînaient dans les parages ce jour-là, et ils ont tous dit qu'ils avaient entendu des pépiements venant des sacs. Ça sonnait comme une bande d'écureuils, d'après une femme. Et les poches se cognaient et se bousculaient entre elles, comme si elles avaient essayé de prendre une forme quelconque.

« Le dimanche suivant, Irma et Sigmund Foth sont allés à l'église luthérienne. Il portait un habit et une chemise à col cassé, et elle avait revêtu une robe longue qui frôlait l'herbe et un chapeau de paille à large bord tout entouré de jacinthes. Il lui tenait le bras et l'a aidée à descendre de la voiture, se conduisant en parfait gentleman. Elle affichait un calme à toute épreuve, comme si elle fixait un point particulier sur le front des gens.

— Il avait peut-être un frère, ai-je dit.

— Attends de connaître le reste de l'histoire et tu jugeras par toi-même. Foth hochait de la tête et saluait d'un sourire les gens qu'il connaissait. Il était devenu un citoyen modèle : il travaillait à la ferme, allait à l'église, payait ses factures, et autant qu'on le sache, il n'a plus jamais rien volé. Et si quelqu'un était assez effronté pour aborder l'histoire de sa mort avec lui, il répondait en riant qu'il avait dû quitter la ville pour affaires, puis il remerciait les gens du village d'avoir pris soin de sa ferme et leur remboursait le salaire qu'ils avaient versé au jeune Amish.

« Cette histoire a fini par mettre l'église luthérienne dans une drôle de position. Les paroissiens avaient en effet érigé une petite croix sur ce qu'ils avaient cru être les restes de Foth :

SIGMUND FOTH
1864-1906

Quelqu'un a fini par entrer la croix dans l'église pour la ranger.

« Pendant les mois qui ont suivi, jamais n'avait-on pu voir un couple aussi fervent. Puis au printemps, par un magnifique dimanche matin, comme tout le monde sortait de l'église, la petite voiture noire du jeune Amish a descendu la rue. Le gendre de Foth menait les chevaux. Il immobilise le boghei devant l'église, puis la fille de Foth en descend. Elle est toute vêtue de noir et elle tient un gros fusil à six coups à l'ancienne, à moitié aussi long qu'elle. Foth est au milieu des marches, et lorsqu'il l'aperçoit, il ne change pas de direction, n'essaie pas de se sauver, mais il continue plutôt d'avancer vers sa fille, un demi-sourire aux lèvres. La fille appuie sur la gâchette, elle atteint son père en plein cœur. Le recul la jette presque par terre. Foth tombe face contre terre sur le parvis de l'église ; la fille reprend ses esprits, se penche sur lui et lui tire deux autres coups dans le dos.

« Et là, en plein sous les yeux de toute la communauté luthérienne et du révérend Clyde Pulvermacher, qui avait eu le temps de s'agenouiller devant la dépouille, le corps de Sigmund Foth se transforme alors en une pile de sacs de jute, chacun grouillant et pépiant comme si quelqu'un voulait en sortir à tout prix. La fille est encore là, debout, et elle tire deux autres coups sur les sacs de jute qui finissent par cesser de bouger, sauf un d'où sortent des gémissements et des ricanements. "Dommage", dit la fille à sa mère, qui était restée raide comme un piquet pendant toute l'affaire, "j'avais

120

gardé la dernière balle pour toi." Puis elle tire un dernier coup sur les sacs de jute et tout devient silencieux. La fille s'est alors retournée et elle est partie à pied vers les limites de la ville.

« Les luthériens ont donc enterré Foth encore une fois. Cette fois par contre, il était écrit sur la croix :

SIGMUND FOTH
1864-1906-1907

On raconte que ce monument est encore en place, si jamais tu as envie d'aller jeter un coup d'œil.

— Les monuments funéraires ont tous été emportés par le déluge, ai-je dit.

— Et jamais personne n'a revu la fille. Elle s'est évaporée.

— Je connais trop bien le phénomène », ai-je dit.

Soudainement, Marylyle couvre de sa main ses lèvres fanées.

« Mon Dieu, Gédéon, j'aurais mieux fait de ne pas m'en souvenir. Cette fille, elle s'appelait Claire, comme ta....

— Se pourrait-il que cette histoire soit vraie, Marylyle ?

— C'est l'histoire qui compte, Gédéon. Une fois qu'on l'a racontée, elle est comme vraie. »

Ce soir dans ma grande maison vide, j'entends de nouveau la voix de mon père.

« Ne crois-tu pas qu'il faut que le monde soit au courant de la Confédération ? » demandait-il en criant pour la forme. « Sinon, pourquoi serais-je au courant de cette histoire ? Pourquoi serais-tu au courant, toi ? Tu es bien au courant, non ?

— Je sais seulement ce que tu m'as raconté. C'est peut-être comme on dit : si Dieu avait voulu que les hommes sachent voler, il leur aurait donné des ailes.

— Qu'est-ce que ça vient faire là-dedans ?

— Comment crois-tu que le premier homme qui a songé à voler se soit senti ? Il a dû avoir toute une salade à vendre.

— Je vais peut-être à l'encontre du reste du monde. C'est peut-être cela. Peut-être que les forces qui sont là, qui flottent suspendues dans la soie et le satin des ténèbres, ont effacé la Confédération de la mémoire des millions d'Américains qui en connaissaient l'existence. Il faut que je me dise qu'elles n'ont fait que leur travail et que rien n'est parfait. Car si c'était le cas, moi non plus je ne saurais pas. Leur gomme à effacer est passée à côté d'un gène récessif chez mon père ou chez ma mère, ou encore la foudre a chassé les brumes de mon esprit. Tout est possible. J'ai lu l'histoire d'un homme qui a aspiré un pépin de poire par ses narines, et bon sang ! la graine a germé en plein là dans sa poitrine, ça chatouillait, ça grattouillait, ça grouillait en se tortillant, essayant d'atteindre la lumière, comme le faisaient les germes des pommes de terre dans la cave chez ta grand-mère, qui poussaient de longues vrilles pâles comme le nacre, essayant de se frayer un passage sous la porte de la cave.

« Toute cette affaire a quelque chose à voir avec la volonté de survivre. Il y a quelque part une énergie, un souvenir, quelque chose qui veut que la Confédération survive. Et je ferai tout en mon pouvoir pour que ça se produise. »

Mais bien que les rêves soient aussi légers que le tulle, la réalité peut parfois se faire aussi lourde qu'un sac de ciment de cent livres.

Celui-qui-erre a continué à défier les hommes blancs. À l'automne, quand les feuilles ont pris la teinte orangée des soucis, il a planté son tipi de peaux blanches dans le bois de peupliers, à deux cents verges de la rivière Iowa, où Onamata puisait son eau et pêchait le poisson avec un harpon de bouleau blanc.

Auparavant, au plus fort de la canicule, il avait coupé de longues branches de peuplier, avait observé leurs feuilles collantes sécher sur la branche, des feuilles d'un vert sombre, presque noir, et avait remblayé son tipi de branches de peuplier et de mousse.

Il y avait eu d'autres rencontres avec les hommes au visage ren-
frogné vêtus de peau de daim, d'autres menaces.

« La terre est assez grande pour nous tous », leur avait dit Celui-
qui-erre, en ouvrant ses bras en un large cercle. « Voyez comme
mon propre cercle, mon cercle magique, est petit. La terre nous
donne la vie, elle nous nourrit et elle nous ramène à elle. »

« Elle va te rappeler à elle plus vite que tu ne le crois, l'Indien, si
tu ne passes pas ton chemin. »

Celui-qui-erre portait des flèches, il avait taillé des pointes de
flèches dans le roc et une lame pour son tomahawk. Parfois, il
suivait les hommes blancs de si près que son odeur faisait bron-
cher les chevaux. Parfois, il pénétrait dans le campement des
hommes blancs la nuit, sentait leur souffle sur ses mains, obser-
vait leur visage à la lueur des charbons ardents.

Tôt ce matin, Mme Baron a téléphoné et m'a demandé de passer
chez elle. Lorsque je suis arrivé, elle et Missy m'attendaient au bout
de l'allée, devant la maison. Il y avait des papillons tigrés bruns et
blancs qui dansaient au-dessus de l'herbe, et Missy, le poing gauche
sur la hanche, s'était penchée pour leur faire la conversation. Les
sons qui sortaient de sa bouche étaient doux, voilés, surnaturels.
Missy passe la main dans ses cheveux roux, et ce faisant pousse sur
son front sa capeline jaune, mais sa voix continue à marquer le
rythme. On dirait un musicien en pleine improvisation.
    « Comment va ta recherche, Gédéon ? me demande
Mme Baron.
    — Pas très bien, j'en ai peur. Je suis encore le seul à y croire.
Je suis le seul pratiquant de ma religion. » Je souris d'un air que
j'espère sardonique. « Mais je ne laisse pas tomber.
    — Je suis désolée d'apprendre que ça n'avance pas », dit-elle.
Puis elle se tait un moment. Les seuls bruits qu'on entend sont le
vrombissement d'un bourdon et Missy qui chantonne. « Je n'ai

aucun travail à te confier, Gédéon, poursuit-elle. C'est pour autre chose que je t'ai demandé de venir. Tu sais que je voudrais bien t'aider dans tes recherches si je le pouvais. »

Je hoche la tête. « Vous m'avez déjà aidé, dis-je. Vos histoires me sont utiles. Elles me rappellent que je ne suis pas le seul à avoir conscience de la magie qui nous entoure. Ces failles dans le temps vont s'élargir jusqu'à ce que le temps lui-même s'ouvre tout grand. »

Tandis que je parle, Mme Baron écoute attentivement, le menton reposant sur sa main, les yeux fixés sur moi, les sourcils froncés.

« Je dois te faire une confession, Gédéon. C'est parce que je me sens coupable que je te raconte ces histoires.

— Coupable de quoi ?

— Eh bien, je sais que les événements qui se déroulent dans ces histoires que je te raconte — je sais qu'ils ont vraiment eu lieu… tout comme tu sais que ta ligue de baseball a vraiment existé.

— Il n'y a pas de quoi se sentir coupable.

— Oui et non. Je t'ai demandé de passer me voir aujourd'hui, car je crois avoir trouvé une façon de me rendre utile.

— Comment donc ?

— Mais d'abord, j'ai de mauvaises nouvelles. » Elle s'arrête le temps d'un battement de cœur. « John est aussi malade que je le soupçonnais. Tu sais combien je l'ai talonné pour qu'il aille voir le médecin… Il a fini par y aller. Il a passé des tests à Iowa City. Il a vécu une bonne vie, bien remplie, mais j'ai bien l'impression qu'il n'en a plus pour longtemps. »

John Baron avait les traits tirés depuis un mois ou deux ; il avait perdu du poids et ses épaules, habituellement si droites, s'étaient remarquablement voûtées. Ses cheveux blancs avaient perdu leur éclat et étaient devenus secs comme le pelage d'un animal malade.

« Je suis désolé, Marylyle, ai-je dit.

— Je te remercie, Gédéon. Mais je ne t'ai pas fait venir ici pour te raconter mes problèmes. Missy, mon ange, relève ton chapeau sur ton front. »

Missy est presque pliée en deux et roucoule devant les papillons qui dansent toujours dans l'herbe et le trèfle, comme des fragments de toile brune.

« Tu sais, Gédéon, je n'ai que quatre ans de moins que John, mais je ne me rappelle pas du tout ta ligue de baseball. Je devrais pourtant être assez vieille pour m'en souvenir. En 1908, j'avais presque quatorze ans.

— Vous me dites cela comme si John, lui, se rappelait de la Confédération.

— Vraiment? » Son visage affichait une expression bizarre, que je ne lui avais jamais vue avant aujourd'hui. « Je n'arrive pas à trouver qui que ce soit qui se souvienne de mes histoires invraisemblables, mais je ne me rappelle toujours pas de ta ligue de baseball.

— Mais John, lui, s'en souvient? »

C'est au tour de Marylyle de hocher la tête.

« Et pourquoi ne m'en a-t-il jamais rien dit? Pourquoi n'a-t-il rien dit à mon père?

— Ouais... il n'est pas très fier de lui à ce propos. Il croit que ton père serait peut-être encore en vie s'il... Mais laisse-moi plutôt te raconter une autre histoire, Gédéon, une courte cette fois.

« Lorsque nous étions jeunes, à peine un an ou deux après notre mariage, John s'est réveillé en sursaut et poussant des cris. Je me suis réveillée assez vite, comme si on m'avait piquée avec une fourche à vache. John transpirait et grelottait; il m'a serré le bras si fort que j'en ai eu des bleus pendant des semaines.

« "Il vient de m'arriver quelque chose, Marylyle", qu'il m'a dit. "Je ne suis pas sûr que ça se soit vraiment produit. C'est peut-être un rêve. Non, c'est vraiment arrivé. Te souviens-tu que les Cubs de Chicago sont venus jouer un match ici, un quatre juillet, au terrain de baseball près des limites de la ville, sauf que... — il fit une pause — la ville s'appelait alors Big Inning?"

« "Bien sûr que non", lui ai-je répondu. "Je me souviendrais bien d'une chose aussi importante. Tu viens seulement de faire un sacré mauvais rêve."

« Et alors, Gédéon, il m'a raconté une histoire aussi folle que toutes celles que je t'ai racontées. Ça parlait d'une partie de base-ball qui a duré un mois ou plus. En plein orage en plus. Il y avait une histoire de foudre aussi. Et aussi un grand Indien, un nain mort, et un albinos. La rivière est sortie de son lit et a emporté la ville pendant que le match continuait, comme si de rien n'était, et le soleil aspirait les joueurs de baseball vers le ciel. John a fini par dire qu'il jouait cette partie, qu'il jouait dans l'équipe d'étoiles de la Confédération du baseball de l'Iowa. »

Elle s'interrompt et m'observe, attendant que je réagisse. Mais je suis trop assommé pour réagir. Je hurle dans ma tête, encore et encore : « *Quelqu'un d'autre est au courant! Quelqu'un d'autre est au courant! Quelqu'un d'autre est au courant!* »

« "Si un tel événement avait vraiment eu lieu, tu ne crois pas que je le saurais?", ai-je dit à John. — Mais j'ai vraiment joué dans cette équipe, Marylyle. Et tu sais bien je ne suis pas menteur. — Tu viens de faire un rêve dans un rêve", lui ai-je dit.

« Pendant quelques semaines, John a demandé à son entourage, mine de rien, si quelqu'un avait déjà entendu dire que les Cubs de Chicago étaient venus jouer un match à Iowa City ou à Onamata. Et je sais aussi qu'il est allé à la bibliothèque pour chercher dans les journaux de l'époque. Il n'a finalement rien trouvé et tous ceux à qui il avait posé la question ne se souvenaient pas d'une telle histoire.

— Mais pourquoi n'a-t-il rien dit à mon père, ou à moi? Il sait bien ce que nous avons dû endurer.

— Il était vraiment surpris le jour où ton papa s'est mis à lui poser des questions sur la ligue de baseball de la Confédération. "Ce serait lui donner de faux espoirs, Marylyle. Qu'est-ce que je pourrais lui raconter d'autre que ce dont je me souviens, et alors on serait deux à se taper la tête contre le mur de l'Histoire? J'imagine que ce que je sais n'est qu'une espèce d'accident de la nature qu'il vaut mieux oublier."

— Pourquoi ramener tout cela sur le tapis aujourd'hui, alors?

— Hier, quand nous sommes revenus d'Iowa City, après que les médecins eurent dit à John la vérité sur son état — ou plutôt, après que John les eut obligés à lui dire la vérité, tu sais comment il est — "Laissez tomber les boniments", a-t-il dit aux médecins, "si je dois déposer mon bilan, je veux le savoir. Je veux avoir le temps de fermer tous mes comptes et de payer toutes mes dettes." Alors, quand nous sommes revenus à la maison, il m'a dit : "Je crois que je devrais révéler ce que je sais à Gédéon." — "Je lui demanderai de passer dans la matinée", lui ai-je répondu. »

Lorsque John apparaît dans la cour, il a l'air d'avoir encore vieilli depuis que je l'ai vu la semaine dernière. Il a l'air fragile. Sa salopette est devenue trop grande. Les veines sur le dos de ses grosses mains rugueuses sont tendues, d'un bleu trouble.

« Allons marcher », me dit-il. Il touche brièvement la main de Marylyle, jette un coup d'œil à Missy qui fredonne tout doucement.

Nous marchons le long d'un champ de maïs, derrière la grange, rouge comme les wagons de train, et derrière la remise à machinerie. L'air embaume la terre humide et la douce odeur du maïs encore vert.

« Je ne sais pas encore si je fais bien, Gédéon. Je croyais qu'en vieillissant les hommes devenaient plus sages. Tu sais comme il arrive parfois qu'un seul nuage dans le ciel fasse une tache d'ombre sur le sol, près de toi ou par-dessus ta tête ? C'est l'effet que m'a fait cette histoire ma vie durant. J'ai toujours cru que je savais quelque chose dont personne d'autre n'était au courant, jusqu'à ce que ton père s'amène avec ses questions. Depuis ce jour, je promène ce nuage comme mon ombre. J'ai parfois l'impression que si je regarde dans mon dos, je verrai l'ombre d'un cheval ou d'un camion plutôt que la mienne. Je suppose que Marylyle t'a raconté l'histoire des ombres ? »

— Non, elle n'en a rien dit.

— Bon, je suppose que c'est mieux que tu n'en saches rien. »

Il s'interrompt et jette un coup d'œil autour de lui, comme s'il avait pendant un moment perdu le fil de ses pensées. Je note au passage qu'il faudra que je demande à Marylyle de me raconter l'histoire des ombres à la première occasion.

« Je ne sais pas comment j'ai pris connaissance de toute cette information, Gédéon, mais je suppose que tu sais comment je me sens. » Il me donne une tape sur l'épaule, et malgré la chaleur de cet après-midi d'été, sa main est froide. « Un jour, il y a bien longtemps, je suis allé voir le père Rafferty pour lui faire part de ce que je savais. À la retraite depuis bien des années, il avait été amené là où vont les vieux prêtres. C'était comme si on avait arraché les racines d'un vieil arbre.

« J'ai raconté au père Rafferty tout ce que je savais, et il a répondu "John, il y a des mystères qui ne s'expliquent tout simplement pas, et mieux vaut ne pas nous torturer l'esprit en pensant à de telles choses; pense plutôt à des choses qui élèvent l'âme." Je ne sais pas si les prêtres ont tous un petit livre de citations pour toutes les situations, mais j'ai vraiment eu l'impression que celle-là, ç'en était une. J'ai donc poursuivi et je lui ai raconté un bout de l'histoire que j'avais gardé pour moi. Je lui ai parlé de la nuit où Little Walter, la mascotte de la Confédération, est mort, et comment lui, le père Rafferty, était venu à Big Inning au milieu de la nuit, en plein orage, tenant une lanterne devant lui comme ce Diogène qui cherchait un homme avec sa lanterne en plein jour. Je lui ai dit que c'était moi qui l'avait mené vers une des voitures recouvertes d'une toile qui servaient de dortoirs aux joueurs des Cubs de Chicago. L'eau lui montait jusqu'aux chevilles et mouillait la frange de son aube. Je lui ai rappelé comment il avait administré les derniers sacrements au petit bonhomme. »

John se frotte la nuque.

« Je crois que nous devrions nous rendre au terrain de base-ball, Gédéon.

— Allons-y tout de suite. On peut prendre mon camion.

— Non, pas en plein jour. Il y a quelque chose de doux dans l'air la nuit, de presque sacré. Il y a plus encore, mais il faut que tu y sois. Je ne décris pas très bien les choses, mais tu verras quand nous y serons. »

J'ai envie de lui dire que j'y suis déjà allé, que je sais de quoi il parle. Que j'ai dansé avec un sorcier, que j'ai joué de la trompette, et essayé de trouver un rite qui ressusciterait les morts.

Plutôt, je lui réponds : « Il y a donc bien eu une partie contre les Cubs.

— Bien sûr qu'il y a eu une partie contre les Cubs, répond-il avec brusquerie. Elle a duré quarante jours et quarante nuits.

— Vraiment. Je ne le savais pas.

— Au moins tout ce temps, et peut-être plus encore, je crois.

— Pourquoi n'en avez-vous jamais parlé ? Pourquoi m'avez-vous laissé croire…? Pourquoi avez-vous laissé mon père croire que…?

— Bien, tu vois, avant que ton papa ne commence à parler de la Confédération, je croyais être le seul au monde à se souvenir de la ligue. Même Marylyle ne se souvenait pas de la Confédération. J'ai pensé qu'il valait mieux garder le silence. Et puis, quand j'ai vu comment les gens se sont mis à traiter ton père… j'ai compris qu'il valait mieux que je reste tranquille.

— Vous étiez pourtant son ami !

— Il arrive parfois que les amis doivent se faire cruels. Il n'y aurait eu que lui et moi. Qu'est-ce qu'on aurait pu faire ? J'ai pensé que s'il était seul, il laisserait tout tomber.

— Il n'y a plus que nous deux maintenant.

— Ce n'est pas la même chose.

— Pourquoi donc ?

— Je vais mourir bientôt, Marylyle a bien dû te le dire.

— Qu'est-ce que ça change ?

— Qu'est-ce qu'ils peuvent bien faire à un vieil homme comme moi ?

— Qui ça ?

— Tu n'es pas au courant ?

— Non.

— Moi non plus », dit-il, puis il a un petit rire doux en passant le dos de sa main sur son menton blanchi par une barbe de plusieurs jours.

Plus tard ce jour-là, rassasiés de la tarte aux mûres de Mary-lyle, et après avoir écouté la prière de Missy, nous nous sommes rendus à Onamata. Nous avons dépassé le centre de la ville, puis nous sommes allés jusqu'aux falaises qui surplombent la rivière Iowa, là où se trouvait jadis le terrain de baseball.

« Je suis venu jusqu'ici avec ton père déjà, me dit John Baron. Sous un prétexte quelconque. Je ne lui ai jamais montré que je savais quoi que ce soit. Je voulais juste voir de quoi il parlait sans cesse. Et je pense bien que j'avais l'intention de lui raconter ce que je savais. Mais j'ai fini par décider que ce n'était pas une bonne idée. »

Lorsqu'il se tait, la nuit est douce et silencieuse, chaude comme du cachemire. La lune est suspendue comme un croissant éclairé au néon au-dessus de la campagne. Les étoiles scintillent et elles ont l'air de se rapprocher de nous, comme par curiosité.

« Le terrain de baseball était juste là-bas », dit John en pointant du doigt un coin enchevêtré, couvert de broussailles. « Ils avaient construit deux nouvelles estrades, une du côté du premier but, l'autre au champ droit, spécialement pour le programme double contre les Cubs. On pouvait sentir l'odeur de la gomme d'épinette dans l'air. Les planches des estrades neuves étaient aussi blanches que du poulet en tranches, contrairement aux autres. Les estrades derrière le marbre étaient peintes en vert foncé, et chaque place était numérotée en blanc. Les estrades du troisième but et du champ gauche n'avaient pas été peintes, et le temps leur avait donné la couleur de la brume.

— D'après vous, qu'est-ce qui a causé tout cela, John ? Pourquoi vous souvenez-vous de la Confédération ? Pourquoi mon père a-t-il été frappé par la foudre ? Pourquoi ai-je hérité de son obsession ?

— Ralentis, Gédéon, je n'ai aucune réponse à tes questions. C'est comme pour moi, je crois qu'on m'a simplement oublié.

— Oublié ?

— J'étais peut-être à la cave, mais je ne vois pas quand ça aurait pu se produire. Peut-être que je dormais trop profondément pour que la poussière ensorcelée qu'elles ont dispersée affecte mes sens. Peut-être que j'avais enroulé mon oreiller si serré autour de ma tête que ces vapeurs n'ont pas réussi à m'atteindre. J'avais l'habitude de dormir ainsi, un oreiller sur le visage. Je me réveillais les bras endoloris, comme si j'avais passé la nuit à jeter des ballots dans une batteuse.

— De *qui* croyez-vous qu'il s'agit?

— Je ne peux pas vraiment dire. Une puissance quelconque qui rôde aux alentours et qui équilibre les choses. Je dirais bien Dieu, mais je suppose que tu n'y crois pas. Dieu, ça ne veut pas dire la même chose pour chacun de toute manière. Je suis allé à la messe toute ma vie, mais ça ne veut pas dire que je crois à tout ce qu'on me met sous le nez. Ça ressemble un peu aux gros repas que ma mère préparait pour les moissonneurs : des tables montées dehors et croulant sous des douzaines de plats différents. Un homme de constitution normale n'aurait pas pu goûter au tiers de la nourriture étalée devant lui. C'est comme pour la religion. Tu goûtes un peu à tout, tu choisis ce qui te convient. Si tu dis que tu crois à tout, c'est que tu mens. Si tu dis que tu ne crois à rien, tu mens encore probablement.

« Mais je parlais d'arranger les choses. La nature finit toujours par équilibrer les choses à la fin. Il y a peut-être une sécheresse, ou trop de pluie, mais un jour, tout finit par s'arranger. Le même principe vaut pour la Confédération du baseball de l'Iowa. » John s'interrompt et me fixe droit dans les yeux, comme s'il venait de m'expliquer quelque chose.

« La Confédération? Je ne comprends pas.

— Eh bien tu vois, il y a eu cette partie, et les choses se sont un peu emballées. Les forces qui rôdent aux alentours ont remis les choses à leur place. Elles ont effacé la Confédération.

— Mais comment?

— D'une manière quelconque, elles sont entrées, et comme on va chercher les œufs sous les poules, elles se sont esquivées avec tous les souvenirs qui avaient quelque chose à voir avec la Confédération.

— Elle a donc bien existé comme je la connais. Six saisons et demie, six équipes. La ville s'appelait vraiment Big Inning. Les

Cubs de Chicago sont bien venus jouer un programme double à Big Inning le 4 juillet 1908. Donc, je ne suis pas fou.

— Ou encore, il n'y a que toi, ton père et moi qui sommes fous. »

John rit, mais la douleur frappe alors et son visage s'assombrit tandis que son rire se transforme en toux.

« Désolé, Gédéon », dit-il, en relevant les épaules. Il sourit à nouveau, mais la douleur lui a fait venir les larmes aux yeux. « J'aurais dû me manifester pendant que ton père traversait l'épreuve de la Confédération. J'aurais bien dû... mais j'étais dans la force de l'âge, et ton papa était un tout jeune homme. Je me suis dit qu'il trouverait bien quelqu'un d'autre qui se souviendrait, ou bien qu'il finirait lui-même par réussir à convaincre les gens. Penses-tu qu'il s'était trop approché du but? Penses-tu qu'on lui aurait confié une tâche quasi impossible qu'il était sur le point d'accomplir, ce qui les aurait amenés à s'en débarrasser?

— Je ne suis pas sûr qu'il s'agissait d'un accident. Marylyle m'a dit que vous aviez joué pour la Confédération. C'est vrai?

— Oh, j'ai joué, bien sûr. J'étais un bon joueur, aussi. Un peu grand pour un arrêt-court. Mais je pouvais me poster loin dans l'herbe du champ extérieur et réussir à lancer la balle au premier but comme s'il y avait eu une corde à linge entre ma main et le gant du joueur de premier but.

— Qu'est-il arrivé à la Confédération? Que s'est-il passé le jour du match?

— Je n'en sais pas plus que toi à ce sujet, Gédéon. Ma mémoire est pleine de trous. La plupart des souvenirs des gens se sont effacés à partir d'environ 1902. Toute cette affaire de la Confédération s'est effacée comme on efface une ardoise. Les Cubs étaient là, par contre... je les vois encore comme si c'était hier. Ils s'apprêtaient à venir au bâton. On nous avait présentés, et j'ai serré la main de Frank Chance, Three Finger Brown, toute l'équipe. Ils étaient polis, plus âgés que je me le serais imaginé, et sérieux. "Je vous souhaite bonne chance", m'a dit Frank Chance. Nous avions un gros lanceur gaucher, un gars à l'air mauvais, qui s'appelait Arsenic O'Reilly, qui se réchauffait sur le monticule. Il faisait au moins six pieds quatre et on disait qu'il avait un fichu caractère. Le commissaire de la Confédération du baseball de l'Iowa faisait office d'arbitre. Il portait une redingote et un haut-de-forme en soie. Il se tenait derrière le lanceur, et se préparait à arbitrer toute la partie de là. O'Reilly a fini de se réchauffer. Frank Luther Mott a crié : "Play ball." La foule a poussé des cris de joie. Et c'est ici que s'arrêtent mes souvenirs. Gédéon, je ne t'ai pas fait venir ici pour rien. Je crois qu'il y a un moyen de découvrir la vérité. »

Je le regarde de côté, comme on observe quelqu'un sur le point de nous dévoiler la combinaison d'un coffre-fort qui renferme des milliers de dollars.

« Je sens que les choses vont bien, Gédéon. Je crois qu'une partie de la magie qui flottait dans l'air en 1908 est encore ici aujourd'hui. Il y a des failles dans le temps, Gédéon, et je pense bien qu'il y a une de ces failles ici même. Demain, ce sera le trois juillet. Soixante-dix années se sont écoulées depuis que la Confédération a disparu, pour tous, sauf pour moi.

— Est-ce qu'il y avait un Indien ? Vous rappelez-vous aussi de cela ? Marylyle m'a dit qu'il y avait un Indien.

— Oui, il y avait un Indien.

— Vous parlez comme si j'étais le seul à y aller.

— C'est le cas.

— Mais il faut que veniez aussi. Vous connaissez l'endroit. Vous y avez vécu. Et puis… s'il y a quelque chose de l'autre côté, peut-être que nous ne serez plus malade, et…

— Non, Gédéon, j'ai eu une vie bien remplie. J'apprendrai bien assez tôt la réponse à tous ces mystères.

— Alors, je vais demander à quelqu'un de m'accompagner.

— Ça ne doit pas être Claire, dit John. Ce n'est pas que je n'aime pas Claire…

— Stan ?

— C'est un joueur de baseball, d'accord, mais que sait-il de la Confédération ?

— Seulement ce que je lui ai raconté.

— Est-ce qu'il te croit ?

— Il n'écoute pas vraiment ce que je lui dis. Il est trop pris par son propre rêve. Il croit encore pouvoir jouer dans les ligues majeures.

— Pars avec lui.

— Demain soir ?

— Vers onze heures. Je serai là.

— Qu'est-ce que je devrais apporter ?

— Ce dont tu penses avoir besoin.

— Y avait-il vraiment un Indien ?

— Il y en avait vraiment un. »

Pendant toutes ces années, je me suis senti comme un détective sorti tout droit d'un film des années quarante. Dans ces anciens films en noir et blanc, remplis de canotiers blancs, de mâchoires carrées, de pistolets courts et d'héroïnes voluptueuses, le détective privé était toujours à l'affût. Il savait qui était le méchant et quel acte ignoble se préparait. Il savait qui avait commis le crime, avec quelle arme et contre quelle victime. Sa tête était bourrée de renseignements dangereux ; il savait qui était le tueur, où était caché le magot, et à quelle heure l'évasion de prison ou le vol de banque devait avoir lieu. Le hic, c'est que personne ne le croyait quand il disait la vérité. Le chef de police dur à cuire ou le capitaine des détectives se moquait toujours du détective privé, lui disait d'aller se faire voir, de laisser tomber l'affaire. Le détective privé se retrouvait alors seul, abandonné sur le trottoir devant le poste de police sous un froid mordant, en train de nettoyer son veston du revers de la main.

C'est ainsi que je me suis senti des années durant. Bourré de dangereux renseignements et ignoré de tous. Traité comme un excentrique. J'ai passé plus de la moitié de ma vie à me relever sur des trottoirs défoncés, à essuyer la poussière sur mes vêtements, à plier l'échine sous le vent mordant du rejet.

Tout à coup, pour un moment, j'ai un allié. Qu'est-ce que je fais ?

Je commence par passer une nuit blanche. Je ne peux rien dire à Stan pour l'instant. Je ne veux pas lui laisser le temps de penser à mon invitation et de la décliner. J'arpente les pièces de ma maison comme un ours en cage. J'attrape ma trompette et je joue *Cerisiers roses et pommiers blancs*, si fort que j'imagine les notes en train de traverser le toit de la maison et de monter vers le ciel en un ruisseau de sons fondus. Je joue *High Hopes* et *It's a Small World* à de nombreuses reprises, en m'imaginant que j'entends les roses trémières cogner doucement contre la fenêtre de ma chambre à coucher, produisant un son doux et rythmé, comme un bébé qui agiterait un jouet en peluche.

Je fais mes bagages. Je mets deux chemises, des slips, deux paires de chaussettes, mon rasoir électrique, une brosse à dents et du dentifrice dans un sac de voyage orange et noir. Puis j'ajoute mes notes et mes articles sur la Confédération. Je pose le sac près de la porte avant.

Je me demande comment quelqu'un peut faire ses bagages pour un éventuel voyage dans une autre dimension. Je me sens ridicule.

Je pense à Claire, je sens comme une grande blessure en moi, profonde, parce que je l'aime tant et qu'elle m'aime si peu. Je joue de la trompette de nouveau, avec rage. Je jette la trompette sur le lit, m'élance vers la garde-robe, enfouis mon visage dans un vêtement de Claire, recherche une trace de son odeur, de quoi me remplir le cœur.

Dehors, je marche d'un pas rapide en direction de la maison de Stan, pas sur le trottoir, mais au milieu du terre-plein, en donnant des coups de pied dans les pissenlits au passage, comme un garçon qui se rend à sa partie de baseball ou à sa leçon de musique, observant les têtes de pissenlits faire un arc et tomber, en explosant comme des vesses-de-loup. Mon sac de voyage orange et noir est resté à la maison, attendant tristement au pied de l'escalier. Tout ce que j'apporte avec moi, c'est ma trompette.

Tandis que je marche, je me rappelle une autre chose que m'a dite Marylyle Baron.

135

« Est-ce qu'un certain Lonely Stern a déjà joué pour ta ligue de baseball, m'avait-elle demandé ?

— Non. »

Elle a eu l'air étonnée. Elle a appuyé son menton sur la paume de sa main et a pris un air renfrogné. « Tu en es sûr ? »

« Oui. Je connais le nom de tous les joueurs à avoir jamais fait partie de la Confédération. On entend encore fréquemment la plupart de ces noms par ici ; ils devaient être les grands-pères des fermiers des environs d'Onamata ou de Lone Tree. Je ne comprends pas pourquoi personne ne se souvient... En passant, pour autant que je sache, John Baron n'a jamais joué pour la Confédération.

— Alors, ce Lonely Stern a dû jouer avant que n'existe ta Confédération. C'était un joueur de baseball, par contre. Herman Stern, qu'il s'appelait. Tout un lanceur à part ça... du moins c'est ce que disait mon père. Tu sais ce qui est presque la seule chose que je connaisse sur le baseball, Gédéon ? Je sais que la distance entre l'endroit où se tient le lanceur et le marbre est de soixante pieds et six pouces. Voudrais-tu savoir pourquoi je sais ça ?

— Est-ce que ça a quelque chose à voir avec Herman Stern ? »

Mme Baron pousse un petit gloussement. « Il n'a eu de surnom qu'après avoir cessé de jouer au baseball. À l'automne où il a décidé de prendre sa retraite comme joueur de baseball, il a aussi décidé que personne ne s'approcherait de lui à plus de soixante pieds et six pouces dans tous les sens. Il laissait des messages dans sa boîte aux lettres sur le bord de la route, et les garçons du village allaient faire ses courses et lui rendaient des services.

« Les gens venaient devant chez lui, s'arrêtaient devant la clôture et tenaient des conversations avec lui en hurlant tandis qu'il restait sur le seuil de la porte. "Personne ne viendra plus près de moi que l'était mon receveur", disait-il. Il s'appelait encore Herman à cette époque, mais il n'a pas fallu attendre longtemps avant que "Lonely" ne devienne son surnom.

— Que lui est-il arrivé ?

— Il est mort en solitaire, dit-elle en riant aux éclats. Il n'a jamais laissé personne franchir sa clôture. Un jour, il est tombé malade, et il a fait venir le docteur à la clôture. Lonely lui criait ses symptômes du seuil de la maison, et le docteur a posé son diagnostic à soixante pieds et six pouces de distance.

« Le grand cimetière sur la colline à Iowa City, là où trône l'ange noir, était le plus grand cimetière du comté de Johnson, même à l'époque. Lonely Stern a trouvé le moyen de se faire enterrer à soixante pieds et six pouces de la tombe la plus proche, il a payé un surplus pour faire ajouter une clause qui disait que personne ne serait jamais enterré plus près avant qu'il n'ait reposé en terre pendant au moins dix ans. Je me suis toujours demandé pourquoi il avait choisi dix ans. Mais on a respecté sa demande. »

Le jour tombe au moment où j'arrive chez Stan. À l'ouest, le ciel est de la couleur de la mousse à l'orange. Je frappe à la porte, mais personne ne vient répondre, donc je pousse la porte de la maison de la mère de Gloria. Elle est aussi déprimante que l'a décrite Stan. Il fait si noir à l'intérieur que je me rappelle les paroles de mon père à propos des germes de pommes de terre qui s'efforcent de remonter vers la lumière. J'imagine Gloria et Stan, blancs et sinueux, aspirant comme des bébés à la lumière du monde.

La télé est allumée dans le salon, et je passe d'abord la tête dans la porte. Mais il n'y a là que Mᵐᵉ Orosko, profondément enfoncée dans un divan à fleurs, la télécommande bien serrée dans sa main osseuse. Les éclairs bleus de l'écran lui donnent l'air d'un extraterrestre. Elle m'observe fixement de ses petits yeux perçants. Ses cheveux ont l'air d'avoir été tirés avec cruauté pour dégager son visage.

« Excusez-moi, je voudrais voir Stan. »

Elle ne dit pas un mot, montrant simplement du pouce la direction de la cuisine, à l'arrière de la maison.

Je plonge dans le hall et pousse devant moi les portes à battants de la cuisine, faisant ainsi déferler dans le hall sombre un flot de lumière jaune. Stan et Gloria sont assis à chaque bout de la table en Arborite gris ; leurs mains sont jointes, leurs coudes reposent sur la table. Je suis frappé d'une pensée absurde : peut-être étaient-ils en train de tirer au poignet.

« Stan, tu dois m'accompagner, dis-je presque en criant devant leur visage étonné.

— Hé, Gédéon, il me semblait bien que j'avais entendu quelque chose dans le hall.

— Stan, tu es le seul qui puisse comprendre un telle histoire. Désolé Gloria, tout ce que je veux dire, c'est que ce gars est un rêveur tout comme moi. Je vais rejoindre John Baron au bout du terrain de baseball dans un peu plus d'une heure. Il faut que tu m'accompagnes, Stan. Il va se produire quelque chose. John Baron a découvert une de ces failles dans le temps, au sujet desquelles je te casse les oreilles depuis si longtemps. »

Je me sens comme un messager qui vient de parcourir une centaine de milles au pas de course pour livrer son message.

« Calme-toi, Gédéon. John Baron doit bien avoir au moins quatre-vingt-dix ans. Qu'est-ce qu'il peut bien faire sur le terrain de baseball au milieu de la nuit ? Et pourquoi te balades-tu avec ta trompette comme si c'était une arme ?

— Fais-moi confiance, Stan. Je veux que tu viennes avec moi. Tu sais toute l'importance que j'accorde à la Confédération.

— Que va-t-il se passer ? » dit Stan.

Il affiche un sourire à moitié amusé. Peut-être pense-t-il que je suis saoul.

« Où allez-vous, et à quelle heure allez-vous revenir ? demande Gloria. Tu veux du café Gédéon ?

— Non, je ne veux pas de café. Et nous serons partis pour un bout de temps. »

J'accroche Stan par le bras, et j'essaie de l'arracher à sa chaise. Il se lève à contrecœur.

« Ne t'en fais pas, dis-je à Gloria, si nous ne revenons pas avant quelques jours. » Je suis déjà parvenu à pousser Stan jusqu'à la porte de la cuisine. « Si Claire revient, dis-lui que je l'aime et que je serai de retour dès que possible.

— Est-ce qu'il faut que j'apporte quelque chose ? demande Stan tandis que je le pousse dans le hall jusqu'à la porte de devant.

— Allons, viens », lui dis-je, le poussant de toutes mes forces de l'autre côté du salon aux ombres bleues jusqu'à la porte. Le soir est tombé. « Tu n'as besoin de rien. John nous attend. C'est à vingt minutes de marche. » J'aperçois la silhouette de Gloria derrière la porte grillagée.

Les lucioles brillent comme de minuscules planètes dans l'obscurité humide et silencieuse qui nous entoure.

« Il faut qu'il se passe quelque chose », dis-je à répétition tandis que nous marchons d'un bon pas. Ma trompette se balance au bout de mon bras et étincelle sous les étoiles comme du verre cassé.

Nous dépassons les limites de la ville. La fraîcheur de la nuit remplit l'air. Mais il fait plus chaud à mesure que nous remontons la colline étouffée par la bruyère jusqu'au plateau où se trouvait jadis le terrain de baseball.

John Baron est déjà sur place. Il se tient sans faire de bruit dans les ronces et les buissons.

« Je vois que tu as amené un ami », dit-il. Ses épaules sont voûtées, et il porte une chemise de laine à carreaux rouge et noire.

— Je vous ai dit que je le ferais.

— T'es brave ? demande-t-il à Stan.

— Je suis avec Gédéon, peu importe ce qu'il manigance. »

On aperçoit au loin les lumières de la ville ; à l'horizon se dessinent les têtes d'épingles que font les fenêtres des fermes.

« Oh, vous auriez dû voir ce champ lorsque j'étais enfant. C'est un gars qui s'appelait Frank Hall qui entretenait le terrain. Il habitait une cabane sur le bord de la rivière. Ce terrain, c'était comme un tapis. Frank avait installé une pompe avec les moyens du bord et il siphonnait l'eau de la rivière dans des tuyaux de bois... »

Il s'interrompt et fixe la lune, dont une partie a disparu, comme une pomme qu'on aurait tranchée au couteau.

« Il y a de la douceur dans l'air, dit John Baron, et c'est bon.

— Que croyez-vous qu'il va se produire ? dis-je.

— De quoi parlez-vous ? demande Stan.

— Il y a des failles dans le temps, répond John. Tu n'as qu'à rester debout et absorber le silence, la tranquillité, l'histoire. Si ça marche, ça ira tout en douceur. »

Il recule d'un pas, puis d'un autre. Les ronces s'accrochent au bas de son pantalon d'abord, puis le bruit cesse. Il recule d'un autre pas, et d'un autre encore. Il ne devient plus qu'une ombre, puis une silhouette dans l'obscurité délicate, puis seulement une voix.

« Absorbe, absorbe… »

Stan et moi restons immobiles comme si nous faisions partie du paysage. Stan pousse un soupir. Je sens le plus petit des chatouillis, comme si un insecte venait de frôler mon bras.

Tandis que nous attendons, les odeurs qui flottent dans l'air semblent soudainement changer. L'air sent l'humidité. L'odeur délicieuse de l'herbe qu'on vient de couper atteint mes narines.

La clarté n'est plus la même non plus. Le ciel est exactement le même. Mais la ville n'est plus la même. Les immeubles sont plus proches que dans mon souvenir, et il y a moins de clarté. Les lumières des fermes ont disparu. Je regarde autour de moi, mais il n'y a qu'une faible lueur orangée au loin.

« Que s'est-il passé ? » demande Stan.

Je respire à fond.

« Nous nous sommes glissés par l'une de ces failles dans le temps », lui dis-je, plus fort que je ne l'aurais voulu. J'entends l'eau qui s'écoule doucement dans le noir.

« Qui est là ? » beugle une voix d'homme. « Ôtez-vous de mon champ avant que j'aille chercher mon fusil ! »

Deuxième partie

LE MATCH

*…pour faire vivre la magie. Il faut prendre
des risques. Il faut aller aux EXTRÊMES.*

— Tom Robbins

Chapitre 6

Pour une raison que j'ignore, la première chose qui me vient à l'esprit est de regarder ma montre. Je passe ma main droite sur mon poignet gauche dans l'intention de pousser le petit bouton qui fera s'allumer des chiffres d'un rouge brillant sur le cadran pour m'indiquer l'heure ; j'estime qu'il devrait être environ minuit et demi. Je ne trouve que mon poignet nu, même si je peux encore sentir le relief du bracelet sur ma peau.

« Qui est là ? » crie de nouveau la voix. « C'est votre dernière chance.

— Ne tirez pas ! crie Stan. Nous sommes perdus. »

Sur notre droite, à une centaine de verges à l'extérieur de la ligne des balles fausses du champ gauche, il y a de l'activité. Une lampe vomit sa lumière par la porte ouverte et la seule fenêtre d'un long bâtiment de rondins blanchis à la chaux, surmonté d'un clocher rudimentaire. Il y a des voitures et des chevaux attachés aux arbres qui entourent le bâtiment ; le tintement nerveux des harnais fait un bruit de tambourin dans la nuit. Soudain, un orgue à tuyaux retentit et une ou deux douzaines de voix s'élèvent comme une flamme au milieu de l'obscurité bleutée :

« Il faisait nuit dans la vallée
Le camp était plongé dans l'obscurité
Lorsque sous l'éclat des flambeaux
On entendit une trompette sonner
Elle sonnait dans la vallée
Et par delà les collines retentit son écho »

Je m'aperçois pour la première fois que je serre ma trompette, la tenant dans la plus bizarre des positions, sur mon épaule gauche, comme s'il s'agissait d'un mousquet.

« C'est quoi votre problème ? Êtes-vous saoul ? dit la voix, avec un fort accent irlandais.

— Non monsieur, mais nous sommes nouveaux en ville ; nous avons marché depuis Iowa City sur la voie ferrée qui mène au terrain de baseball, et nous l'avons quittée au mauvais endroit.

— Bon Dieu, je savais bien que la ville se remplirait de fous demain, j'ai même soupçonné qu'il y en aurait quelques-uns qui sortiraient de sous les pierres cette nuit. C'est pour ça que je suis là. Il n'y aura que moi et les fanatiques dehors à cette heure.

— Quelle heure est-il ? »

L'homme vient vers nous et nous allons vers lui. Il est grand et il porte un râteau et un arrosoir à cou de cygne dont le bec fait au moins cinq pouces de diamètre.

« Désolé d'avoir marché sur votre terrain, dit Stan. C'est ici qu'aura lieu le match, pas vrai ? » Il poursuit avant même que l'homme n'ait pu répondre : « Même dans le noir, je peux vous dire que ce terrain est parfait. Je sens que c'est un terrain entretenu avec amour. Je peux sentir à travers mes chaussures que le champ est parfait, que vous avez rasé le moindre tertre et rempli toutes les petites dépressions, semé de l'herbe neuve, une graine à la fois.

— Eh bien, répond l'homme, ça fait plaisir de voir qu'on est apprécié. Êtes-vous vous-même un joueur de baseball ?

— J'en suis », répond Stan, tandis que je le vois afficher un large sourire — il n'a pas parlé uniquement pour plaire.

« Sonnez de la trompette
Car Dieu nous a délivrés
Levez vos flambeaux
Bien droit et bien haut
L'épée pour l'Éternel et pour Gédéon
Sera notre cri de ralliement »

« Je m'appelle Frank Hall », dit l'homme décharné, calant le râteau dans le creux de son bras et tendant la main. Elle est sèche et rugueuse. Comme si on serrait la main à une racine.

« Bon, l'heure maintenant », dit-il en plongeant la main dans son gousset pour en extirper une montre grosse comme un œuf à la poêle. (Ce doit être une montre de la compagnie des chemins de fer.) Il sort une allumette de bois d'une autre poche. Il fait éclater la tête de l'allumette avec l'ongle de son pouce, et se penche vers le cadran. Des volutes de fumées bleu acier montent comme des brins de laine. L'odeur âcre du soufre imprègne l'air.

« Une heure, dit-il.

— Merci, dis-je. Je m'appelle Gédéon Clarke, et voici mon ami, Stan Rogalski.

— Gédéon, eh ? C'est ta chanson qu'on entend là-bas.

— C'est une coïncidence », dis-je en fourrant ma trompette sous mon bras. Et je poursuis : « S'il est une heure du matin, pourquoi l'église est-elle pleine, et pourquoi sont-ils en train de chanter des cantiques ?

— Ouais... pour tout vous dire, il me font un peu honte, ceux-là. » Frank tourne un pouce vers le sol, comme un arbitre qui annonce un retrait. « Ça, c'est l'Église de la Douzième Heure pour l'Éternité, c'est ce que c'est. Ils fonctionnent douze heures à l'avance ou douze heures en retard sur le reste du monde, je ne me rappelle jamais si c'est l'un ou l'autre. Ils en sont soit à hier après-midi, soit à demain après-midi. » Il se tait un instant, posant une main très calleuse sur son menton. Même en pleine obscurité, son visage et son cou paraissent rougis par le whisky, et sont de la même couleur que la crête des dindons. « Ce doit être demain : *leur* service a lieu les samedis. »

« L'Éternel est mon berger
Rien ne saurait m'ébranler

L'Éternel est mon berger
Rien ne saurait m'ébranler

145

Comme un arbre
Planté près des eaux
Rien ne saurait m'ébranler »

Des gens revêtus de chasubles blanches, chacun portant un cierge, sortent de l'église à la file et font quelques verges en direction de l'arbre le plus gros que j'ai jamais vu. Sa masse est illuminée par le clair de lune.

« Qu'est-ce que c'est que ça ? dis-je.

— C'est ce qu'on appelle un arbre d'Indien, répond Frank Hall.

— Est-ce un saule pleureur ?

— J'en ai jamais vu avant celui-là. Il paraît que les Indiens avaient l'habitude de dresser leur campement sous cet arbre. Tu vois comme ses branches retombent et balaient le sol comme les cheveux d'une femme.

— Mais qu'est-ce qu'ils font là, sous cet arbre ?

— Ils ouvrent les branches et vont à l'intérieur, font trois fois le tour de l'arbre, éteignent leur cierge, et chacun rentre chez soi. Sont bizarres », poursuit Frank Hall, en balayant du bras vers l'endroit où la lumière de la lampe trace un pâle chemin devant la porte de l'église. « Ils dorment tout le jour et sèment leur maïs en pleine nuit ; ils attachent des lampes de mineur au front de leurs chevaux. C'est fou ce qu'on peut faire au nom de la religion.

— C'est bien vrai.

— Peut-on vous être utile ? demande Stan.

— Je vous remercie, mais j'allais moi-même m'arrêter. Je voudrais bien dormir une heure ou deux avant que ça ne devienne l'enfer.

— Nous aimerions bien dormir un peu, nous aussi.

— Ce ne sera certainement pas à Big Inning. Il n'y a pas une seule chambre libre dans tout le village. Il n'y a pas d'hôtel, ici. Mme Berry tient une maison de pension, mais tout est réservé depuis qu'on a annoncé la tenue du match. L'église luthérienne a loué des paillasses et il y a des gens qui couchent sur les bancs et à même le sol.

— Il fait beau », dis-je. La nuit est comme les pétales d'une fleur, l'air aussi humide qu'un linge mouillé. « Allons donc faire un tour et jeter un coup d'œil à votre village.

— Je vous offrirais bien de rester, mais je n'ai qu'une seule couchette dans ma cabane. » Il fait un geste vers l'ombre. « Je loue quelques bateaux, et je vends des friandises aux spectateurs du dimanche.

— On aura tout le temps qu'il faut pour dormir après le match », dit Stan. Bien qu'aucun de nous deux en ait parlé, le plâtre qui enrobait la main de Stan a disparu. Il porte un gant, mais pas l'immense gant orange en forme de pelle qu'il porte d'habitude. Sa main droite est recouverte d'un gant noir, mince et ramolli, pas plus grand qu'une mitaine de skieur.

« La métropole de Big Inning, telle que vous la voyez, est dans cette direction. Notre village n'a qu'un seul lampadaire. » Frank ricane tout bas. « Le conseil du village s'est réuni pendant plus de dix heures avant de passer au vote. Il n'y a que cinq immeubles dans tout Big Inning qui ont l'électricité. »

Frank Hall poursuit son chemin. Dans la lumière bleutée qui précède l'aube, Stan et moi remontons la rue principale de Big Inning, Iowa. La messe de l'Église de la Douzième Heure pour l'Éternité a pris fin. On entend le tintement des attelages, le piétinement nerveux des chevaux, le grincement de roues de voitures dans le noir. Les seuls autres bruits viennent des voix parmi le gazouillis des oiseaux matinaux. Pas de bruits de moteur. Pas de klaxon.

Le trottoir de bois résonne sous nos pas. J'ai vécu sur ces terres toute ma vie. Les contours sont les mêmes, le ciel est là, la rivière aussi, mais tout le reste est différent. Je viens de tomber dans le puits du passé, à soixante-dix années de profondeur. J'ai le frisson.

Stan marche d'un pas bondissant à mes côtés, comme un chiot surexcité.

La façade factice d'un immeuble affiche en grosses lettres peintes à la main MAGASIN GÉNÉRAL DE BIG INNING. Sa grande fenêtre en saillie pointe vers la rue comme un oreiller.

Dans la vitre, nos reflets sont légèrement distordus. Stan, sans chapeau, a un peu l'air fou : on dirait un garçon qui aurait grandi trop vite, portant un pantalon sombre et une chemise de couleur ivoire à col de celluloïd. Ses manches roulées laissent voir des bras musclés. Il porte de lourdes chaussures, de toute évidence faites à la main.

« Pas croyable », dit Stan en sifflant entre ses dents. Il passe une main dans ses cheveux blonds. On dirait qu'ils viennent d'être mouillés.

« C'est bien ici, non ? Tu disais vrai. » Son visage est ouvert et innocent, prêt à croire aux miracles.

« Je pensais que tu m'avais cru.

— Je n'ai jamais eu de doute, mon vieux. » Stan rit de son long rire hachuré et vient taper mon épaule de sa grosse main charnue. « Jamais eu de doute. » Puis Stan ouvre tout grand les yeux alors qu'il me voit vraiment. « Hé, Gédéon, d'où sors-tu ces vêtements-là ? »

Je pointe du menton vers sa poitrine et il se regarde lui-même, touchant sa chemise soyeuse, le tissu rugueux de son pantalon.

« Le 4 juillet 1908, à Big Inning, Iowa, dis-je.

— Onamata ? murmure Stan.

— Seul l'emplacement est le même. Les maisons là-bas sont différentes. Il y a vraiment eu un déluge.

— Et nous serons ici pour le voir ?

— Je ne sais pas. Il faudra qu'on improvise. »

Pour la première fois, je jette un coup d'œil plus attentif sur moi-même, j'inspecte les tissus, j'examine mon reflet fantomatique dans la grande fenêtre du magasin général. Je porte un costume d'été, d'un beige pâle, trop serré par endroits, trop grand à d'autres, comme si je l'avais trouvé dans un magasin de bienfaisance. Moi aussi, je porte de grosses chaussures de cuir, et une chemise blanche. Ma vieille ceinture noire et sa boucle à tête d'Indien ont disparu et ont été remplacées par des bretelles, mais ma casquette de baseball est toujours là, vissée à mon crâne. Mes cheveux d'un blond translucide arrivent toujours à mes épaules, raides comme de la ficelle.

« À la mode de l'époque », dis-je en souriant.

Je frémis. J'ai le souffle court. J'ai peur d'avoir une attaque et de ne pas survivre assez longtemps pour voir ce qui nous attend.

À côté du magasin général, après un grand espace vide d'une trentaine de pieds, comme une dent tombée, se trouve un petit immeuble à charpente de bois. Des lettres dans son unique fenêtre annoncent : IMPRIMERIE DE BIG INNING. Dans la fenêtre, le quotidien de la veille, le *Iowa City Citizen,* a été suspendu, sa une vers la rue.

DEMAIN
MATCH IMPORTANT

dit la manchette.

Mais ce que j'aperçois ensuite est encore mieux. À côté de l'imprimerie se trouve le salon de barbier de Big Inning, désigné par le traditionnel poteau de bois peint en bleu, blanc et rouge. Devant ce salon de barbier, sur le trottoir, se trouve un banc : sur le banc, un journal abandonné. Je feuillette rapidement d'une page à l'autre, tenant le journal rapproché de mon visage dans la lumière violette. L'unique lampadaire dont nous a parlé Frank Hall donne une lumière blafarde.

Le 1er juillet 1908. Le voilà.

IOWA CITY SE PRÉPARE À L'EXODE
TANDIS QUE LE JOUR DU GRAND MATCH APPROCHE

Un sous-titre : *Les Cubs arriveront le 3 juillet au soir.* Puis l'article suit :

Il n'y aura plus un chat à Iowa City le 4 juillet, alors que des milliers de personnes parcourront les deux milles qui les mèneront à Big Inning où aura lieu le match hors concours entre les Cubs de Chicago et l'équipe d'étoiles de la Confédération du baseball de l'Iowa...

« Je le savais, dis-je en jubilant. Regarde-moi ça, Stan ! » ajouté-je en criant presque.

J'ai envie de courir dans la rue en brandissant le journal, ou peut-être de revenir en courant vers 1978 en le serrant dans ma main. Oh, combien j'aimerais le jeter sur le bureau de E.H. Hind-smith, l'homme qui a manigancé pour que le mémoire de maîtrise de mon père soit refusé. Ce journal est en effet différent.

Mon père a consacré de nombreuses années de sa vie, enfermé dans une pièce sans fenêtre de la bibliothèque de l'université de l'Iowa, à lire et à relire les numéros du *Iowa City Citizen* de 1908. J'ai suivi sa trace, ou l'empreinte de ses doigts devrais-je dire... à la seule différence que j'ai lu le même matériel sur des microfilms, dans une autre pièce sans fenêtre, avec l'espoir de découvrir un détail qui aurait échappé à mon père, me sentant près de lui lorsque j'essayais d'ajuster le foyer, de lire des bouts de phrases effacés par la sueur de ses mains.

J'ai lu le numéro du *Iowa City Citizen* du 1er juillet 1908 si souvent que je sais même ce qui manque à la une de l'exemplaire que je tiens entre mes mains : un titre qui dit UN GARÇON SUBIT DE GRAVES BRÛLURES suivi d'un article sur Raymond Pilcher, un garçon âgé de douze ans, dont la poche de pantalon a pris feu après qu'il eut ramassé du phosphore dans ce qui devait être le ruisseau Ralston, bien que le journal de l'époque ne mentionne que « le ruisseau ».

À l'intérieur, je trouve l'annonce si familière : « Offrez-vous un repas au Bon Ton. Repas 15 cents. »

Sous l'annonce, un article qui dit : « George M. Chappel, du service de la météo et des récoltes, estime que les conditions sont presque parfaites. »

Mais on parle du match aussi. Les renseignements sur la partie y sont. Oh, comme j'aimerais faire voir ça à Claire. Comme j'aimerais que ma mère voie ça. Comme j'aimerais montrer cet article à tous ceux qui ont ri un jour derrière leur main en se moquant de Matthieu Clarke et de son étrange fils, Gédéon !

Je lis. Tandis que le ciel prend les premières teintes du jour, je dissèque le journal.

Stan parcourt la rue principale sur toute sa longueur, fait le va-et-vient entre moi et le banc, fait le tour du pâté de maison.

« Je pense que j'ai découvert l'endroit où se trouve la maison de la mère de Gloria », dit-il.

Plus tard ce jour-là, pendant le match, deux camelots passeront dans la foule pour offrir des exemplaires encore humides du *Iowa City Citizen* à deux cents l'exemplaire. La manchette dira en partie :

Après une bonne nuit de sommeil à l'hôtel Jefferson d'Iowa City, les Cubs de Chicago, forts de dix-huit joueurs, se sont réunis dans le hall de l'hôtel à 9 heures ce matin, et se sont dirigés vers le Café Bon Ton, d'où ils ont emporté des steaks, des côtelettes, des tranches de jambon grandes comme des assiettes, des douzaines et des douzaines d'œufs, de la saucisse et du bacon.

Le village reprend tranquillement vie. L'air humide du matin embaume le chèvrefeuille et les chevaux. Une grosse femme tourne le coin en se dandinant, insère une clé à long manche dans la serrure du petit restaurant Corn State. Elle entre et cale la porte au moyen d'un fer à repasser émaillé blanc.

Stan et moi sommes ses premiers clients.

« Du café », disons-nous d'une même voix. Elle bourre de quelque chose qui a l'air de bardeaux fendus le compartiment foyer d'un énorme poêle à bois noir muni d'un réchaud dont la porte a un bord de couleur argentée. La marque de commerce du poêle à bois, FORGET, est écrite en lettres de fantaisie sur une plaque de porcelaine d'un pied de long serti dans la porte du réchaud.

« Vous êtes des lève-tôt », dit-elle pendant que nous attendons que la grande cafetière bleue se mette à bouillir.

« On a passé la nuit debout, dis-je. On est arrivé hier soir pour devancer la foule.

— Il faut toute sorte de monde », dit-elle en respirant comme une asthmatique.

L'idée me prend de lui demander : « Connaissez-vous Justin Clarke ?

— Bien sûr. Tout le monde connaît Justin Clarke. Un peu collet monté, mais...» Elle s'interrompt. « C'est de la parenté ?

— Nous avons le même nom de famille, dis-je vaguement.

— C'est un jeune homme honnête. Jolie épouse. Des baptistes, par contre. Ils ont l'habitude de parler religion aux étrangers. Vous voyez ce que je veux dire...

— Ouais.

— Une mignonne petite fille. Deux ans environ. Mme Clarke vient au village tous les jours, habille la petite de magnifiques robes roses et de souliers en cuir verni. La plus jolie petite chose. Son nom m'échappe, par contre.

— Nancy-Rae.

— C'est ça », répond-elle en fronçant les sourcils. Je rougis.

Tandis que nous engloutissons d'épaisses tranches de bacon, des œufs frits et des galettes de pommes de terre, ainsi que du pain tranché épais et rôti sur la flamme du poêle, je réalise soudainement que l'argent nous causera peut-être des problèmes. À quoi ressemblaient les billets en 1908 ? J'ai peut-être une centaine de dollars en poche, en coupures de vingt dollars, plus une carte Visa, une Master Card, et diverses cartes de sociétés pétrolières. Qu'est-ce qui pourrait bien me servir de carte d'identité si jamais on me la demandait ? Sûrement pas ma carte d'assurance sociale, ni ma carte d'étudiant de l'université de l'Iowa avec ma photo dessus, ni ma carte de bibliothèque ou mon permis de conduire. Rien. Les gens se connaissaient entre eux en 1908. Et si on ne vous connaissait pas, votre parole suffisait. Le repas entier nous coûte quinze cents chacun.

Je sors mon argent de mes poches. Les billets sont retenus par une pince en forme de tête d'aigle, l'emblème de l'université de l'Iowa. Je me demande... était-ce bien l'emblème de l'université en 1908 ? Mes billets et ma monnaie sont en devises de cette époque. Je brasse la monnaie et je constate qu'aucune pièce n'est datée d'après 1907. Je tâte mon autre poche et me rends compte que le portefeuille qui contient mes cartes a disparu. Je suis à la dérive dans le passé, environ trente-cinq ans avant ma naissance... Et je peux être celui que je veux.

Avant que nous partions, le café se remplit. Le ciel matinal s'allume d'une vapeur dorée. La journée du quatre juillet sera chaude et ensoleillée. La rosée est presque toute évaporée, ce qui annonce un après-midi torride. Le taux d'humidité est faible et l'air, rempli des fragrances de l'été : le maïs qui mûrit, la terre, riche et moelleuse, les pissenlits, le trèfle rouge et blanc. Je respire à fond, plissant les yeux en regardant le soleil. Nous flânons dans la rue et passons devant le salon funéraire McKitteridge dont l'enseigne se lit ainsi : M.J. McKitteridge, embaumeur agréé. Pour autant que je puisse dire, le bâtiment se trouve à peu près à l'endroit où l'Agence d'assurances Clarke et fils se trouverait — il faut dire que je n'ai jamais vraiment eu le sens de l'orientation. Marylyle aurait — quoi? — environ quatorze ans maintenant, elle serait cette jeune écolière dont elle m'a si souvent parlé, qui a reçu comme prix un livre lors d'une fête communautaire, à peine pubère, mourant d'envie de devenir amoureuse. Je ne suis pas certain d'avoir envie de la voir, étant donné que je sais déjà ce que sera sa vie. Tout ce que je veux, c'est éclaircir le mystère de la Confédération du baseball de l'Iowa.

« J'ai peine à croire qu'on vient de traverser le temps », dit Stan d'un ton calme tandis que nous marchons.

Je remarque que les gens me dévisagent avec un intérêt plus que fortuit, tordant le cou pour mieux me regarder. Je vérifie ma braguette, j'essaie d'apercevoir mon image dans une fenêtre. Y a-t-il quelque chose sur ma personne qui indique que je viens tout droit du futur?

« Pourquoi les gens me dévisagent-ils? dis-je à Stan.

— Fouille-moi. Tu m'as pourtant l'air normal. Nous avons tous deux l'air de sortir d'une vieille photographie sépia. Mais pour autant que je le sache, nous avons l'air de monsieur-tout-le-monde.

— C'est peut-être mes cheveux. Peut-être que personne ne portait les cheveux longs en 1908.

— Sais pas, répond Stan. J'ai déjà assez de difficulté à croire à ce qui m'arrive. Pourtant, les signes ne mentent pas. Je suppose que c'est vraiment ton Big Inning, Iowa.

« Vous supposez ! dit une voix de garçon. Faut être vraiment idiot pour ne pas savoir ça ! »

Je regarde autour de moi et j'aperçois un petit garnement d'une dizaine d'années accompagné de ce qui doit être son frère aîné. Tous deux sont appuyés à un poteau d'attache, probablement en noyer blanc.

« Davey », dit le plus vieux des deux, posant la main sur la manche du garnement. L'enfant porte une casquette de tweed, retenue en place par ses oreilles en feuille de chou.

« Nous ne sommes pas du village », dis-je, comme si cela suffisait à expliquer notre ignorance.

« Vous êtes d'où ? demande l'enfant. Je suis déjà allé à Des Moines deux fois. Une fois, c'était pour l'appendicite.

— Bienvenue à Big Inning, dit le plus vieux. Nous sommes heureux de vous voir parmi nous. Vous êtes venus pour le grand match, non ?

— Je suis reporter sportif, m'entends-je répondre. Pour le *Kansas City Star*. Gédéon Clarke, pour vous servir.

— Je m'appelle Johnny Baron, dit le garçon, et lui, c'est mon petit frère, Davey.

— Johnny fera partie du match cet après-midi, dit le plus jeune d'une voix perçante. Un jour, il va jouer pour les Cubs aussi. C'est le meilleur joueur que je connaisse.

— Il a un parti pris », dit John Baron d'un sourire désarmant. Il est bronzé, son visage est couvert de taches de rousseur et il porte un uniforme de baseball délavé où sont inscrits les mots CORN KINGS à la hauteur de la poitrine.

Je leur présente Stan. « Stan est un joueur de baseball », leur dis-je. « Il est venu voir jouer les professionnels. Il aimerait bien en devenir un lui aussi. »

Johnny Baron. Il doit avoir environ dix-huit ans. Et Davey, lui, se sauvera de la maison à seize ans, mentira à propos de son âge pour se faire soldat, puis mourra dans les tranchées à Ypres. J'en

154

sais maintenant beaucoup plus que je l'aurais souhaité, mais il n'y pas moyen de revenir sur mes pas.

Il y a toutefois quelque chose qui cloche : Johnny Baron jouant pour la Confédération. Il n'y a rien sur Johnny Baron dans mes souvenirs, ni dans ceux de mon père. C'est Simon Shubert, l'arrêt-court et frappeur de puissance de Blue Cut, qui doit en principe faire partie de l'alignement partant. Il y a deux ou trois autres joueurs qui pourraient le remplacer s'il lui arrivait de ne pas pouvoir jouer. John Baron ne joue pas pour la Confédération.

« On m'a envoyé l'alignement partant de l'équipe d'étoiles, dis-je en mentant. Je n'y ai pas vu ton nom.

— Vous savez, répond Johnny Baron en souriant, il a fallu une espèce de miracle pour que j'y sois. Simon Shubert devait faire partie de l'alignement partant, mais c'est lui le gardien du cimetière Fairfield, à Iowa City. En tondant la pelouse l'autre jour, ses chevaux ont soudainement pris peur…, ils ont entraîné la faux parmi les pierres tombales, et Simon Shubert avec eux. Il s'est cassé le bras en quatre endroits. Il se pourrait même qu'il ne puisse plus jamais jouer au baseball.

— Quel dommage. J'ai entendu dire que c'était tout un frappeur de circuits.

— Il dit que c'est l'ange noir, une vieille statue qui se trouve dans le cimetière, qui a battu des ailes. Il dit que c'est ça qui a fait peur aux chevaux.

— Je sais de quelle statue tu parles, lui dis-je. En fait, je l'ai même déjà vue. »

Stan me jette un regard, comme pour me dire : « Ça suffit. »

« Mon nom n'était même pas sur la liste, poursuit Johnny. C'est Dick Wheelright, d'Iowa City, qui était le substitut, mais il a dû se rendre à l'enterrement de son père, en Californie. Il sera absent pendant des semaines. Puis Horace Flowers, de Frank Pierce, a contracté la pneumonie, à peu près à l'instant où ils ont décidé qu'il ferait partie de l'équipe d'étoiles.

— Et les autres n'arrivaient pas à la cheville de Johnny, ajoute Davey d'une voix flûtée. Ils sont donc allés faire une razzia dans la ligue des compagnies d'Iowa City et lui ont demandé de jouer pour eux. Ce que les Cubs ne savent pas ne peut pas leur faire de tort. »

Nous rions tous de bon cœur.

« Eh bien, félicitations, dis-je. J'ai hâte de te voir jouer. En passant, nous cherchons un endroit où dormir. Reste-t-il des chambres libres quelque part ?

— Nous habitons à environ un mille à l'extérieur du village, peut-être que je pourrais faire quelque chose…»

Son frère l'interrompt. « La partie sera finie avant ce soir. Tout le monde rentrera chez soi. N'importe qui pourra trouver une chambre au Jefferson, à Iowa City.

— Tu dois bien avoir raison, dis-je. Je n'y avais pas pensé. » Je me demande ce que serait sa réaction si je lui disais que la partie ne finira ni aujourd'hui, ni demain. Mais je ne sais pas comment le lui dire, donc je me tais.

Je remarque que le plus jeune, Davey, me dévisage, tout comme Johnny d'ailleurs, qui tire le petit par le bras et lui chuchote à l'oreille : « Ce n'est pas bien de dévisager les gens. »

« Quelles sont vos chances contre les Cubs, penses-tu ? », lui dis-je, en essayant d'avoir l'air d'un reporter, ou de ce que j'imagine être un reporter.

« C'est O'Reilly qui sera déterminant, répond John Baron. C'est le meilleur lanceur que j'ai jamais vu. Et je suis allé à Chicago quatre fois. J'ai vu les deux équipes de Chicago, et la plupart des équipes des deux ligues. Il n'y a que Mathewson et Three Finger Brown qui sont du même calibre.

— S'il joue si bien, pourquoi ne joue-t-il pas dans les majeures ? demande Stan.

— Faudrait demander à monsieur O'Reilly », répond Johnny avec froideur.

J'entends le sifflet de la locomotive, deux longs coups, et j'aperçois un gros panache gris monter dans les airs près de la voie ferrée.

« Voilà le premier train qui entre en gare », crie Davey, en faisant quelques pas de danse sur le trottoir de bois. « Cela veut

156

dire que Frank Hall est déjà prêt. » Puis il regarde son grand frère avec espoir.

« Vas-y », dit le plus vieux des garçons, et le plus petit part au pas de course, une main sur sa casquette pour la retenir au cas où elle s'envolerait sous la force de son élan.

Chapitre 7

En plein soleil, le terrain de baseball est encore plus remarquable que je ne me l'étais imaginé. Frank Hall est un véritable magicien. Le champ intérieur a l'air d'avoir été passé au tamis. Pas un seul caillou, pas une seule motte de terre, pas de mauvaises herbes, ni de bosse ou de dépression. La surface de terre, fine poussière douce, se réchauffe dans la chaleur de la matinée. L'herbe est plate, fraîchement coupée, parfaite couverture de verdure.

« C'est bien mieux que n'importe lequel des terrains professionnels où je suis allé, dis-je à Stan.

— Je l'avais deviné hier soir, tu te souviens? dit-il. Quand même, ça me paraît un peu trop parfait. C'est comme si, après avoir joué une fois sur ce terrain, t'as l'impression que tu ne seras plus jamais le même sur tous les autres. Je veux dire, que se passerait-il si tu rencontrais la femme parfaite, la femme de tes rêves, et qu'elle te trouvait de son goût, qu'elle t'aimait en retour, qu'elle devinait tes moindres désirs...

— J'aurais l'impression d'être le plus chanceux des...

— Mais si quelque chose lui arrivait, tu ne pourrais plus jamais regarder les...

— Ce n'est pas pareil, répliquai-je, d'une voix beaucoup plus féroce que je n'avais voulu.

— Que vas-tu faire de la trompette? demanda Johnny Baron. Tu vas jouer l'hymne national ou quelque chose du genre avant que la partie ne commence? »

Peut-être est-ce pour cela que les gens ne cessent de fixer leur regard sur moi. Ils ne sont peut-être pas habitués à voir un adulte déambuler avec une trompette dorée sous le bras.

« Sais-tu jouer?

— Ne lui en donne pas l'occasion, dit Stan en riant. Il grimpe sur la colline là-bas, il joue au milieu de la nuit et il finit par réveiller toute la ville. Certains soirs...

— Je croyais que vous n'étiez jamais venu ici auparavant, répondit Johnny Baron rapidement.

— C'est vrai, répondis-je. C'est un farceur. Il veut dire au Kansas. Je joue de la trompette au Kansas.

— C'est cela, dit Stan, la langue m'a fourché. »

Le prix d'entrée est de vingt-cinq cents. Les estrades populaires derrière le marbre sont déjà presque remplies. De loin, on peut apercevoir des gens au champ extérieur, sorte de clôture humaine; certains sont debout, d'autres étalent une couverture pour marquer leur territoire.

Nous payons nos places. John Baron est allé rejoindre quelques joueurs tout près; ils ont l'air d'hésiter à aller sur le terrain. Johnny a dit plus tôt : « Je ne crois pas que nous devrions nous rendre sur le terrain avant que les Cubs n'aient eu le temps de se réchauffer. »

« Les voilà », crie une voix.

Un groupe compact de personnes surgit du haut de la colline, là où finit la voie du baseball. On entend un bruit de carriole, puis un véhicule tiré par des chevaux apparaît, décoré de guirlandes bleues, blanches et rouges, suivi par des enfants qui courent en criant.

Les Cubs de Chicago, revêtus de leur uniforme, sont debout dans la carriole, souriant et saluant la foule de leur casquette.

« On dirait du bétail qu'on amène au marché », dit Stan.

Les étoiles de la Confédération du baseball de l'Iowa s'agglutinent autour des Cubs. Bientôt, la carriole s'arrête derrière l'estrade principale. Je reconnais la plupart des joueurs des Cubs, mais j'aurais préféré qu'ils portent un numéro sur leur chandail.

Les joueurs de la Confédération sont toutefois pour moi comme de vieux amis tellement mon père les a bien décrits dans son livre.

Il y a là O'Reilly, Joseph Francis « Arsenic » O'Reilly, sa figure tannée par le vent, le nez de travers, plus d'une fois fracturé.

Bob Grady, le voltigeur de droite, sourire affable, serre les mains à la ronde. Il a la peau rosée et les cheveux citron ; ses yeux bleus captent les rayons du soleil et semblent étinceler d'énergie.

Un homme, coiffé d'un canotier de paille, vend des feuilles de pointage, fournies par l'imprimerie Sentinelle de Big Inning. Sur le tableau du terrain, les alignements partants et l'espace prévu pour le sommaire de la partie sont entourés d'annonces publicitaires des marchands du coin, dont la Compagnie d'assurances Justin Clarke, fondée en 1903, « réputée pour son honnêteté et son intégrité ».

Les alignements partants sont les suivants :

CUBS DE CHICAGO		ÉTOILES DE LA CBI	
Jimmy Slagle	CC	William Stiff	CG
Jimmy Sheckard	CG	Ezra Dean	CC
Johnny Evers	2B	Oilcan Flynn	3B
Wildfire Schulte	CD	Orville Swan	1B
Noisy Kling	R	Henry Pulvermacher	R
Battleaxe Steinfeldt	3B	Bob Grady	CD
Frank Chance	1B	Bad News Galloway	2B
Joe Tinker	AC	John Baron	AC
Three Finger Brown	L	Arsenic O'Reilly	L

Les joueurs de la Confédération ont à peu près la même taille que ceux des Cubs ; ils sont peut-être un peu plus grands si on les compare un à un.

« Une équipe qui a l'air plutôt coriace, dit Stan, en parlant des joueurs de la Confédération. Je me demande s'ils jouent aussi dur qu'ils en ont l'air. »

Les Cubs se frayent un chemin parmi la foule et prennent le banc du côté du premier but. Le dernier à sortir de la carriole est leur mascotte, un nain bossu d'à peine trois pieds, la tête pas beaucoup plus grosse que celle d'une poupée. Ses yeux brillants ressemblent à ceux d'un oiseau ; soufflant comme un cheval, il essaie de tirer hors de la carriole un sac de toile rempli de bâtons. Les joueurs des Cubs l'ignorent.

Bob Grady, arborant un sourire bon enfant, attrape le sac d'une seule main et le pose sur le sol.

Le nain jappe des obscénités dans la direction de Grady, qui retire sa grosse patte du sac comme s'il était brûlant.

« Je n'ai pas besoin d'aide pour faire mon travail », crie le nain d'une voix haut perchée et geignarde, comme celle d'un criquet. À quoi il ajoute des remarques désobligeantes sur la taille de Grady, son intellect et ses ancêtres.

« Je voulais seulement rendre service », dit Grady, enlevant sa casquette pour passer sa main dans son épaisse chevelure.

Le nain, soufflant et râlant, tire le sac de toile vers lui en plantant ses talons dans la terre, arrivant à déplacer sa charge de quelques pouces à la fois.

Nous nous déplaçons avec les joueurs de la Confédération vers la zone derrière le troisième but, d'où nous observons avec respect les Cubs du champ intérieur se réchauffer. Les joueurs sourient sans le vouloir en voyant Joe Tinker capter tous les roulants pour les lancer en souplesse à John Evers au deuxième, qui à son tour relaie à Frank Chance au premier. Nous savons tous que nous venons de voir la meilleure combinaison de double jeu de tout le baseball.

Les joueurs de la Confédération commencent à leur tour à se lancer la balle aller retour. Nous souhaitons bonne chance à Johnny Baron et commençons à nous diriger vers les estrades lorsqu'une voix retentit : « Pas si vite. Viens par ici, mon garçon. »

Arsenic O'Reilly, le lanceur de Big Inning fonce sur moi.

« Moi ? » dis-je. Je n'aime pas le ton de sa voix. O'Reilly crache du jus de chique à mes pieds.

« Qu'est-ce que ça dit, là, sur ta casquette ?

— Orkin », dis-je, réalisant du même coup que ce mot n'a aucun sens pour ces hommes. « C'est mon équipe, au Kansas.

— T'as vu la couleur, et quel est donc ce tissu ? Je n'ai jamais rien vu de tel. »

Je voudrais pouvoir répondre que ce n'est que du tulle de nylon et du caoutchouc mousse, et une bande de plastique réglable, mais je me rends compte que ça serait pour eux du chinois. J'aperçois les autres joueurs de la Confédération qui se rapprochent de moi. J'enlève ma casquette en la tendant vers eux. « C'est ma mère qui me l'a faite. Le tissu provient de l'uniforme de l'armée que portait mon père. Il était général en Serbie. » La Serbie existait-elle en 1908 ? Je me demande brièvement si le plastique résiste aux voyages dans le temps, comme il résiste à presque n'importe quoi.

Puis je vois que ce n'est pas la casquette qui les intéresse, c'est moi. Je suis entouré. Je me sens comme un hamster dans sa cage que toute une classe de maternelle souhaiterait caresser.

« Jette un coup d'œil à ça », dit O'Reilly, en posant sa grosse main calleuse sur ma tête, son visage marquant presque le ravissement. « Nous allons battre les Cubs aujourd'hui. Le ciel nous a envoyé un vrai albinos comme mascotte. Tu ne vas nulle part, mon garçon », me dit-il. Je n'aurais pas pu bouger de toute manière. Cinq à six mains sont maintenant posées sur ma tête, les autres ailleurs sur mes vêtements.

« Mais que faites-vous ? dis-je furieusement.

— Tu dois avoir l'habitude qu'on te touche.

— Pourquoi donc ?

— T'es un de ces albinos, non ?

— Je ne suis pas un albinos, m'entendis-je crier. Stan ! » Mais Stan avait déjà reculé de quelques pas.

Mes cheveux sont ébouriffés comme si le vent avait soufflé de toute part.

« Hé ! » crie O'Reilly d'un ton impérieux. « Ne vous avisez surtout pas de le rendre chauve avant que la partie ne commence. Les joueurs de Detroit avaient un albinos sous la main quand ils ont gagné les séries. Assois-toi sur ce banc, ici, mon garçon. Si tu ne t'assois pas, il faudra qu'on t'attache. Ce n'est pas tous les jours qu'on a une chance comme celle-là. »

« Aïe ! » Je pousse un cri pendant que quelqu'un me tire les cheveux. « Je ne suis pas un albinos ! Regardez ! Regardez mes yeux ! J'ai les yeux bleus. Les albinos, eux, n'ont pas de pigments. Les albinos ont les yeux roses. Moi j'ai des pigments foncés dans mon corps ; c'est ce qu'on appelle de la mélanine.

— De quoi tu parles, mon garçon ? » dit Henry Pulvermacher, le receveur. Il est bâti comme un baril, couvert de cicatrices et il a l'air mauvais. Il sent la chique.

« Je suis blond, c'est tout. Vous êtes blond vous aussi », dis-je à Bob Grady, qui est à mes côtés, mais sans me malmener.

« N'essaie pas ce coup-là avec nous. T'es un albinos et il n'y a plus rien à dire là-dessus, dit O'Reilly. Tu vas t'asseoir sur ce banc avec nous, et on va te frotter la tête pour avoir de la chance. Les albinos portent bonheur plus que les bossus, tout le monde sait cela. »

Je remarque que les Cubs sont en train de quitter le terrain sous les cris d'encouragement d'une foule immense.

« Ils sont tellement plus rares aussi », dit Henry Pulvermacher.

Je comprends au moins pourquoi les gens ne cessaient de me dévisager avec autant d'intérêt. Je repousse d'une tape une main qui s'approchait de ma tête. La main appartient à Oilcan Flynn, le troisième but.

« Je vous propose un marché, dis-je d'une voix perçante.

— Quoi donc ?

— Qui est le gérant ?

— C'est moi le gérant », dit O'Reilly. Puis il jette un coup d'œil aux autres joueurs, défiant quiconque de dire le contraire. Personne n'ose.

« Je suis venu vous voir pour vous présenter un joueur », dis-je en pointant Stan du doigt. Ils le regardent tous.

« Est-ce qu'il joue bien ?

— Il frappe comme la foudre. Il cogne des coups en flèche dans toutes les directions.

— C'est quoi son nom ? »

Plutôt que de donner le nom de Stan, je me rappelle l'histoire de l'équipe de Blue Cut qui se fait appeler les Neuf Bons à rien. Et d'autres histoires encore comme celle de Shoeless Joe Jackson et des White Sox qui étaient bannis à vie du baseball et qui jouaient à de nombreux endroits sous des pseudonymes et des faux noms.

« Je ne peux pas vous dévoiler son vrai nom, dis-je. Vous le reconnaîtriez tous si je vous le disais. On lui a interdit de jouer dans le Sud et il n'est pas censé jouer dans les ligues professionnelles. On le connaît sous le surnom du « Garçon de ferme gaucher ».

— Tu peux vraiment frapper la balle comme il le dit? demande O'Reilly à Stan.

— Donne-lui ce bâton et il te le prouvera. »

O'Reilly lance à Stan un bâton fêlé, noirci par la créosote, puis il se dirige d'un pas ferme vers le monticule, six balles dans le creux de son bras droit.

Henry Pulvermacher, le receveur, commence à avancer vers le marbre.

« Pas besoin de receveur, dit O'Reilly. S'il est si bon que cela, la balle ne se rendra jamais jusqu'au receveur. »

Je souris faiblement à Stan. Il me jette un regard. Je ne sais pas si ces gars sont vraiment bons, et lui non plus d'ailleurs. Il nous reste à espérer que Stan ne perde pas la face.

O'Reilly dépose cinq balles à côté du monticule et garde la sixième dans son immense main gauche; il prend son élan, se penche vers l'arrière jusqu'à être parallèle au sol et projette devant lui la masse de cuir de cheval vers le marbre.

Stan frappe la balle, loin derrière le troisième but, dans le territoire des fausses balles.

O'Reilly s'élance de nouveau. Cette fois, c'est une balle courbe. On dirait bien qu'elle va atteindre Stan aux côtes, mais à la dernière seconde, elle fait un crochet au-dessus du marbre. Je me serais retrouvé sur le ventre, mordant la poussière, mais Stan ne flanche pas, il attend la balle et la frappe franchement vers le champ droit.

Le lancer suivant est très haut. Stan s'élance vers le haut et frappe une fausse balle. Le quatrième est une balle rapide qu'il place vers le centre.

Au cinquième lancer, Stan frappe un ballon en plein centre. Au sixième, une autre balle courbe, Stan place la balle dans l'ouverture au champ centre droit.

« Il a touché la balle sur les six lancers, criai-je. Deux prises, trois coups sûrs et un retrait.

— On a bien vu ça, crie O'Reilly en retour. Bon ça va, tu peux t'asseoir sur le banc avec nous. Il se peut qu'on ait besoin d'un frappeur de plus.

— Cette équipe, c'est une équipe d'étoiles, dit Henry Pulvermacher.

— Et ce gars-là, c'est une étoile, répond O'Reilly avec un large sourire. Ce que les Cubs ne savent pas ne peut pas leur faire de tort.

— Je peux partir maintenant? dis-je.

— Pour aller où? dit O'Reilly.

— Tu ne veux donc pas porter chance à ton ami? » dit Henry Pulvermacher en se tenant droit devant moi comme une porte fermée.

Stan marche à grands pas vers le banc, secouant encore son bâton. « Je te l'avais bien dit, non? J'ai encore quelques bons coups dans le corps, n'est-ce pas Gédéon?

— C'est bien vrai, Stan.

— Vous deux, vous avez un bien drôle d'accent, dit Henry Pulvermacher. Un peu comme ces deux Anglais qui sont venus par ici, une fois. Est-ce que tout le monde parle comme vous, à Kansas City?

— Il y en a beaucoup, dis-je.

— J'ai de la difficulté à le comprendre, dit Ezra Dean. On dirait une langue inventée. J'étais à une messe pour le renouveau de la foi un jour à Memphis, et il devait bien y avoir des milliers de gens qui faisaient "Umm, umm, umm", comme s'ils chantaient leurs propres chansons, et il y en avait qui gloussaient comme des dindons et d'autres qui faisaient toute sorte de bruits d'oiseaux, et d'autres encore qui n'arrêtaient pas de parler une seconde.

— Tu pourrais être notre préposé aux bâtons, dit Grady.

— En tout cas, ne le laisse pas partir, dit Oilcan Flynn, le troisième-but.

— À Detroit, ils ont été obligés de garder le leur pieds et poings liés pendant au moins le premier mois, dit Grady. En tout cas, c'est ce que j'ai entendu dire. Les albinos, ça porte chance. J'ai entendu dire qu'ils sont capables de montrer l'endroit où il faut creuser pour trouver de l'or.

— Vous ne croyez pas que je serais déjà riche si je pouvais faire ça? dis-je.

— Il faut qu'on les force à le faire, c'est ce que mon père dit », poursuit Grady, tout fier d'étaler ses connaissances, « et ils ne peuvent pas trouver de l'or pour eux-mêmes, seulement pour les autres. »

Stan et moi sommes maintenant entourés par tout le contingent des étoiles de la Confédération du baseball de l'Iowa.

« Bon. On n'a pas envie d'avoir l'air trop méchant, dit O'Reilly. On ne voudrait pas te garder contre ton gré ou t'attacher, ni rien de la sorte, mais on a vraiment besoin de toute l'aide possible si on veut battre les Cubs de Chicago, et si tu peux t'asseoir sur ce banc et laisser les gars te frotter la tête pour la chance, on te serait bien reconnaissants. »

O'Reilly sourit, montrant ses dents, qu'il a longues et blanches comme celles d'un castor. Les statistiques de la Confédération indiquent que O'Reilly fait six pieds et quatre pouces, mais je crois bien qu'il est plus grand. Il est très musclé, ça se voit même à travers son ample uniforme. Sa tête est longue, chevaline; ses cheveux, noirs et brillants comme de la graisse à essieux, tombent en boucles sur son front et son col. Ses yeux sont d'un bleu intense.

« Ce serait un honneur », dis-je, en fixant des yeux non pas O'Reilly, mais Stan, remarquant l'étonnement sur son visage. « Je ferai tout ce que peux pour aider la Confédération du baseball de l'Iowa. »

À l'heure où le match doit commencer, le train, auquel deux wagons ont été ajoutés, a fait dix allers-retours d'Iowa City à Big Inning, du jamais vu. Le stade de baseball est rempli à capacité, et des gens sont debout le long des deux lignes des fausses balles.

Après que les voltigeurs ont gagné leur position, les spectateurs s'engagent dans le champ extérieur, derrière les joueurs, et des familles entières choisissent un endroit où déposer leur panier à pique-nique dans l'herbe odorante.

Frank Luther Mott, le commissaire de la Confédération du baseball de l'Iowa, avance vers le monticule, en compagnie du maire d'Iowa City, qui porte le nom tout indiqué de W.G. Ball, d'Arsenic O'Reilly, capitaine de l'équipe d'étoiles et gérant des Corn Kings de Big Inning, meneurs de la ligue au classement, et de Frank Chance, le joueur-gérant des Cubs de Chicago.

La foule finit par se taire. Il semble y avoir un peu de confusion. Mott fait signe à quelqu'un derrière le filet d'arrêt, et une femme bien en chair, qui tient à la main un tambourin aussi gros que le couvercle d'une poubelle, avance de quelques pas, puis recule. Un grand maigre avec un violon sous le menton vient la rejoindre, puis un quartette en chemise blanche arborant des canotiers et des nœuds papillons rouges. Ils avancent tous jusqu'à mi-chemin du monticule, puis reculent de quelques pas.

« Bon Dieu, Luther Philips a encore une fois disparu, dit Ezra Dean. J'imagine que c'est le milieu de la nuit pour ce monde-là, de toute manière. Ces gens sont de l'Église de la Douzième Heure pour l'Éternité. Luther était le clochard de la ville avant qu'ils ne décident de sauver son âme de soûlard, mais je suppose qu'il a dû faire une petite rechute aujourd'hui. » Il s'interrompt un instant. « Dis donc, tu sais jouer de ce machin ? » Il regarde ma trompette.

« Bien sûr.

— T'aurais pas envie de te joindre à eux ? Ils vont jouer *Rien ne saurait m'ébranler*. C'est un peu devenu la chanson de ralliement de Big Inning... On a essayé de faire venir le chemin de fer jusqu'ici, plutôt que de prolonger le nôtre jusque chez eux, à Iowa City. On a perdu. Comme tu peux voir, tout ce qu'on a, c'est cette misérable petite voie de raccordement, mais on est toujours là, têtus comme de la mauvaise herbe.

— Pourquoi pas ? » dis-je en me levant. Je balance ma trompette, qui scintille comme un sabre au soleil, et je me dirige vers le monticule.

Mott présente les gérants, qui agitent leur casquette en direction de la foule. Les deux équipes reçoivent de chauds applaudissements. Puis il souhaite la bienvenue à tout le monde au nom de la Confédération du baseball de l'Iowa, et annonce que les équipes de la ligue entameront la deuxième partie de la saison le 6 juillet, et qu'il y aura des matchs à Blue Cut et à Husk. Il annonce ensuite qu'un groupe de chanteurs et de musiciens de l'Église de la Douzième Heure pour l'Éternité se sont levés au milieu de leur sommeil pour venir interpréter le chant spécial de Big Inning, Iowa.

Tout le monde se lève et se découvre. Je m'entretiens brièvement avec la femme au tambourin. Le violoneux tape du bout du pied, la femme au tambourin agite ses clochettes d'argent et je lève ma trompette.

Étonnamment, nous commençons ensemble et nous jouons juste. Le membres du quartette se tiennent par le cou et chantent en chœur :

« N'acceptez pas la trahison
Rien ne saurait m'ébranler
Rien ne saurait m'ébranler

Rien ne saurait m'ébranler
Comme un arbre
Planté près des eaux
Rien ne saurait m'ébranler »

Cinq couplets plus tard, nous jouons les dernières notes parmi les encouragements de la foule. Des gouttes de sueur coulent dans mes yeux tandis que je me dirige vers le banc des joueurs. Arsenic O'Reilly fait un dernier lancer de réchauffement.

Frank Luther Mott, en habit noir et haut-de-forme, s'installe derrière le lanceur ; de cet endroit, il arbitrera tout le match.

« *Play ball!* », crie-t-il pour que le match commence.

Le premier frappeur des Cubs est « l'Homme-moustique », Jimmy Slagle, le voltigeur de centre.

Henry Pulvermacher lève son gros doigt en guise de signal ; O'Reilly prend son élan et lance.

« Première prise », entonne Mott. La foule pousse un grondement d'approbation.

Une majestueuse balle courbe rentre vers l'intérieur et constitue la deuxième prise. Les spectateurs rugissent encore plus fort. O'Reilly a l'air de faire dix pieds de haut alors qu'il s'élance en se penchant si loin vers l'arrière qu'on dirait qu'il va perdre l'équilibre. Il lance une balle rapide en plein centre du marbre. Slagle est retiré sur trois prises. J'ai l'impression qu'on pourrait entendre la foule jusqu'à Iowa City.

Jimmy Sheckard, le voltigeur de gauche de Chicago, frappe faiblement le premier lancer, un roulant facile en direction de Oilcan Flynn. Deux retraits.

O'Reilly retire Johnny Evers sur trois prises en quatre lancers. Les spectateurs hurlent et soupirent à la fois tandis que la demi-manche s'achève, produisant un son animal, vide, creux, sauvage.

« Nous sommes aussi forts qu'eux, dit un spectateur. Je vous l'avais bien dit, non ? »

William Stiff, le jeune voltigeur de gauche, souple et agile, est le premier frappeur. Il quitte le cercle où il faisait des moulinets en tenant deux bâtons à la fois et vient se planter devant moi, maladroit. En s'excusant presque, il tend la main vers moi. Je retire ma casquette et il passe la main dans mes cheveux humides, puis se dirige vers le rectangle du frappeur.

« Il est presque aussi blond que moi, dis-je à O'Reilly, assis à mes côtés. Pourquoi ne l'utilisez-vous pas comme mascotte ?

— Parce que toi, t'es un albinos », dit-il avec humeur, la sueur lui dégoulinant dans les yeux. Il essuie son front du revers de sa manche. « Prends garde à toi, Gédéon. Arrange-toi pour que ces rats d'église ne te mettent pas la main au collet. Ils ont de drôles d'idées à propos d'un Gédéon qui est supposé les conduire vers la terre promise. Je ne leur dirais pas comment je m'appelle si j'étais à ta place.

— Je ne leur dirai rien si vous gardez le silence », dis-je.

Au cinquième lancer, William Stiff est retiré sur trois prises, s'élançant à un mille devant une balle lente, ce que j'appellerais un changement de vitesse. Dean est retiré sur un ballon. Oilcan Flynn frappe la balle en direction du lanceur.

CUBS DE CHICAGO	0
CONFÉDÉRATION	0

Le score est toujours zéro à zéro lorsque, avec deux retraits en quatrième manche, Oilcan Flynn frappe le premier coup sûr de la Confédération. Il frappe un simple vers le centre, sous le gant de Johnny Evers, qui a plongé pour attraper la balle. Orville Swan, le premier-but aux longues jambes, frappe un faible ballon au champ droit qui se transforme en simple, et Flynn se rend au troisième.

Henry Pulvermacher passe sa grosse main sale dans mes cheveux, faisant s'entrechoquer mes vertèbres cervicales.

« C'est Henry qui fait marcher l'entrepôt à grains de Blue Cut, murmure O'Reilly à mon oreille. Tu devrais le voir transporter des poches de cent livres de maïs sur ses épaules.

— Je vois ça d'ici. »

Three Finger Brown obtient deux prises contre le gros Henry, puis lance sa balle lente, que Pulvermacher attend de pied ferme et frappe au champ gauche : un simple. La Confédération du baseball de l'Iowa marque son premier point. Les spectateurs tapent du pied sur les banquettes de bois et font un bruit du tonnerre, presque comme un tremblement de terre.

La foule s'agite tandis que les Cubs viennent frapper en cinquième. La Confédération du baseball de l'Iowa vient de n'accorder ni point ni coup sûr pendant quatre manches, à ce qui pourrait bien être la meilleure équipe de baseball du monde.

Mais plus pour longtemps. Wildfire Schulte frappe durement la balle loin au champ centre droit. Bob Grady réussit seulement à battre l'air tandis qu'elle atterrit à vingt pieds dans le territoire des spectateurs. Les partisans de la Confédération s'écartent comme de l'eau pour ouvrir un passage ; quelqu'un réussit à interrompre la course de la balle. Grady saute par-dessus les couvertures, les paniers de pique-niques et les bébés pour aller la récupérer. Bad News Galloway a parcouru presque tout le chemin jusqu'au champ centre pour prendre le relais de Grady. Schulte n'est pas très rapide, mais il faut du temps avant que la balle n'arrive à Johnny Baron, près du deuxième but, qui lance ensuite à Pulvermacher. Schulte touche le marbre en devançant la balle d'une bonne longueur. Le score est à égalité.

Les Cubs n'obtiennent aucun coup sûr avant le retour au bâton de Schulte après deux retraits en septième manche. Il frappe un simple au centre. Noisy Kling le retire sur un optionnel au deuxième but, ce qui met fin à la manche.

Pulvermacher frappe son deuxième coup sûr de la partie à la fin de la septième manche, mais Grady frappe un roulant : double jeu.

| CUBS DE CHICAGO | 000 | 010 | 0 |
| CONFÉDÉRATION | 000 | 100 | 0 |

Il y a encore quatre équipes dans la course au championnat de la Ligue nationale à l'heure qu'il est. Voici le classement, tel qu'il figure dans le *Iowa City Citizen* du 3 juillet 1908 :

| PITTSBURGH | 41 | 25 | 0,621 |
| CHICAGO | 39 | 24 | 0,618 |

Les Giants de New York et les Reds de Cincinnati sont toujours près de la tête. Three Finger Brown doit bien avoir un bras de fer. La veille, il a en effet blanchi les Pirates en leur accordant huit coups sûrs, et Chicago se retrouve donc presque à égalité pour la première place.

Une fois la septième manche terminée, on assiste à une conférence près du marbre. Mott y est, et Frank Chance quitte son banc à vive allure ; les joueurs de la Confédération n'ont pas encore regagné le terrain pour le début de la huitième manche.

Little Walter, le nain qui sert de mascotte aux Cubs, fend l'air aux côtés de Chance, accroché par une de ses menottes à un repli de l'uniforme de ce dernier.

Ils font un signe en direction de notre banc.

« S'il traîne sa mascotte avec lui, moi aussi je peux », lance O'Reilly d'un ton hargneux, en essuyant la sueur de son front. Il m'attrape par le bras et me tire avec lui. Je me sens comme l'épouvantail du *Magicien d'Oz* tandis que je tourbillonne désespérément en quittant le banc.

« Qu'est-ce qui ne va pas, Francis ? » demande Frank Luther Mott sur un ton sympathique. Je remarque qu'il a un bon coup de soleil malgré son haut-de-forme.

« Le premier match du programme double devait durer sept manches, dit O'Reilly. C'est un match nul. Nous ferons une pause d'une demi-heure avant d'entreprendre le deuxième.

— Pas question, grogne Frank Chance. Le match n'est pas décidé. Nous jouerons la prolongation. »

Les deux gérants observent Frank Mott et attendent une décision.

« Messieurs, étant donné qu'il s'agit ici d'une partie amicale, d'un match hors concours, je crois que M. O'Reilly a un bon argument. » Il fait une pause. « Puisque nous avions prévu un programme double, et puisque je suis persuadé que votre équipe, M. Chance, souhaite prendre de bonne heure et de façon propice le chemin du retour…»

«Tu parles ! » dit Chance avec du venin dans la voix.

Ce chef incontesté n'est pas un homme à prendre à la légère.

« Pas question que je sois le gérant d'un match nul, poursuit-il. On joue des manches supplémentaires ou on ne joue pas du tout. »

Le nain sautille comme un singe. J'attire son attention ; il me fait une grimace et crache à mes pieds dans la poussière. Il gueule des grossièretés de sa voix haut perchée, dans laquelle je décèle un accent européen.

Mott est franchement pris de court par l'hostilité de Frank Chance.

« Je ne savais pas que vous étiez si déterminé, monsieur », répond Mott, en enlevant son chapeau pour dévoiler un front blanc et en sueur, traversé d'un pli rouge juste au-dessus des sourcils. « Étant donné que vous êtes nos invités, je suppose que nous devrions acquiescer à votre demande. M. O'Reilly, vous n'avez pas d'objection? »

La foule s'énerve; des sifflets, quelques huées s'élèvent dans l'air lourd.

« Je pense que c'est de la folie. Nous avons un deuxième match à jouer aujourd'hui.

— On jouera un match à la fois, et on s'inquiétera du deuxième match quand il sera commencé. C'est pour ça que vous êtes des amateurs et que nous, on est des pros.

— On ne s'est pas écrasé comme des amateurs et c'est ça qui vous dérange », déclare O'Reilly.

« Je ne crois vraiment pas que ce genre d'hostilités...» commence Frank Luther Mott, mais Chance lui tourne soudainement le dos, ce qui vient près de faire perdre l'équilibre au nain qui caracole, puis retourne à grands pas vers son banc.

« Pour maintenir la paix », dit Arsenic O'Reilly en haussant les épaules. Puis il repart en traînant les pieds vers le monticule, en faisant signe aux autres joueurs de reprendre position. Je me retrouve seul, debout, près du marbre. Henry Pulvermacher me pousse plutôt rudement en allant prendre sa place dans le rectangle du receveur.

« T'auras pas besoin de jouer les mascottes encore bien longtemps », me dit Stan en souriant, tandis qu'il glisse sur le banc dans ma direction.

« Pourquoi donc?

— Ces gars-là ont tellement sali tes cheveux que tu as presque l'air normal », dit-il, en poussant son long rire en quinte de toux.

« Vous nous avez vraiment porté chance », dit un grand maigre appelé Don Poston, qui est resté assis à ma droite depuis le début du match sans dire un mot.

« Je fais de mon mieux », dis-je en essayant de charger ma voix de sarcasme. « Ce n'est pas mon travail habituel.

— C'est quoi alors votre travail ? » me demande le garçon.

« Excellente question », dis-je en m'efforçant de trouver une réponse. Que puis-je lui dire ? Serait-ce : « Je suis en quelque sorte un historien du baseball. Mon champ d'étude particulier est cette ligue, cette partie, en ce jour. Tu vois, pour une raison inconnue, toute le monde sauf moi a oublié l'existence de la Confédération du baseball de l'Iowa, personne ne se rappelle que la partie d'aujourd'hui a eu lieu...»? Ou je pourrais encore dire : « Je suis le bénéficiaire d'une fortune laissée en héritage. Je vis dans la version de 1978 de ce village, tranquillement, sans me faire remarquer. »

Mais les Cubs sont retirés en huitième, et Bad News Galloway frotte sa main moite dans mes cheveux avant de frapper un simple vers le centre. Les spectateurs applaudissent à tout rompre. Three Finger Brown retire les deux autres frappeurs sur trois prises et la manche prend fin sur un ballon au deuxième but.

Au début de la neuvième manche, un seul coussin de nuage traverse le ciel ; il cache le soleil et assombrit l'après-midi. Des taches de soleil, comme des grains de sable noirs, fourmillent devant mes yeux. Je regarde fixement le nuage, dont le centre paraît noir comme une tache de saleté incrustée entourée d'une frange électrique à l'endroit où le soleil s'apprête à resurgir. Ce que je remarque toutefois, et que personne d'autre ne semble voir pendant que le soleil de cuivre nous accorde un répit suffocant, c'est que l'ombre que projette le nuage en traversant lentement le terrain de baseball trace la silhouette d'une tête de profil, coiffée comme celle de l'Indien qui est gravée sur les anciennes pièces de monnaie. Il semble également qu'on entende, parmi les murmures et le bruit de la foule, quelques cris aigus et quelques fragments d'un chant rituel. Je jette un regard en direction de Stan, mais il est concentré sur O'Reilly qui fait des lancers de réchauffement. Peut-être que le soleil me tape depuis trop longtemps sur la tête.

On dirait bien que les Cubs vont mettre fin au match en neuvième. Three Finger Brown frappe un double le long de la ligne du champ droit. Slagle frappe un simple qui fait marquer Brown. Sheckard obtient un but sur balles. Evers frappe un triple loin au champ gauche et vient marquer grâce à un roulant sur la droite frappé par Schulte. Quatre coups sûrs en moins de quatre minutes. O'Reilly retire les trois autres joueurs sur trois prises, mais au milieu de la neuvième manche, le score se lit comme suit :

				P	CS	E
CUBS DE CHICAGO	000	010	004	5	5	0
CONFÉDÉRATION	000	100	00	1	5	0

Les spectateurs assoiffés font la queue au stand à boissons derrière la grande estrade, où l'on puise la limonade et l'orangeade à la louche dans des baquets. Au centre de chaque baquet, un bloc de glace flotte comme un iceberg. Frank Hall doit être aux anges. Malgré la douzaine de femmes qui travaillent sans relâche, le comptoir ne suffit pas à la demande.

Frank Chance donne des coups de pied dans la poussière autour du premier but et lance des cris d'encouragement à Three Finger Brown. Après avoir frappé six balles fausses, Dean commence la manche par un but sur balles. Chance grogne en direction de l'arbitre. Oilcan Flynn est retiré sur un ballon. Orville Swan frappe un double. Henry Pulvermacher frappe un simple qui permet à Dean de venir marquer. Le score est 5 à 2. Grady, le gentil voltigeur de droite, n'a réussi aucun coup sûr aujourd'hui. En fait, il n'a pas touché la balle une seule fois. Il frotte ma tête de ses deux mains, tant avant qu'après y avoir craché.

« Regarde-moi bien aller », dit-il. Il fait quelques pas en direction du marbre lorsque O'Reilly le rappelle.

« À ton tour, vas-y et frappe, dit-il à Stan. Il n'a vraiment pas de nom ? me demande-t-il.

— Aucun que vous puissiez utiliser. »

O'Reilly avance à grands pas vers Frank Luther Mott. Ils discutent. Puis Mott s'adresse à la foule.

« Frappant maintenant pour la Confédération, le Fermier gaucher », annonce-t-il.

Stan fait des moulinets en se servant de deux bâtons, exécute quelques exercices d'assouplissement, puis se dirige vers le marbre.

« T'as oublié de frotter la tête de ton ami pour la chance, lui crie Grady.

— Je ne crois pas à ces conneries, crie Stan par-dessus son épaule.

— Par ici, c'est comme dire que tu ne crois pas à Dieu », dit Grady en se laissant tomber à mes côtés.

O'Reilly demande un temps d'arrêt et se dirige à pas décidés vers le marbre. Il parle rapidement et avec vigueur à Stan, mais il ne crie pas. Stan hausse les épaules, revient vers nous en affichant un demi-sourire de dégoût.

« Ce n'est pas moi qui décide », dit-il, puis il touche le dessus de ma tête de ses doigts raides, retourne vers le marbre, regarde passer une balle haute et à l'intérieur, frappe le lancer suivant et l'envoie au douzième rang des pique-niqueurs bien installés loin dans le champ centre droit. Personne n'essaie même de remettre la balle au marbre.

Nous sommes tous autour du marbre lorsque Stan vient marquer. Je le félicite en lui tapant la main dans les airs, ce qui nous attire le regard de quelques joueurs et spectateurs.

« J'en ai encore, Gédéon. Bon sang ! J'ai encore quelques bons coups dans le corps, non ?

— C'est sûr, Stan. Mais tu sais, c'est bien parce que t'as touché ma tête.

— C'est de la foutaise, et tu le sais bien mon gars.

— Hé, combien d'autres fois as-tu touché ma tête avant de te présenter au bâton ?

— Jamais.

— Tu vois, je suis un en un. » Et je me rappelle soudain ces paroles : « Il se passe des choses bizarres dans le comté de Johnson. »

Il n'y a aucune raison pour que j'aie le pouvoir de porter chance. Il se passe en effet des choses bizarres dans le comté de Johnson. Quelque part dans la foule, Marylyle McKitteridge, quatorze ans, observe son futur mari jouer comme arrêt-court pour la Confédération.

Après neuf manches, le match est encore à égalité : 5 à 5.

Chaque équipe marque un point en treizième manche. Avant que ne commence la seizième, Frank Chance, Arsenic O'Reilly et Frank Luther Mott se réunissent au marbre pour discuter. Mott s'adresse de nouveau à la foule.

« Par consentement mutuel, la journée de baseball prendra fin lorsqu'il y aura un gagnant au match en cours. Le deuxième match du programme double d'aujourd'hui est par conséquent annulé. »

Quelques spectateurs huent cette annonce sans grande conviction. Le match reprend.

Les joueurs ont chaud et transpirent ; ils ont le visage brûlé, les yeux rougis par le soleil qui plombe. Les files d'attente pour les boissons glacées et la nourriture sont longues. Les spectateurs sont irrités et s'interpellent avec hargne. Les enfants brûlés par le soleil pleurnichent en s'accrochant aux jambes de leurs parents. Les files d'attente devant les deux toilettes au toit incliné font au moins un demi-mille de long. Nombreux sont ceux qui vont se soulager de l'autre côté de la colline derrière le champ centre, dans la pente couverte d'arbustes qui mène jusqu'à la rivière.

La feuille de pointage du programme ne pouvait servir qu'à un seul match de neuf manches. J'ai perdu le fil et je ne sais plus qui doit aller frapper, mais les joueurs, eux, le savent. Frank Chance n'a pas encore utilisé de substitut. Le seul changement qu'a effectué O'Reilly a été d'envoyer Stan au champ droit.

Après dix-huit manches, le match dure depuis plus de quatre heures et la foule commence à se disperser en raison de la chaleur. L'air est devenu irrespirable ; nous suons tous à profusion. Nous passons une chaudière émaillée blanche remplie d'eau et une louche d'un bout à l'autre du banc. Quelques joueurs ont commencé à se verser des louches d'eau sur la tête.

Frank Luther Mott demande à tout le monde de s'approcher de lui de nouveau et propose qu'on mette fin au match.

« Ce match n'est qu'une partie hors concours, dit-il. Vous avez rempli vos obligations, vous avez offert aux spectateurs dix-huit manches de bon baseball. Mettons-y un terme. Un repas nous attend à la salle communautaire de Big Inning ; il y aura de la danse et un feu d'artifice. Qu'en dites-vous ?

— Au jeu ! » mugit Frank Chance, l'œil féroce.

Mott, pris par surprise, se tourne vers O'Reilly pour solliciter son appui.

« Il faut que l'issue de ce match soit décidée », dit O'Reilly un peu moins fort, mais avec autant de conviction. Les joueurs derrière lui crient de joie, sauf Stan et moi. Les Cubs restent assis sur leur banc, maussades et cuits par la chaleur. Personne ne fait montre d'être en désaccord avec Frank Chance.

« Messieurs, j'ai le pouvoir de mettre un terme à ce match.

— Pas question, crie Chance en donnant des coups de pied dans la poussière.

— Je vous permettrai de continuer jusqu'à dix-huit heures, heure à laquelle nous nous retirerons tous pour aller manger du poulet à la salle communautaire…

— Finissons-en », dit Chance, en lançant un bâton. C'est lui le premier frappeur de la dix-neuvième manche. Il frotte la tête et la bosse de Little Walter, qui est resté accroché à ses jambes, puis il se dirige à grands pas vers le marbre.

Mais Chance frappe une fausse balle en direction d'Orville Swan au premier but. Tinker et Brown sont retirés sans plus de façon.

La vingt-quatrième manche s'achève et le score est toujours à égalité : 6 à 6. Il est dix-sept heures quarante-cinq.

Frank Luther Mott lève les deux mains au-dessus de sa tête, comme le ferait un arbitre de football pour signaler un touché.

« Le match est nul après vingt-quatre manches de jeu. Nous nous retirerons pour le souper à la salle communautaire de Big Inning. Le match est terminé. »

Les spectateurs poussent des hourras et applaudissent.

O'Reilly avance à pas lourds vers le monticule, me tirant à sa suite. Chance y est déjà.

« Messieurs, dit Mott. Le match est terminé. Je vous remercie pour ce fabuleux spectacle. » Sa voix commence à s'érailler.

« Le match n'est pas terminé, dit Frank Chance. Nous reviendrons après le souper.

— Ça me va, dit O'Reilly.

— À quelle heure le soleil se couche-t-il ? demande Chance.

— À vingt heures cinquante-deux, m'entends-je dire.

— Comment sais-tu ça ? » dit-il d'un ton brusque. J'imagine qu'il y a des questions comme celles-là auxquelles on n'est pas censé répondre, même lorsqu'on connaît la réponse.

— Ça figure dans le coin supérieur droit du journal tous les matins, dis-je d'une petite voix. Je me fais un point d'honneur de me le rappeler.

— T'es bien la seule personne au monde qui s'en donne la peine, dit Chance.

— Messieurs, dit Frank Luther Mott avec beaucoup de patience, il n'y aura plus de baseball aujourd'hui. Nous sommes le quatre juillet, le jour où nous célébrons l'Indépendance, et nous célébrerons. Nous nous retirerons tous à la salle communautaire et irons manger le repas que les femmes de Big Inning ont préparé à notre intention. Nous irons ensuite regarder les feux d'artifice, qui seront suivis d'une danse et d'une soirée musicale. Me suis-je bien fait entendre ?

— À quelle heure le soleil se lève-t-il ? me demande O'Reilly.

— À cinq heures quarante-sept, dis-je.

— Nous serons ici à l'aube pour poursuivre le match, grogne Chance.

180

— Tout comme nous, dit O'Reilly. Et vous, monsieur ? »
demande-t-il à Mott.

Mott se tait pendant quelques secondes, scrutant l'émotion
dans les yeux des deux gérants. « J'y serai, dit-il d'un ton tranquille. J'annoncerai la nouvelle ce soir pour que les spectateurs
que ça intéresse soient sur place au lever du soleil.

— Et toi, t'avise pas de disparaître », me dit O'Reilly en
posant une main ferme sur mon épaule.

« Je n'y aurais jamais songé, dis-je. Moi et le Fermier gaucher,
nous serons sur place dès l'aube. » Puis je prends rapidement
Stan à part avant que O'Reilly décide qu'il veut garder sa mascotte à l'œil pour s'assurer qu'elle ne se sauve pas.

Chapitre 8

Nous descendons la rue principale de Big Inning, qui grouille de monde. Une affiche, rouge et blanche, attire mon regard : CRÈME GLACÉE.

« Je mangerais bien quelque chose de froid », dis-je, et Stan est d'accord.

Nous achetons pour cinq cents chacun une coupe remplie d'une montagne de crème glacée. Les rayons du soleil passent à travers les branches d'un grand peuplier et jettent à l'intérieur de l'établissement une lumière aveuglante.

Je lève les yeux sur ma cuillère et, pendant un moment, dans la lumière vacillante du café, je crois voir Claire. Je me lève de ma chaise. Stan lève les yeux avec l'air d'attendre quelque chose. Trois jeunes filles viennent d'entrer dans le café. Celle du milieu retire un châle de ses épaules, d'un geste vif, avec insouciance, comme l'aurait fait Claire. Elle a les traits de Claire, son nez plutôt plat, sa peau sombre pleine de taches de rousseur, ses cheveux noirs. Pourquoi cet ensemble me fait-il tant d'effet ? L'une des filles qui l'accompagnent est beaucoup plus jolie : elle a de longues jambes, les cheveux d'un blond pâle, la peau blanche, des cils d'au moins un pouce de long. Mais si cette fille venait s'asseoir sur mes genoux et se mettait à m'embrasser le long de la joue, je la repousserais doucement et j'irais rejoindre la fille à la peau foncée, comme je le fais maintenant, en essayant de ne pas montrer que mon cœur bat la chamade comme de la vaisselle en plein tremblement de terre.

« Je m'appelle Gédéon Clarke », dis-je, en m'adressant seulement à la fille à la peau foncée. « Puis-je vous offrir…. ainsi qu'à vos amies, une coupe de crème glacée ? »

Elle m'observe. Ses yeux sont noisette et or, ses cils courts comme ceux de Claire.

« Ce serait très gentil », répond-elle d'une voix chaude et profonde, où je décèle le nasillement des Prairies. « Mais nous sommes ici à la recherche de quelqu'un. Nous ne pouvons pas nous arrêter. »

— Plus tard peut-être ? Serez-vous à la...?

— À la danse », dit-elle, puis elle disparaît en moins d'une seconde, perdue dans la foule de la rue.

Nous finissons par nous diriger vers les grandes tables de bois à l'intérieur de la salle communautaire de Big Inning, où l'on nous sert des assiettes fumantes remplies de poulet rôti farci à la sauge, accompagné de pommes de terre, de sauce, de pois, de maïs et de carottes. Il y a également des tartes aux pommes, aux cerises et à la rhubarbe, du café et de la limonade. Le café est servi avec de la crème épaisse et sucrée placée dans des pots de pocelaine. Les équipes sont installées aux deux extrémités de la salle et les joueurs s'empiffrent.

« J'ai deux coups sûrs en cinq présences depuis que nous sommes arrivés, dit Stan entre deux bouchées. Ce n'est pas si mal, hein, Gédéon ? J'ai encore quelques bons coups dans le corps.

— Bien sûr que ce n'est pas si mal, dis-je avec brusquerie. Ça fait 0,400. N'importe quel idiot sait que c'est une bonne moyenne. »

Le visage de Stan s'assombrit comme celui d'un enfant qu'on réprimande parce qu'il fait trop de bruit, mais je n'y fais pas attention. Je suis fatigué de toujours devoir le rassurer. J'ai d'autres tracas à l'esprit.

Étrangement, ça ne m'a pas beaucoup dérangé de jouer la mascotte-préposé aux bâtons. En fait, ça me place en plein cœur de l'action. Il y a un certain charme à se faire considérer comme un objet magique.

Johnny Baron se penche au-dessus de la table, le visage encore sali par la sueur et la poussière.

« J'ai parlé à mon père il y a quelques instants. Vous serez les bienvenus à la maison. À condition, bien sûr, que vous décidiez de rester ici pour assister au match demain.

— C'est très gentil. Nous paierons, bien sûr, ce que ton père croit être un prix juste.

— C'est à un mille d'ici, à pied. Après la danse, nous rentrerons. »

Je me rends compte que Stan et moi n'avons pas dormi la nuit dernière.

« Nous irons te rejoindre après la danse, dis-je en souriant. Si aucun d'entre nous ne touche le gros lot. » Johnny me regarde fixement, intrigué. Il semble que cette phrase n'ait aucune connotation sexuelle dans le présent contexte. Je demande à Johnny : « Tu amènes Marylyle à la soirée ? »

— Qui ? demande-t-il en plissant les yeux.

— Marylyle McKitteridge.

— La fille de l'embaumeur ? Non. Pourquoi l'amènerais-je ? Ce n'est qu'une enfant. Et puis, qu'est-ce que vous savez d'elle ? Je croyais que vous étiez des étrangers ?

— Je ne sais rien, dis-je d'un air innocent. Je te jure que j'ai entendu les joueurs dire qu'elle était ta petite amie. J'ai dû mal entendre.

— Ça doit être cela. »

« Attends quelques années », dis-je tout bas.

Dès que le repas est terminé, Frank Chance et les Cubs quittent la salle ; on a réquisitionné leur wagon et on leur a réservé des places dans le train d'Iowa City.

« Nous serons au terrain de baseball à cinq heures quarante-cinq demain matin, prêts à jouer », rappelle-t-il à O'Reilly.

O'Reilly, la bouche pleine de tarte, fait signe qu'il a compris en saluant de la main avec mépris.

Les feux d'artifice « importés à grands frais de l'Orient mystique » sont, même selon les normes actuelles, magnifiques. Ils ont une espèce de rudesse, comme des pierres précieuses à l'état brut, qui est à la fois revigorante et spectaculaire. Les éclats étincelants prennent des couleurs d'une folle splendeur : les rouges, les verts et les bleus sont les plus purs et les plus brillants qu'il m'ait été donné de voir. Les feux d'artifice auxquels j'ai assisté au cours des dernières années avaient un raffinement semblable à celui des restaurants-minute : on nous donnait un produit fade et répétitif.

Une fleur rouge au cœur d'argent. Une longue arche d'étoiles vertes tombant comme la pluie au-dessus de la falaise qui surplombe la rivière Iowa. Il doit bien y avoir des milliers de personnes sous le ciel bleu argenté suspendu comme une toile de fond permanente et percé d'une lune couleur pêche pleine aux trois quarts. Au sol, les mots BIG INNING sont écrits en lettres de feu tandis que la foule crie de joie. Des étoiles multicolores éclatent et retombent, traçant dans le ciel des volutes de fumée qui sont rapidement emportées par une douce brise.

En guise de finale, le drapeau américain explose et reste suspendu pendant quelques secondes, d'une splendeur à couper le souffle.

Stan, moi et Johnny Baron admirons le spectacle d'un endroit situé tout près de l'église de la douzième heure ; le maïs qui nous arrive à la taille miroite à quelques pas de nous. Tandis que les gens se préparent tranquillement à quitter les lieux, acceptant que la journée prenne ainsi fin, on entend le long sifflement d'une autre fusée qui monte vers le ciel, et des étoiles d'un rouge scintillant remplissent le ciel. Elles forment la tête d'un Indien arborant sa coiffe de guerre, percée d'un seul œil d'un vert flamboyant. La tête s'évanouit, laissant derrière elle un fantôme de fumée. Du fond du champ de maïs s'élève un bruit. Il me semble entendre un long gloussement.

On a fait de la place dans la salle communautaire de Big Inning et un orchestre de trois musiciens, un violoneux, un pianiste et un accordéoniste de haute taille, joue des polkas et des valses. Les lampes ont été recouvertes avec des abat-jour bleu pâle, et des banderoles bleu pâle aussi, certaines recouvertes de brillants, s'entrecroisent à quelques pieds à peine au-dessus de la tête des danseurs.

Je reste assis à observer la foule. Je suis l'objet d'une certaine curiosité étant donné qu'on me reconnaît aisément en tant que mascotte de l'équipe d'étoiles et à cause de la trompette que je porte sous mon bras. Les gens se présentent, me souhaitent bonne chance, ou plutôt souhaitent bonne chance à l'équipe pour le lendemain. La plupart m'annoncent qu'ils n'assisteront pas à la suite du match. Des petits garçons s'arrêtent devant moi et demandent à me frotter la tête. J'ai envie de leur faire une leçon sur la superstition, mais il est plus facile de les laisser faire. Je dois avoir belle allure : je n'ai pas dormi et je ne suis pas rasé. J'ai seulement trouvé le moyen de me laver le visage et les mains dans une bassine émaillée remplie d'une eau froide et grise.

À la première pause des musiciens, le violoneux s'approche et me demande si je sais jouer de cette trompette à laquelle je suis cramponné.

« Un peu », dis-je avec modestie, même si je suis persuadé de l'avoir vu parmi la foule au terrain de baseball.

« Accepteriez-vous de jouer quelques morceaux avec nous ? demande-t-il. Notre trompettiste, Luther Philips, a avalé une bouteille de mauvais whisky cet après-midi. Il dort dans l'herbe derrière la salle. »

Je m'inquiète du cours de l'histoire. Dois-je y prendre part encore plus que je ne l'ai déjà fait ? Jusqu'à maintenant, j'ai résisté à la tentation de faire des prédictions. Mais ce n'est pas l'envie qui manque. Le congrès des démocrates va bientôt avoir lieu, et j'ai entendu plusieurs personnes en parler au cours du repas. J'ai suggéré que William Howard Taft allait gagner la course, mais je ne suis pas allé jusqu'à insister.

« J'aimerais beaucoup me joindre à vous, mais seulement pour un ou deux morceaux. Les jolies femmes sont nombreuses par ici. » Je mets dans mon sourire toute l'insinuation dont je suis capable.

« Qu'aimeriez-vous jouer ? demande le violoneux.

— Connaissez-vous *Cerisiers roses et pommiers blancs* ? dis-je.

— Non, mais commencez à jouer, il n'y a rien que nous ne puissions accompagner. »

Je suis persuadé qu'il faudra bien une quarantaine d'années avant que *Cerisiers roses et pommiers blancs* ne soit écrite. Est-ce que ça changera quelque chose si je la joue ? Est-ce que ça changera le cours de l'histoire ? Et si je modifie le cours de l'histoire, est-ce que ce sera en mieux ou en pire ?

La jeune femme à la peau foncée que j'ai croisée au café vient d'apparaître de l'autre côté de la salle, presque cachée par un troupeau de jeunes écolières. Sa peau, sa carrure me font frémir. Elle porte un chemisier à manches longues vert émeraude fermé au col par un camée.

J'opte pour la prudence et je décide de jouer plutôt *Greensleeves*. Cette musique-là, je sais qu'elle existe depuis longtemps. Je laisse mon regard parcourir la salle. Sait-elle que c'est pour elle que je joue cet air ? Les autres filles la taquinent-elles ? Vers le milieu de la chanson, j'arrête et je me mets à jouer *Cerisiers roses et pommiers blancs*. L'orchestre met du temps à s'apercevoir de ce que je suis en train de faire. Le violoneux finit par me rejoindre, mais le pianiste met plus longtemps. Les gens dans la salle n'ont pas l'air de s'en rendre compte et les danseurs finissent par envahir le plancher de danse.

Je laisse l'orchestre poursuivre par une polka. Je me rallie rapidement à eux et la salle se met à trembler sous les pas sautillants des danseurs.

Encore une valse. Je lève ma trompette et la musique remplit la salle plongée dans une lumière bleuâtre et romantique. Je me rappelle Claire et les beaux moments passés, la moiteur des draps après l'amour.

« On dirait de la lumière ultraviolette lorsque tu me touches, disait-elle. De la lumière bleue électrique qui fait des étincelles entre toi et moi. » Puis elle pleurait doucement sur mon épaule, des larmes de passion, parce qu'elle n'arrivait pas à être aussi près de moi qu'elle le voulait.

« C'était Gédéon Clarke, de Kansas City », annonce le violoneux en faisant signe aux gens de m'applaudir tandis que je regagne ma table.

À la valse suivante, je vais chercher la jeune fille qui ressemble à Claire. Elle sourit, du même sourire entendu qui a été ma raison de vivre pendant douze années. Mon cœur fait des bonds dans ma poitrine comme un poisson qu'on vient de sortir de l'eau tandis que je la conduis vers la piste de danse.

Je la tiens tout contre moi, trop près probablement pour que ce soit acceptable pour l'époque.

« Claire », dis-je, mi-interrogateur, mi-affirmatif.

« Oui, la nuit est claire », répond-elle, et comme je baisse les yeux vers elle, je la vois sourire, probablement gênée devant ma piètre tentative de conversation.

« Claire, c'est aussi un prénom, dis-je. Tu ressembles à quelqu'un que j'ai connu qui s'appelait Claire.

— Je m'appelle Sarah. Devrais-je avoir des regrets? Claire, c'était quelqu'un que tu aimais beaucoup?

— Beaucoup.

— Où est-elle maintenant?

— Disparue.

— Ça doit être très triste de perdre quelqu'un qu'on aime.

— Mais ça n'est pas un sujet de conversation pour un quatre juillet. Je m'appelle Gédéon Clarke.

— Je sais, je viens de l'entendre. Je m'appelle Sarah Swan. Mon frère fait partie de l'équipe de baseball.

— Tu a donc assisté au match?

— Je manque rarement un match. » Elle se détache de moi.

« Je n'ai jamais servi de mascotte avant aujourd'hui. Je ne suis pas un albinos, tu sais.

— Si tu leur portes chance, peu importe que tu sois un albinos ou non.

— Je te remercie. J'ai... j'ai joué cet air pour toi... *Greensleeves*.

— Je sais.

— Comment le sais-tu? »

Mais la musique cesse et je la ramène vers ses amies qui pouffent de rire. J'essaie de voir si l'une d'entre elles serait Marylyle McKitteridge.

Lorsque je touche la main de Sarah, je ressens du désir pour une femme pour la première fois depuis la nuit où Claire est entrée dans le restaurant d'Iowa City. Je me laisse aller à l'imaginer dans mes bras, nos corps enlacés.

Je ressens un choc à l'idée que je puisse avoir ces sentiments pour une autre femme que Claire. Le voyage dans le temps a peut-être fait de moi un homme libre. Il est raisonnable d'envisager que Stan et moi faisons partie du passé pour le reste de nos jours.

Plus tard ce soir-là, je danserai avec Sarah à deux autres reprises. Elle a dix-huit ans, elle participe avec sa mère aux travaux de la ferme et veut devenir infirmière.

Je lui propose d'aller marcher.

« Je ne peux pas ; mon frère me surveille. Il garde un œil sur moi. »

Je jette un coup d'œil de l'autre côté de la salle où se trouve le maigre Orville Swan. Il me surveille en effet. Les joueurs de baseball ont changé de chaussures et enlevé leur casquette, mais ils portent encore le chandail et le pantalon de leur uniforme. Les cheveux noirs et raides d'Orville Swan pointent vers le haut et forment une énorme mèche sur son front. Ses yeux sont rapprochés, son cou et son visage brûlés par le vent.

« Je pourrais peut-être ta raccompagner chez toi après la danse ?

— Bien... Comment te déplaces-tu ?

— Que veux-tu dire ?

— J'habite à six milles vers le sud, près du bureau de poste de Frank Pierce. C'est bien trop loin pour rentrer à pied.

— J'ai bien peur de ne pas y avoir songé. Je suis un gars de la ville. »

Elle plisse le nez et serre ma main pour montrer qu'elle ne se formalise pas de ma stupidité.

Je joue encore quelques airs avec l'orchestre. Mais quand vient le temps de jouer *Good Night, Ladies,* je planque ma trompette parmi les objets personnels des autres musiciens, je glisse d'un bout à l'autre de la salle, passe devant un garçon de ferme rougissant et conduis Sarah vers la piste de danse.

« Écoute, je ne suis pas du coin, donc qu'est-ce que je fais pour te revoir ?

— Demain, c'est dimanche. Tu pourrais venir à la ferme demain après-midi...

— Je serai au match de baseball.

— Oh, tout sera fini avant ça. Il faut que les Cubs retournent à Chicago.

— Mais si ce n'est pas le cas? »

La musique prend fin. Je m'imagine en train de marcher avec Sarah dans l'obscurité piquée par les lucioles, en train de l'embrasser… Mais mon rêve s'évanouit très vite, car Orville Swan nous attend à la porte. Sans dire un mot, il me bloque le passage et amène Sarah dans la nuit.

« Tu verras si je le laisse toucher à ma tête demain, celui-là », dis-je à Stan. Je ne crois pas que Stan ait dansé une seule fois de la soirée.

« Je me concentrais sur mon coup de bâton », dit-il tandis que nous attendons sur le trottoir de bois que Johnny Baron vienne nous rejoindre. « Je me dis que si je passe tout mon temps à me concentrer, j'arriverai peut-être à extraire quelques coups sûrs de plus de mon bras. Imagine que j'arrive à battre les Cubs en frappant un coup de circuit. Il faudrait bien qu'ils me remarquent, non? »

— Ils te remarqueraient sûrement, Stan. »

Johnny sort à son tour, et nous parcourons un mille sur une route de terre battue aux ornières remplies de poussière.

« Nous ne serons pas en forme demain matin, dis-je.

— Je mettrai le réveil pour qu'il sonne à cinq heures », dit Johnny.

La maison des Baron est la même que celle à laquelle il m'arrivera à l'occasion d'apporter des réparations. On en refera l'isolation, le revêtement, on la peindra et on en relèvera les fondations pour y ajouter une cave, mais c'est la même maison que je partagerai, après le décès de mon père, avec John, Marylyle et Missy. En fait, Stan et moi sommes couchés dans ma propre chambre. Il y a deux lits simples et des matelas aux rayures bleues et grises. Mme Baron, la mère de Johnny, nous remet à chacun deux draps qu'elle a pris dans l'armoire à linge au bout du corridor.

J'ai envie de parler du miracle qui nous est arrivé en ce jour, mais Stan, épuisé comme un enfant, s'est endormi dès que sa tête a touché l'oreiller. Moi, de mon côté, j'ai les yeux grands ouverts. Je ressens cette vague nausée qui nous assaille quand on manque de sommeil. J'ai été debout toute la journée et mes chevilles sont enflées. Je ne cesse de cligner des yeux et de secouer la tête, comme si ces gestes allaient me permettre de voir plus clair. Tout le jour, j'ai aperçu des formes, comme des ombres sur un écran de télé. J'ai vu la silhouette fantomatique d'un Indien géant qui courait en bondissant au sommet de la colline qui se dresse derrière le champ centre. J'ai vu le visage d'une jeune femme, ni tout à fait Claire, ni tout à fait Sarah…

J'essaie de ne plus penser à rien pour laisser venir le sommeil. Mais j'ai les nerfs à vif. Avant longtemps, le drap du dessus s'est enroulé autour de moi et celui du dessous ne recouvre plus le matelas. Les boutons du matelas, gros comme des pièces d'un dollar, s'enfoncent dans ma peau lorsque que je m'agite.

Je finis par sauter du lit, m'habiller et sortir de la maison. La nuit de juillet est douce et humide, presque tropicale. Seul le ciel n'a pas changé. Il est du même bleu profond pailleté d'argent que j'ai admiré la veille, en 1978. Le paysage a subi de nombreuses transformations, quelques-unes presque imperceptibles, d'autres plus dévastatrices, mais le ciel est resté le même.

Je respire à fond l'odeur du chèvrefeuille, je cueille quelques baies charnues et translucides et les jette derrière moi comme des cailloux à mesure que je traverse le champ de maïs sous le clair de lune, en direction de l'église catholique, qui doit encore avoir l'odeur du bois fraîchement taillé.

Tandis que j'approche de l'église et du bouquet d'arbres qui l'entoure, mes yeux perçoivent un mouvement, pas plus marqué que le bruissement des feuilles dans le vent. Je m'approche du bouquet d'arbres : de l'herbe drue, des asters à la tige rigide, du carvi s'accrochent au bas de mon pantalon, leurs fragrances donnant à l'air une odeur épicée. Je contourne les arbres jusqu'à ce que je sois persuadé d'être à l'endroit où j'ai perçu le mouvement. Je me souviens de mes deux ou trois tentatives ratées de faire partie de l'équipe de football de l'école secondaire à Onamata, et je saute sans crier gare dans les broussailles, les bras tendus devant moi comme pour plaquer un coureur en pleine course.

Une jeune branche d'arbre me fouette le visage, et personne n'est plus surpris ou effrayé que moi lorsque j'entre durement en contact avec un corps accroupi. Je viens de mettre la main sur de la peau nue. Ma main droite tient solidement un bras musclé tandis que nous roulons dans l'herbe.

« Yihoo ! » crie celui que j'ai plaqué. Il roule par-dessus moi, écrase mon visage sous sa poitrine. Il sent le feu de bois, le cuir et l'Herbe sainte. Qu'est-ce qui a bien pu me pousser à agir avec tant d'étourderie ? Cet homme fait deux fois ma taille, et je ne suis pas un bagarreur dans le meilleur des cas. Je m'attends à voir l'éclat d'un couteau dans le clair de lune, à ressentir une douleur fulgurante, et à regarder la vie s'écouler de ma blessure.

L'homme me retourne et bloque mes mains derrière mon dos.

« Ne me tuez pas. Ne me tuez pas. J'ai une femme et des enfants… je ne vous veux pas de mal. »

Comment ai-je pu dire cela ? Tous les mensonges que l'homme blanc a pu raconter aux Indiens commençaient par cette phrase.

« Ne me tuez pas », dis-je de nouveau. J'ai lu des récits, qui donnaient tant le point de vue de l'Indien que celui du Blanc, sur la manière dont les soldats ont été liquidés à Little Big Horn. Ils ont eu une mort atroce. Ce n'est pas ainsi que je souhaiterais mourir.

« Reste tranquille. Si j'avais voulu que tu meures, tu aurais déjà rejoint tes ancêtres.

— Êtes-vous Celui-qui-erre ? » dis-je. C'est à son tour de montrer de l'étonnement. Je ne peux pas voir son visage, mais je sens sa main qui serre moins fort. Il ne répond pas, mais lâche prise, et comme je m'efforce de ne pas me débattre ni donner des coups, il laisse ma main et me retourne sur le côté pour pouvoir jeter un coup d'œil à celui qu'il a capturé. Il se relève sur un genou, ce qui me permet de me retourner sur le dos.

« Comment sais-tu mon nom ? » Sa voix est monocorde, sans émotion.

« Je vous ai aperçu toute la journée, rôdant autour de la foule, épiant derrière le mur de l'église, essayant de jeter un coup d'œil à travers les branches du grand arbre, près de la rivière. »

Il fait la moue, me regarde fixement, le reflet de la lune dans les yeux.

« Tu crois en moi ? demande-t-il.

— Je sais tout de vous. » Et je me mets à réciter de mémoire les pages du livre de mon père sur la Confédération.

Il écoute attentivement.

« Mes pouvoirs sont peut-être encore plus grands que je ne l'aurais cru possible, dit-il. Peut-être devrions-nous discuter. » En disant cela, il saute sur ses pieds sans un bruit. Il me tend la main et m'aide à me remettre debout à mon tour. J'ai la tête qui tourne.

« Il va se passer quelque chose, non ? C'est le match de baseball qui vous intéresse ?

— Ça m'intéresse », dit-il, toujours d'un ton monocorde, sa bouche esquissant à peine un sourire.

« Est-ce que le comté de Johnson n'est pas un peu votre théâtre de marionnettes ?

— Un théâtre de marionnettes ? Je crois savoir ce que tu veux dire. Pour répondre en des termes qui te sont familiers, oui, je manipule la réalité du comté de Johnson, Iowa.

— Mais pourquoi ?

— Je ne suis pas obligé de répondre à cela », dit-il en se relevant. Jusqu'alors, j'avais cru qu'il mesurait neuf pieds, mais il doit bien en faire douze, peut-être même quinze. « Je suis la réalité du comté de Johnson. Je peux prendre la vie, ou la donner ; je peux te faire glousser comme un dindon…

— Vous êtes capricieux comme un enfant qui a mauvais caractère. Pourquoi ? » Dans quelle mesure Celui-qui-erre est-il le Tricheur divin ? Le Tricheur, ce personnage espiègle et primitif issu de divers folklores, un être parfois enclin à la tromperie, à une violence terrible, et souvent, à commettre des outrages sexuels.

Puisqu'il ne répond pas et se contente de m'observer froidement, les bras croisés sur la poitrine, je poursuis. « Je savais que vous étiez un héros, un guerrier vaincu par la trahison, dépassé par le temps. C'est à cela que vous en êtes réduit? Menacer quelqu'un de le faire glousser comme un dindon?

— Je ne fais que t'avertir de ce dont je suis capable. » Il me semble percevoir une trace de regret dans sa voix.

« Faites-moi partager quelques-uns de vos secrets, dis-je. Pourquoi moi? Pourquoi mon père? Pourquoi le baseball? »

Celui-qui-erre fixe le ciel pendant quelques secondes avant de répondre.

« Le baseball est la seule bonne chose que l'Homme blanc ait réussie. » Il pousse un petit rire qui vient de la poitrine, produisant un son doux, rassurant comme celui que fait une mère en tapotant un oreiller.

« Mais le baseball a des lignes droites, comme la plupart des choses qu'invente l'Homme blanc, lui dis-je, et les losanges ressemblent tellement à des carrés.

— Pense aux cercles plutôt qu'aux lignes — la balle, la circonférence du bâton, le champ extérieur qui s'étend jusqu'à la ligne d'horizon, les frappeurs qui tournent autour des buts. Le baseball, c'est ce que les Blancs ont fait qui se rapproche le plus de la perfection du cercle.

— Êtes-vous en train de prendre votre revanche sur le baseball? Ça semble si étroit d'esprit. Si j'avais vos pouvoirs, je susciterais la dévastation, la destruction, j'apporterais la peste. Je ferais sourire d'aise les prophètes de malheur de l'Ancien Testament en réalisant toutes leurs prophéties.

— Pense un instant à la façon dont un chat torture une souris, répond-il. Si le chat casse le dos du petit animal d'un seul coup de patte, sa revanche ne dure pas très longtemps, mais lorsqu'il laisse la souris blessée avoir l'illusion de la liberté, puis qu'il ne cesse ensuite de lui restreindre cette liberté petit à petit... Un châtiment trop rapide n'apporte aucun plaisir.

— Mais pourquoi moi?

— Mes pouvoirs ne sont pas plus grands que ceux d'une luciole.

— Vous êtes trop modeste. Je ne comprends pas quel est le lien avec le baseball.

— Mes visions m'ont parlé de votre jeu, dit Celui-qui-erre.

— Du baseball ? »

Il hoche la tête, ses yeux rivés aux miens.

« Mais en quelle année c'était ? Seules les jeunes hommes ont des visions, donc la vôtre a dû se produire bien avant que le baseball n'existe. Bien avant l'arrivée des hommes blancs.

— C'est vrai.

— Comment auriez-vous su quoi faire ?

— C'était une révélation, une prophétie. Il faut parfois de nombreuses lunes, des cycles, une vie durant, avant qu'une révélation ne se réalise. Un jour, un sorcier appelé Prend-plusieurs-peaux a vu l'arrivée de l'homme blanc, il a vu la rivière de fer et des hommes blancs aussi nombreux que les poissons d'eau douce. À l'époque de Crazy Horse, un autre sorcier, appelé Boit-l'eau, a vu la mort de la nation indienne, a vu les Indiens habiter dans des immeubles carrés, plantés en un seul endroit comme des peaux séchant au soleil, défiant toutes les lois de la nature, allant à l'encontre des cercles de la terre, de la rondeur de la vie. Et ces visions sont devenues choses du passé.

— Comment votre... révélation s'est-elle produite ?

— J'avais quinze ans, j'étais déjà un homme, un chasseur, un guerrier. J'avais déjà choisi Onamata pour qu'elle devienne ma femme. J'ai payé très cher son père, L'Homme-d'herbe-grasse, pour qu'elle devienne mon épouse. J'ai décidé de rêver, d'aller à la quête de ma vision, car je me croyais un être à part, ayant une destinée importante. J'ai jeûné pendant huit jours. Notre sorcier m'avait dit que le huit était mon chiffre. Je suis allé loin dans la forêt, j'ai marché sans nourriture et sans arme. J'ai choisi un endroit pour rêver, au bord de la falaise qui surplombe la rivière, à l'endroit où le terrain de baseball finit. J'ai plongé mes mains dans la terre et en ai enduit mon visage pour montrer que je suis de la terre et que je retournerai à la terre. Puis je me suis assis dans l'herbe ondulante durant huit jours. Et j'ai rêvé. Je n'avais pour seul bagage qu'une gourde d'eau et je buvais seulement lorsque j'étais certain de mourir si je ne le faisais pas.

« Au quatrième ou au cinquième jour, j'ai eu ma révélation. Je me rappelle d'un faucon qui tournait si haut dans le ciel qu'il semblait avoir la taille d'un moineau. Puis il y en a eu d'autres, et le ciel a été moucheté d'une douzaine de faucons bruns qui fauchaient le ciel, perçant un trou en son centre comme pour m'y aspirer. Tandis que je rêvais sous le ciel d'été, les faucons ont plongé dans ma direction, un après l'autre, droit sur moi, comme si j'avais été une souris qui allait leur servir de repas. Lorsqu'ils se sont approchés de moi, ils n'ont pas ralenti; leurs corps étaient de longs couteaux pointus, et ils m'ont transpercé des pieds à la tête de leur bec affûté. Et je restais étendu dans l'herbe chaude, je ne ressentais aucune douleur, seul le doux désir de m'endormir.

« Puis j'ai été soulevé de terre par les faucons, empalé sur leur bec; leurs ailes battaient tout près, furieusement. Ils m'ont porté comme si j'avais été aussi léger qu'un nuage et m'ont fait passer par le trou qu'ils avaient ouvert dans le ciel. Là, ils m'ont déposé et ont retiré leur bec de mon corps, puis je me suis assis.

« Les ancêtres étaient là, assis en rond à regarder en bas vers la terre. "Tu devras accomplir bien des choses", m'a alors dit un ancêtre au visage noir. "Ton peuple t'a vu t'éloigner vers le ciel. Il voudra partager ta sagesse lorsque tu seras de retour."

« C'est alors que j'ai su que mon nom serait Celui qui s'éloigne, "Celui-qui-erre". Jusqu'à ce jour, j'avais eu un autre nom. Mais je suis maintenant incapable de le prononcer.

« "Regarde la terre et voit ce qu'elle deviendra", m'a alors dit un ancêtre au visage jaune. J'ai regardé et j'ai vu la terre intacte, mais changée, couverte de boîtes grises comme des tas d'ossements. »

L'ancêtre au visage jaune dont parle Celui-qui-erre doit être l'ancêtre du sud. Je connais suffisamment les légendes indiennes pour savoir que la terre est divisée en quarts et que chaque quart porte une couleur : le noir pour l'ouest, le jaune pour le sud, le blanc pour le nord et le rouge pour l'est.

« Mais la terre au-dessus de la rivière, au-dessus de l'arbre sacré, était délimitée par des marques sacrées, et les hommes étaient postés là comme des fourmis, poursuit Celui-qui-erre. Imagine que tu observes le jeu d'en haut, à partir du centre du ciel.

« "On dirait un rituel", ai-je dit aux ancêtres. "Mais ce sont des hommes blancs qui font la cérémonie. Vont-ils apprendre nos traditions? Sommes-nous devenus un seul peuple?" ai-je demandé aux ancêtres impassibles.

« "C'est ta révélation, mon fils, m'a répondu l'ancêtre du nord. C'est à toi de décider ce que tu veux en faire. Nous pouvons seulement mettre les images sous tes yeux. Si tu as suffisamment de sagesse, tu comprendras ce que nous attendons de toi. Nous ne t'aurions pas choisi si nous n'avions pas pensé que tu es sage." Et le vieil homme ne m'a plus adressé la parole.

« J'ai regardé cette terre que j'aime, l'arbre sacré, les marques sur le sol. Le rituel de l'homme blanc. J'ai observé jusqu'à m'étourdir à cause de la hauteur. Je me suis senti faible et je me suis étendu sur le sommet du monde, et j'ai vu les faucons revenir vers moi. J'étais très fatigué et j'étais heureux de sentir leur bec me transpercer de nouveau. Les faucons m'ont ramené sur terre en douceur, comme une feuille qui tombe par un jour sans vent.

— J'en sais long à votre sujet. Votre histoire, votre…

— Nous n'étions pas encore censés nous rencontrer. Pas encore. C'est moi qui devais te trouver, et non l'inverse. C'est mauvais signe.

— J'ai d'autres questions à vous poser…

— Pas maintenant », dit Celui-qui-erre. Il fait un geste, presque un adieu, mais il se retourne plutôt, et se déplace de côté en direction de la forêt, puis disparaît.

Chapitre 9

Je ne dors probablement que depuis deux heures lorsque Johnny Baron vient tambouriner à la porte. Stan se lève en un clin d'œil, s'assoit sur le bord du lit, étire ses bras, fait jouer ses muscles. J'ai mal dormi ; j'ai dormi pesamment, le corps plaqué au matelas comme si un poids énorme m'avait maintenu en place. J'ai du sable dans les yeux, mes jambes et mes bras sont lourds, ma gorge sèche.

« Je te parie que je frapperai un coup sûr aujourd'hui, dit Stan, peut-être même deux. Qu'en penses-tu Gédéon ? Si Brown est encore une fois le lanceur partant, il sera fatigué ; je vais l'avoir du premier coup, je vais frapper la balle jusqu'à la clôture.

— C'est ça, Stan », dis-je en m'aspergeant le visage de l'eau froide que je trouve dans le pichet et le bol à côté de mon lit.

Johnny Baron a fait cuire des tranches de bacon et frire des pommes de terre au lard. Je m'efforce d'avaler quelques bouchées, de boire une tasse de café fort. Puis nous partons à pied dans l'herbe mouillée par la rosée. Johnny et Stan parlent de baseball, Stan donne des coups de poing dans son gant.

Lorsque nous arrivons, le ciel à l'horizon a l'air d'avoir été recouvert d'isolant rose. Les autres joueurs de la Confédération arrivent à dos de cheval et à pied. Le ciel devient d'un bleu incertain, comme les œufs du merle.

Le son d'une locomotive à vapeur haletant de plus en plus près remplit l'air. La locomotive s'arrête, puis reprend son teuf-teuf. Je me demande quelles ficelles Frank Chance a bien pu tirer pour avoir de nouveau le train et la voie ferrée du terrain de baseball à son entière disposition ce matin.

Il n'y a apparemment pas de voiture qui attend les Cubs comme la veille. Nous finissons par entendre des voix d'hommes, des éclats de voix courts et saccadés, comme des corbeaux qui croassent, puis les Cubs apparaissent, éreintés, portant eux-mêmes leur matériel.

Si tôt le matin, on n'est pas très joyeux. Cela me rappelle l'époque de l'université, lorsqu'au jour prévu pour la remise des travaux, je me levais bien avant l'aube, et que debout dans la salle de bain, tombant de sommeil, je laissais couler de l'eau chaude sur mes doigts pour qu'ils parviennent à se comporter convenablement sur les touches de la machine à écrire, plutôt que comme de gros appendices flasques pendant au bout de mes mains.

On dirait bien que le match va prendre fin dès la première manche de la journée, soit au début de la vingt-cinquième. Les Cubs ont immédiatement rempli les buts contre un O'Reilly grinçant, qui ne semble pas s'élancer aussi loin par derrière pour lancer la balle qu'il le faisait hier.

Un double frappé le long de la ligne du champ droit — par Frank Chance, rien de moins — fait marquer trois points. S'avançant loin vers le deuxième but, Chance abreuve O'Reilly d'insultes malveillantes, tant personnelles que professionnelles.

O'Reilly descend du monticule et marche en direction du deuxième but; lui et Chance sont nez à nez et s'envoient au diable. Frank Luther Mott, pas rasé et moins bien vêtu qu'hier, les laisse faire pendant un moment, puis vient se placer entre eux.

Le match se poursuit. O'Reilly finit la manche et Chance reste en plan au troisième. La Confédération du baseball de l'Iowa vient frapper pour ce qui semble bien être la dernière fois.

Dans l'Iowa City d'aujourd'hui, parmi les collines ondoyantes et les arbres en forme de parasol du cimetière Fairfield, se trouve l'Ange noir. Dépassé en hauteur par seulement deux ou trois obélisques de granit aux allures de phallus pointés vers le ciel, l'Ange au visage mignon et aux ailes déployées en un geste protecteur, surplombe telle une ombre muette la verdure luxuriante du cimetière.

Les citoyens d'Iowa City pensent qu'ils connaissent l'histoire de l'Ange noir. Les étudiants de sociologie, d'histoire et d'études féministes rédigent régulièrement des travaux, et même des mémoires de maîtrise, sur cet étonnant monument. L'Ange a sa propre histoire populaire. Tour à tour, on le blâme et on chante ses louanges selon les transformations que subit le monde. On lui a reproché des écarts de température ; les gens qui prévoient la météo disent qu'on peut savoir si l'hiver sera long d'après le ton de vert que prend la corrosion sur ses ailes déployées. Certains habitants des alentours disent qu'ils reçoivent des impulsions électriques de l'Ange, et tout le monde essaie de faire le rapport entre l'Ange et une mort ou une disparition mystérieuse, mais même les rumeurs restent vagues.

Toutes sortes de dévots sont montés en chaire et ont durement critiqué l'Ange d'avoir d'une quelconque façon eu une influence sur la moralité des jeunes, d'avoir contribué au manque de respect envers les gens âgés, d'avoir augmenté la consommation d'alcool, de cigarettes et de marijuana, et même d'avoir provoqué la supposée augmentation de la promiscuité sexuelle, des naissances illégitimes et des avortements. Tous ces blâmes sont restés sans preuve.

La légende populaire la plus connue veut que si, à minuit, par une nuit d'été, un jeune homme embrasse une vierge sous le regard de l'Ange noir, la statue deviendra blanche. La statue est toutefois restée noire depuis plus d'un demi-siècle, ce qui devrait nous en apprendre long sur la véracité des légendes populaires ou sur la quantité de jeunes femmes vierges dans les environs d'Iowa City.

À part le vieux Capitole et son toit doré, il y a peu de points d'intérêt qui attirent les touristes ou les nouveaux venus à Iowa City. J'ai amené Claire voir l'Ange noir, deux ou trois jours après notre rencontre.

Il faisait chaud, l'air sentait bon et j'étais tellement amoureux que mes pieds ne touchaient pas terre.

J'ai raconté la légende à Claire ; elle a ri, s'est jetée dans mes bras, sa bouche fusionnée à la mienne.

« Il n'a pas changé du tout », ai-je dit en reprenant mon souffle et en jetant un regard par-dessus l'épaule de Claire.

« À quoi t'attendais-tu ? a dit Claire en riant. Je crois bien que ton vieil ange est assez perspicace. »

C'était un samedi après-midi, et nous avons été interrompus par un mariage, avec photographes et flashs à l'appui. Il n'est pas inhabituel de voir les nouveaux mariés d'Iowa City venir se faire photographier en train de s'embrasser sous les ailes noires de l'Ange.

Nous les avons observés de loin.

L'histoire officielle de l'Ange noir est la suivante : une femme, émigrée de la Tchécoslovaquie, inconsolable à la mort de son fils, a décidé d'ériger à sa mémoire un monument inoubliable. Elle a donc commandé l'Ange, qui a été sculpté en Italie, et coulé dans le bronze. Il a ensuite été expédié par bateau à Chicago, puis transporté on ne sait comment à Iowa City, où il a été installé de façon à ce que ses ailes protectrices jettent leur ombre sur la tombe du fils, marquée par une petite pierre tombale de granit. Cette femme a fini par être enterrée à son tour sous l'Ange. On raconte de nombreuses histoires selon lesquelles l'Ange noir n'aurait pas correspondu aux attentes de la femme, sur la facture qu'elle aurait contestée ; on dit même que l'Ange n'aurait pas toujours été noir, mais qu'il le serait devenu parce qu'il n'aurait jamais été payé.

Bien sûr, je connais, moi, la véritable histoire de l'Ange noir. Mon père connaissait la vraie histoire de l'Ange noir et l'avait répertoriée dans son *Bref historique de la Confédération du baseball de l'Iowa*.

Après le meurtre d'Onamata, Celui-qui-erre fut frappé d'une douleur mêlée de rage. Il a brûlé la tente faite de peaux de bisons albinos, détruit tous ses biens. Le peu de choses qui n'avaient pu être dévorées par le feu furent jetées dans la rivière Iowa. Il a porté le corps de son adorée de l'autre côté de la rivière, où dans l'été calme et serein, les moustiques et les patineuses dansent un ballet sur la surface lisse et verte de la rivière. À un mille ou deux au nord-ouest du campement fatal, à côté d'un petit tertre, sous la voûte d'un peuplier aux feuilles tourbillonnantes, Celui-qui-erre mit sa femme en terre. Puis, tandis que la lune pêche et argent éclairait la nuit, Celui-qui-erre fit monter vers le ciel un chant de tristesse. Ciselé par la lune, clair comme une pièce de monnaie, son chant s'éleva vers le ciel sans nuage. Au loin, au sommet d'une colline, l'ombre noire d'un coyote se détachait, museau pointé vers le ciel comme le clocher d'une église, répondant par son hurlement à la douleur de Celui-qui-erre.

À l'endroit où Onamata était enterrée, un Ange noir sortit de terre, grandissant comme un champignon, s'élevant en répandant sur son passage le terreau fertile de l'Iowa.

L'Ange mit tout l'automne et tout l'hiver avant de prendre forme, apprivoisant le froid mordant de l'hiver, écoutant le tic-tic des flocons de neige tombant à sa surface.

L'Ange était là lorsque les ouvriers du chemin de fer sont venus en éclaireurs le printemps suivant. Ils n'ont su s'il fallait mépriser l'Ange ou le vénérer; à la fin, ils ont choisi de l'ignorer. L'Ange a continué de croître dans le silence de la plaine. Il était toujours là lorsque les premiers colons se sont rassemblés sur les rives de la rivière Iowa, au sud de ce qui s'appelle aujourd'hui Iowa City, où ils ont établi leur colonie, puis un village, qu'ils ont appelé Napoléon. L'Ange était là lorsque Iowa City fut construite le long de la rivière, lorsqu'elle est devenue la capitale de l'État. Quand un cimetière devint nécessaire, il sembla logique de le situer près de l'Ange noir, sur la terre aux douces ondulations, à quinze minutes de voiture du centre de la ville. Les gens n'étaient pas sceptiques à l'époque, et acceptaient plus facilement les choses inhabituelles et inexplicables. L'histoire de l'Ange noir que l'on connaît de nos jours s'est entièrement déroulée après 1908, ce qui la rend donc hautement improbable.

Après l'enterrement d'Onamata, Celui-qui-erre a continué à pleurer sa compagne avec une ardeur que même ses ancêtres n'avaient pas prévue. Son chagrin extravagant se déversait avec tant de fureur que la calme rivière Iowa, qui jusqu'alors s'était déroulée comme un long ruban de jade à travers les plaines, a transformé son cours, s'est mise à fendre l'herbe comme un serpent pour échapper à la colère de Celui-qui-erre.

Un jour les ancêtres, exaspérés pas sa fureur, ont envoyé le Coyote, l'Écho du royaume des animaux, la pierre de touche de la prairie, lui transmettre un message.

« L'âme de ton Onamata adorée s'est envolée vers le quatrième quartier de la terre », lui a dit le Coyote, s'exprimant du fond d'un bosquet d'épinettes, où seul un éclat d'ambre occasionnel, aussi révélateur qu'un rayon de lune, frappait son œil, trahissant sa cachette.

« Une partie de son âme restera près d'ici. Si tu fais preuve de patience, l'autre partie finira par renaître, reviendra ici, et reprendra vie... et vous serez à nouveau unis. »

« Quand ? » demanda Celui-qui-erre.

« Quand tes ancêtres auront retrouvé toutes les parties de l'âme d'Onamata, elle te reviendra.

— Cela pourrait prendre toute une vie », répondit Celui-qui-erre dans un gémissement.

« Cela pourrait durer plusieurs vies. Prends le temps de bien vivre pendant ce temps, dit le Coyote. Il est rare que les ancêtres soient aussi généreux. »

Celui-qui-erre poursuivit sa mélopée funèbre, mais avec moins de ferveur, car le Coyote avait à peine fini de parler que Celui-qui-erre put sentir dans sa poitrine les chaudes flammes de l'espoir commencer à couver.

Mon père croyait que l'Ange était ancré par des racines qui couraient profondément au cœur de la terre. Il avait demandé au conseil municipal d'Iowa City la permission de faire des fouilles exploratoires à la base de la statue. Chaque fois qu'il a présenté sa requête, le conseil l'a rejetée à l'unanimité.

Le match ne se termine pas en vingt-cinquième manche. Même si les Cubs passent à trois retraits de la victoire, ils trouvent le moyen de perdre leur avance. Le premier frappeur de la Confédération est retiré sur un roulant. Orville Swan obtient toutefois un but sur balles, et Harry Steinfeldt commet une erreur. Stan frappe la balle en direction de la clôture et la rate de justesse, mais Jimmy Slagle, le voltigeur de centre des Cubs, court jusqu'à la berge, où n'est assis ce matin aucun pique-niqueur, et attrape la balle à presque 400 pieds du marbre. Les coureurs arrivent à avancer d'un coussin. Par la suite, Bad News Galloway frappe une chandelle au champ centre droit que les Cubs auraient dû attraper, mais ni Wildfire Schulte, ni Jimmy Slagle n'arrivent à décider qui devrait le faire. La balle tombe, et comme si elle avait des yeux pour voir, elle roule à cinquante pieds vers l'horizon. Galloway et les autres coureurs viennent marquer. Le match est à égalité.

Ils auront joué neuf manches avant huit heures.

« À quelle heure les Cubs sont-ils censés prendre le train pour Chicago? dis-je à Johnny entre deux manches.

— À midi, répond-il. Le match sera sûrement terminé avant cela. »

Mais il ne l'est pas.

À midi, le match est toujours à égalité. Les Cubs ont compté un point en trente-sixième et en quarantième manche, mais la Confédération est remontée de l'arrière à chaque fois et a marqué à son tour.

Alors que la cinquante et unième manche prend fin, Frank Luther Mott lève la main. « Messieurs, je suggère que nous interrompions le match pour le repas. »

Frank Chance donne des coups de pied dans la poussière sur toute la distance qui sépare le premier but du monticule. « Que le match continue, crie-t-il.

— Et votre train, monsieur Chance? On m'a dit qu'il vous attendait à la gare d'Iowa City.

— Qu'il attende », dit Chance, les yeux rougis et les joues noircies par une barbe mal rasée.

« Qu'en dites-vous, M. O'Reilly ?

— Nous ne pouvons nous arrêter maintenant, dit O'Reilly. Que le match continue. »

La foule commence à grossir dans les estrades.

Un petit garçon en culotte courte arrive en courant, décide que j'ai l'air de quelqu'un à qui on peut parler. J'apporte son message aux capitaines et à Mott, qui continuent à se chamailler sur le monticule.

« La question du repas est réglée, dis-je. Les dames de l'Église de la Douzième Heure pour l'Éternité ont préparé des sandwiches, du café et des tartes. Nous n'avons qu'à aller nous servir.

— Une heure, pas plus, dit Chance.

— Ça me va », dit O'Reilly.

C'est à ce moment que Frank Chance prend une importante décision. Il envoie tous ses joueurs réservistes à Chicago.

« Nous avons un match à jouer dans les majeures demain, dit-il. Si pour une raison quelconque nous ne revenons pas à temps, vous et les joueurs qui ne sont pas venus ici pourrez jouer un bon match, j'en suis sûr. » Puis il donne une tape dans le dos à tous les joueurs qu'il n'a pas utilisés et les envoie vers le wagon qui les attend.

Je viens tout juste de prendre place sur un banc à pique-nique devant l'église et de commencer à mordre dans un sandwich au rôti de bœuf et à boire un café lorsqu'une robuste femme en tablier vient près de moi.

« Je vous ai entendu jouer de la trompette hier soir, et j'aimerais que vous vous joigniez à nous quand nous chanterons — quand vous aurez fini de manger, bien sûr.

— J'en serai heureux. Vous avez l'air d'avoir arrêté votre choix sur quelques-uns de mes cantiques favoris. »

Et je finis par me joindre à eux. La robuste femme secoue un tambourin et quelqu'un à l'intérieur de l'église joue sur un orgue à tuyaux, invisible, tandis que je souffle dans ma trompette. Les femmes chantent ; quelques-unes d'entre elles ont une fort jolie voix. Certains des joueurs chantent les paroles, mais la plupart restent muets ou légèrement méfiants devant la musique :

« Le peuple de Dieu marche au combat
Rien ne saurait m'ébranler
Rien ne saurait m'ébranler
Rien ne saurait m'ébranler

Comme un arbre
Planté près des eaux
Rien ne saurait m'ébranler

Malgré le poids de mon fardeau
Rien ne saurait m'ébranler »

Puis nous passons directement à l'hymne intitulé *De l'épée pour l'Éternel et pour Gédéon.*

« La seule raison qui fait que j'aie entendu parler de cet hymne est que je m'appelle Gédéon », dis-je à la femme robuste, qui, à ce que j'apprends, est une Pulvermacher, une petite cousine de Henry, le receveur. « Comment se fait-il que votre Église aime tant cet hymne en particulier ?

— Eh bien, c'est une histoire qui vient de la Bible », dit-elle, comme si cela répondait à ma question. « Gédéon est parti se battre avec une épée, un flambeau et une trompette.

— Ça, je le sais. Mais c'est une histoire sans importance, Gédéon est un personnage sans importance. Pourquoi tout cet intérêt ?

— Eh bien... Il faudrait que je demande à l'Ancien Womple de vous l'expliquer. *Rien ne saurait m'ébranler* a une grande signification, car cette terre ne nous appartenait pas à l'origine. L'Ancien Womple se promenait un après-midi, lisant la Bible, lorsque le livre lui a été arraché des mains d'une façon mystérieuse. Par terre, le livre s'est pétrifié et il avait pris racine lorsque l'Ancien Womple a voulu le reprendre. "Nous construirons une église à cet endroit même", a-t-il dit, et c'est ce que nous avons fait, même si la ville de Big Inning, le comté de Johnson, l'État de l'Iowa et, je pense, même Washington, la capitale, ont essayé de nous en empêcher, parce qu'il y avait une "servitude de rivière", ou une histoire folle du genre, et qu'avant, il y avait ici une réserve, mais le gouvernement l'avait reprise après qu'un Indien ingrat eut massacré tout un groupe de colons blancs ici même. »

Au loin, derrière le champ centre, une ombre noire rôde dans les broussailles, pliée en avant, battant des bras et des jambes.

« Et bien sûr, le Livre Saint était resté ouvert à l'histoire de Gédéon », dit madame Pulvermacher, serrant les lèvres d'un air suffisant.

Celui-qui-erre glissa comme un couteau à travers les eaux soyeuses de la rivière Iowa. Il ne fit aucun bruit lorsqu'il en émergea et se hissa sur la rive sous l'arbre sacré.

Les hommes blancs avaient dressé leur campement sous ses branches, leur feu de camp, couvert, n'était pas encore éteint. Dix hommes y étaient endormis sur des tapis de couchage. Une sentinelle, son fusil sur les genoux, dos tourné à la rivière, fixe l'obscurité piquetée de lucioles.

Celui-qui-erre visitait le campement pour la troisième nuit. Il se cacha derrière le tronc de l'arbre sacré et adressa une prière aux ancêtres pour le succès de sa mission. Il plongea son couteau dans l'arbre. Lorsque apparurent quelques gouttes de sève, comme des larmes coulant de la blessure, il les recueillit sur la lame de son couteau, puis fit une entaille dans son pouce et mélangea la sève à son sang. D'un coup de langue il enleva la mixture de la lame, traversa la clairière, et sans faire de bruit, trancha la gorge de la sentinelle d'un geste habile.

« Comment ne les ont-ils pas entendu venir ? » demandaient sans cesse les membres de l'équipe de secours lorsqu'ils trouvèrent leurs amis massacrés. « Tous tués dans leur sommeil. Ils avaient tous des armes à portée de la main, mais aucun n'a essayé de les prendre. »

L'odeur de la mort remplissait l'air. Celui-qui-erre, à moins de dix pieds de l'équipe de secours, se laissa glisser dans les eaux calmes, sourire aux lèvres.

Ils auront joué trente-cinq manches de plus entre le repas et la tombée du jour, pour un total de quatre-vingt-cinq. Le pointage au 5 juillet se lit comme suit :

Manche	25					40		
CHICAGO	300	000	000	001	000	100	000	000
CONFÉDÉRATION	300	000	000	001	000	100	000	000

	52				55			
CHICAGO	000	0	*Pause*	00	000	000	000	000
CONFÉDÉRATION	000	0	*repas*	00	000	000	000	000

	70						85	P	CS	E
CHICAGO	000	100	000	000	000	000	0	12	?	?
CONFÉDÉRATION	000	100	000	000	000	000	0	12	?	?

Nous avons depuis longtemps cessé de tenir le compte des coups sûrs et des erreurs. Ça ressemble à une partie de balle improvisée par un après-midi d'été ; tout le monde sait à qui le tour.

Tout l'après-midi, je m'agite sur le banc, je me rappelle que Sarah m'a invité à passer la voir. Je me demande si ça ressemblera aux scènes qu'on voit dans les films ou qu'on lit dans les livres. Y aura-t-il une balançoire sur la grande véranda, peut-être une grand-mère somnolant dans un fauteuil de rotin, et Sarah, magnifique avec ses yeux dorés, vêtue d'une robe aux chevilles, en train de faire la conversation avec une brochette de petits amis, des garçons de ferme assis sur des chaises de bois, leurs talons accrochés aux barreaux ? De quoi aurai-je l'air parmi eux ? Serai-je à ma place ? J'ai hâte de le découvrir. Je songe à prendre mon élan et à partir au pas de course. Je pourrais probablement m'en sortir. Mais si la Confédération perdait ? C'est sûrement moi qu'on blâmerait, et peut-être avec raison. Stan a l'air de croire que je fais l'effet d'un porte-bonheur. Il me frotte la tête dès qu'arrive son tour d'aller au bâton. Stan tient un compte précis de sa moyenne. À l'arrêt du jeu, il frappe pour 0,333.

Finalement, j'accepte un compromis. Je reste, mais je m'étends dans l'herbe à côté du banc, je pose la tête sur un gant inutilisé, et je dors. Les joueurs se plaignent de ce que je néglige mes obligations en tant que préposé aux bâtons ; néanmoins, ils me laissent dormir. Je réagis à peine lorsque chacun des joueurs vient passer ses doigts dans mes blancs, blancs cheveux.

La partie aurait dû se terminer à la quatre-vingt-quatrième manche. Avec un retrait et Frank Chance au deuxième, Three Finger Brown frappe un simple hors de la boîte et par-dessus le deuxième but. Dean, le voltigeur de centre de la Confédération, fonce sur la balle et fait un lancer remarquable vers le marbre. Chance glisse et son pied traverse le marbre comme la balle vient frapper le gant de Henry Pulvermacher. Pulvermacher touche Chance à la hanche et Frank Luther Mott, qui était à mi-chemin entre le monticule et le marbre, donne le signal du retrait.

Chance s'est déplacé aussi vite que l'éclair. Il est face à face avec Mott avant que l'arbitre n'ait eu le temps de faire un pas. Les Cubs ont tous quitté le banc en s'élançant pour venir entourer Mott et Chance. Nous venions tout juste de bondir sur nos pieds en entendant le verdict de Mott, d'abord de surprise, puis de joie. Chance accule Mott au deuxième but, lui parle dans le nez, sa bouche crachant des obscénités comme du charbon qu'on viderait d'un seau.

Mais Mott ne dit pas un mot, refuse d'être entraîné dans la confrontation, refuse d'y être mêlé, et finalement, Chance se dégonfle. Avec ses années d'expérience dans les ligues majeures, il sait exactement jusqu'où il peut aller avec un arbitre sans se faire expulser. Mott, malgré son manque d'expérience à titre d'arbitre, connaît ses limites, lui aussi. Aucune obscénité n'est taboue tant qu'elle s'adresse au destin et non à l'arbitre.

La décision demeure ; les Cubs finissent par regagner leur banc. O'Reilly retire le frappeur suivant sur trois prises. La Confédération est retirée dans l'ordre à la fin de la manche. Les Cubs auraient gagné le match si ce n'avait été d'une mauvaise décision de l'arbitre. Chance le savait. Nous le savions. Et je soupçonne Mott de l'avoir su lui aussi.

Lorsque la manche a pris fin, Chance et les Cubs sont retournés à Iowa City, où Frank Chance s'est mis au téléphone, non pas pour parler aux dirigeants des Cubs, comme tout le monde s'y serait attendu. Il n'a pas tenu compte de la liasse de télégrammes qu'il avait reçus de leur part et qui devait faire un demi-pouce d'épaisseur. Il a plutôt appelé un de ses bons vieux ennemis, a mis plus d'une heure à supplier, implorer, menacer, demander le remboursement d'anciennes dettes, faire un chantage au nom de l'amitié… puis il a raccroché, un demi-sourire étalé sur son visage brûlé par le soleil.

Un petit homme vif prit le train de nuit de Chicago à Iowa City. Il avait les cheveux blancs, il aurait pu être un banquier, un négociateur en bétail, ou un évangéliste. Mais il n'était rien de cela. Chance allait payer un taxi qui irait l'attendre à la gare le lendemain matin, et l'incorruptible Bill Klem, l'arbitre le plus honnête de l'histoire du baseball, viendrait prendre le match en main.

Dans la soirée qui a suivi la mauvaise décision de Mott, dès les dernières bouchées avalées, je me suis excusé auprès de Stan et de Johnny.

« Je dois aller quelque part, ai-je dit.

— Prends garde à toi, a dit Johnny. Aller rendre visite à une jeune fille le dimanche après-midi, c'est une chose, mais aller lui faire la cour le soir, c'est pas la même histoire.

— Gédéon, es-tu bien sûr de savoir ce que tu fais? m'a demandé Stan.

— Autant que toi », ai-je répondu avec un sourire sardonique.

Tandis que je marche dans la fraîcheur du soir, je réfléchis à ce qu'il y a d'étonnant dans la facilité que nous avons à nous adapter aux situations qui semblent les plus intenables.

Je crois comprendre comment les gens arrivent à se relever les manches après un incendie, une tornade ou une inondation. Je soupçonne que même si je n'avais pas été intensément curieux de tout ce qui concerne la Confédération, j'aurais quand même accepté de devenir sa mascotte, tout simplement pour être au cœur de l'action, pour faire partie des initiés, ne serais-je qu'un initié sans grande importance.

Il est dix heures trente passées lorsque j'arrive à la ferme des Swan. Une grande maison de ferme sans peinture, avec véranda sur le devant, se dresse sur le bord de la route. Lorsque je la vois pour la première fois, j'aperçois une lumière à une des fenêtres de l'étage; elle s'éteint alors que je suis encore à un quart de mille de distance de la maison. Au loin dans les champs de maïs, il semble y avoir une lueur qui oscille doucement comme de l'amarante, mais il doit s'agir des reflets de champignons phosphorescents.

Je marche dans la fine poussière qui recouvre l'allée menant à la maison. Des lucioles prennent leur envol et brillent dans la chaleur humide.

J'essaie de deviner quelle chambre est celle de Sarah. Tandis que je fais le tour de la maison, quelque part au loin un coyote glapit dans la pénombre. J'essaie d'imaginer comment sont disposées les pièces de la maison. Celle-ci ne doit pas être si différente de ma propre maison, à Onamata. La pièce où s'est éteinte la lumière est probablement la grande chambre à coucher du haut, celle des parents. Je ne sais pas combien d'enfants ils ont. Je suppose qu'Orville dort dans la chambre du bas. Je vais essayer la chambre du haut, à l'arrière.

J'avance en petit bonhomme jusqu'à l'escalier, mais je fige sur place en entendant un profond grognement. Un vieux chien, les yeux scintillant comme de l'ambre dans le clair de lune, la tête reposant sur les pattes, est couché au pied de l'escalier.

Je reviens sur mes pas jusqu'au coin de la maison. Je ramasse quelques cailloux dans la cour. Je n'ai jamais lancé de cailloux dans une fenêtre. Jamais même connu quelqu'un qui l'ait fait.

Ploc font les cailloux contre le verre ; puis ils font un léger froufrou en roulant dans l'herbe.

Si j'avais choisi la mauvaise fenêtre ? Et si le visage tanné d'Orville Swan et ses cheveux noirs en lacets apparaissaient soudainement à la fenêtre ? J'arrive difficilement à passer inaperçu, même dans le noir, car mes cheveux blancs rayonnent comme du radium sous le clair de lune.

Ploc, ploc. Je continue à lancer des cailloux, à frapper la fenêtre. Finalement, un visage apparaît dans la vitre. Je n'arrive pas à distinguer ses traits, mais c'est quelqu'un vêtu de blanc. Le fenêtre s'ouvre, et une tête en sort. C'est Sarah.

Je l'appelle.

« Gédéon ? demande-t-elle. Que fais-tu là ?

— La partie a duré jusqu'à la tombée du jour. Je n'ai pas pu venir cet après-midi et je voulais te voir, dis-je tout bas.

— Pas besoin de chuchoter — tout le monde est parti travailler. Orville dort, et moi je fais les lits.

— Parti travailler ? » J'ouvre les bras en lui faisant signe de venir me rejoindre. Elle rit doucement, couvre sa bouche de sa main. Elle se retire, et referme la fenêtre.

J'entends grincer la porte arrière, et Sarah apparaît au coin de la maison, sa robe blanche flottant autour d'elle comme si elle entrait sur scène. Derrière elle, le chien se déplace en boitillant, comme un chaperon miteux.

« Allons marcher », dis-je en murmurant. Puis je me rappelle le décalage horaire. Suis-je stupide ! C'est le milieu de l'avant-midi pour Sarah et sa famille. Ce que j'ai vu dans les champs, c'était des chevaux au travail, des lampes de mineur attachées au front.

« Je suis désolée, dis-je. J'ai oublié l'heure. Je pensais que c'était le soir.

— C'est mieux ainsi. Tous les autres sont aux champs. Nous sommes seuls. D'ordinaire, à ce qu'on me dit, toute la famille de la fille est sur place lorsque les garçons viennent lui faire la cour. »

Tandis que Sarah prend ma main, des images défilent devant mes yeux, elles sont gravées dans le marbre de mon cerveau, et elles resteront en moi tant que je serai en vie, comme le poignet de Sarah sortant de la manche de sa chemise de nuit. Je ressens tant de tendresse envers elle, je voudrais lui plaire plus que tout. Je pense à Celui-qui-erre, à cheval dans le village arapaho, apercevant son amour devant le tipi fait de peaux d'animaux albinos.

Sarah est pieds nus. Nous avançons sous le clair de lune sur la route douce et poussiéreuse jusqu'à ce que la maison ne soit plus qu'une ombre. Le maïs bruit doucement. Le nuit sent la terre et l'eau. Je serre sa main très fort et j'essaie de lui transmettre mes émotions. La nuit, la présence de Sarah, ma confusion m'ont rendu muet.

« Parle-moi de Kansas City », murmure-t-elle.

Que lui ai-je raconté jusqu'à présent? Je n'arrive pas à me rappeler. Je n'ai que la plus vague idée de ce qu'était Kansas City en 1908.

« Y es-tu déjà allée? » dis-je d'une voix qui me semble remplie de ruse.

« Je ne suis jamais sortie d'Iowa City. Est-ce qu'il y a de grands immeubles là-bas? Les rues sont-elles remplies d'automobiles? Est-ce qu'il y a aussi des salles où on passe des films animés?

— Oui, on trouve tout cela. Des gratte-ciel, des immeubles si hauts qu'on peut regarder le sol à partir du toit de l'hôtel Jefferson d'Iowa City et avoir l'impression d'être en avion.

— En quoi?

— En ballon, en ballon dirigeable.

— Oh! »

Les paroles de toutes les chansons sur Kansas City me traversent l'esprit. J'ai très envie de lui dire *"Everything's up to date in Kansas City"*, tout est à la mode à Kansas City.

« C'est là que ta femme est morte? », me demande Sarah en s'arrêtant pour me faire face.

Je ne m'étais pas rendu compte qu'elle croyait que Claire était morte. *Disparue* et *morte* ont des connotations très différentes pour moi.

« Oui, dis-je finalement.

— Tu l'as vraiment beaucoup aimée, non ?

— Je l'aimais beaucoup. »

Je passe mon bras autour des épaules de Sarah et je l'attire vers moi.

« Tu ne peux pas vivre dans le passé », dit-elle en toute logique, levant son visage pour que je l'embrasse.

Le lendemain matin, lorsque je me présente dans la cuisine le visage bouffi, j'aperçois des gouttes de pluie qui roulent sur la fenêtre derrière la lampe.

« Je suppose qu'on ferait aussi bien d'aller se recoucher, dis-je. Il n'y aura pas de match aujourd'hui.

— N'y compte pas trop, répond Johnny.

— On ne peut pas jouer sous la pluie, dis-je.

— On ferait mieux d'attendre un peu, ça pourrait n'être qu'une averse. »

Lorsque nous sortons sur la véranda, on voit bien qu'il pleut sans arrêt et sérieusement, pas les quelques gouttes de pluie d'une averse, mais une vraie pluie froide et incessante.

Johnny nous équipe de cirés de la couleur du papier à mouches, et nous sortons de la maison. La route est glissante, le ciel bas, de plomb.

« Personne ne sera là, dis-je. J'imagine que ce temps est à peu près la seule excuse qui pourrait convaincre les Cubs de retourner à Chicago ; ils doivent jouer encore cet après-midi.

— Il faudra plus qu'un peu de pluie pour mettre fin à cette partie de bras de fer », dit Stan, marchant d'un pas lourd, tête penchée.

Nous arrivons au terrain de baseball, les cheveux dégoulinants, l'eau nous dégouttant dans le cou. Les autres joueurs de la

Confédération arrivent également, certains à cheval, d'autres à pied, dans l'aube vacillante. À cinq heures quarante-cinq, on entend le train siffler en direction de la voie ferrée du terrain de baseball, et cinq minutes plus tard, les Cubs arrivent en carriole, dont un bout de la toile claque au vent. Les neuf joueurs et Frank Luther Mott sont assis tout raides, et grelottent sous la toile.

Le terrain est légèrement surélevé, la terre du losange d'une teinte rougeâtre, sablonneuse.

Chance et O'Reilly se rencontrent au marbre ; l'eau leur coule le long du nez. Little Walter, le méchant nain, une casquette trop grande posée sur la tête, saute d'un côté puis de l'autre comme un bouffon, ses petits pieds pataugeant dans l'eau.

Tout le monde se met d'accord : le match continue. Les joueurs de la Confédération prennent le terrain et se lancent la balle avec raideur. O'Reilly doit avoir parlé aux autres joueurs, car tous les réservistes de la Confédération sont restés à la maison, à l'exception de Bob Grady, l'homme que Stan remplace au champ droit.

Ils jouent une manche. Les joueurs du champ intérieur jouent rapprochés, la balle est aussi molle qu'une tomate. Johnny Baron frappe ce qui aurait dû être un roulant, mais la balle meurt devant le monticule, et le troisième but, qui joue à l'intérieur, arrive facilement à le retirer.

Dans la deuxième moitié de la deuxième manche de la journée, un fiacre tiré par des chevaux arrive d'Iowa City. La chose, qui semble sortir tout droit d'un roman français, est faite à la main, peinte en émail noir, et a l'air d'un landau de bébé monté sur d'immenses ressorts noirs. Si l'on excepte sa taille, il ressemble à ces voitures amish qu'on aperçoit encore le long des accotements sur les routes au sud-ouest d'Iowa City.

La porte du fiacre s'ouvre et l'arbitre Bill Klem descend, maigre, le visage rougi, les yeux perçants. On demande un temps d'arrêt. Chance s'approche et vient lui serrer la main. Je soupçonne qu'il serre rarement la main de qui que ce soit. On présente Klem à O'Reilly et Mott. Klem s'éloigne de quelques pas et confère avec Mott pendant un moment, la pluie faisant des taches sur son habit bleu. Klem passe ensuite derrière le receveur, puis donnant un coup de pied dans la terre boueuse, creuse un espace pour son pied droit. Mott va tranquillement vers le premier but, où, comme ils ont convenu, il fera office d'arbitre sur les buts.

« Au jeu ! » crie Bill Klem tandis que le vent nous asperge tous d'une nouvelle vague de pluie.

Klem est le plus fringant, le plus appliqué, le plus honnête et le plus terre-à-terre des arbitres qui aient jugé un match. Klem est l'autorité incarnée.

« Combien de temps laisserez-vous le match continuer ? » demande lors d'une pause un journaliste aux cheveux blancs, soigné de sa personne, seul représentant de la presse sur place aujourd'hui.

« Le match devra se poursuivre jusqu'à ce qu'une des équipes gagne, ou jusqu'à ce que les capitaines consentent à l'interrompre.

— Mais vous avez le droit de mettre fin au match, répond le journaliste en haussant le ton. Vous avez bien vu se qui s'est produit : les Cubs ont déjà perdu un match parce que leurs meilleurs joueurs sont occupés ici. Vous-même étiez censé arbitrer un match à Chicago hier soir.

— Le match se poursuivra jusqu'à ce qu'il soit terminé, dit Klem.

— Mais pourquoi ? demande le journaliste.

— Monsieur », dit Klem en se redressant jusqu'à atteindre la hauteur du journaliste, ce qui n'est pas très haut, « je n'ai pas à rendre compte de mes décisions, qu'elles soient bonnes ou non, pas plus que je n'ai à justifier une balle ou une prise. Le match se poursuivra parce que j'estime qu'il doit se poursuivre. »

On dirait qu'il faut toujours environ deux heures pour jouer neuf manches. À midi, nous en sommes à vingt-sept manches. Une heure d'arrêt pour le repas. Vingt-sept manches de plus avant dix-neuf heures, plus tout ce qu'on arrive à jouer avant la nuit.

La pluie ne semble ni augmenter, ni diminuer. La balle voyage moins vite que d'habitude. Les joueurs du champ intérieur jouent rapprochés, comme s'il s'agissait en fait d'une partie de balle molle. Les voltigeurs n'en sont plus vraiment. Ils jouent si près du champ intérieur qu'on pourrait les prendre pour les arrêts-courts sans position fixe des ligues majeures modernes.

Rien n'a l'air de presser. Malgré la pluie qui tombe à verse, on sent la même léthargie indolente d'un après-midi ensoleillé où les corps baignent dans la chaleur du soleil plutôt que dans l'eau de pluie.

« On assiste à plus qu'un bras de fer », dis-je à Stan tandis que la Confédération vient frapper dans la quatre-vingt-dixième manche. « Personne ne peut lancer pendant quatre-vingt-dix manches d'affilée, pendant trois jours de suite — il se passe quelque chose de terriblement détraqué ici. Ils lancent tous deux comme s'ils en étaient à leur troisième manche ; la courbe d'O'Reilly est un vrai plaisir, la balle rapide de Brown continue à renverser le receveur sur ses talons.

— C'est du formidable baseball, voilà tout ce que je sais, dit Stan, en s'ébrouant comme un chien. Je n'ai jamais pris part à ce genre de compétition. Et j'arrive à suivre le rythme. Je frappe encore pour plus que 0,300. Bien des joueurs des Cubs n'en sont même pas capables. »

Le baseball est la seule chose à laquelle ces hommes pensent. Les combattants qui ont fait les Croisades n'avaient pas autant de détermination. Il semble toutefois que je sois le seul à s'intéresser à ce qui est vraiment en train de se passer. Quel est, je me demande, le véritable enjeu de ce match ?

La manchette du *Iowa City Citizen* du 6 juillet 1908 se lit ainsi :

5000 SPECTATEURS ASSISTENT AU MATCH

———

PAS DE GAGNANT

———

Le combat continue

La vérité, enfin. Je me rappelle ce que disait le journal du 6 juillet 1908 à la bibliothèque de l'université de l'Iowa. Aucune nouvelle du match. Pas un mot. Pas un soupir. Une annonce de l'entrepreneur en pompes funèbres Hohenschuh, et contre tout bon sens journalistique, l'histoire d'un homme mordu par un chien :

MORDU PAR UN CHIEN ENRAGÉ

GEORGE DUTCHER A ÉTÉ BLESSÉ HIER EN ESSAYANT DE SÉPARER DEUX CHIENS EN TRAIN DE SE BATTRE

Puis, sous une rubrique intitulée EN VILLE :

La cigogne a rendu visite au domicile de Charles Dautremont près de l'école Sainte-Marie, et y a laissé un troisième garçon aux bons soins de la famille.

Voici ce que raconte le journal d'aujourd'hui, le *véritable* journal, sur le match :

Le match, qui devait au départ faire partie d'un programme double prévu pour samedi seulement, a été suspendu au coucher du soleil, le 5 juillet, et le compte était toujours à égalité après quatre-vingt-cinq manches de jeu. Les deux équipes ont toutes deux déployé des efforts surhumains. Les lanceurs partants, Three Finger Brown pour les Cubs et Arsenic O'Reilly pour la Confédération, lançaient toujours lorsque la pénombre est venue interrompre la rencontre.

Nous regrettons que le sommaire s'interrompe à la dix-septième manche.

Chapitre 10

Le match se poursuit obstinément. La pluie diminue, le ciel est bas, épais comme de la laine grise. Une demi-douzaine de spectateurs sont assis sous une toile dégoulinante. Avant le milieu de l'après-midi, les équipes franchissent le cap des cent manches. Les Cubs comptent un seul point à la quatre-vingt-douzième, puis un autre à la quatre-vingt-dix-neuvième, mais chaque fois, la Confédération réussit à égaler la marque.

Bill Klem insiste pour que la pause-repas ait lieu à la manche 111.

J'aurais bien aimé avoir en main mon encyclopédie du base-ball. Je crois que le plus long match des ligues majeures a été un match nul de vingt-six manches auxquels les Cubs ont pris part... Était-ce en 1902?

Vers la fin de l'après-midi, la pluie se fait plus intense tandis que des nuages noirs flottent sous un ciel lourd d'un gris flanelle et nous trempent tous jusqu'aux os. Même Bill Klem est tenté de suspendre momentanément le match. Il demande aux gérants de se joindre à lui pour un conciliabule. La pluie mitraille le terrain, frappe le sol et rebondit à hauteur des genoux. Chance semble incapable de hurler avec son habituelle véhémence. Alors que lui et O'Reilly ont l'air prêts à convenir d'une courte pause, la pluie cesse aussi abruptement qu'elle avait commencé. Un instant plus tard, il bruine seulement, et le match reprend.

Au souper, tout le monde se dirige en pataugeant vers le salle paroissiale, où un repas chaud nous attend.

Le pasteur de l'Église de la Douzième Heure pour l'Éternité, l'Ancien Womple, est un homme dégingandé aux traits chevalins, vêtu de noir. Sauf quand il mange, il tient ses grosses mains brunes croisées à la taille.

Je suis enchanté de voir que Sarah est là, son tablier de calicot blanc à volant lui donnant exactement l'air de ce qu'elle est, c'est-à-dire une fille merveilleuse de 1908.

« Oh, Gédéon », dit-elle en déposant une énorme assiette de viande et de pommes de terre devant moi. « Tu as l'air d'un petit garçon qui aurait fait des galettes de boue puis qui aurait ensuite passé ses mains dans ses cheveux. »

J'imagine que c'est vrai. Toute la matinée, les joueurs mouillés et couverts de boue ont touché ma tête pour que je leur porte chance à mesure que venait leur tour d'aller au bâton. Je ne vois pas comment je leur ai porté quelque chance que ce soit, mais je suppose qu'on peut attribuer à la chance le fait que la Confédération n'ait pas encore perdu le match, et que dès que les Cubs comptent un point, la Confédération revient de l'arrière et ramène le match à égalité.

L'Ancien Womple commence ce qui s'avère être une interminable bénédiction de la nourriture, de la congrégation et des joueurs de baseball, du village, du district, du comté et de l'État, et du continent, et du monde, et de l'univers. Sarah est debout derrière ma chaise ; ses doigts, posés légèrement sur mon omoplate droite, irradient de la chaleur.

« L'oncle Tom a tendance à s'étendre à n'en plus finir », chuchote Sarah lorsque enfin il nous laisse commencer à manger. « Jamais personne ne s'est brûlé la bouche avec la nourriture lorsque l'oncle Tom est dans le coin pour dire le bénédicité. »

Après le repas, l'Ancien Womple échange quelques mots — vraiment très peu de mots — avec Frank Chance, puis se dirige tout droit vers moi. Mes cheveux blancs semblent exercer une attirance sur les gens. Aux yeux de l'Ancien Womple, je dois avoir l'air du plus facile à convertir parmi l'assemblée débraillée.

« On me dit que vous êtes journaliste ? dit-il pour engager la conversation.

— C'est ce que disent les gens.

— On me dit aussi que Kansas City est une ville où les gens sont très religieux.

— Eh bien, vous savez ce qu'ils disent aussi, que Jesse James allait à l'église toutes les semaines à Kansas City. J'ai toujours cru qu'il y avait là un message.

— Sans doute. » L'Ancien Womple n'arrive pas à décider si je suis en train de me moquer de lui. « À quelle église appartenez-vous, frère Gédéon ?

— À dire vrai, je n'ai encore jamais trouvé le temps d'adhérer à quelque église que ce soit.

— Il n'est jamais trop tard pour s'engager avec Dieu, frère Gédéon. En fait, il serait très sage de votre part de songer à le faire, étant donné qu'on me dit que vous avez montré un intérêt plus que passager envers ma nièce. Nos propres liens avec l'Église sont très forts... si vous voyez ce que je veux dire ?

— Je vois. » Et j'essaie de sourire avec ce qui, j'espère, sera perçu comme de la naïveté.

— Vous êtes croyant, bien sûr ?

— Bien sûr ; j'ai énormément de respect pour tout ce qui est surnaturel. »

L'Ancien Womple se racle la gorge, mal à l'aise. « Ce n'est pas ce que je voulais...

— Sarah m'a invité à assister à la prière du mercredi, dis-je, assez haut pour que Sarah m'entende, à votre soirée... enfin, vous savez ce que je veux dire. J'y serai.

— Nous serons très heureux de vous revoir.

— Ne sommes-nous pas en train de vous empêcher de dormir ? Quand il est midi pour nous, il est minuit chez vous, non ?

— Nous ne laissons jamais le sommeil interrompre l'œuvre de Dieu, répond l'Ancien Womple. Nous nous arrangeons. Nous avons l'impression qu'un événement important est sur le point de se produire. L'air lui-même semble rempli par l'Esprit. »

Frank Chance enfourne une dernière bouchée de nourriture et dépose sa cuillère avec force sur la table de bois.

« Allons reprendre le match », crie-t-il en se levant.

« L'Esprit », répète l'Ancien Womple.

223

Le Jour Trois prend fin à la 145e manche, et le match est toujours à égalité. Les Cubs se retirent à Iowa City, et les joueurs de la Confédération retournent chez eux.

Le lendemain matin, les Cubs arrivent non pas par le train, mais dans deux grandes voitures de bois gris, toutes deux recouvertes d'une toile neuve.

Bill Klem a été accueilli dans la maison de Frank Luther Mott, à Iowa City. Ce matin, ils arrivent dans la Ford décapotable de M. Mott.

Toute la journée, des télégrammes ne cessent de circuler entre Chicago et Big Inning. La rumeur veut que la partie soit annulée d'une minute à l'autre parce qu'on aurait ordonné aux Cubs de retourner à Chicago.

La curiosité finit par l'emporter sur O'Reilly, qui décide de m'envoyer au bureau du télégraphe de Big Inning pour être informé. Je rencontre Little Walter qui va son chemin, serrant dans son petit poing une liasse de télégrammes jaunes.

Les télégrammes envoyés à Frank Chance par les propriétaires des Cubs disent essentiellement la même chose, mais avec de plus en plus de véhémence : ils ordonnent à Chance de retourner immédiatement à Chicago en compagnie des huit autres joueurs partants. Certains des télégrammes sont si longs qu'ils s'étendent sur deux pages.

Chance, lui, n'en a envoyé que deux, de moins de dix mots. Le premier disait :

NOUS PARTIRONS LORSQUE LE MATCH
SERA TERMINÉ STOP

CHANCE

Le second venait d'être envoyé par Little Walter comme j'arrivais au bureau du télégraphe, en réponse aux propriétaires des Cubs qui menaçaient d'envoyer la police chercher les joueurs absents :

NOUS PARTIRONS LORSQUE LE MATCH SERA
TERMINÉ STOP FAITES DE VOTRE PIRE STOP

CHANCE

Aujourd'hui dans la vitrine du *Iowa City Citizen,* comme il se doit, la manchette fait toute la une : LE MATCH SE POURSUIT SOUS LA PLUIE. Je me rappelle les centaines de numéros du journal que mon père et moi avons lus attentivement à la bibliothèque de l'université de l'Iowa, où nous n'avons jamais trouvé un seul mot sur le match, ni sur la Confédération.

SEULEMENT 17 CERTIFICATS DE PUBLICATION
DES BANS DANS LE COMTÉ DE JOHNSON
POUR LE MOIS DE JUIN

TROIS NOYÉS AU LAC MUSCATINE

———————

LES VICTIMES SONT : MAUDE GARNES,
ESTHER CROZEN,
CLYDE SLATER

Chez Willner, on trouve des chapeaux de paille à des prix variant entre 50 ¢ et 7,50 $, y compris les modèles « Veuve joyeuse » et « Anti-migraine ».

Les annonces classées coûtent un cent le mot.

Tard dans la nuit, après avoir quitté Sarah, après avoir presque fait l'amour avec Sarah, son odeur qui m'obsède encore, son goût encore sur mes lèvres, je suis tiré du sommeil par une main qui m'empoigne par l'épaule.

Je sors mon visage de l'oreiller que je tenais serré contre moi. Un croissant de lune inonde le plancher et les draps. Au-dessus de moi, penché comme une araignée monstrueuse, se trouve Celui-qui-erre.

« Quoi ? Que me voulez-vous ?

— Tiens-toi loin de la fille », dit-il de sa voix forte et monocorde.

Dans l'autre lit, Stan se retourne, et entortille les couvertures autour de lui comme un linceul.

« Chut. Vous allez le réveiller », dis-je en faisant un signe de tête en direction de Stan.

« Personne ne se réveille à moins que je le veuille », dit-il sur le même ton. Les yeux de Celui-qui-erre luisent comme des couteaux dans l'obscurité bleutée de la nuit.

« Qu'est-ce que ça peut bien vous faire que je fréquente Sarah ? Pourquoi ne pourrais-je pas la voir ?

— Parce que je vais te tuer si tu ne cesses pas, répond Celui-qui-erre.

— Mais vous avez sûrement quelque chose à voir avec ma présence ici, dis-je en gémissant, d'une voix beaucoup plus aiguë que je ne l'aurais voulu.

— Tu t'es glissé par une ouverture dans le temps, gronde-t-il. J'ai pensé que tu pouvais être un ami. Mais tu es blanc. Tu as été envoyé ici pour me faire souffrir. » À côté, Stan se retourne dans son lit, tousse, grogne.

« Au moins, dites-moi pourquoi ça vous dérange.

— Tiens-toi loin d'elle. J'ai déjà tué des hommes.

— Attendez un peu », dis-je en m'assoyant et en repoussant sa main qui me tenait l'épaule. « Qu'auriez-vous fait si le père d'Onamata, L'Homme-d'herbe-grasse, vous avait refusé sa main, ou fait des menaces ?

— J'en aurais fait ma femme de toute façon. J'aurais tué au besoin, répond-il sans hésiter.

— Alors, vous avez ma réponse. J'ai pour Sarah les mêmes sentiments que vous aviez pour Onamata. »

Je n'arrive pas à imaginer pourquoi je fais preuve de tant d'audace. Cela n'a rien à voir avec le courage ; il ne s'agit que d'une franchise irréfléchie.

Celui-qui-erre se relève et me jette un regard noir.

« Tu ne fais pas partie du Temps, dit-il. Toi et la fille ensemble, c'est impensable.

— Mais nous n'avons...

— Tu le feras si tu la revois. Je t'aurai averti. »

Il passe la porte sans un bruit. Quelques secondes plus tard, je crois entendre la porte-moustiquaire se refermer en faisant un petit bruit sourd. Je reste étendu sous le clair de lune, les yeux grands ouverts. Le temps passe. Stan dort toujours d'un sommeil agité. Je me sens comme une carte dans un jeu qu'on ne cesserait de mélanger. Les événements n'ont aucun sens. Je me lève et je jette par la fenêtre un coup d'œil à la cour argentée. Tout est calme. Toute cette histoire a-t-elle eu lieu? Ou n'est-ce qu'un rêve?

Les joueurs jouent 60 manches de plus le 7 juillet. Soixante-quatre autres le 8 juillet. Il pleut toujours, une pluie incessante, franche, sans détour. Les arbres dégoulinent, les joueurs dégoulinent, le niveau de la rivière Iowa monte d'un pouce ou deux, sa surface turquoise devient brun pâle, des tourbillons tournent comme des toupies sous l'arbre immense et mystérieux. Je ne garde pas mes distances avec Sarah.

Au Jour Six, le match se met à ressembler à un film passé en accéléré. Le premier frappeur atteint la balle au premier lancer. Tous les frappeurs frappent la balle au premier lancer. Le match avance à toute vitesse comme un train lancé à toute allure.

Ils ont joué cinquante manches avant le milieu de la matinée, cent douze à l'heure du souper.

« Ne vois-tu pas ce qui se passe? dis-je à Stan, tandis que le match reprend après le repas.

« Bien sûr, je m'en rends compte. Tu me prends pour un idiot? réplique-t-il avec brusquerie. Un seul lancer par frappeur. Aucune prise. Toutes les balles sont mises en jeu.

— Laisse passer un lancer quand tu iras au bâton la prochaine fois, lui dis-je. Brise le cycle.

—Je ne peux pas.

— Tu ne peux pas ?

—Je ne veux pas. Merde, Gédéon, la balle est là pour qu'on la frappe ! Il faut que je la frappe.

— Laisse passer un lancer.

— Non. » Stan prend une profonde respiration. Une expression de douleur et d'incompréhension passe sur son visage.

Je fais la même suggestion aux autres joueurs. Ils ne m'écoutent pas. Lorsque Bill Klem interrompt le match pour la nuit, cent vingt-deux manches ont été disputées.

La veille au soir ou, pour Sarah, dans la journée d'hier, je me suis présenté sans faute à la ferme des Swan. La pluie avait cessé presque au moment où Bill Klem avait levé le bras pour signaler l'interruption du jeu, et j'ai donc pu marcher jusqu'à la ferme à pied sec. Sarah m'attendait et elle est venue à la porte-moustiquaire lorsqu'elle a entendu le grognement du vieux chien couleur de cannelle.

« Il faut que j'aille ramasser les œufs », a-t-elle dit. Puis elle a pris un panier rond en bois sur la véranda, et l'a glissé dans le creux de son bras. Elle portait une robe à manches longues à motif cachemire, doré sur fond bleu, lui allant aux chevilles. Je mourais d'envie de la toucher. J'ai enfoui mon visage dans son cou tandis qu'elle marchait. Ça l'a fait rire. Elle portait une petite lampe à kérosène. Presque un jouet.

Le poulailler était un bâtiment en rondins au toit bas et recouvert de terre, sans fenêtre, à rendre claustrophobe. Il abritait une double rangée de nids derrière une porte basse en grillage. Je devais me déplacer lentement, plié en deux comme si j'avais mal au dos. Il flottait dans l'air une odeur nauséabonde mêlée d'ammoniaque.

Sarah portait le panier sous son bras gauche, et la minuscule lampe, qui donnait à l'huile la couleur du vinaigre rouge, était suspendue à sa main gauche. Elle passait l'autre main sous les poules endormies et, tandis que les volatiles caquetaient et battaient des ailes, elle soutirait des œufs bruns et les déposait dans le panier.

« Je constate que les poules ne pratiquent pas ta religion.

— Ne blasphème pas.

— Je ne fais que constater. Les ânes ne s'agenouillaient-ils pas pour prier ? Les chameaux s'agenouillaient eux aussi pour passer par le chas de l'aiguille. Il me semble bien que tes poules devraient être dehors en train de picorer le gravier, de manger des moustiques et de travailler dur sous les yeux du Seigneur, comme leurs maîtres d'ailleurs.

— Tu te moques de nous.

— Non. Bien que j'aie un petit côté facétieux, j'ai tout simplement besoin d'être convaincu. J'en sais juste assez sur la religion pour que ce soit dangereux.

— L'oncle Tommy t'a à l'œil, dit Sarah. Il pense que ça se pourrait bien qu'il y ait quelque chose de magique chez toi. » Elle s'interrompt, attend une réponse, jette un coup d'œil par-dessus mon épaule dans la lueur rougeâtre et inquiétante tandis qu'elle plonge la main sous un autre nid.

« Les joueurs de baseball m'accordent suffisamment d'attention pour le moment, ai-je répondu. S'il y avait quelque chose de magique en moi, ne crois-tu pas que j'aurais déjà suffisamment porté chance à la Confédération pour qu'elle gagne la partie ? Rester assis dans des vêtements en train de pourrir sur un banc trempé pendant douze heures tous les jours, me faire ébouriffer les cheveux par une bande de fermiers superstitieux, ce n'est pas ce que j'appellerais une partie de plaisir.

— Étire-toi et va chercher les œufs, dit Sarah, en montrant les nids de la rangée du haut. Je n'y arrive pas. » Elle était sur la pointe des pieds, ses longs doigts minces atteignant à peine l'ouverture du nid, derrière les planches blanchies à la chaux, d'où sortaient quelques brins de paille et la tête d'une poule aux yeux orangés.

J'ai avancé les doigts et j'ai ressenti comme des vers qui se tortillaient au creux de ma main pour descendre jusqu'à mon coude. J'ai retiré ma main. Je ne pouvais me résoudre à toucher cette chose qui se trouvait sous la poule gémissante.

« Je ne suis pas un fermier, ai-je dit sans conviction.

— Oh, vraiment, a dit Sarah avec exaspération. Soulève-moi alors. D'habitude j'apporte un banc ou un seau pour grimper dessus. »

Je l'ai attrapée par les hanches et je l'ai soulevée de quelques pouces. Sa main a glissé sous la poule d'où elle a puisé un œuf brun. J'ai été surpris par sa légèreté ; c'est comme si j'avais tenu seulement ses vêtements dans mes bras.

« Ou bien tu me poses par terre, ou bien tu me déplaces un peu. Il reste d'autres nids.

— J'aime bien te tenir dans mes bras », ai-je dit. Je me suis déplacé de côté tout le long de la rangée de nids pendant que Sarah fouillait sous chacun, jusqu'à ce que nous soyons revenus à la porte basse. Nous sommes sortis, puis après avoir déposé son panier et sa lampe rouge vin sur le sol, Sarah m'a pris par le cou et m'a embrassé longuement et doucement. La petite lampe rayonnait d'une lueur semblant venir d'un autre monde. Après, nous nous sommes assis dans l'obscurité humide sur une balançoire couverte de nombreux coussins. Sarah était étendue, ses jambes posées sur mes genoux. D'un baiser à l'autre, elle ne cessait de ramener la conversation sur l'Église de la douzième heure.

« Même si l'oncle Tommy ne te fait pas nécessairement confiance, murmurait Sarah, il pense que tu as une certaine parenté avec nous. Il croit qu'il y a quelque chose de particulier entre toi et le temps....

— Il a beaucoup d'intuition...

— Il y a vraiment quelque chose de particulier entre toi et le temps ?

— Oui.

— C'est tout ce que tu trouves à dire ?

— Je ne crois pas que je devrais en dire plus.

— Es-tu prophète ?

Je me suis mis à rire. — Certainement pas !

— Ça n'a rien de drôle. L'oncle Tommy et quelques autres membres parmi les anciens croient que tu pourrais bien être la réincarnation de Gédéon.

— Je ne suis pas croyant. Je suis irréligieux... antireligieux.

— Un incroyant peut recevoir l'appel de Dieu.

— Pour quelle raison ?

— Nous n'en sommes pas sûrs.

— Est-ce que tu aimes donner des baisers et te faire embrasser ? ai-je demandé.

— Énormément.

— Et ça, est-ce que ça demande de l'analyse et des explications ?

— Non. Ça n'est pas...»

Je l'ai embrassée et ses lèvres se sont ouvertes, sa langue est venue palpiter contre la mienne. J'ai lui ai caressé un sein, et elle m'a embrassé encore plus fort.

« Suis-moi, a murmuré Sarah, en me tirant vers l'obscurité de la maison. Il ne faudra pas faire de bruit. Orville dort d'un sommeil profond, mais...

— Je marcherai comme si ma vie en dépendait », ai-je dit.

Jour Huit. En train de tondre le gazon, Frank Hall, vêtu d'un ciré jaune, rôde comme un futur papa, hésitant, se tordant les mains, souffrant en même temps que son terrain que la pluie détrempe de jour en jour et que les joueurs piétinent avec l'intensité des chevaux de trait, abîmant la pelouse et profanant le champ intérieur. Il n'y aurait pas de match si ce n'était de Frank Hall. Tout autre terrain de baseball serait devenu un véritable bourbier à l'heure actuelle. Il a fait une rigole autour du terrain. « Drainage intuitif », voilà coment Frank Chance a qualifié l'entreprise, dans un de ses rares moments de bonne humeur. « Une armée d'ingénieurs n'aurait pas pu faire mieux. »

Aujourd'hui, tandis que le match se poursuit sous une brume dispersée, qui tombe en couches, comme de la gaze mouillée, Frank Hall apparaît à la ligne des balles fausses du champ droit, deux chevaux noirs et lustrés harnachés à sa tondeuse. Le manche de la faucille est remonté, les rebords argentés de chaque section affûtés, les lames bleues, le manche si droit qu'on pourrait y fixer un flambeau.

Il beugle quelque chose en direction de Wildfire Schulte, le voltigeur de droite des Cubs, puis il dégage un levier. La faucille se rabat dans un silence bien lubrifié jusqu'à la hauteur où l'herbe sera coupée. À la manière dont il bouge la tête, je sais qu'il vient de claquer la langue pour donner le signal à ses chevaux. Ces derniers avancent au pas et la faucille coupe l'herbe au passage, rasant le sol; les sabots des chevaux font des éclaboussures et, parfois, la lame rase l'eau, projetant dans l'air un nuage de gouttelettes turquoises.

Le match se poursuit. Les chevaux vont et viennent dans l'herbe du champ extérieur, les voltigeurs reculent ou avancent avec respect pour faire place à la faucille.

Frank Hall attend jusqu'au dîner avant de couper l'herbe du champ intérieur. Les chevaux tournent en rond et font des cercles de plus en plus petits; les longues traces laissées par la faucille mettent plusieurs minutes avant de disparaître. Lorsque la tonte est terminée, des trèfles blancs flottent comme des billes dans l'eau de pluie.

Dans le courant de l'après-midi, une grosse averse vient souligner la 500ᵉ manche.

Jour Neuf. Le quotidien *Des Moines Register* rapporte que seul le comté de Johnson est touché par la pluie.

Dans le *Iowa City Citizen* du 12 juillet 1908 :

MATHEWSON SE TROMPE DE JEU

LE LANCEUR DE NEW YORK DISPARAÎT POUR PRENDRE PART À UNE PARTIE D'ÉCHECS À PITTSBURGH ET SUSCITE LA COLÈRE DE McGRAW

Pittsburgh, Pennsylvanie, le 12 juillet — Christy Mathewson, le torpilleur étoile des Giants, manquait mystérieusement à l'appel hier soir, et ce n'est qu'aux petites heures du matin qu'on l'a revu à son hôtel.

McGraw a fait une colère bleue. Mathewson devait être le lanceur partant de l'un des matchs du programme double de demain, et McGraw voulait qu'il soit en pleine forme.

Mathewson venait tout juste d'arriver en ville lorsque des membres du club d'échecs l'ont pris en charge. Le joueur étoile a passé la majeure partie de la nuit dernière à jouer aux échecs dans un club du bas de la ville à Allegheny. McGraw déclare qu'il s'agit d'un coup monté pour rendre Mathewson inefficace contre les Pirates, ce que les joueurs d'échecs démentent avec indignation. Ils disent plutôt que Mathewson est en train de gâcher son talent de joueur d'échecs en jouant au baseball.

Jour Dix. Ensorcelés. C'est le seul mot qui convienne pour décrire les joueurs. Ils jouent avec entrain sous un ciel de béton, dans un champ intérieur aussi glissant qu'une tôle à biscuits bien graissée, dans un champ extérieur aussi spongieux qu'un marécage.

« Un de ces jours, je m'attends à voir surgir un alligator venu croquer une jambe », affirme Wildfire Schulte, non pas avec inquiétude ou colère, ni même avec dégoût, mais plutôt en souriant de toutes ses dents.

Stan est au premier but lorsque Johnny Baron frappe la balle en direction d'une ouverture. Ç'aurait dû être un simple, mais Joe Tinker est arrivé, je ne sais comment, à prévoir le coup. Je me rappelle mon père. Il me racontait qu'il avait entendu dire que Joe Tinker pouvait déchiffrer l'angle du bâton comme s'il lisait une affiche écrite en lettres de dix pieds de hauteur. Et c'est exactement ce qu'il semble faire aujourd'hui. Il sait, avant même que Johnny Baron ne s'élance, où ira la balle si Johnny la frappe vers le sol, et Tinker s'avance de plusieurs pas dans cette direction.

Tinker dérape sur le sol glissant du champ intérieur ; la balle tombe comme un petit pois dans son gant ; Tinker se déplace comme une ballerine et lance la balle vers le deuxième but inoccupé, sachant, sûr de lui, que Evers y sera. Evers a la même taille que Tinker, mais il pèse cinquante livres de moins. On l'appelle parfois Le Crabe, et bien qu'il aura bientôt vingt-sept ans, il est assez mince et dégingandé pour passer pour un adolescent. En fait, il a l'air plus jeune que Johnny Baron.

Stan, tirant profit des sentiers humides, commence sa glissade bien avant le deuxième but ; son corps massif prend de la vitesse sur le sol lubrifié et, du point de vue de Evers, Stan doit avoir l'air d'une locomotive en train de foncer sur le chétif joueur de deuxième but.

Mais le pied de Evers effleure légèrement le coussin, comme un oiseau qui s'arrête sur une branche sans faire bouger les feuilles, et, s'élançant dans les airs, Evers lance vers le premier en sautant par-dessus la masse de Stan, qui arrive à toute allure.

« C'est un plaisir de se faire retirer par les meilleurs », dit Stan de retour sur le banc. Il a l'air de quelqu'un qui aurait creusé des tranchées pendant plusieurs jours. As-tu jamais rêvé que nous verrions Tinker, Evers et Chance faire un double jeu ? Que je jouerais un jour contre eux ? Je suis en train de jouer dans les ligues majeures, Gédéon. C'est bien la même chose, non ? Je suis en train de jouer contre les Cubs ! C'est les majeures ça, Gédéon ! » Il me tape vigoureusement l'épaule d'une main boueuse.

— Je suis content pour toi, Stan. J'ai toujours su que tu y arriverais.

— Gédéon, c'est complètement fou, non ? De jouer comme ça en pleine averse ?

— Eh bien…

— Mais, tu sais, ça ne me paraît pas plus bizarre que de jouer sous la bruine dans une petite ville des ligues mineures.

— Je comprends.
— Mais toi, mon pote ? Est-ce vraiment une bonne idée de t'attacher à cette fille ? Ne te froisse pas, mais une fois cette partie terminée, nous nous en retournerons, non ?
— Je ne sais pas Stan. Il faut sûrement qu'on y réfléchisse, tous les deux. »

Jour Onze. C'est au cours de la 650ᵉ manche que l'orchestre est arrivé. En premier lieu, j'ai pensé qu'ils étaient de l'Armée du Salut, car ils étaient vêtus d'un uniforme criard, à l'allure vaguement militaire. Johnny Baron avait raconté quelques jours auparavant que l'Armée du Salut était à Iowa City, et qu'un certain major Bushnell commandait une petite mission dans une boulangerie désaffectée de la rue du Capitole, près de la voie ferrée.

Au cours des trois derniers jours, le match traînait en longueur sans aucun spectateur sur les lieux ; les estrades étaient restées vides et mouillées par la pluie, sous un ciel bas et gris.

L'orchestre compte quatre musiciens, trois hommes et une femme, qui jouent du tambour, du fifre, de l'accordéon et du tambourin. Ils se rassemblent derrière le marbre, légèrement sur la droite, près du coin des estrades du premier but. Sur un signal de leur chef, homme corpulent aux cheveux gris, portant une casquette militaire rouge vin retenue par ses grandes oreilles, les musiciens se mettent à jouer *The Battle Hymn of the Republic*.

Le son de la musique est déconcertant, car il y a eu bien peu de bruits depuis quelques jours, à l'exception du tambourinage incessant de la pluie, du craquement du bâton qui cogne la balle, et des cris d'encouragement venant parfois des joueurs du champ extérieur.

« Je me sens presque obligé de me mettre au garde-à-vous », murmure Stan, qui vient d'être relayé au champ par Bob Grady.

Les nouvelles de Chicago racontent que les Cubs ont perdu cinq parties d'affilée et qu'ils sont en train de glisser doucement vers la queue du classement. On raconte aussi qu'on aurait demandé au président Teddy Roosevelt d'envoyer des troupes à Big Inning pour obliger les joueurs manquants à revenir à Chicago.

La musique enfle. Les quatre musiciens de l'orchestre chantent haut et fort en un vibrant hommage à leur religion ; leurs visages, tournés vers le ciel, sont trempés par la pluie. Ils jouent tout l'après-midi et toute la soirée. Lorsque nous partons nous restaurer, ils font une pause pour manger des sandwiches qu'ils puisent dans un panier de paille brun, bien que l'Ancien Womple se soit spécialement déplacé vers le terrain de baseball pour leur offrir de manger à l'église.

« Qui sont-ils ? » demande l'un des joueurs de baseball à l'Ancien Womple, après que le prédicateur eut fini de donner sa longue bénédiction.

« Les voies du Seigneur sont impénétrables », répond l'Ancien Womple, en regardant non pas le joueur, mais de mon côté.

Lorsque le match s'interrompt pour la nuit, le quartette fait avancer une voiture grinçante, dont la boîte est recouverte d'une toile de couleur pâle, alourdie par la pluie, et l'installe près de l'endroit où les joueurs des deux équipes campent dorénavant. Johnny, Stan et moi dormons dans une voiture qui nous a été offerte par la famille de Johnny : elle est remplie de courtepointes et de couvertures de duvet.

Cette nuit, il a plu sans arrêt ; la pluie bat sans interruption la toile qui nous recouvre, augmente d'intensité, puis déverse une trombe d'eau qui, en alourdissant davantage la toile, la rapproche de nos têtes. Elle se calme ensuite et se transforme en tapotement rythmé.

Stan est saisi d'une toux grasse.

« Comment te sens-tu ?

— En pleine forme. Demain, nous allons gagner, je le sens. »

Il tousse encore, plus fort cette fois.

« Si tu ne meurs pas d'une pneumonie d'abord. Que dirais-tu si une ligue semi-professionnelle te demandait de jouer dans ces conditions ?

— Ce n'est pas la même chose. Nous jouons pour une bonne cause.

— Vraiment ?

— Voyons, Gédéon, tu ne te rends pas compte ? Si nous — les joueurs de la Confédération — gagnons contre les Cubs, nous deviendrons tous célèbres. Nous serons sollicités par les équipes des ligues majeures. C'est mon billet d'entrée dans les majeures.

— Stan, il y a ce petit problème de temps…

— Au fait, les choses doivent bien tourner pour toi — c'est la première fois que tu rentres avant l'aube. Ça ne t'inquiète pas, toi, les problèmes de temps ?

— Oui, merde, ça m'inquiète. Je suis arrivé si près de tout ce que je cherchais sans jamais le trouver : la véritable histoire de la Confédération, quelqu'un que j'aime et qui m'aime en retour. Je suis incapable de penser à rien d'autre. Puis-je rester ici ? Puis-je ramener Sarah avec moi ?

— Eh bien, moi aussi, je suis en train de trouver des choses qui m'ont toujours échappé. Je veux jouer dans les ligues majeures. Tu sais à quel point j'ai toujours voulu le faire. Chance m'a vu jouer. Little Walter dit qu'il pense à me faire une offre, me demander de changer d'équipe. Mais…» Il se tait un long moment, tandis que le tonnerre gronde et que les éclairs donnent au ciel un éclat argenté. « Il y a Gloria de l'autre côté. » Encore un long silence. « Ce n'est jamais le bon moment, n'est-ce pas, Gédéon ? »

Jour Douze. Il pleut toujours. Le losange du terrain de base-ball est situé à un endroit surélevé, et c'est tout ce qui permet au match de continuer.

Derrière le banc des Cubs, sous une estrade vide, Little Walter a fait un feu entouré d'un minuscule cercle de cailloux, et sur

une grille de fortune, il fait sécher les balles. Il n'y a qu'une douzaine de balles environ, et dès que l'une d'elles entre en contact
avec la boue du champ intérieur ou l'eau du champ extérieur, on
la lance au nain, qui la regarde fumer et rôtir, jusqu'à ce qu'il
juge qu'elle peut être remise à Bill Klem.

Certaines nuits, lorsque le ciel se dégage, le firmament piqué
d'étoiles est d'un bleu profond. À l'aube toutefois, la pluie
reprend; parfois, il fait à peine brumeux, mais il arrive aussi
que la pluie tombe, drue et incessante, et nous transperce jusqu'aux os.

Le niveau de la rivière Iowa monte de jour en jour. Des courants en rident la surface à mesure que le débit augmente. Sa
couleur a pris les teintes ternes des routes poussiéreuses. On
signale quelques inondations sans gravité dans les basses terres au
nord et au sud de Big Inning. Ici, l'eau lèche les rives, taquine les
racines de l'arbre sacré près de l'église.

L'orchestre mystérieux en uniforme continue de jouer — des
cantiques, des marches militaires et, étrangement, l'air de *The
Band Played On*. On peut entendre le troisième but des Cubs, Battleaxe Steinfeldt, qui a une belle voix de ténor, chanter de son
poste au troisième coussin, ou encore du banc des joueurs : *And
Casey would waltz with the strawberry blonde, and the band played on.*

Le vingtième jour a pris fin à la 753e manche. C'est aussi ce
jour-là qu'on a pu voir quelques spectateurs revenir sur les lieux.
Une demi-douzaine d'admirateurs vêtus d'imperméables et
coiffés de suroîts de caoutchouc sont apparus, comme attirés par
la musique de l'étrange quartette.

Dans le *Iowa City Citizen* du 15 juillet 1908 :

LE MAIRE D'IOWA CITY EST DE RETOUR

LE MAIRE W.G. BALL EST REVENU HIER D'UN SÉJOUR AU LAC À L'ESPRIT, OÙ IL A PASSÉ LA DERNIÈRE SEMAINE AU CAMPEMENT DES CHEVALIERS DU TEMPLE

Tandis que je me dirige chez Sarah, Celui-qui-erre surgit en silence des arbres du bas-côté et me barre le chemin. Mon cœur ne fait qu'un bond dans ma gorge, même si je ne suis pas aussi effrayé que je devrais l'être. J'ai le sentiment que s'il est impensable que Sarah et moi fassions l'amour, le meurtre d'une personne hors du temps doit aussi être un acte tabou. Et pourtant, Sarah et moi avons fait l'amour...

«Tu es un invité des plus ingrats », dit Celui-qui-erre.

J'ai eu envie de parler de Celui-qui-erre à Sarah, mais j'ai été incapable de trouver les mots pour le faire. Je me demande si elle m'aurait cru si je lui avais dit : « Il y a un Indien de trois cent vingt-trois ans, qui mesure environ quinze pieds de haut et qui menace de me tuer si je n'arrête pas de te fréquenter. »

« L'invité de qui? répliqué-je. Pour quelle raison m'a-t-on amené ici?

— Pour que tu puisses réaliser ton vœu le plus cher. Pourquoi d'autre?

— Mon vœu?

— De voir en personne ce qui arrive à ta ligue de baseball. Toi et la fille, vous n'auriez jamais dû vous rencontrer.

— Sarah compte beaucoup pour moi.

— Alors, tu as appris une chose — que réaliser ce que tu désires le plus au monde n'est pas toujours aussi merveilleux que tu ne l'aurais imaginé. »

Je lui jette un regard torve. « Là d'où je viens, nous avons un dicton : "Le plaisir de trouver vaut mieux que ce que l'on trouve." »

Il m'observe comme un instituteur qui cherche comment punir un élève désobéissant. Je n'aime pas ce sentiment d'avoir perdu toute maîtrise, et pourtant, quand j'y songe un peu, je me rends compte que je n'ai jamais vraiment su comment rester maître de ma vie.

« Il y a une chose que j'aimerais savoir, dis-je, dans l'espoir de lui changer les idées. Quand les colons vous ont menacé, pourquoi n'êtes-vous pas parti ? Il restait bien assez d'espaces sauvages pour toute une vie. Vous deviez bien savoir au fond de votre âme que c'était de la folie de résister.

— L'arbre, dit Celui-qui-erre. L'arbre sur le bord de la rivière, celui autour duquel les Blancs tournent en rond. "Ses bras sont les bras de Terre Mère", disait Ours-ricanant, un sorcier vieux et sage, qui a été le premier à comprendre qu'il s'agissait d'un arbre sacré. Ours-ricanant a passé un mois à jeûner, à rêver sous les bras bienveillants de cet arbre. J'avais construit notre tipi sous ses branches ; jamais je ne serais parti.

« Attends que je te parle de nos arbres sacrés. D'habitude, nous choisissons un arbre sacré, nous le coupons et l'ébranchons, nous le remercions d'avoir renoncé à la vie, nous lui rendons grâce, nous exécutons des danses devant lui, nous lui offrons des sacrifices et enfin, nous le brûlons, et nous retournons ses cendres à la terre, près de son tronc. Encore une fois, c'est la ronde de la vie qui recommence inlassablement.

« "Cet arbre est trop saint pour que nous le coupions", a déclaré Ours-ricanant. "Nous devons lui rendre hommage à l'endroit où il s'élève. Ici, nous vivrons, nous prendrons racine comme l'a fait cet arbre." »

Aux yeux de quelqu'un qui n'avait jamais vu un tel arbre, il faisait sûrement un effet impressionnant. Il ressemble à un figuier banian, et peut-être n'est-ce après tout qu'un robuste saule pleureur, mais dont le tronc doit bien faire quinze pieds de diamètre. Je ne suis pas assez fort en mathématiques pour calculer sa circonférence. Il mesure environ trente pieds de hauteur, et il a la forme d'un parasol dont les nombreuses branches monteraient vers le ciel, mais les branches de cet arbre sont lourdes et aussi grosses que le tronc d'un arbre ordinaire. Et au bout de chaque branche, à environ cinq pieds d'intervalle, un nouveau tronc surgit et descend jusqu'au sol, où il va prendre racine. L'arbre a grossi jusqu'à devenir une petite forêt à lui seul, un labyrinthe.

Je pense aux racines, comme des oléoducs, serpentant dans tous les sens, mais particulièrement en direction de la rivière ; les racines les plus longues doivent atteindre le bord de l'eau, patauger dans la tiédeur de la rivière en été.

« Je peux comprendre votre détermination à défendre un lieu sacré à vos yeux.

— J'ai fait l'erreur de croire que je combattais des guerriers honorables. Ils ont assassiné ma femme.

— Je connais votre histoire, dis-je. Je suis désolé. »

Nous marchons environ un mille, en silence.

« Qui va gagner la partie ? demandé-je. Va-t-elle jamais prendre fin ? Est-ce là votre revanche ? Faire jouer une vingtaine d'hommes jusqu'à la mort en plein orage ?

— Trop de questions, dit Celui-qui-erre. Mais en voici une autre : qui souhaites-tu voir gagner ?

— La Confédération, dis-je sans hésiter.

— Es-tu sûr ?

— Je ne devrais pas ? Cela va de soi. La Confédération aurait dû perdre au cours des neuf premières manches ; ses joueurs sont des amateurs qui tiennent tête à des professionnels. Quelques Indiens qui tiennent à distance une armée tout équipée. Tout le monde s'attend à ce qu'ils perdent... et quelques-uns de ces perdants sont mes amis.

— As-tu pensé aux conséquences ? Qu'arriverait-il si une poignée d'Indiens à demi-affamés l'emportaient sur une armée ? Est-ce que ça s'arrêterait là ?

— Non, je suppose que non. Peu importe combien de soldats sont tués, il y en a toujours d'autres au tournant de la route. Ils ne laisseraient pas tomber. Ils prendraient leur revanche.

— Et qu'arriverait-il dans l'autre éventualité ? Que se passe-rait-il si c'était l'armée qui tuait les Indiens ?

— Tout finirait une fois pour toutes. Ce serait le triomphe du bien sur le mal. La vie suivrait son cours comme il se doit.

— Tu comprends vite.

— Donc, la Confédération doit perdre ?

— Pas nécessairement.

— Comment donc ? »

Celui-qui-erre s'interrompt, pousse un long soupir, pose une main gigantesque sur mon épaule. « Sais-tu combien de temps il a fallu, combien de vies se sont écoulées, sans que je n'aie personne à qui parler ? Tu crois en moi. Sinon, tu ne pourrais pas me voir. Oh, combien ai-je souhaité pendant toutes ces vies d'avoir un allié, de trouver quelqu'un, n'importe qui, qui croirait en mon existence, en mon retour. »

Je me sens comme Blanche-Neige épargnée par les chasseurs.

« Je crois, dis-je en un murmure.

— Peu importe ce qui se produira, je ne peux pas obéir aux ordres des ancêtres. Je ne peux pas te tuer. Du moins, pas avant d'avoir essayé de te raisonner. Car je comprends ta passion. Mais, je t'en supplie, laisse tomber la fille, tout de suite. Ton amour pour elle n'apportera rien de bon.

— Vous connaissez ma réponse.

— Tu dois te concentrer sur le match seulement. Peu importe le résultat, tu découvriras ce que tu es venu chercher. N'est-ce pas suffisant ?

— Avant que je ne rencontre Sarah, ce l'aurait été. »

Celui-qui-erre pousse un profond soupir. « Ne rends pas mon fardeau plus lourd qu'il ne l'est. Je te dirai tout sur le match, sur ses causes et ses raisons. Les ancêtres ont décidé que le temps est venu pour moi d'avoir droit au retour de ma femme assassinée. Étant donné que ma révélation parlait de baseball, le match joue un rôle déterminant. Ce sont les ancêtres qui dirigent tout. Ils ont amené ici la meilleure équipe de baseball au monde et l'ont fait jouer contre une bande de garçons de ferme. C'est un peu comme si la cavalerie venait combattre les Indiens. Mon travail à moi, avec le peu de pouvoirs qu'il me reste après mon exil sans fin, c'est de faire gagner les Indiens.

— Alors nous sommes du même bord.

— Malheureusement, dit Celui-qui-erre, il y a un pépin.

— Peut-être suis-je ici pour vous aider, et non pour vous nuire. Y avez-vous pensé ?

— J'y ai pensé.

— Et alors ?

— Penses-y un peu. Pense aux femmes de ta vie. À la femme de ma vie. Tu sais ce que personne d'autre ne sait. Tu es au courant de la visite que m'a rendue le Coyote, de la promesse que m'ont faite les ancêtres.

— Alors, ce sont les femmes. Je savais bien que quelque chose clochait. Dites-moi donc tout. »

Il fronce les sourcils, me tourne le dos. Je tends le bras dans sa direction, croyant qu'il est sur le point de me quitter.

« Nul besoin de dire quoi que ce soit, dis-je derrière lui. Je sais. Je ne veux tout simplement pas l'admettre. L'esprit d'Onamata a été éparpillé aux quatre coins du monde, aux quatre quartiers du monde. Pendant des centaines d'années, ils se sont rapprochés petit à petit jusqu'à maintenant, et ils sont prêts à s'unir à nouveau. D'une certaine façon, toutes les femmes de ma vie ont un lien entre elles, n'est-ce pas? Ma mère, ma sœur, Claire, et maintenant Sarah. Onamata fait partie de chacune d'entre elles, de toutes.

— Je savais que tu étais au courant. Alors tu comprends pourquoi il est impossible que toi et la fille…

— Non! Je ne peux pas la laisser partir, pas plus que vous n'auriez laissé Onamata. Ma mère, ma sœur, Claire, étaient toutes des esprits de ténèbres; Sarah est la lumière. Je n'y renoncerai pas. Je ne me laisserai pas convaincre.

— Alors tu ferais mieux de changer de camp. Tu ferais mieux d'espérer que la cavalerie l'emporte sur les Indiens, sur moi. »

Cette nouvelle perspective change les choses. J'ai toujours cru que j'avais un lien, même le plus précaire, avec la Confédération. Et maintenant, on me dit que si la Confédération gagne, je perds.

Nous marchons en silence. La lune se reflète dans les mares et les fossés, se multiplie jusqu'à ressembler à de pâles fleurs sous nos pieds.

« Alors c'est vous qui maintenez la Confédération dans le match?

— Je les aide de mon mieux. Je ne suis pas aussi puissant que tu aimerais le croire.

— La pluie. C'est vous également?

— Les ancêtres. Ils ne comprennent pas toujours, j'en ai bien peur. Ou peut-être comprennent-ils trop bien, car il y a une bonne part de Tricheur en chacun de nous. Mais ces garçons, ces hommes, ils jouent ce que les gens du pays appellent « du bon vieux baseball de la campagne » ; ils n'ont pas assez de talent pour concurrencer les Cubs de Chicago. J'étire leurs tendons, je leur mets des ailes aux pieds, je redresse des lancers imprécis, dévie le lancer de celui qui a trois doigts jusqu'à ce que la balle frappe le bâton. Ce garçon à l'arrêt-court réussit des jeux que seul un joueur professionnel pourrait accomplir. Tu dois bien avoir eu quelques soupçons. Ton ami, le lourdaud dans le champ extérieur — il veut tellement devenir un grand joueur. Il a un cœur d'aigle dans un corps de bœuf. Je fais un peu plus d'efforts quand vient son tour de frapper.

— Combien de temps le match durera-t-il ?

— Jusqu'à ce que l'un d'entre nous gagne la partie. Moi ou les ancêtres. Nous avons tous beaucoup de patience. Cela pourrait durer des années. »

Des années. Je m'imagine marié à Sarah, vivant à Big Inning.

« Attendez un peu, dis-je en criant presque. Êtes-vous bien certain de l'existence des ancêtres ? Quelle preuve avez-vous ? Vos croyances font de vous un être tout aussi superstitieux que les gens de l'Église de la douzième heure, que tous les imposteurs religieux de l'époque actuelle et de ma propre époque. Qu'est-ce qui vous fait croire que quelqu'un ou quelque chose peut avoir du pouvoir sur votre vie ? Il se peut bien que vous soyez le seul responsable de votre destin.

— Rappelle-toi ma révélation.

— Des hallucinations causées par le jeûne.

— Les ancêtres ont envoyé le Coyote me transmettre un message.

— Le chagrin. L'hystérie.

— Moi j'y crois.

— Il n'y a rien à redire à cela. Au moins tenez compte de ce à quoi, moi, je crois. Il peut y avoir une explication à tout. Et les événements qui ne trouvent pas d'explication ne sont que cela :

inexplicables. Je ne crois pas qu'il y ait là quoi que ce soit de sur-naturel.

— Comme tu voudras », dit Celui-qui-erre, en disparaissant dans un son des plus ténus, comme un doux soupir qui s'échappe d'une poitrine.

Je me retrouve abasourdi, dans l'obscurité moite et silencieuse. Jamais plus je ne verrai le baseball de la même manière. Tout ce à quoi j'ai voulu éviter de penser, tous les renseignements que j'aurais préféré supprimer plutôt que d'avoir à y faire face, tout vient de m'être dévoilé par Celui-qui-erre. Je n'ai aucun motif de croire que Celui-qui-erre ment. Et pourtant, il y a toujours cette part de lui qui tient du Tricheur. Et si ce qu'il dit est vrai, pourquoi les ancêtres ne sont-ils pas ses alliés ? Pourquoi doit-il combattre seul ? Pourquoi le mettent-ils à l'épreuve ?

Le match. Il a failli prendre fin à maintes reprises. Les Cubs marquent ; la Confédération remonte de l'arrière et c'est l'égalité. Il faut que j'envisage ce match d'une tout autre façon. Soudainement, plutôt qu'une très étrange partie hors concours, le match devient une question de vie ou de mort pour Sarah ; si la Confédération gagne, je la perds. Il se peut bien que ma vie soit aussi en danger, car je n'ai aucune idée de ce que peut être ma place ici, dans le passé. Je me rappelle les paroles de Celui-qui-erre : le match pourrait se poursuivre pendant des années. Et ça, je peux en faire mon affaire. Je presse le pas pour aller rejoindre Sarah.

Chapitre 11

Au beau milieu de la nuit, je suis couché sur la paille, blotti dans les bras de Sarah. Seule une courtepointe sortie en cachette de la maison nous sépare du foin, de l'odeur ensorcelante du trèfle en train de sécher. Mon dilemme, apaisé par l'assouvissement de la passion, semble moins effrayant.

« Qu'allons-nous faire ? demandé-je à Sarah. Où vivrons-nous ?

— Je veux une grande maison », dit-elle, déposant des baisers sur ma joue. Ses cheveux, humides et emmêlés, tombent sur son visage et lui donnent l'air de vouloir se cacher. « À trois étages, comme les plus grandes maisons d'Iowa City. Oh, il y a en une sur la rue Clinton ; je te la montrerai, si le match peut finir. On la dirait sortie tout droit d'un conte de fées ; elle a un belvédère, et toutes sortes de balustres et de corniches ; on dirait de la dentelle et du pain d'épice ; elle appartient à un médecin...

— Les journalistes ne gagnent pas autant d'argent que les médecins.

— Gédéon, ça n'a pas d'importance. Je ne fais que rêver, je fais semblant...

— Tu n'auras jamais à te soucier d'argent », m'entends-je dire, oubliant pendant une seconde l'endroit où je me trouve. « En fait, l'argent n'a pas tellement d'importance, à moins d'avoir à ses côtés quelqu'un qu'on aime beaucoup, et qu'on souhaiterait rendre heureux en dépensant de l'argent. »

J'attire Sarah vers moi, je goûte à la moiteur salée de son cou. J'essaie de la tenir le plus près possible, au point où je ne saurai plus où commence son corps et où finit le mien.

Que ferai-je si je reste ici, en 1908 ? Les possibilités dépassent l'entendement. Sarah sera avec moi ; Sarah pourra avoir la grande maison au belvédère et tout ce qu'elle désire. Je devrais être en mesure de gagner raisonnablement ma vie en pariant sur les matchs de baseball, et, à long terme, sur les gagnants des championnats et sur les résultats des séries mondiales. Si au moins j'avais quelques connaissances des automobiles, ou mieux encore, des avions, de la télévision ou de la photographie. J'aimerais bien avoir mon encyclopédie du baseball entre les mains. Je pourrais alors parier sur les champions frappeurs et les meilleurs frappeurs de coups de circuit. Je crois bien, toutefois, qu'une bonne partie de ces données me reviendra en mémoire à mesure que les événements prendront forme.

J'investirai mes gains dans le cinéma, dans la General Motors, Bell, Coca-Cola. Ce qui est bon pour Ty Cobb devrait pouvoir me réussir à moi aussi.

Peut-être pourrai-je gagner suffisamment d'argent à jouer les voyants ou à prédire l'avenir. Je n'ai jamais porté attention à l'histoire, mais si j'arrive à prévoir la date de l'assassinat de l'archiduc Ferdinand, la date de la fin de la Première Guerre mondiale... Quand, je me demande, avons-nous commencé à en parler comme de la « première » guerre mondiale?

Je sens l'adrénaline me traverser comme un courant électrique.

Avec mes gains, je pourrais investir dans l'édition. Dans quelques années, je pourrais m'arranger pour faire la connaissance d'un jeune homme du Michigan, appelé Hemingway.

Mais pourrai-je résister à l'envie de changer le cours de l'histoire? Pourrai-je m'empêcher d'aller à Chicago en 1919, et de faire en sorte qu'un garçon de ferme de la Caroline appelé Joe Jackson échappe aux tentacules du scandale? Cet automne même, je pourrais me rendre à New York et murmurer à l'oreille de Fred Merkle de toujours toucher au deuxième but après avoir frappé le coup sûr de la victoire, peu importe l'importance de la foule ou l'hostilité des spectateurs?

« Sarah, crois-tu à la magie? dis-je en un murmure.

— Je ne suis pas censée y croire. L'Église est très sévère à ce sujet.

— Crois-tu en moi ?

— Bien sûr, puisque que tu es ici.

— Eh bien, je suis magique. Si je te disais que je peux t'emmener dans un endroit enchanté plus merveilleux que les choses les plus folles que tu as pu lire dans les magazines ou les livres...

— Voyons Gédéon, cesse de me taquiner.

— Mais je ne te taquine pas. Jamais je n'oserais. Tu te souviens d'avoir dit qu'il y avait un lien bizarre entre le temps et moi ? Eh bien, tu avais raison, Sarah. Juste au nord d'Iowa City, à peu près à l'endroit où passe la route régionale, il y a une autoroute, qui va d'un océan à l'autre, traversant tous les États ; c'est une autoroute à quatre voies séparées par un terre-plein. C'est l'une des milliers d'autoroutes qui sillonnent les États-Unis, comme une toile d'araignée de bitume ; tout le pays n'est qu'un réseau de...

— Mais pourquoi faire ? » Elle rit devant ce que ma suggestion peut avoir d'idiot. « Pourquoi devrait-il y avoir des routes si nombreuses ?

— Pour les automobiles. J'en ai vu une ou deux par ici. M. Mott en a une. Des camions, des wagons sans voies ferrées, les trains seront devenus désuets...

— Voyons Gédéon, il y a à peine dix voitures dans tout le comté de Johnson — »

Je l'interromps et poursuis ma lancée sur les merveilles dont j'ai connaissance, devenant moi-même prédicateur, si sûr, si absolument certain de la vérité de ce que j'avance. Soudainement, je connais les affres du prophète, car toutes mes paroles ont l'air de promesses en l'air, dites avec ferveur et sincérité.

Je lui fais un exposé sur l'électricité et sur les changements qu'elle continue d'imprimer au visage des États-Unis. « Le cinématographe, dis-je. La radio, la télévision. » Je prêche en faveur d'une boîte parlante magique au sein de chaque famille, je raconte qu'un homme marchera sur la lune, des satellites feront le tour de la terre comme des balles de baseball dans le firmament, des images seront transmises en un éclair d'Europe, d'Asie et d'Australie.

« Gédéon, ça n'a pas de sens », dit-elle en riant. Mais il y a de l'incertitude dans ce rire, de l'inquiétude dans ses yeux. « Un jour j'ai trouvé un roman bon marché caché sous le matelas de mon frère. Ça parlait de robots et d'hommes qui volaient dans l'espace dans des cylindres de métal. Tu devrais écrire tes histoires, tu devrais…»

Je suis vexé. Je l'interromps encore pour radoter sur les métros et les gratte-ciel, les avions à réaction, les transatlantiques, les bombes atomiques. Je finis toutefois par être à bout d'arguments, et je remarque que Sarah sourit avec bienveillance, comme une mère qui vient d'écouter son enfant raconter un rêve.

Tandis que j'observe son visage, toujours caché en partie par des mèches de cheveux, le rêve que j'avais de la ramener avec moi en 1978 s'estompe. Le choc culturel serait trop grand. Je lui ferais connaître non pas un monde de merveilles, mais un monde de terreurs.

« C'est vrai, Sarah, dis-je, je ne devrais pas te taquiner ainsi. J'ai trop d'imagination. Il n'y a qu'un seul remède à cela. Il faut que je fasse l'amour avec une belle terrienne aux yeux bruns qui s'appelle Sarah. »

Pourtant, même alors que Sarah m'attire sur sa poitrine, ses lèvres douces sur les miennes, son amour ne réussit pas à calmer mon angoisse comme il le devrait.

« Que ressent-on lorsqu'on joue dans les grandes ligues? » demandé-je à Joe Tinker. Nous marchons dans les ténèbres, le long de la rive de la rivière Iowa, dont le niveau ne cesse de monter.

« Pour les joueurs de baseball, c'est ce qui ressemble le plus au paradis, dit-il. Ce n'est pas tous les jours facile. De nombreuses personnes nous méprisent…, nous paraissons douteux, un peu comme les acteurs. Oh, ces salauds font toute une histoire lorsque nous gagnons, et racontent combien nous faisons honneur à la grande ville de Chicago et tout le tralala. Mais essaie donc d'aller chez eux pour courtiser leur fille, et tu verras que tu n'iras pas très loin. Quand même, les ligues majeures, c'est le seul endroit où un garçon de ferme sans instruction peut être un héros et recevoir les louanges de dizaines de milliers de personnes.

« Il faut vraiment le vouloir, poursuit-il, en jetant un coup d'œil vers Johnny. Il faut y mettre tout ton cœur. Il faut que tu aies vraiment envie d'entendre la foule gronder comme le tonnerre, rien que pour toi. Il ne te suffit pas d'être bon, il faut que tu en aies envie au point où tu passerais à travers les murs pour t'y rendre ; à travers les murs, les montagnes, par-dessus les gens, tu fixes ton regard vers le sommet et tu ne t'arrêtes jamais avant d'y être arrivé, et une fois arrivé, tu ne laisses jamais personne prendre ta place.

— Combien de joueurs de la Confédération sont assez qualifiés pour se rendre dans les ligues majeures ?

— Difficile à dire.

— Pourquoi ? Vous les avez vu jouer plus de mille manches. Ils ont réussi à vous tenir tête.

— C'est une question de volonté. De constance. Il faut de la constance dans les majeures. Les gars qui sont des héros un jour et des moins que rien le lendemain ne durent pas. Il y a un peu du comptable ou du banquier dans chaque joueur de baseball. Il faut qu'il soit en mesure de faire sans cesse la même chose, et de bien le faire, encore et encore, tout au long de sa carrière. »

Tandis que Tinker et moi retournons vers le campement boueux, Sarah sort de l'ombre d'une roue de la voiture.

« J'ai eu envie de te faire une surprise, dit-elle en souriant et en plissant le nez.

— Eh bien... » Je lui prends les mains, petites et douces au creux des miennes. « Nous pourrions aller marcher, dis-je.

— Non », murmure Sarah, tournant son visage vers le mien.

« Par contre, eux pourraient aller se promener », dis-je en montrant Stan et Johnny, qui sont discrètement appuyés à l'autre bout de la voiture.

« J'y avais pensé, moi aussi, chuchote Sarah.

— Je pourrais vous demander de nous laisser seuls un moment ? dis-je à Stan et Johnny.

— Oh, nous avons bien des choses à faire, n'est-ce pas, Johnny ? dit Stan, son large visage fendu d'un sourire.

— Bien sûr, répond Johnny. On ne voudrait surtout pas dormir, après avoir joué cinquante-neuf manches de baseball et mariné sous la pluie pendant quinze heures.

— Votre sollicitude me réconforte, dis-je. Revenez donc vers deux heures de l'après-midi, selon l'horaire de l'Église de la douzième heure. Comme ça, ça ne vous paraîtra pas si tard.

— C'est gentil de penser à nous », dit Stan tandis que lui et Johnny deviennent des ombres dans la pénombre bleutée, s'estompant à chaque pas.

« Et ton frère ? dis-je à Sarah. Il est dans le chariot d'à côté. Est-ce qu'il ne serait pas capable de me tuer ?

— Je ne lui dirai rien si tu ne lui dis rien », dit Sarah en se rapprochant tout près de moi.

« Mon château », dis-je en repoussant le rabat de toile. Je soulève Sarah pour la faire passer à l'intérieur.

« Je t'aime, Gédéon », murmure-t-elle tandis que nous nous enfonçons dans les courtepointes et les édredons imprégnés de l'odeur de la pluie.

Les jours raccourcissent. Les joueurs sont levés dès cinq heures. Chaque équipe s'occupe à tour de rôle de la cantine où l'on distribue du café et des crêpes dès que les premières lueurs du jour viennent toucher le ciel galvanisé. À mesure que les joueurs, comme engoncés dans la brume, deviennent reconnaissables, ils passent au losange et on peut entendre Bill Klem, l'arbitre, se racler la gorge puis ordonner : « Au jeu ! »

Jour Dix-Sept. Tiré de l'*Iowa City Citizen* :

Onissing, New York — Ce matin, à la prison de Sing Sing, Charles H. Rogers et Angelo Landiero ont été passés à la chaise électrique pour meurtre. L'exécution fut un succès.

UNE JEUNE FILLE MARCHE SUR UN TOIT
DANS SON SOMMEIL

UN CHAPEAU PROVOQUE UNE TRAGÉDIE

UNE JEUNE FEMME ÉPOUSE UN FANTÔME

Bessie Brown, de Cameron, Oklahoma, a épousé un fantôme.

Les musiciens ont autant d'endurance que les joueurs. Ils continuent de jouer, et comme des joueurs de flûte enchantée, ils semblent attirer de nouveaux spectateurs tous les jours. Les spectateurs augmentent en progression géométrique : d'abord au nombre de 50, ils sont deux cents le lendemain, huit cents le surlendemain. Et le jour suivant, on se croirait chez les fous : trois mille spectateurs remplissent les estrades et se regroupent autour du champ extérieur.

Des trains à plusieurs wagons arrivent d'Iowa City toutes les heures sur la voie du terrain de baseball. L'Église de la Douzième Heure pour l'Éternité a installé des cantines et la salle paroissiale s'est transformée en véritable ruche.

Toutefois, quelque chose cloche chez les spectateurs; ils gardent le silence et ont presque l'air comateux.

« Des zombies », dit Stan, en fixant les estrades d'un air inquiet.

Peu importe ce qui se produit sur le terrain, peu importe que le jeu soit spectaculaire ou que les joueurs courent sur les buts avec audace, les spectateurs restent quasiment silencieux, à l'exception du murmure des conversations qui reste inchangé. On dirait qu'ils attendent quelque chose. Seuls les chants et la musique qui viennent de l'orchestre semblent susciter une réaction de leur part. À un moment, une bonne partie de la foule chantonne un cantique vibrant aux accents évangélisateurs, tandis qu'une dizaine de spectateurs à peine applaudissent un double jeu de Tinker à Evers et à Chance exécuté avec beaucoup d'habileté et de dextérité.

Les spectateurs sont si tranquilles qu'on dirait qu'ils ont été aspergés d'éther. Lorsqu'on suspend le match à la fin de la journée, ils se blottissent les uns contre les autres dans l'air humide de la nuit. Dieu merci, il a cessé de pleuvoir. Sous une lune d'étain, le paysage nocturne est aussi sinistre que le désert.

Cette nuit, on n'entend que gémissements et rêves agités. La locomotive va et vient sur la voie du terrain de baseball, crachant un flot continu de nouveaux convertis. L'orchestre joue sans cesse. Un quartette de chanteurs plutôt talentueux se joint aux musiciens, et aux petites heures du matin, chante doucement :

« L'Armée de Dieu vous appelle
Rien ne saurait m'ébranler
L'Armée de Dieu vous appelle
Rien ne saurait m'ébranler
Comme un arbre
Planté près des eaux
Rien ne saurait m'ébranler »

Vers l'aube, Sarah se glisse dans le chariot, vient se blottir dans mes bras. Après une longue marche dans la nuit, sa joue est froide contre la mienne.

« J'ai peur, Gédéon », murmure-t-elle.

À trois pieds de là, Stan dort d'un sommeil agité. « Prise », grogne-t-il en frappant la toile du bras.

Je serre Sarah plus fort contre moi, comme si le fait de nous rapprocher l'un de l'autre pouvait calmer sa peur.

« Il y a des milliers et des milliers de personnes là-bas, Gédéon. La colline derrière le terrain de baseball en est pleine. Il paraît qu'il y en a encore des dizaines de milliers d'autres à Iowa City qui attendent de prendre le train, des milliers d'autres qui s'en viennent à pied. Il y a un train rempli de cinq cents passagers dont toutes les fenêtres sont peintes en noir qui a transporté des gens de Chicago à Iowa City.

— N'aie pas peur, dis-je sans conviction.

— Nous devrions partir », murmure Sarah. Puis elle m'embrasse avec violence, sa bouche ardente, ses dents plantées dans mes lèvres. « J'irais au bout du monde avec toi, Gédéon.

— Je ne peux pas.

— Il va m'arriver une chose terrible si je reste ici.

— Je ne le permettrai pas. Mais il faut que je reste ici. Je dois connaître la suite des événements. »

« Je m'en vais au ciel
Rien ne saurait m'ébranler »

— Fais-moi l'amour Gédéon. J'ai peur que ça ne nous arrive plus jamais. » Elle s'enroule autour de moi. Nous nous enfonçons profondément dans les édredons et retirons nos vêtements à la hâte.

« Comme un arbre
Planté près des eaux
Rien ne saurait m'ébranler »

Nos deux têtes sont tout près de l'ouverture dans la toile du chariot. Les premières lueurs du jour flottent à l'horizon. Dans la fraîcheur de l'aube, je n'arrive pas à croire que j'ai pu réagir si négativement à la demande de Sarah de m'enfuir avec elle. J'ai bien peur d'être aussi ensorcelé que tous les autres joueurs. Nous devrions vraiment partir. Une fois sortis du comté de Johnson, nous ne serions plus sous l'emprise de Celui-qui-erre, des ancêtres, de l'Église de la douzième heure.

Je ne peux toutefois pas partir. Au cours des derniers jours, j'ai vécu un véritable enfer. Je reste perché au bout du banc, j'appréhende chaque coup sûr de la Confédération, car je sais que si l'équipe gagne, je perds Sarah. Je redoute aussi une victoire des Cubs, car je me retrouverais alors face à l'inconnu. Pourrai-je rester ici? Que se passera-t-il si Celui-qui-erre perd? Lorsque je regarde les joueurs de la Confédération venir au bâton, le dos au mur, des gouttes de pluie grosses comme des grains de tapioca tombant dans la boue du champ intérieur, je sais que je ne veux pas que le match finisse. Je veux toujours plus de cette troublante magie. Lorsque la Confédération égalise la marque, comme elle le fait inévitablement, je change de camp, et je souhaite désespérément que les Cubs obtiennent les derniers retraits.

« Pas tout de suite, pas tout de suite », dis-je à voix basse. Le match doit continuer. Il me faut plus de temps pour me mettre à l'abri.

Au début du vingt et unième jour de la partie, la foule a grossi et compte probablement plus de dix mille personnes ; la plupart sont revêtues d'un ciré jaune ou brun et sont plantées comme des piquets sous la pluie battante.

Les seules statistiques que j'ai gardées sont le nombre de manches jouées. En vingt jours, les équipes ont joué 1273 manches, soit une moyenne de 63,7 manches par jour.

Les amateurs de statistiques me reprocheront de ne pas avoir mieux tenu le compte. J'avance pour ma défense que jamais je n'aurais cru que la partie puisse être si longue et que, s'ils voulaient vraiment avoir des statistiques, ils n'avaient qu'à les compiler eux-mêmes. Stan, à ce que je sache, est le seul à avoir tenu le compte de sa moyenne au bâton.

« Je frappe pour 0,301 », annonce-t-il avec fierté, ou encore « je suis descendu à 0,297, mais attends demain, et tu verras. »

Il arrive parfois que l'énorme foule devienne tout à fait silencieuse, de sorte que les seuls sons qu'on entende proviennent des musiciens qui jouent tout bas, du quartette qui chantonne en harmonie et des joueurs de baseball qui poussent des cris rauques.

La foudre s'est mise de la partie peu après le repas du midi. Le ciel est devenu blanc sur fond noir, nuage par-dessus nuage, et les premiers éclairs se sont mis à découper le ciel en dents de scie, les uns après les autres. Puis le terne après-midi a été illuminé par un éclair en forme de fourche : une langue de serpent a jailli des cieux blancs et froids, suivie de roulements de tonnerre.

La foudre, mortelle, est tombée tout près. On peut entendre son craquement, le bruit d'os brisé que fait entendre ce qu'elle a frappé, les gémissements de la terre, de l'arbre, la plainte animale, les cris de mort comme des clous rouillés qu'on arracherait d'une planche.

La foudre s'abat le long de la ligne du champ droit et frappe au milieu du champ extérieur. Sur son passage, l'eau ressemble à une traînée d'essence en train de brûler.

« L'instrument de Dieu ! crie une vieille femme du côté du premier but. La foudre est l'instrument de Dieu !

— Amen », répond une bonne part de la foule.

Le match continue.

« L'instrument de Dieu », crie-t-elle de nouveau tandis que, du côté de l'Église de la douzième heure, l'Ancien Womple, noir comme un corbeau, avance vers nous à grands pas, solennel, une Bible immense ouverte dans les mains.

« L'instrument de Dieu, en vérité », dit-il comme en psalmodiant.

O'Reilly lance à Harry Steinfeldt une balle rapide, haute et à l'intérieur, qui force ce dernier à s'éloigner du marbre.

« L'instrument de Dieu peut ratatiner une âme jusqu'à ce qu'elle atteigne la taille d'un petit pois tout noir.

— Amen », caquette la foule.

Steinfeldt est retiré sur le lancer suivant, une courbe malicieuse qui tombe droit devant ses jointures.

« L'instrument de Dieu peut ouvrir une poitrine d'un coup sec, faire grossir le cœur qui s'y trouve et le remplir d'amour pour l'humanité tout entière.

— Mmmmmm... mmm... mmmmm... répond la foule.

— Gloire soit à Dieu! » rugit l'Ancien Womple, refermant la Bible et levant les bras par-dessus sa tête.

Tandis que Frank Chance s'avance vers le marbre, la foule, qui remplit les estrades et recouvre la colline à perte de vue, se lève à son tour, les bras levés au ciel en des gestes de louange divers. Ceux qui ont l'habitude de telles choses lèvent les bras vers le ciel ; ceux qui n'ont aucune expérience en la matière lèvent les bras avec hésitation, embarrassés.

Sur le banc mouillé des Cubs, Little Walter, debout, lève ses bras, courts comme ceux d'un enfant.

De la foule s'élève un flot de paroles, un babillage mystérieusement mélodieux, qui prend de l'ampleur et enfle à mesure que les éclairs en dents de scie découpent le ciel.

Le match se poursuit. O'Reilly accorde un coup sûr à Chance, un coup aussi net que le son d'un coup de foudre.

Les dents jumelles d'un éclair en forme de fourche envoient des nuages de fumée dans les airs près de l'arbre géant, sur le bord de la rivière. La seconde touche l'arbre, qui fait entendre un craquement terrifiant.

On entend les voix des chanteurs, le murmure de l'orchestre :

« Contre Satan et contre le péché
Rien ne saurait m'ébranler »

L'Ancien Womple dit : « Nous t'implorons, nous te supplions de bien vouloir nous montrer le chemin... »

Mais la foule, la foule — dix mille personnes — parle un langage incompréhensible, jacasse, jase et gémit, remplissant tout l'espace, parlant de plus en plus fort et avec une intensité croissante. Fait de mots peu familiers, mais avec force et dans une étrange harmonie, comme le battement d'ailes d'un oiseau, son babillage mystique et musical s'élève.

L'arbre gémit de nouveau, repousse la foudre, dont la force et l'essence se rassemblent comme du métal en fusion dans ses branches les plus hautes. Puis, comme Zeus jetant des éclairs, l'arbre prend son élan tel une gigantesque catapulte et fait rebondir l'éclair vers le ciel.

Joe Tinker frappe un simple. Three Finger Brown est retiré sur élan.

Le ciel semble accepter le retour de la foudre. On dirait une orange lancée au cœur de la brume.

Le baragouin de la foule s'atténue, et on n'entend plus que quelques voix qui finissent par se taire.

Dans le ciel, vers l'ouest, au-delà du terrain de baseball, derrière la colline recouverte de spectateurs, les nuages de brume grisâtres amorcent un mouvement giratoire, une spirale qui devient un véritable tourbillon. Le ciel siffle et bouillonne comme une marmite.

Au marbre, Jimmy Slagle laisse passer une prise, tandis que le ciel semble tournoyer et que la foudre, comprimée, plane comme un oiseau irascible.

Soudainement, la foudre ranimée est jetée vers l'avant et, comme une comète ou une balle courbe, elle descend en trombe vers le terrain de baseball. Sa victime est Bob Grady, le voltigeur de droite de la Confédération, qui change de position avec Stan toutes les neuf manches.

La foudre explose, comme une ampoule qui se désintègre. Son unique éclair est aveuglant; je vois des points noirs. L'éclair a disparu. Grady repose, fumant, dans l'herbe du champ droit.

« L'instrument de Dieu ! » crie la vieille femme.

« Montre-nous le chemin », hurle l'Ancien Womple.

Du monticule, O'Reilly fait signe à Stan d'aller au champ droit. Ce qu'il fait.

Suis-je le seul à ne pas subir l'envoûtement? Ou suis-je moi aussi ensorcelé? Tout mon être me dit de courir vers Bob Grady pour voir s'il y a quelque chose à faire, aller chercher de l'aide. Et pourtant, je ne bouge pas du banc.

Le match se poursuit.

L'Ancien Womple continue à prêcher. L'orchestre continue à jouer.

Tandis que j'observe la scène, l'un des nuages blancs, d'un blanc froid et mauvais qui annonce d'ordinaire de la grêle, tombe sur le champ droit. Un éclair semblable à une lance descend vers la terre, perce le sol près du corps de Grady, qui frémit pendant quelques secondes. Stan, qui est à moins de dix pieds de là à observer l'angle du bâton, donne des coups de poing dans son gant. Un deuxième éclair tombe, puis un autre et un autre encore, jusqu'à former un rang des deux côtés du corps. Les éclairs sont comme plantés d'un certain angle, et si quelqu'un pouvait voir sous la terre, ils formeraient probablement une cage d'énergie sous le corps de Grady.

Le nuage descend encore plus bas, tourbillonne et écume. Le tonnerre gronde de façon menaçante, rappelle les éclairs, les exhortant à revenir vers le nuage. Les fourches en fusion s'élèvent, emportant le corps de Grady vers le ciel.

Tout ce qui reste de Grady n'est qu'une silhouette calcinée, dans l'herbe du champ droit, traçant la forme d'un corps étendu.

« Je m'en vais au ciel
Rien ne saurait m'ébranler
Comme un arbre
Planté près des eaux
Rien ne saurait m'ébranler »

L'eau vient lécher insidieusement les racines de l'arbre ; la rive gémit. Le match se poursuit.

Lorsque le jeu s'interrompt à la fin de la journée, l'immense foule se disperse aussi mystérieusement qu'elle est arrivée — certains repartent à pied, d'autres s'entassent comme des plants de maïs dans des chariots, d'autres encore reprennent le train.

On raconte que le dernier train vers Iowa City est tombé en silence dans les eaux gonflées de la rivière Iowa lorsque la voie ferrée s'est affaissée. Plusieurs wagons ont été emportés en direction du Missouri, des visages horrifiés se pressant contre les fenêtres recouvertes de boue.

La rumeur qui se propage comme la varicelle parmi la foule grouillante veut que le président Theodore Roosevelt soit dans le train d'Iowa City, et qu'il ait envoyé des troupes à Big Inning pour ramener les Cubs récalcitrants vers Chicago.

À l'arrêt du jeu, dans les ténèbres d'un violet foncé, huit joueurs des Cubs forment un petit escadron commandé par Frank Chance. Ils avancent au pas de course vers le terrain de baseball, leurs chaussures soulevant des gerbes d'eau bleuâtres, leur bâton sur l'épaule comme des carabines. Little Walter ferme la marche, court pour arriver à les suivre, jappant tel un chien de berger.

Pour ne pas être en reste, O'Reilly rassemble les joueurs de la Confédération pour les faire marcher au pas et parader sur le terrain de baseball, tous sauf Stan et moi.

« J'ai déjà fait la guerre, merci, dit Stan. Je suis un joueur de baseball, rien de plus.

— Quelle guerre? demande O'Reilly.

— Une vraie guerre, répond Stan simplement, en lui tournant le dos.

— Ne comptez par sur moi, dis-je.

— Vous faites ce que je vous dis de faire, gronde O'Reilly. Sortez de là et marchez!

— Hé! Je suis ici à titre de bénévole, vous vous rappelez? Je veux bien jouer les mascottes et les préposés aux bâtons, mais il y a des choses que je refuse de faire. Et marcher au pas, c'est presque la première chose que je refuse de faire.

— Tu le regretteras lorsque nous serons attaqués et que tu ne seras pas prêt à te défendre.

— Quelle munitions utiliserez-vous? Vos bâtons de baseball?

— Joue pas au plus fin, mon gars. Tu m'as l'air de manquer d'amour pour ta patrie.

— C'est vous qui vous apprêtez à faire face aux soldats des États-Unis », lui fais-je remarquer avec logique.

O'Reilly s'éloigne en martelant le sol. Les deux escadrons se rassemblent en une colonne désordonnée et poursuivent leur marche, chacun marchant sur les talons de l'autre. Plutôt que Stan et moi, ils enrôlent l'orchestre. Le curieux quartette en uniforme rouge ferme la marche derrière les joueurs de baseball, le pipeau siffle comme une bouilloire, le tambour tambourine.

Jour Vingt-Quatre, le 27 juillet 1908 :

LES CUBS PERDENT 14 FOIS EN 17 MATCHS EN L'ABSENCE DE LEURS MEILLEURS JOUEURS

BARNEY OLDFIELD, LE CÉLÈBRE CASCADEUR AUTOMOBILE CASSE-COU, EST PASSÉ PAR IOWA CITY

C.C. OAKES A PERDU DEUX BELLES GÉNISSES FRAPPÉES PAR LA FOUDRE LA SEMAINE DERNIÈRE

Theodore Roosevelt arrive au terrain de baseball de Big Inning vers huit heures du matin, montant un hongre couleur de feu arborant un losange blanc sur le front. Il est accompagné de trois aides de camp, également sur leur monture ; les quatre hommes ont revêtu un ciré de la couleur du papier à mouches. Des gouttes d'eau tombent du rebord de leur chapeau. Des gouttes d'eau tombent aussi de la moustache rousse de Roosevelt. Ses aides ont plus l'air d'éclaireurs de la cavalerie et de soldats à cheval que des béni-oui-oui du président.

« Monsieur le président, vous nous faites honneur », dit Bill Klem, levant les mains pour signaler un arrêt du jeu.

Le cheval du président fait quelques pas de côté, ses sabots font gicler l'eau. Les estrades sont vides. Les joueurs, les arbitres, Little Walter, l'orchestre et moi sommes les seuls témoins de cette arrivée.

Les joueurs du champ s'avancent lentement, comme s'ils étaient attirés par la présence du président. Ceux d'entre nous qui sont sur les bancs s'avancent aussi, jusqu'à ce que nous soyons tous agglutinés entre le monticule et le marbre.

Le président, abandonnant son escorte près de la ligne du troisième but, avance à cheval jusqu'au marbre, jusqu'aux joueurs trempés et dépenaillés.

Il se racle la gorge avec bruit. La pluie a embué ses lunettes. Il nous dévisage avec intensité, un mouchoir jaune noué autour du cou.

« Il court de nombreuses rumeurs sur votre superbe prestation, commence-t-il. Je voulais constater moi-même. À quelle manche en sommes-nous, Monsieur l'arbitre ?

— À la mille cent cinquante-quatrième, répond Bill Klem.

— Inutile alors de prononcer mon discours habituel où je déplore l'habitude de la facilité indigne et louange celle du noble effort. Ce que j'ai ici devant les yeux est en vérité un noble effort. »

Le président semble faire environ cinq pieds dix pouces, il a de longues jambes sur un tronc épais. Il a un gros nez, la mâchoire large et des incisives carrées. Tandis qu'il se laisse emporter par son discours, il penche la tête vers l'avant et crispe la mâchoire.

« Il vaut beaucoup mieux oser accomplir de grandes choses, remporter de glorieux triomphes, même si parfois il y a des échecs, que de prendre place aux côtés de ces pauvres âmes qui n'éprouvent ni plaisir ni peine parce qu'elles vivent dans une grisaille où n'existe ni victoire ni défaite. »

Sa voix porte. Je crois bien que nous nous tenons tous un peu plus droits. Je me souviens d'avoir lu les mémoires de l'un des soldats qui avaient combattu à ses côtés. « C'était si amusant de travailler sous ses ordres », écrivait l'homme.

« Bien que nombre d'entre vous doivent sûrement se demander pourquoi ils font ce qu'ils sont en train de faire, bien que bon nombre de gens critiquent vos gestes, je veux que vous vous rappeliez que ce ne sont pas les critiques qui comptent, ni celui qui pointe du doigt l'homme fort qui a trébuché ou l'homme généreux qui aurait pu faire mieux. Le crédit revient à celui qui est dans le feu de l'action, dans votre cas, sur le terrain de baseball ; à celui dont le visage est sali par la poussière et la boue, la sueur et le sang ; à celui qui s'acharne avec courage ; à celui qui se trompe et qui approche sans cesse du but sans jamais l'atteindre, à celui qui connaît le véritable enthousiasme et l'incommensurable dévouement, à celui qui consacre toute son énergie à une bonne cause, et qui, dans le meilleur des cas, connaît le triomphe des grandes réalisations, et qui, dans le pire des cas, lorsqu'il échoue, a au moins le mérite d'échouer après avoir essayé avec grandeur. »

Spontanément, des cris d'acclamation sortent de toutes les gorges, pour être immédiatement absorbés par l'air gonflé de pluie.

« Monsieur le président, nous serions honorés si vous acceptiez de prendre place derrière le marbre, dit Bill Klem.

— Tout l'honneur est pour moi, monsieur », répond le président, descendant avec aisance de sa monture tout en faisant signe à l'un de ses aides de mener le hongre au front losangé à l'extérieur du terrain. « Si vous n'y voyez pas d'inconvénient toutefois, je préférerais prendre place au marbre.

— Mais bien sûr, monsieur le président », dit Bill Klem. Il fait signe à Little Walter, qui se précipite vers le banc des joueurs et ramène avec peine vers le marbre un lourd bâton noir, tandis que les joueurs de la Confédération regagnent leurs positions sur le terrain.

Le président Roosevelt soulève le bâton, retire son chapeau et le remet à Bill Klem, essuie la pluie qui mouille sa moustache, redresse les épaules, et tente de camper solidement ses pieds dans le rectangle du frappeur, imbibé d'eau.

« Je me permets de dire que cela donne un sens à mon credo : "Parle sans lever le ton, mais arme-toi toujours d'un bâton" », dit le président d'une voix tonitruante avant d'éclater de rire.

Ceux d'entre nous qui pouvons l'entendre rient poliment.

Arsenic O'Reilly prend son élan et lance une balle lente, un lancer de réchauffement.

Le président la regarde passer.

« Cessez de m'épargner, jeune homme, crie-t-il à O'Reilly.

— Oui, monsieur », répond O'Reilly. Je vois alors son visage se crisper, comme lorsqu'il fait face aux frappeurs de puissance des Cubs et que les buts sont remplis.

O'Reilly prend son élan en levant haut la jambe et lance la balle de toutes ses forces sur le coin extérieur, à la hauteur des genoux. Le président la regarde passer.

« Première prise, décide Klem.

— C'est beaucoup mieux, dit Teddy Roosevelt.

— Est-ce que ça fait partie du match ? demande quelqu'un. S'il frappe la balle, ira-t-il courir sur les buts ? »

Tandis que j'observe le jeu, mon esprit travaille sur plusieurs idées à la fois. Je me souviens du livre de mon père, le *Bref histo-rique de la Confédération du baseball de l'Iowa*. À la page 73, alors qu'il décrit l'apparence physique de Celui-qui-erre, mon père avait inséré un appel de note. Au bas de la page, la note se lisait ainsi :

[1] Le seul portrait ressemblant de Celui-qui-erre que l'on connaisse apparaît sur la pièce d'or de cinq dollars américains, la « tête d'Indien », commandée personnellement par le président Theodore Roosevelt.

O'Reilly lance une autre balle rapide, et le président essaie de la frapper dans un formidable élan, la manque de plusieurs pouces. Ses bottes, qui lui vont au genou, crissent sous la force de l'élan.

« Ça c'est du jeu, jeune homme. Prise ! Prise ! »

O'Reilly ferme l'œil droit, comme il le fait au moment d'amorcer son élan, et lance un autre nuage de cuir en plein vers le milieu du marbre. Teddy Roosevelt s'élance encore un fois avec vigueur, mais ne réussit pas à toucher la balle. Il se retourne et regarde derrière lui, où Henry Pulvermacher serre la balle dans sa main verruqueuse.

« Excellent! Excellent! C'est tellement mieux que de me faire la vie trop facile. Soyez toujours rigoureux et lancez toujours votre meilleure balle! »

Little Walter se faufile vers le marbre et reprend le bâton.

« Monsieur le président, dit Bill Klem, nous aimerions que vous conserviez cette balle en souvenir de votre passage à Big Inning.

— J'en serai enchanté, monsieur, enchanté. »

Il prend la balle des mains de Henry Pulvermacher. Un des ses aides s'avance, menant le cheval du président.

Soudainement, je quitte le banc de la Confédération et vais à la rencontre du président. « Monsieur le président, j'ai quelque chose à vous demander. Qu'est-ce qui vous a inspiré le dessin de la pièce à tête d'Indien ? »

Teddy Roosevelt m'observe d'un œil critique pendant un si long moment que moi et les autres commençons à nous sentir gênés.

Roosevelt se gratte la tête, secoue son chapeau et le remet sur sa tête avant de répondre.

« Comment pouvez-vous être au courant ? Seriez-vous capable de lire les pensées ? »

C'est maintenant à mon tour de rester silencieux.

« Non, monsieur, finis-je par répondre. Toute tentative d'explication n'aurait aucun sens.

— Eh bien, jeune homme, je ne savais pas que quelqu'un avait deviné que j'ai changé d'idée. En fait, peu de gens sont au courant de la pièce d'or de cinq dollars. J'ai toujours souhaité avoir une pièce de monnaie américaine, d'allure indubitablement américaine, une pièce dont la beauté artistique pourrait rivaliser avec celle des anciennes pièces grecques. L'an dernier, j'ai écrit à Monsieur Bela L. Pratt, un artiste accompli, qui a accepté de relever le défi. Cet homme, sachant que je défends la cause des Indiens d'Amérique... » Il s'interrompt pour s'assurer que les joueurs de baseball ne portent aucun intérêt à notre conversation, puis prend les rênes de son cheval des mains de son aide de camp. Nous nous dirigeons lentement en direction de l'église de la douzième heure.

« M. Pratt m'a montré plusieurs croquis, dont aucun n'a fait l'objet de mon approbation. La nuit dernière toutefois, campant sur

266

la piste, à quelques milles de distance, j'ai vécu la plus extraordinaire expérience, et maintenant, je sais exactement de quoi la pièce aura l'air. En fait, j'ai même fait un ou deux croquis. » Il plonge une main potelée sous son ciré brun et craquelant, semblant chercher sa poche de chemise ; il en ressort une page de papier à lettres de couleur crème, pliée plusieurs fois, puis, la protégeant de la pluie, il me montre des silhouettes de Celui-qui-erre, certaines tête nue, d'autres recouvertes de la coiffure de plumes d'aigle.

« Vous connaissez Celui-qui-erre ?

— C'est un des Indiens les plus typiques que j'ai vus. Il s'est arrêté à notre campement hier soir ; nous avons conversé jusqu'aux petites heures du matin. Mais comment pouviez-vous savoir qu'il allait me servir de modèle pour la nouvelle pièce de monnaie ? Je n'en savais moi-même rien voici quelques heures.

— Comme l'a déjà dit un homme rempli de sagesse : "Les choses se sont détraquées dans le comté de Johnson." Mais je connais bien Celui-qui-erre.

— Mais lui-même ne sait rien », poursuit le président. Je n'ai soufflé mot...

— Il a beaucoup d'intuition. »

Le président pousse un soupir et se racle la gorge. « Eh bien, nous devons poursuivre notre route. Bonne journée, messieurs. » Il fait un salut aux joueurs de baseball éparpillés sur le terrain, monte sur son cheval, et part au petit galop en direction de la rivière. La pluie se remet à tomber avec plus de force. O'Reilly pousse un juron et crache dans l'air mouillé.

La brume a vraiment l'air de sortir de la préhistoire. Je me sens comme si un dinosaure allait avancer d'un pas lourd à travers le marais qu'est devenu le terrain de baseball, ou sortir de la rivière, comme si un ptérodactyle allait bientôt planer silencieusement au-dessus de nos têtes.

L'eau épaisse de la rivière Iowa, qui se gonfle sans cesse, a dorénavant la couleur de la bile et vient clapoter d'un air menaçant contre les racines de l'arbre géant, près de l'église.

Je marche dans les dernières lueurs du crépuscule en bordure des arbres au fond du champ droit, puis je m'arrête et reste parfaitement immobile. Je me concentre sur l'essence de Celui-qui-erre ; comme toujours, je suis le seul à l'avoir vu se tapir dans le feuillage, épier à travers le maïs le long de la ligne du champ droit, jeter un coup d'œil au coin de l'église de la douzième heure. Soudainement, le voilà devant moi. Je suis surpris de voir à quel point il a vieilli au cours des derniers jours. Il a l'air défait. Et je suis persuadé qu'il est plus petit, beaucoup plus petit.

« Vous m'étonnez, dis-je. Vous ne pouviez pas résister à l'envie d'être immortalisé. »

Celui-qui-erre sourit d'un air légèrement penaud. « Que veux-tu dire ? » demande-t-il, mais il sait très bien de quoi je parle.

« La pièce de monnaie et le président, dis-je. Je suppose que vous vous êtes même placé pour qu'il puisse voir votre profil à la lueur du feu.

— Nous avons eu une rencontre fort agréable. Nous avons tous trois de nombreuses choses en commun. Nous mettons tous en pratique ce que M. Roosevelt préconise. Nous sommes tous plus grands que nature.

— Mais que vous est-il arrivé ? Vous avez vraiment l'air…

— Je suis fatigué. Le match m'épuise. Et ce n'est pas le fruit de ton imagination. J'ai rapetissé.

— Pendant combien de temps encore le jeu pourra-t-il se poursuivre ?

— Aussi longtemps qu'ils le pourront. » Il lève les yeux vers le ciel, qui s'est dégagé dès que le match s'est interrompu et qui est maintenant du même bleu que celui des œufs de merle, avec quelques touches de rose.

« Onamata se rapproche. Je le sens. Je le veux.

— Pouvez-vous me confier la raison de ce combat ? Pourquoi vous met-on à l'épreuve ? Pourquoi les ancêtres n'ont-ils pas pris votre parti ?

— Tu ne le sais pas ?

— Non.

— Tu es au courant du meurtre d'Onamata, mais pas de ma grande faiblesse. Je faisais route vers elle. Si j'avais été à ses côtés, j'aurais pu la sauver, ou nous serions tous deux morts dans l'honneur. Mais j'ai laissé mon corps faible prendre le dessus sur mon esprit. À une demi-journée de route d'Onamata, je me suis couché et j'ai dormi. Les ancêtres m'ont vu, car ils voient tout.

— Mais comment pouviez-vous savoir qu'elle était en danger?

— Je portais cette connaissance en moi. Ma faiblesse a provoqué sa mort.

— Vous ne devriez pas vous faire de reproches. Je me suis rendu malade d'inquiétude à l'idée que je pouvais être responsable des allées et venues de ma femme; mon père avait les mêmes craintes au sujet des absences répétées de ma mère. Est-ce que l'un d'entre nous aurait vraiment pu faire quoi que ce soit pour empêcher d'être traités comme nous l'avons été?

— Non. Mais j'aurais pu sauver Onamata. Elle était toute ma vie. Depuis, je fais pénitence, comme diraient les gens de cette étrange église là-bas. Les ancêtres m'ont donné une dernière chance.

— Et si j'avais envie de rester ici, en 1908? »

Il m'observe pendant un long moment. Je connais sa réponse avant même qu'il ne la prononce. C'est effrayant : je ne peux pas me débarrasser de mon obsession pour la Confédération. Je n'ai jamais vraiment voulu le faire, mais j'ai toujours secrètement pensé que j'en serais capable. Je pense que j'étais comme un alcoolique qui croit qu'il peut cesser de boire s'il le veut. J'ai beaucoup plus envie de Sarah que de connaître le secret de la Confédération — et cela, c'est une révélation en soi.

« La fille t'a déjà donné ma réponse, dit Celui-qui-erre. Tu ne peux pas vivre dans le passé. Je l'ai entendue te le dire.

— Vous avez entendu?

— Je te suis toujours comme ton ombre », murmure-t-il. Puis parmi les ombres allongées des peupliers qui s'étirent dans le champ extérieur, je vois ma propre ombre. S'étalant devant mon ombre déformée, on aperçoit le profil ciselé de la pièce d'or de cinq dollars.

Chapitre 12

À mesure que le match cafouille, je ne peux m'empêcher d'être envoûté par le jeu, d'une manière qui dépasse l'entendement. Le pur plaisir qui consiste à regarder les meilleurs joueurs de baseball du monde me laisse pantois. Qu'ils soient en train de combattre des forces qui les dépassent n'enlève rien à la magie du jeu lui-même.

O'Reilly est toujours au bon endroit, au bon moment. Il termine son élan par un geste maladroit, mais il y a en lui quelque chose du chat : il retombe sur ses pieds et s'élance vers le monticule pour attraper un roulant ou un amorti, si rapidement que l'œil est incapable de suivre ses mouvements. On le voit ramper dans la poussière et aussitôt, il s'est emparé de la balle, comme par magie, pour la lancer au premier but. Mais ce qui est encore plus extraordinaire, c'est sa façon de couvrir le troisième but et le marbre sur des doubles et des triples lorsqu'il y a déjà des coureurs sur les buts.

Battleaxe Steinfeldt est au premier. Le Grand Chef Frank Chance frappe la balle, loin dans l'ouverture du champ gauche. Steinfeldt n'est pas très rapide sur les buts ; il se contenterait de se rendre au troisième sur le jeu, sauf que Chance fonce tête baissée, ses jambes tranchant l'air autour des buts. Nul doute dans son esprit : il vient de frapper un triple.

O'Reilly vient couvrir le troisième but, mais il a levé la tête, et il est le premier joueur de la Confédération à se rendre compte que Chance poursuit vers le troisième but, donnant tout à coup plus de poids au jeu au marbre. O'Reilly court le long de la ligne, loin devant Steinfeldt, pour qui l'entraîneur du troisième vient de pointer frénétiquement en direction du marbre. O'Reilly est tapi comme une ombre derrière Henry Pulvermacher tandis que le lancer de Bad News Galloway arrive au marbre. Issue du champ droit rapproché, la balle ne devrait faire qu'un bond bien net dans le gant de Pulvermacher, mais lorsqu'elle frappe la terre glissante entre le monticule et le marbre, elle rase la terre, comme un caillou faisant des ricochets sur l'eau, et passe sous le gant du receveur pris de court.

O'Reilly est là, la balle dans son gant, s'étirant de ses six pieds quatre pouces en un long plongeon tandis que Steinfeldt dérape vers le marbre. O'Reilly touche Battleaxe à l'avant-bras. Bill Klem signale le retrait. O'Reilly tient la balle haut dans les airs, comme un trophée, une menace.

Je me rappelle mon père, qui disait : « Gédéon, il y a tellement d'autres choses à observer pendant un match de baseball que la balle. » Mon père m'a enseigné le plaisir qui consiste à regarder un match lorsqu'il n'y a aucun coureur sur les buts, lorsque, pour l'œil non averti, rien ne se produit. Il m'a montré à suivre cette ésotérique partie de balle entre le lanceur et le receveur, un jeu que seul un frappeur solitaire vient parfois interrompre en essayant de réaliser un exploit qui semble impossible : frapper une balle ronde à l'aide d'un bâton cylindrique.

« Pas besoin de coureurs sur les buts pour qu'une partie soit intéressante, disait mon père. Observe comment les joueurs du champ intérieur se lèvent sur le bout des pieds lorsque la balle est frappée, prêts à s'élancer dans n'importe quelle direction, là où la balle est frappée. Observe aussi les joueurs du champ extérieur, car si les signaux ont été correctement transmis, non seulement sauront-ils à quel genre de lancer s'attendre, mais ils sauront également s'il sera à l'intérieur ou à l'extérieur du marbre.

« Mais le véritable mouvement ne commence que lorsque la balle est en jeu. *Après* que la balle est frappée, *après* qu'elle quitte le champ intérieur, particulièrement si c'est un double ou un triple, tu dois t'efforcer de reporter ton regard sur le champ intérieur. Pendant que les voltigeurs courent après la balle, observe quels joueurs couvrent les buts, essaie de voir qui protège le troisième ou le marbre. Tu seras étonné de constater à quel point ça bouge. Ah, Gédéon, quand tout le monde bouge, on a l'impression d'observer ces insectes, longs et délicats, qui flottent sur l'eau stagnante.

« L'amorti est un véritable ballet, poursuivait-il. Tandis que le frappeur se met en position pour déposer l'amorti devant le marbre, regarde le permier-but et le troisième-but avancer en soufflant vers le marbre, soulevant la poussière ; observe le deuxième-but courir vers le premier coussin pour attraper le lancer tandis que l'arrêt-court protège le deuxième coussin et que les voltigeurs chargent vers l'avant en direction des buts au cas où la balle serait lancée trop loin.

« Il faut absolument que tu observes le lanceur, Gédéon. Observe le lanceur et tu pourras comprendre pourquoi le base-ball est un mélange d'échecs et de ballet. Observe-le protéger les buts, regarde-le s'élancer vers le premier but sur un roulant vers la droite ; vois comment le premier-but dirige sa course en lançant la balle vers un coussin vide, sachant que le lanceur arrivera à temps.

« Quand tu as l'impression qu'il ne se passe rien, choisis un joueur et regarde-le réagir à chacun des lancers, s'élevant comme une vague, reculant comme une vague. Observe un joueur différent à chaque manche. Il faut bien des années d'observation pour apprendre à ne pas suivre la balle à chaque instant. Le plus beau, c'est le flux et le reflux des joueurs en défensive, les mouvements sans cesse changeants, tels ceux d'un kaléidoscope, des joueurs qui réagissent à une balle fausse, à un double ou un triple, ou à une tentative de vol de but. »

Quelqu'un vient passer une main boueuse dans mes cheveux et me ramener à la réalité. Si seulement mon père pouvait voir ça. Il me manque.

« Je reste, dit Stan, en m'attrapant par le bras tandis que nous nous dirigeons vers l'église, me forçant à m'arrêter.

— Tu restes ?

— Chance m'a offert du travail. La Confédération vaut tout autant que les grandes ligues. Regarde comment nous avons su tenir tête aux Cubs jusqu'à l'impasse. Et je frappe. Ma moyenne au bâton est de 0,308 contre Three Finger Brown.

— Stan, tout cela n'est pas réel.

— Bien sûr que ça l'est !

— Désolé. J'ai mal choisi mes mots.

— Quand tout cela sera terminé », dit Stan, l'œil luisant, se plaçant devant moi pour soutenir mon regard, « je pourrai jouer avec les professionnels à plein temps, et même si je n'y arrive pas, je pourrai toujours revenir jouer pour la Confédération. Certains de ces gars-là ont dépassé la quarantaine. Il me reste encore plusieurs années à jouer.

— Stan, quand tout cela sera terminé, il n'y aura plus de Confédération. Il va se passer quelque chose. La Confédération ne jouera plus jamais une seule partie. Les Cubs ne sont jamais venus jouer ici.

— C'est ce que tu crois ! Tout est vrai. C'est peut-être toi qui te trompes, Gédéon.

— Stan ! Qu'as-tu fait de ton cerveau ! T'as l'air d'un comptable séduit par une pute à cinq dollars, un homme prêt à tout laisser tomber parce qu'il laisse son pantalon penser à sa place pour rêver de brillants, de paillettes et de draps humides. Tu as épluché presque autant de comptes rendus de parties de baseball que moi. Tu connais des passages de l'*Encyclopédie du baseball* comme d'autres connaissent les évangiles. As-tu jamais pu retrouver la trace de la Confédération ? Lorsque nous étions en 1978, as-tu déjà vu ton nom dans l'*Encyclopédie du baseball* ? As-tu joué pour les Cubs, ou pour toute autre équipe des ligues majeures, en 1908, ou en quelque autre année que ce soit ? Dis-moi où tu as vu une seule mention du joueur étoile, du voltigeur de gauche Stan Rogalski, né le 12 juin 1944, à Onamata, Iowa. Où es-tu né, Stan ? Si tu jouais dans les majeures en 1908, 1909, ou 1910, en quelle année es-tu né ? »

J'observe Stan, son visage, qui paraît aussi excité que lorsqu'il vient d'échanger une précieuse carte de baseball.

« Et Gloria dans tout ça ? » dis-je en poussant un soupir.

Ces derniers mots prononcés, je regrette immédiatement mes paroles. Stan secoue la tête, grimace. « J'ai poursuivi un rêve toute ma vie. J'ai voulu faire partie des majeures même quand nous étions enfants. J'ai maintenant ma chance et je veux la saisir. »

Il respire à fond et poursuit : « Voilà. En 1908, le baseball avait vraiment du sens. C'était vraiment l'Amérique. Les samedis et dimanches après-midi, les parties en semaine qui commençaient dès six heures pour qu'elles soient finies avant l'obscurité. La sensation de la rosée qui commence à tomber, tard en soirée, l'herbe qui devient fraîche comme la peau des grenouilles. Le dernier frappeur qui a l'air d'un fantôme là-bas, au marbre…

— Stan, sais-tu à quoi je pense parfois depuis que Claire est partie, pendant que je fais les cent pas dans cette grande maison vide, à jouer de la trompette et à m'apitoyer sur mon sort ? Je pense à Gloria, et à tout ce que je donnerais pour que Claire me suive dans mes rêves les plus fous, comme Gloria t'a toujours suivi. Quatorze années de petites villes dans les ligues mineures, des logements en ruine, des emplois à temps partiel, de piètres moyennes au bâton, des blessures, toujours à tirer le diable par la queue — il n'y en a eu que pour ton rêve à toi, toujours derrière la clôture du terrain de baseball, dans une autre ligue minable, une autre petite ville étouffante. Et toujours, elle est restée à tes côtés. »

Je m'arrête, à la fois emporté et honteux. L'air pue la culpabilité.

« Il y a peut-être une façon de la ramener ici. Penses-tu que ça soit possible, Gédéon ?

— Je ne sais pas.

— Si nous devons rester ici à jamais, autant en tirer le meilleur parti, non ? Qu'importe ce que nous réserve l'histoire encore à venir. Ici, tout est bien assez réel pour moi. Pense un peu à ce match que tu ne cesses de regarder, Gédéon. J'ai joué parmi les professionnels pendant des années, mais il n'y a rien que je puisse leur enseigner. Ils jouent à ce même jeu auquel je jouais le mois dernier à Salt Lake, auquel toutes les équipes des ligues

majeures jouaient alors. C'est ce qui fait du baseball le plus merveilleux des sports au monde. Ramène la Confédération ou les
Cubs en 1978, ou une des équipes de 1978 ici même, et elles sont
essentiellement à égalité. Il n'y aucun autre sport dont tu puisses
dire la même chose.

« Essayer de comparer le football d'alors et celui de maintenant, c'est comme essayer de comparer des avions à réaction avec
des avions en papier. Avec ce que je sais du football, je pourrais
devenir entraîneur ici et devenir à jamais célèbre, ou encore
champion de tennis ou de golf. Au baseball, toutefois, je suis ici
un joueur moyennement qualifié, tout comme je l'ai toujours été.
Et regarde-moi bien — j'en suis heureux.

— Stan, regarde-moi! Est-ce que j'ai l'air de m'amuser? Je
suis terrifié à l'idée que le match se termine, que lorsque cette
partie sera finie, tout, y compris Sarah, disparaîtra. J'observe l'horizon. Je me réveille en sursaut la nuit, que Sarah soit ou non à
mes côtés. Je fixe les ténèbres comme si nous étions entourés
d'animaux de proie. Sarah m'a supplié de lui faire quitter cet
endroit, et j'ai refusé parce que, par-dessus tout, il faut que je
sache comment le match se termine, et pourquoi. » Pendant un
instant, je songe à lui révéler ce que je sais, mais je décide qu'il
ne sert à rien de semer encore plus de confusion dans son esprit.
« Nous ferons tous deux ce que nous avons à faire, dis-je. Sou-
haitons-nous seulement d'avoir de la chance. »

Nous nous dévisageons pendant un long moment.

« Gédéon, je n'échangerais ces quelques dernières semaines
contre rien au monde. » Stan affiche un sourire radieux.

Tout comme il n'y avait rien à redire devant la conviction de
Celui-qui-erre, il n'y a pas de réponse possible au ravissement de
Stan.

« Moi non plus, Stan. Moi non plus. »

À la moitié du vingt-huitième jour, alors que les nuages sont
bas, rendant parfois les voltigeurs méconnaissables vus du

marbre, on entend un sifflement soudain venu du ciel qui nous fait tous lever les yeux.

La nacelle de rotin d'une montgolfière est la première chose qu'on aperçoit, haut dans le ciel, au-dessus du deuxième but, tandis que le sifflement se fait plus intense. Les joueurs en défensive fixent le ciel, comme s'ils essayaient d'apercevoir une chandelle.

Puis on peut voir la montgolfière, haute et en forme de larme, à rayures de soie rouges, blanches et vertes. La nacelle se pose, aussi légère qu'une plume, sur l'herbe derrière le deuxième but. La brume tourbillonne autour de la montgolfière et autour des joueurs comme si l'aéronef avait attiré le ciel plus près de la terre.

On distingue deux silhouettes dans la nacelle, toutes deux vêtues d'un manteau à capuchon en tissu épais. La montgolfière se dégonfle lentement, s'affaissant en son centre comme une tour penchée.

Nous nous rassemblons tous autour du vaisseau.

L'un des hommes semble être le pilote, l'autre le passager. Ce passager, un homme âgé au port royal, s'extirpe de la nacelle, s'étire voluptueusement et jette des coups d'œil autour de lui de ses yeux vifs auxquels rien n'échappe. Il est presque chauve, de longs cheveux blancs sur ses tempes et dans son cou tombent sur ses épaules, et il a une longue barbe blanche.

« Peut-on vous être utile ? demande Bill Klem.

— J'ai parcouru une distance considérable, dit le vieil homme. Ceci est l'une de mes inventions, ajoute-t-il, montrant la montgolfière, bien que l'on m'en accorde rarement le crédit. J'en ai établi tous les principes en 1505, mais il a fallu aux hommes de science presque trois cents ans avant de comprendre le potentiel de mes idées. Ce sont des types frileux, qui ont peur de leur propre becher…

— Oh, vraiment ? dit Bill Klem en jetant un regard à la ronde. Comme je disais, peut-on vous être utile ?

— N'ayez crainte, jeune homme. Si vous m'aidez à tirer cet engin vers les côtés, j'aimerais regarder la partie pendant un moment. C'est pourquoi je suis ici, et c'est ainsi que vous pourrez m'être utile. »

Les joueurs empoignent les amarres de la montgolfière et la tirent avec précaution au-delà de la ligne des balles fausses du champ gauche.

C'est Frank Luther Mott qui, tout en essuyant ses sourcils, ose le premier prononcer les mots « Léonard de Vinci ? »

« Cela fait du bien d'être reconnu », dit l'homme, faisant une légère flexion du tronc en direction de Mott. « C'était le temps tout désigné pour une visite dans la région : il y a plus d'agitation que je n'en ai vue en cent ans. Il y a des failles et des scissions dans le temps qui rendent la traversée plus facile.

— Pourquoi ? demande Mott. Pourquoi voulez-vous assister à un match de baseball ?

— C'est aussi une de mes inventions, affirme Léonard. J'ai inventé ce jeu en 1506, pour être précis. Malheureusement, j'ai vécu parmi une nation de joueurs de bocce. Il a fallu trois cents ans pour que le baseball gagne en popularité. Après tout ce temps, mon nom n'y était plus associé.

— Vous nous pardonnerez, Monsieur, mais il faut que nous reprenions le jeu. Peut-être souhaitez-vous prendre place derrière le marbre : vous aurez sûrement de cet endroit le meilleur point de vue.

— Je le sais bien », dit Léonard.

« Ç'a du sens, dit Stan. Qui d'autre que lui aurait pu inventer des dimensions aussi parfaites ? Pourtant, il est beaucoup plus petit que je ne l'aurais cru à en juger par ses portraits. »

« Vous n'avez jamais vu de match de baseball auparavant ? demande Klem.

— Une seule autre fois, mais du haut des airs seulement. C'était en 1870. Comme nous arrivions au-dessus du terrain, toutefois, les éléments se sont déchaînés, et nous avons été aspirés dans le passé.

— Dans le passé ? demande Frank Luther Mott.

— Au jeu ! Au jeu ! », dit Léonard.

Et pendant une heure ou plus, tandis que des vagues de brume déferlent sur le terrain et qu'une pluie drue tombe à torrents, le match se poursuit. Léonard fait les cent pas le long de la ligne du troisième but, marmonne et prend des notes dans un grand livre qu'il transporte avec lui.

« J'avais imaginé que le temps serait plus clément », dit-il, tandis que son adjoint s'occupe des préparatifs du départ.

« Nous aussi, dit Bill Klem. Vous êtes arrivé à un moment insolite de l'histoire du baseball. Mais dites-moi, êtes-vous satisfait de ce que vous avez vu ? »

Léonard de Vinci sourit. « Il m'a fallu des années de calcul pour obtenir des distances parfaites. Je suis heureux de voir que ça marche en pratique autant qu'en théorie. Je pense que le jeu aura un bel avenir. »

« C'est également notre avis, dit Bill Klem. Oui, c'est notre avis. »

ACCUSÉ DE CORRESPONDANCE IMMORALE

UN HOMME DE COLFAX EST ARRÊTÉ
EN COMPAGNIE D'UNE JEUNE FILLE

C.G. Gill, un courtier en immobilier et en assurances qui habite Colfax, a été arrêté hier. Il est accusé d'avoir écrit des lettres immorales à une jeune fille. Gill a 40 ans, la jeune fille, à peine 18.

UN ÉPI DE MAÏS FAISANT TREIZE PIEDS
DE HAUTEUR POUSSE SUR LA RUE
VAN BUREN NORD

Au trentième jour de juillet, dès la tombée du jour, la massive statue de l'Ange noir a mystérieusement été déplacée du cimetière Fairfield au terrain de l'ancien Capitole, au centre de la ville, à près d'un mille de distance. Le lendemain matin, l'Ange a été découvert à l'aube, dressé comme un corbeau monolithique sur l'herbe luisante, sa forme noire contrastant avec les colonnes de l'immeuble, d'un blanc éblouissant.

Toute la journée, les citoyens d'Iowa City se sont rassemblés devant l'Ange, comme s'il s'agissait d'un dignitaire de passage dans la ville, un politicien sur le point de prononcer un important discours. Parfois, quelqu'un s'agenouillait ou offrait de la nourriture, du vin ou des vêtements. Un jeune prêtre a lu un passage de l'Ecclésiaste et fait 101 fois le signe de la croix en succession rapide, en implorant la statue de retourner au cimetière. Mais l'Ange restait inébranlable.

C'est Missy Baron qui me manque aujourd'hui. Missy, avançant de ses pieds plats dans le chemin gazonné qui mène à la barrière de la ferme, balançant ses bras, sautillant maladroitement tous les deux ou trois pas. Sa capeline légèrement de travers, comme toujours, elle marche à ma rencontre. Ses joues rondes et rouges où je posais des baisers, sa main dans la mienne tandis que nous sautillions sur le chemin de la ferme, ou que nous parcourions la distance vers Onamata, vers ma grande maison fraîche, tout cela me manque.

Missy, je me rappelle maintenant, n'a pas d'odeur. Elle est, tel un faon, protégée par la nature pour que les prédateurs ne la retrouvent pas. Elle est imprégnée de l'odeur de ce qu'elle a touché en dernier : des pissenlits, des soucis, ou son chat roux endormi.

Je me souviens d'une journée en particulier : nous marchions vers la ville et je tenais dans ma main la main douce et moite de Missy. Je lui parle de tout ce qui me traverse l'esprit. Missy est là pour m'écouter ; je n'ai jamais vraiment su si elle m'écoutait ou non. Je ne sais jamais si Missy comprend ce qu'on lui dit. Elle s'arrête de temps en temps pour jeter un coup d'œil à quelque chose, elle plie le torse pour regarder un plant de carvi, un chardon, gros et violet, qui a l'air d'un blaireau à l'envers, un brin d'herbe qui se montre furtivement dans les graviers, comme l'œil d'un oiseau. Missy fredonne comme si elle était en conversation avec les objets qu'elle observe.

« Nous allons à un match de baseball, lui dis-je. Aimes-tu le baseball ? »

Le visage de Missy s'épanouit d'un sourire si honnête, si contagieux, que je ne peux rien faire d'autre que la prendre dans mes bras. Missy rit — elle glousse, plutôt — et me dit quelque chose, une longue phrase, complète, que je ne saisis pas. Malgré que je la connaisse depuis toujours, il arrive parfois que je ne la comprenne pas. Lorsque Missy s'anime, on dirait que les sons sortent de son nez plutôt que de sa bouche.

« Il y aura des hot dogs, dis-je en faisant de grands bonds dans les airs, et de la crème glacée et de la barbotine et des arachides. » Missy rit encore, trop fort, au bord de l'hystérie.

Je me souviens de Marylyle Baron, qui me gronde encore et encore. « Gédéon, tu ne devrais pas laisser Missy s'exciter trop. Elle ne sait pas quand s'arrêter comme toi et moi. »

Je coupe court à ma propre joie ; je prends Missy par les épaules et j'attends qu'elle se calme.

« La partie, dit-elle. Le baseball. » Et nous reprenons notre marche. Missy, tête baissée, traîne ses pieds dans les graviers sur le côté de la route. Des marguerites jaunes volettent dans l'herbe comme des pinsons.

C'est un après-midi calme, chaud, sans l'ombre d'une brise. Il fait humide et nous suons sur les sièges des estrades populaires, sous un soleil écrasant. Le ciel est pâle, les spectateurs ont trop chaud pour applaudir.

Soudainement, le frappeur prend son élan en avance sur un changement de vitesse et frappe la balle directement vers nous, ou plutôt vers Missy. Je plonge devant elle, sans attraper la balle, mais la repoussant tout de même à quelques pouces à peine de sa tête. La balle rebondit sur les cuisses de Missy et roule à ses pieds, où je finis par la récupérer.

Le verre d'orangeade de Missy s'est renversé sur elle. Bien qu'il ait un couvercle, le liquide se répand autour de la paille et l'orangeade tache sa jupe. Un hot-dog a laissé une traînée jaune aux commissures de ses lèvres.

« Tout va bien », dis-je. Je ne sais pas si Missy comprend bien ce qui vient de se produire.

« Oh Gédéon...» Puis elle aperçoit le verre qui dégoutte sur elle. Elle le remet à l'endroit sur le siège à ses côtés. « Ma robe...»

«Regarde ce que j'ai attrapé », lui dis-je en lui montrant la balle blanche toute brillante. Un placeur-vendeur-préposé aux balles arrive sur les lieux, se moquant de savoir si nous allons bien tant il veut reprendre la balle. Je lui fais signe de s'en aller. Il reste sur place quelques secondes, me jetant un regard lourd. Ils ont comme politique de demander aux spectateurs de remettre les balles fausses, mais ils ne peuvent pas vous obliger à le faire.

« On a failli se faire tuer, dis-je. On mérite de garder la balle. » Puis je place la boule blanche dans la main droite, potelée de Missy.

« Est-elle blessée ? » demande le garçon, reprenant son rôle de placeur.

« Elle a seulement eu peur, dis-je, et elle est mouillée. »

— Je vais lui apporter une autre orangeade », dit-il, reprenant son rôle de vendeur.

« Beurk », dit Missy, en déposant son hot-dog. Elle l'a serré si fort dans sa main qu'il n'est plus qu'une pâte informe.

Je sors une serviette en papier de ma poche et je lui nettoie les doigts. Puis je lui essuie la bouche pour enlever la moutarde. Tout à coup, je penche la tête et j'embrasse Missy sur la joue, je passe mon bras autour d'elle et je la serre dans mes bras. Je me rends compte que je tremble de la tête aux pieds. J'ai peur. J'ai toujours su que j'aimais Missy, mais jusqu'à ce jour, je n'avais jamais su à quel point.

« As-tu vu l'attrapé que je viens de faire, Gédéon ? As-tu vu ça ? » hurle Stan tandis qu'il charge du fond du champ.

« Je l'ai vu, dis-je. Tu as été formidable, mon gars. Il te reste encore quelques milles dans ces vieilles jambes. Et ce saut que tu as fait pour attraper la balle ; c'est là qu'on voit que t'as de l'expérience. »

Stan affiche un large sourire et me donne des coups de poing sur l'épaule. « Tout est réglé, dit-il. Dès que nous aurons défait les Cubs, je change d'équipe. Je m'en vais à Chicago. Voltigeur réserviste et frappeur d'urgence, pour commencer, mais tu verras si je ne fais pas bientôt partie de l'alignement partant, tu verras bien.

— Je suis content pour toi, dis-je. Ça me fait de la peine d'avoir à te parler de la réalité, Stan, mais as-tu vu le journal d'Iowa City ? Tu sais où en sont les Cubs au dernier classement ?

— Ils sont tombés à l'avant-dernière place, mais c'est seulement parce que leurs premiers violons sont ici.

— Stan, qui a gagné le championnat en 1908 ?

— Les Cubs », répond-il automatiquement. Et alors, le sens de mes paroles commence à faire son chemin.

« Stan, lorsque cette partie sera finie, si un jour elle finit, il se produira quelque chose ; tout sera emporté ou disparaîtra de la mémoire du monde, y compris nous, peut-être. Stan, je suis aussi déçu que toi, mais je crois que ni toi ni moi ne pouvons rester ici. Je vais m'opposer. Il se peut même que je meure à essayer de rester ici avec Sarah. »

Je dois m'obliger à poursuivre, car l'expression ravie de Stan a changé, et il a maintenant le même air que lorsqu'il vient de frapper 0 en 8 dans un programme double. « Stan, je ne fais pas ça pour te faire du mal. Je t'aime. Tu es le frère que je n'ai jamais eu et l'ami sur lequel j'ai toujours pu compter. S'il m'est arrivé de manquer de patience envers toi, c'est parce que j'ai tendance à trop me concentrer sur mes propres problèmes. Ah, Stan, je sais bien ce que c'est que de toucher ton rêve du bout des doigts et de ne jamais pouvoir le retenir. Mais toi, tu as Gloria…

— Pourquoi ne fuis-tu pas ? Amène Sarah avec toi, et va-t-en à Chicago ou à Kansas City, quelque part où son étrange famille et cette Église inquiétante ne pourront te retrouver. Pourquoi ne le fais-tu pas ?

— Je ne peux pas, dis-je, impuissant.

— Ouais, et bien tu sais maintenant comment je me sens à l'idée de laisser tomber l'occasion de jouer pour les Cubs. »

L'eau a envahi les rues de Big Inning depuis plusieurs jours ; les maisons situées sur les terres les plus basses ont été évacuées.

À mesure que le niveau de l'eau monte, tout ce qui flotte est emporté par le courant de la rivière Iowa et disparaît à jamais en direction du Missouri.

Dans Big Inning, l'écurie de louage est le premier édifice à s'effondrer. Dans un grognement de poutres, la longue structure oscille de gauche à droite et se replie lentement sur elle-même comme une figurine de carton. On entend des bruits étouffés, des gargouillis, tandis que la dernière poche d'air s'échappe à travers les bardeaux. L'une des extrémités du bâtiment est plus élevée que l'autre, car plusieurs voitures et chariots à grain à grandes roues de métal sont restés à l'intérieur.

L'eau continue de monter. Le magasinier amène deux attelages de chevaux de trait qui tirent de longues voitures recouvertes d'une toile. On y embarque les marchandises et, malgré l'eau qui atteint le bas des voitures, les attelages se dirigent d'un pas pesant vers des terres dégagées.

Tandis que les habitants de Big Inning commencent à évacuer les lieux, car il devient évident que la plupart des édifices du village sont menacés, Max Yocum, le déménageur venu d'Iowa City, s'imagine qu'il sera bientôt l'homme le plus occupé de tout le comté de Johnson. Il arrive à Big Inning accompagné de ses hommes et de son attelage de six percherons, prêt à soulever les maisons et les commerces et à les tirer en lieu sûr, loin des rues tourbillonnantes de Big Inning, jusqu'aux collines derrière le village.

Bien qu'il reste sur place pendant vingt-quatre heures et qu'on puisse entendre le clapotis des sabots et le tintement des harnais jusqu'au terrain de baseball au beau milieu de la nuit, Max Yocum ne trouve pas preneur. Les habitants de Big Inning ne permettront pas que leurs maisons soient ébranlées par l'homme.

L'eau érode la rive en aval de l'église. Pour l'instant, l'édifice ne semble pas menacé, mais l'eau jaune, vaseuse, continue de faire surgir les racines de l'arbre. La terre est emportée et les racines, longues et chevelues comme des algues, sont ballottées par le courant.

Une douzaine d'édifices et plus suivent l'écurie de louage dans le courant agité. Le magasin général est renversé sur le côté. L'une des chaises à pattes d'insecte du glacier s'est emmêlée dans un buisson de lilas à l'endroit où était situé le magasin. Les rues ressemblent au visage d'un vieillard à la bouche quasi édentée.

Après la disparition de la plupart des édifices, tard dans la nuit, le trottoir de bois se détache de ses ancrages section après section et les morceaux partent à la dérive comme des carcasses d'animaux, sinistres, sautillant et serpentant dans le courant.

Au matin, l'eau coule dans la rue principale sur huit pieds de profondeur. Vers midi environ, deux maisons du côté sud du village se détachent de leurs fondations dans le grattement des briques et le grincement des clous. Les deux petites maisons avancent en sautillant dans le courant.

Les eaux tourbillonnantes continuent de grignoter lentement la rive jusqu'à ce que la zone à cinquante verges derrière le marbre ressemble à une langue de terre toute verte qui mènerait à une falaise à bisons. Plus loin en amont, la même eau qui inonde Big Inning envahit la plaine jusqu'à ce que l'herbe se mette à onduler, comme poussée par un fort vent. L'eau vient lécher la base des estrades du premier but et éclabousser les premières planches qui entourent les estrades populaires derrière le marbre.

Un soir, tard, une demi-douzaine d'entre nous sommes assis sous les estrades, à tenter de nous réchauffer au-dessus des charbons du feu de Little Walter, celui qui lui sert à faire sécher les balles une dernière fois après que le match a été interrompu pour la journée.

L'un de nous se demande tout haut si Cy Young finira par gagner 500 matchs en carrière ; il en avait gagné 457 à la fin de la saison de 1907 et il semble en voie de réussir une autre bonne année.

« Il en gagnera 511, mais cette année est la dernière où il en gagnera 20 », suis-je tenté de dire, mais je me tais. Je demande plutôt : « Est-il le meilleur lanceur à ce jour ? »

La discussion est alors lancée. Quelqu'un avance avec éloquence que le meilleur joueur que le baseball ait jamais connu est un certain Brickyard Kennedy, un joueur des Dodgers de Brooklyn dont le nom ne me dit absolument rien. Le nom de Jack Chesbro est mentionné à plusieurs reprises ; il paraîtrait que ses 41 victoires de 1904 sont le plus grand exploit connu au baseball. Quelques joueurs des Cubs disent que Three Finger Brown est le meilleur lanceur encore en vie.

En ce qui concerne les discussions autour du baseball, le temps n'aura pas apporté une once de changement en soixante-dix ans. À Onamata, Stan et moi nous assoyons sur le balcon de ma maison, et nous regardons les lucioles étinceler dans le noir en discutant avec force, mais sans emportement, sur le plus grand exploit du baseball.

Nous ne nous lassons jamais. C'est presque devenu une habitude, un peu comme regarder pour la nième fois notre film préféré. Nous discutons de chaque exploit remarquable comme pour nous préparer à entrer dans le vif du sujet. Nous nous souvenons des 755 coups de circuit de Hank Aaron, de la série de matchs sans défaite de Nolan Ryan, du nombre de victoires de Cy Young, de l'attrapé miracle de Al Gionfriddo sur un lancer de DiMaggio pendant la Série mondiale de 1947.

Je propose les 60 coups de circuit de Babe Ruth en 1927.

Stan raconte les 56 matchs consécutifs avec au moins un coup sûr de Joe DiMaggio en 1941.

Je vante les deux matchs consécutifs sans point ni coup sûr de Johnny Vander Meer en 1938.

Nous parlons ensuite de la moyenne de 0,424 de Rogers Hornsby pour toute une saison, des 190 points produits de Hack Wilson en une année, et des 2130 matchs consécutifs de Lou Gehrig.

Puis nous passons aux choses sérieuses. Stan avance avec conviction que le record de 56 matchs consécutifs avec coup sûr de Joe DiMaggio ne sera jamais surpassé, que rien ne pourra jamais rivaliser avec la pure splendeur de cette performance pour ce qui est de l'endurance et de l'improbabilité.

Puis je riposte, et je connais ma réplique par cœur : « On a déjà dit d'un match sans point ni coup sûr que c'était comme attraper la foudre dans une bouteille. Qu'est-ce que tu dirais maintenant de quelqu'un qui attrape la foudre dans une bouteille deux fois de suite ? » Puis je raconte les détails des deux matchs consécutifs sans point ni coup sûr de Johnny Vander Meer, les 11 et 15 juin 1938, contre les Braves de Boston d'abord, puis contre les Dodgers de Brooklyn. « Dix-huit manches consécutives sans que personne n'obtienne de coup sûr ; penses-y bien. Non seulement un tel exploit ne sera-t-il jamais surpassé, jamais il ne se répétera.

— Ewell Blackwell est passé à un retrait près en 1947, riposte Stan.

— Est-ce que ça change quelque chose ? », dis-je, comme toutes les fois où nous répétons ce petit scénario. « Qui d'autre est passé près depuis ? Personne. Personne ne le fera jamais. »

Le conflit reste sans solution. Ce sera toujours ainsi. Nous restons bons amis. Dans quelques jours, nous reprendrons la même discussion.

Ici, sous les estrades, le joueur qui préfère Brickyard Kennedy reste sur ses positions, comme le font les admirateurs de Jack Chesbro et de Cy Young.

Les lucioles brillent dans l'humidité de la nuit. Le feu dépérit et n'est plus que braises.

Vers la fin du trentième jour du match, l'Ange noir apparaît sur les rives de la rivière Iowa, à mi-chemin entre Iowa City et Big Inning. La statue est dressée entre l'eau et la voie ferrée, en plein sur la propriété de la compagnie des chemins de fer, empiétant sur les terres de la Burlington Northern.

Au début de la 1898e, Noisy Kling frappe l'une des balles rapides d'O'Reilly, et l'envoie non seulement profondément sur la gauche, mais très haut dans les airs et plus loin encore. William Stiff, le coureur aux pieds légers, s'élance vers la balle et court jusqu'à la colline au bout du champ gauche. On peut en fait voir la trajectoire de la balle comme une planète blanche lancée en orbite.

Stiff court à une vitesse folle, les bras droit devant lui. La pente se fait plus abrupte tandis que le joueur et la balle s'approchent de la ligne d'horizon. Kling a fait le tour des coussins et a planté son pied sur le marbre.

« Je crois bien que c'est un coup de circuit, dit-il, d'une voix incertaine.

— Pas s'il attrape la balle », dit Henry Pulvermacher ; puis ils se tournent tous deux vers Bill Klem.

« Ce sera un coup de circuit quand j'en aurai décidé ainsi », réplique-t-il.

Stiff n'est plus qu'une silhouette à l'horizon, courant jusqu'au bout de la terre, la balle presque à sa portée.

Après avoir atteint son point le plus haut, la balle descend plus bas que la ligne d'horizon un instant à peine avant que William Stiff paraisse sauter dans l'infini pour ensuite disparaître.

« Circuit, dit Bill Klem. Au suivant. *Play ball!* »

Nous ne verrons plus jamais William Stiff. Quelques jours plus tard, par contre, le *Chicago Tribune* rapportait qu'on avait trouvé un homme hagard, vêtu d'un uniforme de baseball à moitié pourri, les chaussures usées jusqu'à la plante de ses pieds encroûtés de sang, en train de courir dans le sable rouge du Nouveau-Mexique, contournant les yuccas et les cactus, s'épuisant à poursuivre une balle imaginaire. Les hommes du shérif qui l'ont rattrapé ont raconté qu'ils ont dû lui lier les pieds et les mains pour arriver à l'emmener à l'hôpital.

Au trente-deuxième jour du match, alors que l'équipe des étoiles de la Confédération du baseball de l'Iowa passe à la défensive, au début de la 2026e manche, l'Ange noir prend place au champ droit.

Les frappeurs de Chicago ont hâte de mettre le nouveau voltigeur de droite à l'épreuve. Finalement, après deux retraits, Noisy Kling frappe un faible coup en flèche le long de la ligne du champ droit. L'Ange glisse vers la balle, comme s'il se déplaçait sur des roulements à billes, enserre la balle dans les plumes froides de ses ailes déployées, s'étire vers l'arrière et lance la balle de toutes ses forces à Bad News Galloway au deuxième but.

Au marbre, l'Ange tient le bâton du bout de ses ailes déployées seulement. C'est un frappeur droitier. Après une première balle, il frappe une balle bondissante en direction de Tinker à l'arrêt-court, qui le retire au premier avec une verge d'avance.

Dans l'après-midi, Sarah, enveloppée d'un ciré jaune dont le capuchon rejeté sur ses épaules expose ses boucles brunes à la pluie, seule et mélancolique, contemple l'Ange tout près de la ligne du champ droit. Elle dévisage l'Ange avec fascination. Je me dirige vers elle, mais elle ne semble pas me voir. Je dois lui toucher le bras pour attirer son attention.

« N'est-il pas merveilleux, Gédéon ? Je m'en suis rapproché une seule fois, au cimetière de Fairfield. Il m'effraie et m'attire à la fois ; je ne comprends pas du tout mes sentiments à son égard. » Je passe un bras autour de Sarah, mais j'ai l'impression de la sentir se tendre inconsciemment vers la statue noire.

À l'instant même, il me semble comprendre en partie ce que ma mère et ma femme ont pu souffrir. Peut-être même que ma sœur, Enola Gay, a subi le même sort. Je comprends que ce n'est pas par malice qu'elles ont agi comme elles l'ont fait. Elles ont été extirpées du bien-être de leur vie, elles ont été aspirées dans un monde hostile par une force mystérieuse qu'elles ne comprenaient pas.

Je prends alors une décision.

« Sarah », murmuré-je. Je l'attire à moi, l'éloigne de l'Ange. « Souhaites-tu toujours partir ?

— Oh oui, Gédéon. N'importe où. Je sais que quelque chose de terrible va m'arriver si je reste. Partons tout de suite. » Elle me regarde fixement, des larmes et des gouttes de pluie s'entremêlent sur ses joues.

« Pas encore, dis-je. Demain. Demain soir, nous pourrons partir. Je te le promets.

— J'espère pouvoir résister jusque là », dit Sarah, s'accrochant à moi en serrant les poings.

Dans l'après-midi du trente-troisième jour, à la 2149ᵉ manche, sous une pluie drue et incessante, le village de Big Inning est entièrement détruit par le déluge, et l'arbre sacré s'accroche de façon précaire à la rive. Bad News Galloway, notre deuxième-but, craque. Après un retrait, Joe Tinker est au marbre ; Galloway lance son gant qui tombe avec un bruit d'éclaboussure dans la boue du champ intérieur. Il pousse un long hurlement de désespoir et se précipite à l'extérieur du terrain, traverse la ligne des balles fausses derrière le troisième but. Ses bras battant l'air comme s'il était attaqué par un essaim d'abeilles, il court d'un pas titubant, pieds écartés, en direction de l'église et de la rivière. Il dépasse l'église, puis arrivé à l'arbre sur la rive, il se jette à l'eau, qui est remplie de racines s'agitant comme des serpents dans une douve.

Avant que l'un d'entre nous ne puisse se rendre à la rive, il a disparu, emporté par le courant, pensons-nous. Mais à l'heure du souper, tandis que nous nous dirigeons tous à la file d'un air maussade en direction de l'église, O'Reilly aperçoit le corps près de la rive, une longue racine, tel un fouet, enroulée autour du cou.

Nous repêchons le corps de Galloway, puis nous l'étendons dans l'église. Personne ne connaît son prénom. Et Galloway, apprenons-nous, n'est pas du coin.

« Il s'est présenté à la pratique un soir au début du mois de mai, dit Henry Pulvermacher. Il a dit qu'il venait du Sud. »

Galloway avait habité chez une famille de fermiers près de Lone Tree, mais ces derniers, lorsqu'on leur a fait part de la nouvelle, n'ont pas été en mesure de nous fournir plus de détails. Il ne recevait aucun courrier. Ses biens personnels se résumaient à deux jeux de vêtements de rechange, quelques articles de toilette et un gant de baseball.

L'Ancien Womple et la congrégation de l'Église de la douzième heure attendaient avant de procéder aux rites funéraires. Nous nous sommes avancés, formant deux rangées désordonnées ; moi à la queue de l'une, Little Walter dans l'autre.

« Quelle tristesse pour un homme d'être mis en terre sans la présence de sa famille », dit Chance, qui semble se radoucir à mesure que les jours passent.

Little Walter avance d'un pas boitillant, ses cheveux en brosse faisant des saillies bizarres de tous côtés.

« Vous serez son père alors, dit-il à Chance.

— Bien… », dit Chance, tordant sa casquette entre ses mains, comme un écolier.

« Et vous », dit-il d'une voix criarde à une femme corpulente, vêtue d'une robe bleu marine et coiffée d'un canotier du même ton, « vous serez la mère ».

« Je me demande s'il venait d'une grande famille ? dit Henry Pulvermacher.

— Il était le troisième ou le quatrième enfant », dit Chance, prenant le bras de la grosse femme. « Viens, Maman, allons nous asseoir dans le premier banc. Deux frères et une sœur », poursuit-il.

Little Walter saute de tous côtés comme un enfant gâté. « Toi, dit-il à Johnny Baron, tu sera le frère cadet. »

Il pointe du doigt une jeune femme d'une vingtaine d'années à la poitrine plate, aux cheveux pâles tombant jusqu'au milieu du dos. « La sœur », crie-t-il d'une voix stridente.

Puis il me désigne comme frère aîné. Je prends la jeune femme par le bras et nous nous tenons aux côtés de la mère, droit devant le cercueil, déposé sur deux chaises de cuisine. Johnny Baron est aux côtés de Chance. La jeune femme renifle délicatement. La grosse femme se lamente sur l'épaule de Chance tandis que l'Ancien Womple se dirige vers l'autel. Chance passe doucement un bras autour des épaules de la femme. « Allons, allons », dit-il.

Après le service, la congrégation défile devant nous, la famille, et nous acceptons ses condoléances.

« C'était un bon jeune homme », murmure quelqu'un, serrant les deux mains de Chance dans les siennes.

« Prends bien soin de ta famille », me dit une dame à la chevelure blanche. « C'est toi l'aîné. »

Je hoche la tête avec gravité.

Une fois le rituel terminé, trois joueurs de chacune des équipes se préparent à emporter le cercueil. Ils tirent dessus, doucement d'abord, puis avec force, mais il reste suspendu entre les deux chaises de cuisine, aussi figé que quelqu'un qui aurait été hypnotisé sur place par un magicien de foire. Les joueurs tirent de toutes leurs forces, mais le cercueil et les chaises ne bougent toujours pas. Le visage rougi et l'air penaud, les porteurs vaincus battent en retraite. Rien, semble-t-il, ne saurait ébranler Bad News Galloway.

Extrait de l'*Iowa City Citizen* :

UNE PREMIÈRE ÉLECTION À CUBA

SOUS LA SURVEILLANCE DES ÉTATS-UNIS, LES ÉLECTIONS ONT ÉTÉ MARQUÉES PAR LE CALME GÉNÉRAL ET L'ABSENCE D'ENTHOUSIASME

UNE FEMME A PEUR DE L'AIR FRAIS

Enfermée dans une cage de bois presque étanche à l'air et comportant une devanture de verre, Madame William Tryon est arrivée de Salisbury, Caroline du Nord, après avoir quitté sa ville natale de Fitchburg, au Mississippi.

La Confédération est au bâton. Bill Klem annonce qu'il interrompra le match pour le souper à la fin de la manche. Stan secoue son bâton. Three Finger Brown amorce son mouvement. Tandis qu'il s'élance, un éclat de lumière traverse le ciel, comme un rayon laser ou une succession d'éclairs. Mais ce ne sont ni l'un ni l'autre ; de l'éclat, il reste une flèche enflammée plantée dans le sol entre le monticule et le troisième but.

Tel un cierge, la flèche brûle d'un air sinistre, laissant s'échapper une fumée noire. Elle est venue du champ droit, et tous les regards se tournent dans cette direction. Loin derrière le champ extérieur, sur la colline verte gorgée de pluie, on aperçoit Celui-qui-erre, aussi grand qu'un colosse. Mise à part sa coiffe d'Indien, il pourrait tout aussi bien être le Sagittaire, l'Archer, descendu du ciel. Il semble mesurer quarante pieds de hauteur, son arc est en position, prêt à lancer une autre flèche enflammée. Alors qu'une deuxième flèche atterrit près du deuxième but, Celui-qui-erre tourne le dos au terrain de baseball et disparaît à grandes enjambées dans les peupliers.

Les joueurs n'ont pas vraiment l'air d'être conscients de ce qui vient de se produire ; ils grognent comme des enfants qu'on aurait tirés du sommeil.

« Cours-lui après », crie quelqu'un sans grande conviction.

Des bouffées d'odeurs de nourriture, appétissantes, flottent, venant de l'église.

« Laisse-le partir », dit une voix.

« Je sens l'odeur des oignons frits », annonce une autre.

Les flèches continuent de se consumer dans la chaleur du crépuscule.

Sarah et moi avons convenu de nous esquiver pendant le repas du soir. Nous marcherons le long de la voie du terrain de baseball jusqu'à Iowa City, puis nous prendrons le train vers une vie nouvelle, n'importe où hors du comté de Johnson.

Nous nous rencontrons près du parvis de l'église. L'eau monte jusqu'à nos chevilles. Je serre fort ma trompette ; Sarah porte une petite valise noire. Au-dessus de nos têtes, des nuages couleur de fumée tourbillonnent dans le ciel avec rage, comme s'ils étaient des êtres animés.

« Partons », dis-je à Sarah en lui prenant la main.

« Gédéon, je ne peux pas. Je me sens tellement bizarre. J'ai l'impression d'avoir pris racine dans la terre. »

Je jette un regard vers le ciel. Parmi les nuages en colère, j'aperçois les visages des ancêtres qui se forment et se déforment, qui nous épient dans l'obscurité. Même si je refuse de reconnaître leur existence, ils sont bel et bien là. Des visages — un noir, un jaune, un rouge et un blanc — renfrognés, accusateurs, menaçants. Je me sens pris d'une terrible faiblesse ; je me sens attiré vers l'arbre sacré, qui est maintenant presque tout à fait submergé. Je lâche la main de Sarah, m'avance vers l'arbre d'un pas incertain. L'eau monte jusqu'à ma taille. J'ai le vertige. Les racines qui couraient auparavant presque sur le sol sont maintenant arrachées de la terre, libérées, et elles viennent fouetter mes jambes, s'enrouler autour de moi.

La terre pousse une plainte. L'arbre gémit et se déplace d'un pied ou plus en direction du courant. Je pense à Bad News Galloway, étouffé à mort par l'une des tentacules de l'arbre, son corps flottant dans les tourbillons jaunâtres.

Je me rapproche petit à petit de l'arbre, tenant ma trompette au-dessus de ma tête. L'eau monte jusqu'à ma poitrine. Je sens que je perds pied. Les eaux de la rivière sont chaudes. Un regard vers le ciel me dit que je fais ce qu'il faut. Je n'appelle pas à l'aide. Je pénètre dans l'eau lentement et calmement, comme un espion qui part en mission.

Comme je m'enfonce pour la deuxième fois, je me sens bien, très détendu, pas du tout paniqué. Pourtant, je n'ai jamais su nager ; quand j'étais petit, un garçon, qui s'appelait Melvin Boxmiller, m'a tiré par les pieds vers le fond de la piscine à Iowa City. J'ai peur de l'eau au point de ne jamais embarquer dans un canot ou une chaloupe. Je m'accroche à ma trompette, m'efforce de rester conscient. Je crois entendre le grondement du tonnerre. Je m'imagine le reflet des éclairs sur ma trompette tournée vers le ciel. Je remonte à la surface ; malgré les affres de la mort, je tiens le compte. J'entrevois les visages austères dans les nuages. Je me souviens maintenant que lorsque nous étions petits, Stan et moi nous allongions sur le dos dans l'herbe odorante, pour essayer de déceler des images et des formes dans les nuages. Une racine s'est enroulée au bas de mon dos, comme pour me soutenir et m'aider à accueillir la mort. Je coule. Je serre ma trompette. C'est ainsi qu'on me retrouvera sur quelque rive sablonneuse du Missouri : LE CORPS D'UN ALBINOS RETROUVÉ SUR LE DELTA, *il étreignait sa trompette dans la mort.*

À ma grande surprise, je refais de nouveau surface. Ce qui me soutient par le bas du dos, c'est le long bras de Celui-qui-erre. Tandis qu'il nage dans les eaux tourbillonnantes, des racines aux allures de serpents tournoient autour de nous comme des anguilles, nous attirent vers le fond pour nous y garder prisonniers. Celui-qui-erre sort un couteau et tranche les racines d'un coup sec, puis nous nous échappons dans les eaux tumultueuses. Est-ce le fruit de mon imagination, ou les racines sectionnées se tordent-elles vraiment de douleur en laissant s'écouler un liquide sombre dans la rivière ?

À un demi-mille en aval, Celui-qui-erre me dépose sur la rive. Je tousse et je suis recouvert de boue ; mes doigts sont encore soudés à ma trompette.

Il se secoue comme un chien.

« Dans certaines sociétés, vous seriez désormais responsable de moi pour le reste de vos jours, dis-je en respirant bruyamment.

— Qu'est-ce qui te fait croire que je ne suis pas déjà responsable de toi ? Si tu t'étais noyé dans la rivière, qui sait quels auraient été les dommages ?

— Alors quelle est la cause de tout cela ? » J'agite une main boueuse pour montrer que je parle du déluge et du match interminable.

« L'orgueil », répond Celui-qui-erre. « Quoi d'autre ?

— Est-ce si terrible d'être inébranlable ? D'être fidèle à ses croyances, peu importe les circonstances ? D'être obsédé ?

— Ce l'est lorsque l'obsession prend le pas sur l'amour, tient plus de place que la fraternité. »

Tout à coup, le visage de Celui-qui-erre se tord de douleur. Il se tient la poitrine comme s'il avait une crise cardiaque. La vent hurle, le tonnerre gronde. Les visages des ancêtres, tordus par la colère, tourbillonnent au-dessus de nous au sommet des arbres. Celui-qui-erre continue d'agoniser. Il rapetisse sous mes yeux jusqu'à atteindre la taille d'un mortel ordinaire.

« Qu'est-il arrivé ?

— J'étais censé te tuer pour te punir d'avoir essayé de fuir avec la fille. Je n'ai pas pu. J'ai été puni. Tous mes pouvoirs m'ont quitté. Je ne peux plus aider la Confédération. » Il grelotte.

Je passe mon bras autour des épaules de cet homme à l'allure très ordinaire.

« Je vous remercie de m'avoir sauvé la vie, dis-je. Je suis désolé que vous ayez tant perdu. Retournons là-bas. Peut-être qu'ensemble nous pourrons faire quelque chose. » Trempés et abattus, nous nous mettons en route vers le terrain de baseball.

La Confédération, toutefois, s'accroche avec ténacité. Comme tout le monde à Big Inning et aux alentours, rien ne saurait ébranler les joueurs.

Sarah est debout à l'endroit exact où je l'ai laissée, l'eau tourbillonne à ses pieds. Tous, moi y compris, poursuivent leurs activités, comme s'il était parfaitement normal qu'une belle femme reste plantée pendant des jours dans les eaux diluviennes, enracinée à la terre.

Chapitre 13

Jour Trente-Quatre. Au début de la troisième manche de la journée, après deux retraits, l'habituelle chandelle s'envole vers le champ centre. Comme Ezra Dean vient se planter sous la balle, il se met soudainement à se tordre avec violence, à lever les mains devant lui comme pour se protéger contre quelque chose. La balle atterrit devant lui et poursuit sa course en roulant, et Stan doit courir après la balle puis la lancer solidement pour que le coureur s'arrête au troisième.

Pendant que le jeu se déroule au troisième, Dean continue à battre l'air de ses bras, son corps se tord comme du cellophane sous l'action du feu. Il court vers la rivière, dépasse l'église, contourne l'arbre, court à toute vitesse vers la rivière, et se jette dans les eaux jaunâtres et tourbillonnantes.

Avant que l'un d'entre nous ne rejoigne la rive, il a déjà été emporté par le courant.

Le corps gonflé d'une vache tournoie à la dérive.

La Confédération n'a plus que sept joueurs.

Au début de la 2204ᵉ manche, les Cubs occupent tous les buts. Les Cubs sont en conférence au banc des joueurs. On entend un son lent et étouffé, un bruit de souffrance, mais alors que les joueurs épuisés se séparent, je vois d'après leur expression que ce bruit n'était qu'un rire. C'est la première fois depuis des jours que les joueurs rient, et leur gorge comprimée en a perdu l'habitude.

Qu'est-ce qui les a fait rire ?

Little Walter, le nain au mauvais caractère, émerge du groupe des joueurs. Il traîne un bâton qui fait trente-deux pouces de longueur, à peine un pouce ou deux de moins que lui.

O'Reilly quitte le monticule au pas de course, vient rejoindre Bill Klem au marbre et lui crie au visage. Le vieil arbitre expose son visage à l'orage pendant quelques secondes et en essuie, d'une main aux larges jointures, les gouttes de pluie.

« Ce n'est pas interdit par le règlement », crie-t-il en réponse aux protestations d'O'Reilly.

O'Reilly trépigne comme un gnome géant. Les jurons roulent dans sa bouche comme des billes. Il est rouge comme du bœuf salé.

« Je vais le tuer ! » hurle O'Reilly. Il s'éloigne de Klem en coup de vent et se précipite vers Frank Chance, qui s'est rendu à un point précis entre le premier but et le marbre. O'Reilly s'avance en faisant éclabousser l'eau sous ses pieds, asperge Little Walter au passage. « Considère-le comme mort, crie-t-il. Si tu l'envoies au bâton, il faudra qu'il aille dans le rectangle, et s'il le fait, je le tuerai. Il ne pourra pas m'échapper. Je suis capable d'atteindre une corneille sur un piquet de clôture à cinquante verges de distance. »

Chance et O'Reilly sont nez à nez, les poings aux hanches, la barbe de leurs mentons se touchant presque.

« Retourne à ta place et reprend le jeu ! crie Chance.

— C'est ton joueur, dit O'Reilly en pointant un long doigt accusateur vers le nain. C'est ta mascotte — tu auras sa mort sur la conscience.

— Lance la balle, dit Chance. Un gars qui est capable de viser les corneilles devrait facilement pouvoir lancer des prises à quelqu'un d'aussi petit que Walter.

— Je t'ai entendu lui parler comme à un fils, nous dire que tu l'aimais et qu'il t'aimait en retour. Es-tu prêt à le voir mourir pour pouvoir frapper le coup sûr qui fera avancer tes autres coureurs ? » Il s'éloigne de Chance sans attendre sa réponse.

Il s'arrête devant le nain.

« Tu vois quelle valeur ton *père* accorde à ta vie. Si tu mets le pied dans le rectangle du frappeur, je te ferai passer la balle à travers le corps. Tu n'es rien d'autre qu'un singe. Frank Chance le sait bien. Un singe n'a rien d'humain. Ça ne sera pas une perte. C'est comme d'envoyer un chien au bâton... »

Le nain hurle des blasphèmes à O'Reilly et soulève des gerbes d'eau du bout de son bâton, comme avec une baratte à bras.

« Considère-le comme mort. » O'Reilly lance vers Chance :
« As-tu seulement pensé au jeu ?

— Et toi », réplique Chance froidement, « le jeu te semble si important qu'il vaille la peine de tuer ? »

Little Walter soulève le bâton, le change d'épaule à la dernière seconde puis prend position dans le rectangle des frappeurs gauchers. L'eau fait des vagues par-dessus ses crampons.

O'Reilly s'élance et livre une balle rapide en plein au centre, mais à hauteur de tête.

« Balle », annonce Bill Klem.

Le deuxième lancer est encore plus haut.

Little Walter donne de grands coups de bâton sur le marbre, puis arrive difficilement à le remettre sur son épaule.

Le lancer suivant est haut et à l'intérieur, et passe à un pouce du nez du petit homme.

« Balle », annonce Bill Klem, en faisant signe de sa main gauche vers le sol.

« Je t'aurai averti », crie O'Reilly en direction du banc des Cubs. « Je n'accorderai pas de but sur balles qui donnerait l'avance à ton équipe.

— Fais ton boulot », gronde Chance en retour.

Little Walter se rapproche d'un pouce de plus vers le marbre tout en secouant le bout de son bâton, sans jamais l'enlever de son épaule. O'Reilly prend son élan et lance. Je ferme les yeux et je m'accroche au banc. Il y a un quart de seconde de silence avant que nous n'entendions le bruit horrible de la balle qui vient frapper la peau. Un autre instant s'écoule avant que le bâton et le nain tombent en faisant gicler l'eau. Le nain est étendu dans une flaque d'eau, comme mort.

Puis c'est le silence total lorsque Chance vient prendre Little Walter dans ses bras. Nous nous sommes tous rassemblés pour mesurer l'étendue des dégâts.

Le corps de Walter est flasque, son cou tendu vers l'arrière. Je me rends soudainement compte que Little Walter n'est plus du tout un jeune homme, et qu'il est peut-être même le plus âgé d'entre nous.

« On devrait appeler un médecin », suggéré-je.

Johnny Baron part en courant vers la voie ferrée ; le chemin de fer est dorénavant la seule façon sûre de se rendre à Iowa City.

Chance entre dans sa voiture pour y déposer Walter sur un lit. Il est impossible de savoir si le nain respire ou non.

Finalement, un médecin arrive sur les lieux, un homme aux cheveux blancs, vêtu d'un long manteau noir.

« Faites de la place et laissez-moi l'examiner, dit-il.

— Nous avons un match à jouer », dit Chance d'un ton bourru. Nous nous dirigeons donc vers le terrain de baseball.

La manche prend fin et la Confédération vient frapper, le dos au mur, pour la quatre-centième fois peut-être depuis le début de ce marathon.

Swan et Pulvermacher sont facilement retirés. Les Cubs sont à un retrait de la victoire.

O'Reilly lève les mains en l'air et demande un arrêt de jeu.

« C'est à mon tour d'envoyer ma mascotte au bâton », dit O'Reilly à Klem.

« Tu iras frapper à la place de Galloway, me dit-il.

— Hé, pas si vite, crié-je.

— Gédéon Clarke, prochain frappeur, annonce Klem.

— Ta gueule », me dit O'Reilly. Puis en direction de Chance, il crie : « Comme ça, tout est juste !

— Que voulez-vous dire par là ? » dis-je, d'une voix haut perchée.

« Plus que juste, dit O'Reilly. Il fera une cible plus grosse. »

On me place un bâton entre les mains.

« Je veux un casque de frappeur, dis-je en gémissant.

— Qu'est-ce que c'est que ça, un casque de frappeur ? » demande O'Reilly.

Je tourne autour d'O'Reilly et l'attrape par le bras.

« Et si jamais il ne me frappe pas ? dis-je en sifflant. Je n'ai pas touché à un seul bâton en quinze ans. Demandez à Stan. Je n'ai jamais su frapper. Il va me retirer et la partie sera finie.

— Il te frappera ; il sait encore vivre, malgré tous ses défauts », dit O'Reilly en me repoussant vers le rectangle du frappeur.

« Je croyais faire partie de l'équipe, dis-je faiblement. Je croyais avoir de la valeur à vos yeux.

— T'es une mascotte », dit O'Reilly avec dédain, en s'éloignant de moi, « un porte-bonheur. Qu'est-ce qui te fait croire que ta vie vaut quelque chose ? Tu n'es pas un joueur de baseball.

— Stan ? » Je jette un coup d'œil désespéré à l'endroit où Stan est assis sur le banc.

« Arrange-toi pour frapper, Gédéon », dit-il. Ou est-ce plutôt : « Arrange-toi pour te faire frapper ? »

Je jette un regard paniqué vers le banc, je reviens et prends une des lampes de mineur que les gens de l'Église de la douzième heure utilisent pour travailler la nuit. Elle appartient à Orville Swan qui, j'en suis sûr, ne serait que trop heureux de me voir me faire lobotomiser par une balle de baseball. J'attache la lampe autour de ma tête. Je ferais n'importe quoi pour me protéger tant soit peu.

Je me faufile avec précaution vers le rectangle du frappeur. Si je tiens le bâton loin devant moi, je réussis à atteindre l'extrémité opposée du marbre.

Bill Klem demande un arrêt de jeu, s'avance et, du bout du pied, trace la ligne extérieure du rectangle des frappeurs droitiers.

« Reste à l'intérieur, m'ordonne-t-il.

— Il ne me frappera pas, crié-je à O'Reilly. Vous allez perdre.

— Alors il te donnera un but sur balles en essayant de t'atteindre », répond O'Reilly avec confiance.

Avant que le premier lancer n'atteigne le marbre, je suis sorti du rectangle du frappeur et je me suis blotti à cinq pieds de distance, le dos tourné au marbre. Il y a des circonstances où la lâcheté est une solution tout à fait respectable.

« Première prise, annonce Klem.

— Je vous l'avais dit, crié-je à O'Reilly. Il est encore temps de me remplacer. »

Le deuxième lancer courbe dans ma direction mais s'arrête à quelques pouces seulement à l'intérieur. Cette fois, je suis à trois pieds en dehors du rectangle.

Je dévisage Three Finger Brown. Son uniforme est en train de lui pourrir sur le dos; la semelle de sa chaussure gauche claque. Son visage bleui est tourné vers le mien; il a l'air hagard, mais il y a tellement de feu dans ses yeux que j'ai l'impression qu'il y a de l'électricité là-dessous.

Le troisième lancer vient directement sur moi. Je n'ai pas le temps de reculer. Je tombe face première dans la boue. La balle passe à l'endroit où se trouvait mon menton quelques secondes à peine auparavant, et roule jusqu'au filet d'arrêt.

Je suis tout juste revenu dans le rectangle que Brown s'élance de nouveau pour essayer de m'atteindre d'une balle rapide lancée à la hauteur de mes oreilles. Tandis que je me jette par terre, je sais que la balle touche le bout de mes cheveux, mais Klem se contente de secouer la tête devant mes protestations.

Je reste à l'extérieur du rectangle pendant un long moment, à dévisager Brown pour essayer de deviner ses pensées. Chance se dirige vers le monticule. Il pose une main sur l'épaule de Brown. Les deux hommes discutent, têtes rapprochées.

Je retourne dans le rectangle avec prudence. Brown s'élance et la balle vient s'écraser dans le gant de Kling. J'ai un mouvement de recul, mais la balle, comme un fouet de soixante pieds six pouces, est en plein au centre.

« Deuxième prise », annonce Klem en écho.

« Finis-le », crie Chance. Une phrase au sens ambigu s'il en est une. Je crois qu'ils ont décidé de me retirer sur élan pour assurer leur victoire. Brown prend trop de temps, fixe Noisy Kling trop intensément, m'ignore. Je n'ai pas une seule chance de frapper sa balle rapide. Mais je vais y mettre toute mon énergie. Je plante mes pieds dans le sol, secoue le bâton et fixe mon regard devant moi par-dessus mon coude gauche.

S'il me retire, je survivrai, intact, mais nous perdrons la partie. Nous. Nous, ce n'est plus que Celui-qui-erre et moi. Celui-qui-erre perdra pour toujours sa seule chance de retrouver son amour. Les ancêtres, entêtés, l'emporteront sur lui. Que me restera-t-il si les Cubs gagnent la partie? Je ne pourrai pas ramener Sarah avec moi. Je ne pourrai probablement pas rester ici. Je suis amoureux d'une jeune femme qui, depuis des jours, est plantée dans l'eau jusqu'à la taille, ancrée à la terre parce que j'ai essayé de l'enlever. J'ai une dette envers Celui-qui-erre. Je vais prendre le risque que mon amour pour Sarah soit assez fort pour assurer… ma survie.

Dans le rectangle du frappeur, je me redresse et secoue la tête pour faire tomber les gouttes de pluie.

Me voilà en train de crier à Brown : « Je croyais que tu savais contrôler la balle. »

Il cesse d'observer le receveur et regarde plutôt vers moi.

« Tu ne pourrais pas me frapper, même si tu le voulais. Je suis trop rapide pour un vieux comme toi. T'as plus rien dans le bras. »

Ses yeux brillent comme ceux d'une citrouille à l'Halloween.

Chance lui crie quelque chose.

Je me tortille comme un déchaîné dans le rectangle du frappeur. Du coin de l'œil, j'aperçois les joueurs de la Confédération, ce qu'il en reste du moins, et l'Ange noir, debout devant notre banc. Le long visage émacié d'O'Reilly montre des signes de tension.

« Lâche ! » crié-je en direction du monticule.

Brown s'élance rapidement, et une tache blanche arrive droit sur ma tête à toute vitesse. J'entends un bruit d'explosion, comme celui que font deux voitures qui entrent en collision. *Le match n'est pas encore perdu* sont les mots qui me traversent l'esprit tandis que je tombe par terre, inconscient.

Lorsque je reviens à moi, les joueurs de la Confédération sont en défensive. On m'a étendu sur le banc des joueurs, comme un cadavre, les mains repliées sur la poitrine. Je me demande si on a envoyé chercher le père Rafferty pour qu'il m'administre les derniers sacrements.

Je touche ma tête. Il ne semble pas y avoir d'entaille. Ma tête n'a pas été réduite en bouillie comme un melon. En fait, les seules blessures que je me trouve sont une petite bosse sur le front et ce qui doit être une minuscule coupure au-dessus de l'oreille gauche. Alors que je m'assois, Johnny Evers frappe une balle en flèche à l'arrêt-court qui le retire, et les joueurs de la Confédération sont bientôt rassemblés autour de moi.

« La belle affaire, dit Stan. Il allait te retirer sur trois prises lorsque tu t'es mis à lui crier des injures.

— Que s'est-il passé ? » dis-je, tandis que l'univers se remet tranquillement à tourner.

« Eh bien, Klem a accepté que je coure à ta place. Et Johnny Baron a frappé un triple qui m'a permis de venir marquer. Nous sommes à égalité.

— Qu'est-ce qui m'est arrivé à moi, Stan ?

— Oh ! Brown t'as frappé sur la lampe de mineur. Elle a cassé en mille morceaux.

— Je me demande si l'Église s'attend à ce que je la rembourse ?

— Probablement pas, répond Orville Swan.

— C'était une farce », dis-je.

Extrait de l'*Iowa City Citizen* :

LE SÉNATEUR WILLIAM BOYD ALLISON EST MORT

LE GOUVERNEUR A.B. CUMMINS
ANNONCE SA CANDIDATURE POUR SUCCÉDER
AU SÉNATEUR DÉCÉDÉ

UNE OTARIE ATTAQUE SON GARDIEN

Monsieur et Madame Charles C. Stevens ont le bonheur d'être devenus les parents d'une petite fille qui est arrivée chez eux lundi dernier.

LE MATCH DE BASEBALL SE POURSUIT MALGRÉ LE DÉLUGE À BIG INNING

LE VILLAGE A ÉTÉ COMPLÈTEMENT EMPORTÉ PAR LES FLOTS

Jour Trente-Cinq. Le bossu, mascotte des Cubs, est décédé au cours de la nuit.

L'un des joueurs est allé chercher le père Rafferty à l'église Saint Emmerence, à un mille de Big Inning, après avoir essayé de réveiller Little Walter et remarqué que son souffle rauque ressemblait au bruit d'une scie frottant l'écorce d'un arbre.

Il pleuvait à torrents, sans pitié.

Le père Rafferty portait une lanterne ; sa soutane trempée traînait tristement dans l'eau.

« Par ici », a sifflé Oilcan Flynn, en tenant la toile ouverte.

Le père Rafferty est monté dans la voiture. Little Walter reposait sur le dos, sur un banc étroit appuyé à un des côtés du véhicule. Flynn et Frank Chance, non rasés, mouillés et l'air sinistre, étaient accroupis, tout près.

Le père Rafferty s'est agenouillé, moins par un motif religieux que pour éviter de se cogner la tête sur la toile bas suspendue. À cause des deux lanternes, l'espace qui ressemblait à un cercueil se trouvait anormalement illuminé. Les vapeurs de l'huile à charbon chaude empuantissaient l'air.

Flynn se signait avec ferveur.

« Accordez-lui les derniers sacrements, mon père, dit Flynn.

— A-t-il demandé à voir un prêtre ? demanda le père Rafferty.

— Il se meurt ! Donnez-lui les derniers sacrements ! cria Chance.

— Est-il catholique ? dit le père Rafferty.

— Quand les gens meurent, ce sont tous des catholiques, dit Flynn.

— Je ne pense pas ainsi », dit le père Rafferty. Il s'était déplacé, sur les genoux, à travers la paille mouillée, jusqu'aux

305

pieds de Little Walter. Il avait déplié son étole et se l'était passée autour du cou.

Le père Rafferty dévisageait Flynn, qui avait l'air exalté, et Chance, qui avait peut-être lui aussi la fièvre, tous deux recroquevillés comme des animaux au fond de la voiture.

« Avez-vous fait examiner cet homme par un médecin ? demanda le père Rafferty.

— Donnez-lui les derniers sacrements ! » cria Flynn, en faisant un geste nerveux pour sortir un vieux six-coups tout rouillé, qui devait bien peser dix livres.

« Êtes-vous certain que cet homme soit catholique ? dit le père Rafferty.

— À moins que vous ne vouliez vous rendre au ciel avant lui, donnez-lui les derniers sacrements, dit Oilcan Flynn.

— Il me reste encore un travail considérable à accomplir sur cette terre, et je ne crois pas que je veuille mourir dans ces circonstances. »

Flynn abaissa légèrement son arme, sa main tremblait. Little Walter fut pris d'un frisson, puis tourna la tête de l'autre côté.

« J'imagine que ça ne lui fera aucun mal », dit le père Rafferty en faisant le signe de la croix.

Je me souviens qu'à cette époque, en 1908, les statistiques des *véritables* Cubs de Chicago indiquaient 56 victoires et 40 défaites. Toutefois, l'édition du *Iowa City Citizen* que j'ai entre les mains indique que les Cubs sont tombés à la dernière place de la Ligue nationale, derrière les infortunés Dodgers de Brooklyn.

Les Cubs font tout sauf gagner. Les sept joueurs de la Confédération sont véritablement incapables de marquer des points. À plusieurs reprises, les Cubs se nuisent à eux-mêmes en commettant des erreurs de débutants. Frank Chance dépasse le coureur qui le précède, annulant ainsi un coup sûr qui aurait pu lui donner la victoire. Une autre fois, Harry Steinfeldt glisse en essayant de contourner le troisième but, vole dans les airs comme s'il avait mis le pied sur un pain de savon dans une baignoire, atterrit telle une poche de céréales mouillées et reste étendu presque trente secondes au sol tandis que la Confédération récupère la balle pour la remettre au marbre. Deux coureurs font la file derrière Steinfeldt, comme pour acheter un billet de spectacle. Les trois finissent par être retirés. La Confédération survit un jour de plus. Dorénavant, nous pouvons tous voir Celui-qui-erre, un Indien dépenaillé qui rode dans les épis de maïs le long du champ droit. L'Ange noir rapetisse de jour en jour, mais ne cesse d'embellir.

Tard cette nuit-là, je suis réveillé par le bruit de la toile de la voiture qu'on arrache. Je m'attends à voir Celui-qui-erre. J'aperçois plutôt Stan, qui a l'air accablé. Il se laisse tomber sur les genoux dans la boue, croise les bras derrière sa tête, baisse celle-ci et pousse un long sanglot déchirant.

« Qu'est-ce qu'il y a ? » lui dis-je en un murmure. Quelques pouces à peine séparent nos visages.

« J'ai essayé de rentrer à la maison, mon vieux, dit-il sans lever la tête. Et je ne peux pas. J'ai pataugé le long de la voie ferrée ; je me suis tenu à l'endroit exact où nous sommes arrivés.

— Mais je croyais que tu…

— Je me suis réveillé, dit-il plus fort en levant la tête. Je me suis réveillé tout seul. Il y a de cela une heure ou deux. Est-ce que je veux passer le reste de mes jours tout seul ? me suis-je demandé. Tu avais raison, Gédéon. Rien de tout cela n'a de valeur sans Gloria. Alors j'ai remonté la voie ferrée et j'ai dit : "Ramène-moi à la maison." Je me suis trémoussé dans tous les sens comme un imbécile. J'ai levé les bras vers le ciel. La seule chose qui me soit arrivée, c'est que les nuages se sont dégagés pour me montrer une énorme lune. La nuit est devenue plus claire, la rivière a gargouillé, l'église s'est mise à grincer puis à glisser d'un pouce ou deux de plus vers la rivière.

— Je suis désolé, dis-je. Allons essayer de nouveau. J'irai avec toi.

— Non. Je sais à quel point tu veux rester ici. Je savais ce que je faisais lorsque j'ai transigé avec Chance. C'est à moi de me débrouiller.

— As-tu remarqué que moi aussi, je suis seul ? dis-je. Personne ne semble trouver bizarre que Sarah soit plantée là, enracinée dans le courant près de l'église. Je lui apporte à manger. Je passe un châle autour de ses épaules. Nous conversons comme si de rien n'était. »

Stan baisse de nouveau la tête.

« Nous trouverons bien quelque chose, lui dis-je.

— Tout ira mieux demain matin », dit finalement Stan. « Je serai prêt à jouer au baseball. »

Je me rendors. Mon rêve est ponctué de coups de fusil. Dans mon rêve, le match se poursuit. Caché dans la forêt protectrice, Celui-qui-erre tire sur les joueurs. Un projectile atteint le bout du banc des joueurs de la Confédération et fait voler des éclats de bois dans les airs. Un autre coup atteint Harry Steinfeldt au troisième but ; il tombe dans la boue, et son uniforme se couvre déjà de sang au genou gauche.

Celui-qui-erre, brandissant un fusil à long canon, patauge vers l'église dans l'eau qui lui monte à la poitrine et il déracine Sarah. Il la transporte sur ses épaules, comme une poche de maïs.

Les joueurs et les fidèles de l'Église de la douzième heure tournent sur place dans la confusion. L'Ancien Womple, vêtu sobrement, un chapeau noir enfoncé sur les yeux, fait un pas en avant.

« Notre frère Gédéon nous conduira », crie-t-il.

Ils font penser à un essaim d'abeilles dérangées, bourdonnant de colère, courant à gauche et à droite, sans chef. L'orchestre continue de jouer derrière le filet d'arrêt, bien qu'une balle se soit logée dans l'accordéon, rendant le son du soufflet rauque, pathétique. Les gens de l'Église de la douzième heure ont apporté les lampes qu'ils portent, de même que leurs animaux, lorsqu'ils labourent la terre au beau milieu de la nuit.

Je siffle un coup de trompette pour attirer l'attention. Je distribue des casquettes de baseball aux joueurs et aux fidèles. Le père Rafferty s'est joint à nous, et un crucifix d'argent pendu à sa taille brille d'un air menaçant dans les lueurs du feu. J'attache une lampe à mon front, je lève un bâton de baseball dans ma main droite tel une épée et, levant ma trompette de la main gauche, j'arrive à sonner la charge. Ce faisant, je conduis mes disciples improbables et débraillés vers la forêt.

Je me réveille en sursaut, une main levée au-dessus de ma tête, le cœur battant à tout rompre.

Chance offre avec magnanimité à la Confédération de remplacer ses joueurs morts et manquants à l'appel. O'Reilly refuse avec dédain. Il utilise une expression que j'ai souvent entendue chez Marylyle Baron : « Je rentrerai chez moi avec le bagage que j'avais au départ », ce qui veut dire qu'il se débrouillera avec ce qu'il a.

Depuis le départ de Galloway, Oilcan Flynn et Johnny Baron couvrent le milieu du champ intérieur. Maintenant, depuis la perte de Dean, Stan et l'Ange noir patrouillent le champ extérieur, laissant généralement le champ droit sans surveillance, sauf lorsqu'un frappeur gaucher s'amène au marbre.

Aujourd'hui O'Reilly, avec une politesse toute sudiste, offre à Chance la possibilité de remplacer Battleaxe Steinfeldt, qui est blessé. Le genou de Steinfeldt est enflé et recouvert d'un bandage sanguinolent. Personne ne sait comment il a été blessé.

Chance refuse, évidemment.

Harry Steinfeldt joue au troisième but allongé sur une civière. Tout ce qui frappe la civière devient automatiquement un coup sûr. Il ne va pas au bâton. Chance, je crois, voulait le retirer complètement du jeu. Mais Steinfeldt, comme tout le monde à Big Inning, est resté inébranlable.

La rive derrière l'église de la douzième heure continue de s'éroder, aussi sûrement que si un serpent aux yeux rouges sorti des profondeurs de la rivière Iowa la grugeait petit à petit. Il y a quelques pierres tombales plantées derrière l'église ; la plus petite est une plaque droite et blanche, la plus grande, un obélisque de douze pieds en granit rose.

La rivière menace le cimetière. Tandis que nous observons la scène impuissants, on entend un énorme clapotis, et une verge de terre s'engloutit dans les eaux bouillonnantes. Le glissement de terrain a un effet d'entraînement, et un autre bout de terre coule d'une manière perceptible sous nos yeux, soupire et se fait accueillir par la rivière.

Les fidèles de l'Église de la douzième heure proposent d'essayer de déplacer le cimetière, finissent par décider que le temps joue contre eux. La rivière modifie son cours. L'arbre sacré, désespérément ébranlé, s'accroche précairement à la terre.

La terre laisse entendre un bruit dégoûtant et les deux tombes les plus rapprochées de la rivière coulent à pic. L'obélisque de granit bascule jusqu'à ressembler à un canon prêt à faire feu par-dessus la rivière.

Avant le soir, le cimetière a complètement disparu. Les fidèles sont tendus et pâles. Je suis content de ne pas avoir vu toutes les tombes se faire avaler par la rivière. La raison a beau me dire qu'il ne s'agit que de dépouilles de gens morts depuis longtemps, peu importe : je ne me sens pas le cœur assez solide.

« Ne croyez-vous pas que vous devriez abandonner l'église ? » dis-je à l'Ancien Womple. « Si la rivière monte encore, ce ne sera qu'une question de minutes avant que tout l'édifice ne disparaisse. »

« Nous ne nous laisserons pas ébranler si facilement », dit-il.

À l'aube du quarantième jour, à la fin de la 2614e manche, O'Reilly s'approche de l'arbitre pour proposer le premier changement depuis plusieurs jours. Bill Klem jette un regard torve vers le cercle d'attente où un Indien immense à l'air embarrassé, debout dans l'eau jusqu'aux chevilles, tient non pas un bâton mais une des racines de l'arbre qui pousse près de la rivière. Il la tient comme une arme, il fixe le sol comme s'il s'agissait d'une rivière et qu'il cherchait un poisson à assommer pour son déjeuner.

Si quelqu'un s'était donné la peine de tenir une feuille de pointage, la prochaine entrée aurait pu se lire ainsi :

C.-QUI-ERRE	FU

« Celui-qui-erre vient frapper à la place de Stiff », clame Bill Klem aux quatre membres de l'orchestre qui sont debout dans les estrades, derrière le marbre. L'orchestre se tait pour la première fois depuis des semaines. L'eau vient clapoter de façon malveillante contre la base des estrades.

Je me demande quel marché a bien pu être conclu. O'Reilly a un petit air sournois. Hier, il s'est laissé tomber sur le banc à mes côtés et m'a dit : « Je vais te raconter mon histoire, mon garçon. » Je n'ai rien répondu, me demandant ce qu'il attendait de moi ; l'idée que c'était moi le vieux, et lui le « garçon » m'a traversé l'esprit, comme c'était déjà arrivé auparavant.

« Quand tu retourneras à Kansas City, tu pourras écrire ça dans ton journal. Je vais te donner des noms…

— Je ne veux rien entendre.

— Tu quoi ? » O'Reilly m'a lancé un regard furieux, comme si je venais de frapper un triple facile sur son meilleur lancer.

« Je ne veux rien entendre. Ceux qui sont capables réussissent. Ceux qui ne sont pas capables ne cessent de parler de leurs échecs. Le monde est rempli d'hommes qui auraient pu être de grands joueurs de baseball si leur vie avait été légèrement différente. Je veux pas entendre vos excuses. »

O'Reilly a craché dans l'eau sombre à nos pieds. Il est resté assis en silence à fixer ses genoux jusqu'à la fin de la manche.

Celui-qui-erre est de nouveau plus grand que nature. Pourtant, je ne crois pas que les ancêtres lui aient pardonné. Ce qu'il fait, il le fait seul, sans aide. Tandis que l'immense Indien trotte jusqu'au marbre, il se retourne, et bien qu'il semble vouloir s'en empêcher, ses yeux croisent les miens. Il hoche la tête avec brusquerie. Je sens mon cœur se serrer. La Confédération est sur le point de gagner. Je vais perdre Sarah. Je ne suis pas prêt à cette éventualité. *Je veux que le match se poursuive à jamais.*

D'un saut, je quitte le banc, ayant comme seule pensée de retarder, d'arrêter Celui-qui-erre. Je saute sur lui. Son corps est aussi solide que celui de l'Ange noir. Je m'accroche à ses hanches comme un enfant insistant. Il faut plusieurs joueurs de la Confédération pour me faire lâcher prise.

« Il faut empêcher cela, crié-je à Chance. Il va vous battre.

— Il ne nous fait pas peur, hurle Chance en retour, et depuis quand es-tu de notre bord ? »

Les joueurs de la Confédération me transportent jusqu'au banc. Au monticule, Chance rit et tapote le bras de Brown.

Bill Klem annonce la reprise du jeu.

Je remarque que mes ravisseurs ont relâché leur emprise sur mes bras. D'un mouvement soudain, je les repousse. Ils atterrissent sur le dos, dans l'eau qui couvre l'herbe derrière le banc. De nouveau je m'enroule autour de Celui-qui-erre, et nous roulons tous deux dans la boue derrière le banc. Cette fois, les joueurs n'essaient pas de nous séparer.

Celui-qui-erre m'assène un coup sur l'épaule. Tout mon côté droit semble paralysé ; j'ai soudainement mal au cœur. Tandis que je me débats pour me remettre sur pied, mon genou vient cogner solidement contre le menton de Celui-qui-erre. Il tombe sur moi, comme un poids mort. Je lui arrache le bâton des mains, et je roule pour passer par-dessus lui. Je lève le bâton dans les airs, c'est la racine de l'Arbre sacré.

Je sais que je suis libre de lui assener un coup de bâton. Je m'attends à voir, si je lève la tête, les visages ridés des ancêtres, le rouge, le noir, le jaune et le blanc. Puis je saisis un mouvement du coin de l'œil, du côté des estrades, derrière le marbre : ce sont les ancêtres, plus près encore que s'ils avaient été dans le ciel. C'est alors que l'orchestre révèle sa véritable nature. Les quatre ancêtres vêtus de peaux de daim et cachés sous une couverture sont debout derrière le grillage, leurs yeux laissant échapper de la fumée au milieu de ces visages aux couleurs diverses. Les yeux de Celui-qui-erre sont voilés, mais je peux encore y voir mon reflet. Je n'arrive pas à me convaincre de l'abattre. Sa quête a été tellement plus longue que la mienne ; il a souffert tellement plus que moi.

Ma liberté, ma chance de gagner, dure environ deux batte-
ments de cœur, jusqu'à ce que Celui-qui-erre reprenne suffisamment ses esprits pour me repousser comme si j'étais un petit animal
agaçant. Il reprend son bâton et se tourne vers le marbre, vacillant
légèrement. Il sait que je ne l'attaquerai plus. J'ai eu l'occasion de
mettre fin à sa quête, et ce faisant, de trouver une réponse à la
mienne. Je n'ai pas pu me résigner à l'abattre. Il me suffisait de le
savoir à ma merci. Si je l'avais vaincu, ç'aurait été comme aller au
bâton avant mon tour. Je survivrai. J'attendrai mon heure.

Celui-qui-erre vient prendre place dans le rectangle des frappeurs droitiers. Il soulève la racine, contracte les épaules, jette un
coup d'œil à la ronde, embarrassé. Three Finger Brown recule et
la balle file à toute allure vers Celui-qui-erre. L'immense Indien
s'élance après l'arrivée de la balle dans le gant de Noisy Kling.

« C'est ça, Brownie », dit joyeusement le receveur.

La balle suivante est une courbe qui traverse le marbre à
hauteur de casquette. Celui-qui-erre s'élance trop tard, sans
conviction, comme une fille.

Le grand Indien me jette un coup d'œil, sort du rectangle du
frappeur. O'Reilly demande un arrêt de jeu. Sur ses lèvres, j'arrive
à lire : « Pourquoi pas ? » Lorsqu'il revient au marbre, Celui-qui-
erre passe au rectangle des frappeurs gauchers.

Chance déplace ses voltigeurs en conséquence, Mordecai Peter
Centennial « Three Finger » Brown s'étire et lance une autre balle
sifflante vers le marbre ; celle-là aussi est à hauteur de casquette,
mais sur le coin extérieur. Celui-qui-erre commence à s'élancer à
peu près au moment où la balle quitte la main de Brown.

La racine frappe en plein sur la balle. La balle monte haut et
loin dans le ciel brumeux du champ droit. Wildfire Schulte commence à reculer quasiment avant que la racine ne touche la
balle. La balle s'envole, comme douée de vie, comme si elle avait
tout à coup des ailes, et telle une colombe blanche, elle vole vers
l'infini.

Je me rappelle les paroles de mon père sur l'absence de
limite à la distance que peut parcourir un coup sûr ou encore,
à celle que peut parcourir un voltigeur pour essayer de l'attraper.

Schulte court et grimpe la pente pour atteindre le sommet de la colline. Dos tourné au marbre, gant déployé devant lui, il court à grandes enjambées. Celui-qui-erre court vers le deuxième but lorsque la balle atterrit un peu plus loin que le bout des doigts de Schulte. Elle doit bien être à cinq cents pieds du marbre.

O'Reilly court vers la ligne du troisième but ; moi et la plupart des joueurs sommes à ses côtés ou derrière lui.

« Touche aux coussins », gronde O'Reilly, en faisant de grands signes à Celui-qui-erre pour l'inviter à poursuivre sa course. Le grand Indien semble flotter sur l'eau qui recouvre le champ intérieur, ses mocassins touchent à peine terre. Johnny Evers court loin dans le champ droit pour récupérer le relais de Schulte, qui est en plein sur la cible. Evers se retourne et décoche son tir vers Noisy Kling, qui bloque le marbre. Le jeu n'est même pas serré. Celui-qui-erre, comme une masse confuse recouverte de peau de daim, a l'air de passer à travers Kling, à travers le marbre, tandis que le tir parfait de Evers vient retentir trop tard dans le gant de Kling.

Le match est terminé.

Extrait de l'*IowaCity Citizen* du 12 août 1908 :

LE CIRQUE GOLLMAR BROTHERS, L'UN DES MEILLEURS SPECTACLES D'AMÉRIQUE

Encore plus gros et meilleur que l'an dernier, à tel point qu'il est devenu le meilleur des cirques d'Amérique. Plus de capitaux y ont été investis que dans n'importe quelle autre entreprise sur terre.

On y a maintenant ajouté le plus intensément excitant, le plus sensationnel, le plus déconcertant et le plus gigantesque des numéros, *Le combat contre les flammes.*

Des milliers de personnages et de célèbres pompiers. Un décor qui représente une ville entière, plus grand que 100 salles de théâtre réunies.

Six grands cirques, animés par 300 artistes de renommée mondiale, sous trois chapiteaux et sur trois scènes dans le grand hippodrome et sous l'immense enceinte aérienne.

Un plus grand nombre d'animaux en cage et d'animaux apprivoisés que dans n'importe quel spectacle sur terre. La plus grosse horde d'éléphants jamais rassemblée. Oiseaux et animaux sauvages de toute nature domptés et prêts à se donner en spectacle. Une grande collection des plus bizarres créatures de la création.

La plus colossale, la magnifique parade gratuite de la Grand-Rue, présentée tous les matins à dix heures, du jamais vu, inaugurant le plus grand spectacle jamais donné sur terre.

Personne ne devrait manquer de voir ces spectacles étonnants, des sauvetages dangereux du haut d'immenses gratte-ciel, des scènes d'incendie terribles et terrifiants et d'une terrible férocité. Des canonnades d'explosifs. Des numéros superbes et prodigieux, d'une spectaculaire splendeur, des monstres qui jaillissent de la furie sifflante des flammes. Le plus grand des spectacles au monde.

Troisième partie

LE SPECTACLE D'APRÈS-MATCH

La Terre est tout ce qui dure.

— Little Bear

Chapitre 14

Les joueurs de la Confédération s'agitent et se congratulent
les uns les autres. Après avoir franchi le marbre, Celui-qui-erre a
tourné à gauche et poursuivi sa course tout le long de la ligne du
champ droit, où il est allé rejoindre l'Ange noir pour le prendre
dans ses bras. L'Ange l'a enveloppé de ses ailes, et ils ont continué
à remonter la ligne : le mythe et la statue allaient bientôt être
réunis.

L'Ange était un bon voltigeur de droite. Il avait presque 0,300
comme moyenne au bâton et n'a commis qu'une seule erreur en
défensive.

Je saurai dans les heures qui viennent quel sacrifice j'ai dû
faire, et ce qu'il me faudra encore perdre pour que Celui-qui-erre
puisse mettre un terme à sa quête.

Il commence déjà à moins pleuvoir.

J'ai l'espoir de mon côté. Peut-être qu'aucune mort ne sera
plus nécessaire. Peut-être arriverai-je à vaincre le temps.

« Qu'adviendra-t-il de la ligue ? demande une voix.

— Il est trop tard pour commencer la deuxième partie du
calendrier », dit une autre voix.

Les regards se tournent vers Frank Luther Mott.

« Nous en reparlerons », dit-il vaguement, les yeux éteints,
comme si la Confédération avait déjà commencé à couler comme
un caillou dans les eaux brouillées de l'histoire. « Peut-être
recommencerons-nous à jouer au printemps si…» Il ne termine
toutefois pas sa phrase. Je soupçonne qu'il en sera ainsi pour toujours.

Les nuages noirs, d'une lourdeur métallique, fondent vers
l'horizon, prennent la couleur du plomb et finissent par disparaître peu à peu. L'aube reste accrochée au bord des nuages

comme du mercure. En cette matinée, l'Iowa est baigné d'une lumière argentée, sacrée.

Les Cubs rassemblent leur matériel. Les deux équipes s'évanouissent.

Sarah a été libérée. Elle est entourée des fidèles de l'Église de la douzième heure. On la transporte en lieu sec.

Stan, aussi dépenaillé qu'un clochard, est debout devant moi.

« Tu ne peux pas rester ici, me dit-il.

— Et toi? As-tu encore une fois changé d'idée?

— Non, non. J'ai réussi à faire ce que j'ai toujours voulu faire. J'aurais vendu mon âme pour devenir joueur de baseball professionnel. Je l'aurais fait, Gédéon. Chance m'a offert un contrat. Il dit que je pourrais devenir un excellent frappeur. Penses-y un peu — la terreur de la ligue. Une vedette. » Puis il se tait un long moment. « Mais je ne le ferai pas. Gloria aurait dû me rejeter à l'eau depuis longtemps.

— C'est ce que je t'ai toujours affirmé, dis-je en passant mon bras autour des épaules de Stan. Moi, j'ai toujours l'intention de rester ici. Rien ni personne ne m'attend. »

Soudainement, on entend un grondement venant de l'église, et l'édifice se met lentement à glisser vers la rivière, dans un craquement et un grincement de poutres et de planches. Quelques personnes s'éloignent en courant de l'église et vont se mettre à l'abri avant que l'eau ne prenne possession du bâtiment.

« Sarah! » hurlé-je, mais quelqu'un secoue la tête et pointe du doigt la route parsemée de flaques d'eau qui mène à la ferme des Swan.

L'église et, semble-t-il, le sol qui la porte, sont emportés par le courant, et le centre du bâtiment vient frapper contre l'arbre géant. L'eau pousse furieusement contre l'édifice affaissé. Je m'attends à le voir osciller d'un côté ou de l'autre; peut-être les planches fendront-elles en plein milieu, et les moitiés iront-elles chacune de son côté.

Mais finalement, ce sont les dernières racines de l'arbre géant qui sont lentement arrachées de la terre gorgée d'eau. L'arbre et l'église penchent timidement vers le courant, peu à peu, jusqu'à ce que l'arbre soit complètement séparé du sol. La longue église de rondins se désintègre dans un bruit de bois qui fend en éclats. L'arbre et l'église rassemblés sont attirés par le courant, emportés.

« Frère Womple! » crie quelqu'un. Et je crois bien voir son visage émacié flotter parmi les débris qui disparaissent rapidement dans l'écume jaunâtre de la rivière.

La destruction est désormais accomplie. Le village de Big Inning a été emporté. Le filet d'arrêt et les estrades sont tout ce qui en reste.

Le ciel est d'un violet éclatant. Au loin, une sturnelle des prés chante.

Il ne reste plus qu'à attendre la tombée de la nuit. Alors j'irai avec Stan jusqu'au bout de la voie du terrain de baseball, et si le ciel le veut bien, il ira bientôt rejoindre Gloria. Je resterai près de lui aussi longtemps que je le pourrai.

Tandis que nous sommes assis, écroulés, sur le banc des joueurs de la Confédération, j'ai l'impression d'entendre un déclic, comme le bruit que ferait un vieil appareil photo.

Lorsque je relève la tête, les estrades ne sont plus d'un noir vieilli et détrempées, mais gris souris et *sèches*. Le sol sous nos pieds est craquelé et fait des motifs circulaires qui s'entrecoupent. L'herbe est tondue, impeccable. Je sais ce que je verrai si je tourne la tête vers la rivière, car le tintement du harnais a déjà atteint mes oreilles, et l'odeur entêtante des chevaux a déjà trouvé mes narines.

L'église est là ; l'arbre se dresse dans la chaleur languissante. En direction de la rivière, j'aperçois la cabane de Frank Hall, qui a pourtant été emportée il y a de cela plusieurs jours. L'homme sera en vue d'une seconde à l'autre, ses outils de jardinage sur l'épaule.

Une douce musique s'élève de l'église :

« Je m'en vais au ciel
Rien ne saurait m'ébranler »

« Le village », dis-je à Stan en chuchotant. Je lui touche l'épaule, et le contact de mes doigts semble avoir l'effet d'une baguette magique le ramenant à la vie.

« Que s'est-il passé ? » dit-il tout bas, comme un enfant qui se réveille en plein rêve.

Nous jetons tous deux un coup d'œil derrière le filet d'arrêt. On aperçoit le village à peu de distance.

« Était-ce un rêve ? » demande Stan, les yeux tout à coup embués.

« Non, dis-je avec fermeté. Tout est arrivé.

— Mais quel jour crois-tu que nous soyons ? Est-ce le quatre juillet, ou quarante jours plus tard ?

— Nous sommes en août — regarde le maïs. Fais confiance à la nature : elle ne se laisse pas leurrer. » Les épis de maïs au bout du champ droit sont hauts, remplis d'humidité. Ils embaument la vie.

Je ne peux penser à rien d'autre qu'à Sarah. J'essaie de ne pas faire voir que je suis paniqué. J'ai peur d'aller à sa recherche. Peur de ne pas y aller.

Stan se lève, vacille légèrement, comme pour reprendre son équilibre, puis d'un long pas sautillant, se dirige vers le centre du village.

Les gens nous saluent de la tête tandis que nous marchons sur les trottoirs de bois qui sonnent creux. Il y a des attelages de chevaux attachés aux poteaux devant les magasins. Un boghei amish est stationné à l'ombre à côté de l'écurie de louage. Une automobile remonte la rue, le moteur haletant.

Henry Pulvermacher, vêtu d'une salopette, sort du magasin général, un sac d'épicerie dans les bras.

« Henry », dis-je. Nous nous plantons tous deux devant lui, lui souriant comme s'il venait de nous sauver de quelque chose.

« Je vous demande pardon ? dit-il, ses yeux bleus écarquillés, ne nous reconnaissant absolument pas.

« C'est nous, dit Stan.

— Puis-je vous aider ? demande Henry.

— Non. Non merci, dis-je. Nous vous avons pris pour un autre. »

Henry hoche poliment la tête et poursuit sa route vers le boghei.

Nous marchons le long de la rue. Le *Iowa City Citizen* est affiché dans la vitrine de l'imprimeur :

LES ROUGES ARRIVENT

LE GRAND CHEF DAY EST EN VILLE

La tribu Wapieshiek se réunira trois jours durant à Iowa City

CLASSEMENT DE LA LIGUE NATIONALE		
	Victoires	Défaites
Pittsburgh	64	39
New York	61	42
Chicago	58	45

De l'autre côté de la rue, Sarah est debout, à côté de la voiture de son père. Orville est là, la mine renfrognée.

« Sarah ! » crié-je ; mais elle ne semble pas m'entendre.

L'air qui m'entoure est en train de se transformer. Le village se cicatrise peu à peu. On dirait un nuage qui passe devant le soleil de façon telle que je peux voir l'ombre se retirer.

Le trottoir de bois sous mes pieds est encore gorgé d'eau, et derrière moi j'aperçois des fondations en ruines. Un autre édifice se dresse tout de guingois. Nous sommes à l'ombre. Mais de l'autre côté de la rue, le soleil brille de tous ses feux, le trottoir est sec, et les édifices sont bien droits, comme des soldats au garde-à-vous. Sur l'enseigne du plus grand de ces édifices à fausse devanture, de l'autre côté de la rue, on peut lire : MAGASIN GÉNÉRAL D'ONAMATA. Derrière moi, l'enseigne dit : IMPRIMERIE DE BIG INNING.

« Sarah ! » crié-je encore une fois. Quelque chose m'empêche d'avancer sur la poussière rouge de la rue, de courir à la rencontre de Sarah, d'aller la serrer dans mes bras.

Comme je continue de l'appeler, d'agiter les bras frénétiquement pour lui faire signe, Sarah lève les yeux. Elle les plisse et regarde dans notre direction, comme si une grande distance nous séparait. Elle dit quelque chose que je n'entends pas. Orville tend la main pour la prendre par l'épaule, mais elle fait un pas pour s'éloigner de lui. Elle avance lentement, comme si elle essayait de se frayer un passage à travers des toiles d'araignée.

Après trois ou quatre pas, elle sourit avec joie, comme si elle me voyait clairement pour la première fois, puis elle fait un bond vers la rue, ses petits pieds soulevant des bouffées de poussière.

On dirait qu'il y a un mur de verre devant moi, un champ magnétique. Je ne peux pas courir à sa rencontre, alors que je vois ce qui est est sur le point de se produire, ni aller à sa rescousse. Une voiture noire élégante descend la rue, et Sarah s'élance en plein dans sa trajectoire.

J'entends des bruits d'éclatement autour de moi, comme le son que font des mains qui se frappent très fort, une seule fois, comme des coups de pistolet. Il me faut quelques secondes avant de comprendre ce qui se passe. Pendant que j'observe la scène, toutes les fenêtres des édifices, des deux côtés de la rue, se referment avec fracas. Plus tard on me racontera qu'à la mort de Sarah, par un matin humide du mois d'août, toutes les fenêtres du comté de Johnson se sont ainsi refermées.

Les curieux se rassemblent. Orville, aidé par une autre personne, déplace Sarah sur le trottoir où elle repose, aussi pâle que Blanche-Neige qui attend qu'on la réveille. Je m'accroche à Stan, pose mon front sur son bras. Il me murmure quelque chose, sa grosse main serre mon épaule.

Sarah ne porte aucune blessure visible ; la poussière rouge qui forme une trace de pneu sur sa robe blanche est le seul indice qui laisse deviner qu'elle vient d'avoir un accident.

Tout le monde nous ignore, mais il y a plus encore. On dirait que les gens de l'endroit sentent que nous sommes des étrangers, que nous ne sommes pas à notre place. Orville jette un regard courroucé dans ma direction à plusieurs reprises, mais ne montre aucun signe de reconnaissance, à part que de me faire sentir clairement qu'il me tient responsable de la mort de Sarah.

L'Ancien Womple arrive sur les lieux, et les fidèles de l'Église de la douzième heure qui sont parmi les curieux prient devant la dépouille de Sarah. Le père Rafferty apparaît, comme un fantôme noir. Le bord de sa soutane est poussiéreux, son crucifix brille comme une épée sous les rayons du soleil. Il se tient à une distance respectueuse, palpant son chapelet, bougeant les lèvres en silence. Un médecin d'Iowa City vient confirmer ce que tous savent déjà. On envoie chercher le croque-mort, M. McKitteridge.

Les frères Baron, un peu à l'écart de la foule, tendent le cou pour voir la scène. Ils nous dévisagent et semblent n'avoir aucun souvenir de nous.

Je n'en peux plus. Je porte ma trompette à mes lèvres et je commence à improviser sur l'air de *Rien ne saurait m'ébranler.* J'en joue une version gémissante, à déchirer le cœur, jazzée genre Dixieland, comme on peut en entendre dans les processions funèbres du Sud. L'enseigne derrière moi indique maintenant IMPRIMERIE D'ONAMATA.

« Ce soir », dis-je à Stan en chuchotant. Il est visiblement gêné de me voir jouer. J'avance à pas de danse dans la rue principale, ma trompette pointée vers le ciel, les notes, comme des fleurs, s'élèvent dans le jour ensoleillé.

Une partie de ma douleur exorcisée, je vais me réfugier parmi les arbres silencieux derrière le terrain de baseball. Je m'assois, jambes étendues. Des asters violets, des marguerites jaunes et des campanules bleues embaument et embellissent le sous-bois. Une castillèje d'Amérique en forme de lance brille comme un cierge au milieu des graminées.

Je ne peux me dire surpris devant ce qui s'est produit depuis la fin du match. Je savais très bien à quoi je renonçais lorsque j'ai décidé de laisser la vie sauve à Celui-qui-erre. Dans quelques heures, je serai de retour à ma vie de 1978. Mais qu'est-ce que j'y trouverai ?

« Je ne suis pas inébranlable », dis-je à la forêt. « Je peux m'as-souplir. Je peux changer. Je *vais* changer. Je retrouverai Claire. Je sauverai Claire. Je lui montrerai que je ne suis pas inébranlable. Je détruirai tout ce que j'ai accumulé sur la Confédération. Je brûlerai tout sous l'œil de Claire. Nous reprendrons la vie à deux. »

Stan reste silencieux et tranquille tandis que nous nous diri-geons vers la voie ferrée. Une lampe jette une lueur orangée à la fenêtre de la cabane de Frank Hall. Frank est assis sur une chaise devant la cabane. Une bassine carrée est suspendue à l'envers sur l'un des murs. La cigarette de Frank brille dans l'obscurité moite.

« Vous allez en ville, c'est ça ? »

Nous hochons la tête, gauchement.

« Eh bien, amusez-vous bien.

— C'est ça, dis-je. Faites attention à vous. »

Il lève la main sans entrain, en un geste d'adieu.

Nous avons à peine franchi le remblai de la voie ferrée que les traverses disparaissent sous nos pieds et que les framboisiers et les ronces viennent nous égratigner les poignets.

« Nous sommes de retour, dis-je.

— Avions-nous seulement quitté les lieux ? » dit Stan. Je lui jette un coup d'œil rapide, mais je vois qu'il sourit d'un air embarrassé.

« Je pars à la rencontre de Claire, dis-je. Elle est sur le chemin du retour, je le sais.

— Comment peux-tu le savoir ?

— Il va arriver quelque chose à Claire, ici, à cette époque, comme à Sarah là-bas. À moins que je puisse l'empêcher.

— Voyons, Gédéon. » Son ton laisse voir qu'il ne croit pas ce que je lui raconte.

« Non, c'est vrai. Je peux l'empêcher. Je peux vaincre le temps. Où pourrait-elle être ? Elle ne peut pas être bien loin. »

Stan a l'air incertain.

« Penses-y mon vieux : d'où vient-elle ?

— De l'autoroute, répond Stan.

— Il faut que nous allions sur l'autoroute 80, à la sortie d'Onamata. » Je suis à un demi-pâté de maison de la mienne. « Allons, viens, viens vite », crié-je à Stan tandis qu'il se traîne les pieds derrière moi.

« Gédéon, je rentre à la maison. J'aimerais bien goûter un peu à la réalité, pour faire changement.

— Bien sûr. » Comme la Confédération, l'histoire de Claire ne regarde que moi. « Rentre chez toi, Stan. Embrasse Gloria pour moi, et quoi qu'il advienne, n'accepte pas ce maudit travail, peu importe ce qui pourrait arriver.

— Je vais être entraîneur, Gédéon. C'est ce que je ferai. Tu verras bien », dit-il par-dessus son épaule. « Dans une petite ville comme Onamata... des garçons de ferme ; je leur apprendrai à frapper la balle. Il y en aura bien un ou deux qui se rendront jusqu'aux ligues majeures...

— Tu y arriveras, Stan. J'en suis persuadé. »

L'herbe a poussé autour des roues de mon camion, et son extérieur, comme celui de la maison, est plus décoloré par le soleil que dans mon souvenir.

J'appuie à fond sur l'accélérateur et le camion finit par revenir à la vie.

Une fois arrivé à l'autoroute 80, j'arrête le camion sur le gravier, sur le bas-côté. Une pâle poussière flotte encore dans le clair de lune lorsque je saute du camion. Claire est là, comme j'ai toujours su qu'elle y serait ; je sens mon cœur se serrer dans ma poitrine. Elle lève une main remplie d'espoir tandis que les autos vrombissent en direction de Chicago.

« Claire ! Ne reste pas sur la route », hurlé-je tout en courant vers elle.

« J'ai changé d'avis, Gédéon. Je continue. Je ne reviendrai plus jamais.

— Claire ! » Je cours vers elle. Je l'emporterai dans mes bras et la transporterai jusqu'au camion, où elle sera en sécurité.

Lorsque j'arrive à quelques pas d'elle, elle se penche, attrape la petite valise qui lui tient compagnie depuis plus longtemps que moi, et elle court vers l'autoroute. Je ne suis qu'à un pas derrière elle. Elle traverse les voies qui vont vers l'est, puis elle court à travers le fossé. L'herbe est fraîche et a l'odeur suave de la nuit. Le trèfle s'enroule autour de ses chevilles et la fait trébucher. Je m'accroche à elle. Elle est aussi légère qu'une ombre.

« Laisse-moi tranquille. Je ne peux pas revenir. Je ne reviendrai plus jamais. Tu n'as jamais su comprendre que tu étais plus heureux sans moi. »

Je m'accroche fermement à elle. Elle s'efforce de se dégager, cherche à reprendre son souffle. De toutes ses forces, elle balance sa valise en faisant un arc, et le coin vient frapper contre ma tempe. Mes genoux sont mous ; ma vision se trouble. Je sens que je vais vomir.

Claire se remet difficilement sur ses pieds et traverse le fossé en direction des voies qui vont vers l'ouest. On entend le bruit terrifiant des freins pneumatiques, le hurlement des pneus qui cherchent vainement à rester en contact avec l'asphalte. Puis rien. Une portière qui claque. Des jurons étouffés.

Je me relève douloureusement, je vacille jusqu'à la route éclairée par la lune, du sang coule sur mon visage, tache ma chemise.

Un camionneur corpulent en vêtements de travail verts est debout devant le radiateur de son camion-remorque.

« Bon Dieu, dit-il. Vous êtes toujours en vie. Qu'est-ce qui vous a pris ? Êtes-vous saoul ? J'ai cru un instant que j'avais frappé un enfant. Je l'ai vu, j'ai senti le choc.

— Je suis désolé, dis-je. Je ne faisais pas attention. »

Je sais que nous ne trouverons rien si nous nous mettons à la recherche de Claire. Je me rappelle de ses paroles : « Je suis comme la fumée. » Peut-être que, comme moi, elle a eu plus qu'une vie.

« J'ai cru que c'était un enfant. Vous êtes sûr qu'il n'y avait personne avec vous ?

— Je suis seul, dis-je. C'est le reflet de la lune à travers le maïs. Parfois, ça vous joue des tours.

— Je suis heureux de vous l'entendre dire. » Le camionneur pousse un soupir. « Est-ce que ça va aller ?

— J'habite tout près. Mon camion...» Je montre l'autre côté de l'autoroute. Je lui fais des excuses. Il grogne quelque chose à propos de la charge de son camion qui a dû se déplacer.

« J'ai cru que c'était un enfant, répète-t-il. Trop de dexédrine et pas assez de sommeil. » Il fait grincer la transmission et le camion s'éloigne dans un grondement.

C'est presque l'aube lorsque j'arrive devant ma maison, blanche et calme, à Onamata. Je suis engourdi par le manque de sommeil, le chagrin et ce qui vient de m'arriver. J'aperçois une feuille blanche épinglée sur la porte de la véranda. Encore la mort, me dis-je, et j'ai raison.

Le message est court et va droit au but : *John est mort.* Suivent l'heure des funérailles et les heures d'ouverture du salon funéraire Beckman-Jones.

Le message est signé : Madame John Baron.

Il ne m'est même pas adressé, et il est signé comme si c'était une commande d'épicerie. Comme une mère qui écrirait à son fils en commençant par *Monsieur,* pour finir par *Veuillez accepter l'expression...Madame...* Puis je me rends compte que ma propre mère aurait très bien pu écrire une lettre de ce genre. Je pardonne à Marylyle. Mon propre deuil pourrait me faire poser à moi aussi des gestes étranges. Car je suis deux fois perdant. Mais il y a plus encore : pour les Parques deux fois ne suffisent pas. Ma vie est en train de se vider de sa substance.

Les habitants des petits villages sont parfois si mesquins; ce pourrait être drôle si ce n'était pas si triste. Le seuil de ma maison est jonché d'exemplaires du journal de la semaine dernière, en train de jaunir; certains sont insérés entre la porte et la moustiquaire. Ce n'est pas un journal auquel je suis abonné. Il y a des copies de la une et des pages déchirées d'un magazine national dans la boîte aux lettres, parmi les circulaires et les factures d'électricité.

Le FBI a mis le grappin sur ma sœur Enola Gay, il l'a coincée dans la résidence de ma mère à Chicago, où elle serait apparemment allé chercher une grosse somme d'argent. La Belle Maudie et Enola Gay ne voulaient pas en sortir. La résidence a complètement été détruite par le feu.

J'ai bien peur que la prochaine fois que je me regarderai dans le miroir, j'aurai été écorché vif et il ne me restera plus que les os.

Je sais que les voisins sont tous cachés derrière leurs rideaux, leurs yeux globuleux écarquillés, et qu'ils se demandent quelle sera ma réaction lorsque j'apprendrai la nouvelle. Demain, ils viendront tous me voir, porteurs de condoléances et de plats à réchauffer, désireux de connaître la profondeur de mon chagrin. Avides.

La plus grosse nouvelle du *Iowa City Press-Citizen* raconte que l'Ange noir est disparu du cimetière de Fairfield voilà environ deux semaines. La nouvelle a même été publiée dans le *New York Times* et tous les réseaux de télévision ont fait un topo à ce sujet. Le FBI s'est mêlé de l'affaire parce qu'on pense que l'Ange a été emporté dans un autre État. On parle même d'invoquer la loi Mann, car il paraîtrait qu'un magazine national particulièrement cochon s'apprêterait à publier des photos explicites de l'Ange prenant part à divers actes sexuels avec des hommes et des bêtes.

L'éditeur du magazine ne pipe mot, jouit de cette notoriété en se demandant probablement d'où vient tout ce bordel.

La magie semble avoir disparu. Les roses trémières sont fanées, aussi silencieuses que les fidèles à la messe ; ma vaisselle sale traîne au fond du lavabo. La maison m'oppresse. Je suis trop épuisé pour réagir à tout ce qui m'est arrivé.

Dépassé par les événements, je me laisse tomber sur la balançoire de la véranda, et je me réveille au chant des oiseaux, en plein soleil. Il est neuf heures. Je me rends en voiture à la ferme des Baron.

Tandis que j'éteins le moteur, Marylyle ouvre la porte-moustiquaire et sort sur la véranda. Elle traverse avec précaution les planches grises comme les bateaux de guerre, et s'assoit sur la balançoire. La balançoire grogne doucement.

« Gédéon, dit-elle. Je suis si heureuse que tu sois de retour. Je ne m'étais pas aperçue à quel point j'avais fini par compter sur toi... Et, oh, je suis désolée pour ta mère et ta sœur. Où que tu sois allé, tu as sûrement vu les journaux. Ils en ont fait toute une histoire. Il y a même eu des équipes de télé en ville, des journalistes qui faisaient les cent pas dans ta cour...»

Je me suis arrêté au pied des marches. À la façon dont elle penche la tête, je sais qu'elle regarde derrière moi, qu'elle fixe les acres de maïs qui murmurent dans la brise, douce comme la plume.

« Moi aussi, je suis désolé, Marylyle. J'ai lu votre message. John a toujours été mon ami, toute ma vie durant. » Il y a un massif de gueules-de-loup à mes pieds, certaines jaunes comme des pinsons, d'autres pourpres comme du velours.

« J'ai pensé que tu voudrais être au courant. John m'a dit qu'il se pourrait que tu sois parti pour un bon bout de temps. Il a même dit qu'il se pourrait que tu ne reviennes jamais. » Elle me jette un regard interrogateur.

« Je suis désolé pour John, et je suis désolé de ne pas avoir été là quand vous en auriez eu besoin.

— J'ai bien l'impression qu'on aurait pu se consoler l'un l'autre, en fait », dit Marylyle. Elle descend les marches d'un pas incertain et nous nous étreignons. Son corps est noueux, mais léger, tout en angles, comme une haie de caragana. Elle a chaussé des souliers de course beiges sans serrer ses lacets, et ses pieds enflés font voir des gonflements inquiétants à travers la toile.

« Et Missy, comment a-t-elle réagi ? » demandé-je. Marylyle ne donne aucun signe qu'elle a entendu ma question.

« Tu vois ce peigne ? » dit-elle, tournant la tête de façon à ce que je puisse à peine voir le contour d'un peigne jaunâtre qui tient en place ses cheveux blancs comme l'hermine. « Ça fait une éternité que je ne l'ai pas porté. Je l'ai trouvé au fond d'un tiroir ; il fait partie d'un ensemble que John m'a donné, quand nous nous fréquentions, il y a de cela plus de soixante ans.

— Il est très joli », dis-je, ne sachant trop ce qu'elle attend de moi.

« Ces derniers jours, depuis la mort de John, j'ai tellement eu besoin de parler à quelqu'un, Gédéon. Oh, je parle à Missy, bien sûr, comme si elle pouvait comprendre tout ce qui se passe, la pauvre. » Elle se tait un instant, jette un regard autour d'elle, distraite, comme si elle avait oublié quelque chose de très important.

Devrais-je lui faire part de tout mon chagrin maintenant ? Je me décide à attendre. Je ne peux pas lui imposer encore plus de souffrance, pas tout de suite. Et comment lui dire pour Claire ? Il n'y a même pas de cadavre. Et comment pourrais-je lui expliquer pour Sarah et les quarante derniers jours ?

« J'ai fait du thé, Gédéon. Tu voudras bien en prendre une tasse en ma compagnie ? »

Je la suis le long du corridor jusque dans la cuisine, familière, qui sent le pain et la cannelle. Par la grande fenêtre, nous pouvons voir les abeilles qui butinent dans son jardin. Il est rempli de soucis, de pois-de-senteur, et de cosmos.

« John a donné un coup de pouce à la mort », dit-elle, au-dessus des tasses de thé fumantes sucrées au miel et au citron.

« Ça ne me surprend pas vraiment, dis-je. C'était un homme courageux, pas du genre à laisser la situation empirer inutilement.

— Quand je l'ai vu en vie pour la dernière fois, il m'a dit, "Va en ville, Mary Me Lyle", un petit nom d'amour qu'il m'avait donné du temps où il me faisait la cour. "J'ai embrassé Missy et je lui ai donné un dollar qu'elle pourra dépenser en ville", qu'il a dit. "Maintenant, je m'en vais marcher dans le pré." Et de derrière le gros fauteuil vert dans le salon, il a sorti sa carabine, celle qui avait des faisans verts et rouges sur la crosse. "Il y a trop de corneilles dans le coin. Je vais essayer d'en abattre quelques-unes", il a dit. Je me sentais toute vide à l'intérieur, comme si son cancer était en train de me ronger, moi aussi. Ses yeux étaient creux, profondément enfoncés dans son visage et je pouvais y voir la douleur monter, malgré les efforts qu'il faisait pour la cacher.

« "Si je ne suis pas ici à ton retour, Marylyle, ne viens pas à ma recherche. Appelle plutôt les Pulvermacher, au bout de la route. Gédéon n'est pas là, il est parti quelque part, tu le sais. August

Pulvermacher et son fils viendront." Il a posé une main sur mon bras, s'est penché et m'a embrassée sur la joue ; la barbe blanche et drue autour de sa bouche piquait comme des orties.

« Je l'ai regardé partir, balançant maladroitement sa jambe gauche, comme il l'a toujours fait. Tout était si... presque solennel ; nous savions tous deux ce qui était en train de se passer, mais nous ne pouvions pas nous résoudre à en parler.

« J'ai fait confiance à John. Il était tout emmêlé dans la clôture de barbelé, à un quart de mille d'ici. Le jeune médecin venu d'Iowa City a été très gentil. "Un homme aussi malade que lui n'aurait jamais dû partir seul à la chasse. La carabine était trop lourde pour lui ; il a dû prendre peur lorsque son chandail est resté pris dans la clôture."

« Une mort accidentelle, sans doute possible, c'est ce qui a été décidé. Aucun membre de l'Église n'a osé dire quoi que ce soit. J'ai eu tellement peur qu'on l'enterre en plein champ. »

« Où est Missy ? » demandé-je, pour changer le cours de la conversation tout en laissant Marylyle continuer à parler.

« Missy était dans sa chambre en train de jouer à la poupée, mais je crois que je l'ai entendue sortir. Elle doit être dans le pré. Elle sait très bien tenir sa chambre en ordre », dit Marylyle, comme si je n'étais pas déjà allé des centaines de fois dans la chambre de Missy. « Elle empile ses casse-tête aussi nettement qu'elle le peut sur ces tablettes que tu as installées pour elle. Elle habille et déshabille ses poupées. Les médecins nous ont dit de nous attendre à ce que Missy ne vive pas plus de quarante ou quarante-cinq ans, mais elle aura soixante ans à son prochain anniversaire. À part son cœur, elle ne pourrait pas être en meilleure santé. Missy a été notre mignonne petite fille pendant soixante ans. Je crois qu'elle se rend compte que John est mort, mais elle est capable d'en faire abstraction. »

Oh ! comme c'est merveilleux, me dis-je, de pouvoir repousser le chagrin loin dans son esprit, comme on rangerait des boîtes de carton sous l'escalier de la cave.

« Marylyle, dis-je en l'interrompant, il faut que je vous demande une chose.

— Bien sûr, Gédéon.

— Avez-vous connu une jeune femme appelée Sarah Swan ? »
J'essaie de garder une voix calme, comme si de rien n'était, mais
il me semble qu'elle s'est cassée, qu'elle a grimpé d'un ton,
qu'elle s'est faite perçante. Marylyle me regarde du coin de l'œil,
plisse les yeux. Si elle soupçonne quelque chose, elle n'en laisse
toutefois rien voir.

« Tu es allé flâner du côté du cimetière, là où il y avait autre-
fois l'église de la douzième heure ? Ou bien as-tu lu son histoire
dans de vieux journaux ? » Marylyle se rend compte de mon air
accablé. « Quelque chose ne va pas, Gédéon ? »

« Pour quelqu'un qui a tout perdu, j'imagine que je ne vais
pas trop mal », dis-je avec amertume. Je ne me résous toujours pas
à lui parler de Claire, ni des vraies raisons qui me poussent à lui
parler de Sarah.

« Voyons, Gédéon, tu sais bien ce que je veux dire. Je t'ai
presque élevé ; je sais quand quelque chose t'embête, à part ce
qui devrait normalement t'embêter.

— Racontez-moi ce que vous savez de Sarah Swan.

— Elle avait trois ou quatre ans de plus que moi. C'était un
beau brin de fille ; je ne la connaissais pas vraiment. Elle faisait
partie de cette bizarre Église de la douzième heure dont je t'ai
parlé. Je te dirai au moins ça, par contre : c'est la première personne qui est morte frappée par une automobile dans le comté
de Johnson. »

Soudainement, Marylyle se met à fredonner, puis à chanter,
le chant de ralliement de tous ceux d'entre nous qui ont pris part
d'une façon ou d'une autre au mystère de la Confédération du
baseball de l'Iowa.

« Malgré le poids de mon fardeau
Rien ne saurait m'ébranler

Malgré le poids de mon fardeau
Rien ne saurait m'ébranler »

L'absurdité de toute cette histoire me donne envie de rire. L'une des caractéristiques de l'air sirupeux de l'été de l'Iowa doit être l'acharnement. Nous n'avons pas — aucun d'entre nous — laissé quoi que ce soit nous ébranler, que ce soit par choix ou par envoûtement.

« Comme un arbre
Planté près des eaux
Rien ne saurait m'ébranler »

Je reste absolument immobile.
Dehors, un bourdon de la taille d'un dé à coudre butine avec hâte au-dessus du trèfle et des campanules.

« Même si mes amis m'abandonnent
Rien ne saurait m'ébranler
Comme un arbre
Planté près des eaux
Rien ne saurait m'ébranler »

Rien ne saurait m'ébranler. Je me demande si Marylyle Baron se rend compte de l'ironie que recèle son chant. Mais je ne crois pas qu'elle sache qu'elle est en train de chanter ; son regard a l'air si distant.

Lesquels d'entre nous se sont laissés distraire de leur but, de leur obsession, et qu'en avons-nous retiré ? Des visages me viennent à l'esprit : mon père, Celui-qui-erre, Frank Chance, Arsenic O'Reilly, Stan, moi, Sarah, Claire, Missy, Marylyle — lequel s'est laissé ébranler ?

Stan.

Qui parmi nous a le plus de chances de trouver le bonheur ?
Rien ne saurait m'ébranler. On dirait que cela a du mérite. C'est du moins ce que laissent croire les paroles du cantique. Mais mon obsession pour la Confédération m'a fait perdre à la fois Claire et Sarah.

« N'acceptez pas la trahison
Rien ne saurait m'ébranler
Comme un arbre
Planté près des eaux
Rien ne saurait m'ébranler »

« Marylyle ? » dis-je pour interrompre le chant. « Je m'en vais retrouver Missy ; je me suis ennuyé d'elle. » Marylyle me dévisage pendant une seconde, l'air de ne pas trop savoir qui je suis. Elle s'est beaucoup affaiblie durant mon absence. Elle ne dit rien, mais hoche la tête en direction du pré, derrière la maison.

Deux chevaux sont en train d'y paître. Barney et Blake sont aussi noirs et luisants que des téléphones, et ils sont sûrement aussi âgés que Mme Baron, si on compte leur âge en temps d'homme. Ils ont des taches blanches dans le cou à l'endroit où leur licou frotte, et on peut voir une bordure blanche et molle sur leurs mâchoires et autour de leurs yeux fatigués.

Missy flatte le naseau velouté des vieux chevaux, sa capeline de travers. Elle fait entendre un son doux comme le chant des oiseaux, que les chevaux semblent comprendre.

Je m'appuie sur la clôture et j'observe Missy. Elle observe maintenant les fleurs. Il y a des lis tigrés, délicats comme des chatons roux qui tentent de tenir sur leurs pattes. Missy se penche très bas pour regarder de près un pissenlit gros comme une pièce d'un dollar. Elle cueille le pissenlit et s'en sert comme d'une houppette pour tamponner son nez et ses joues.

« Bonjour Missy. »

Elle n'est pas surprise par le son de ma voix. Elle lève les yeux et son visage s'épanouit dans un sourire large, confiant. Elle a du pollen sur les doigts et sur le visage.

« Tu aimerais venir marcher avec moi un moment ? dis-je. J'ai besoin de compagnie, et il doit bien y avoir de la vaisselle à laver. » Elle me tend la main ; dans la mienne, elle est aussi douce et humide qu'une menotte d'enfant.

En tournant le coin de la maison, elle jette un coup d'œil en direction de Marylyle, assise sur les marches, fredonnant toujours.

« Je crois que ta maman a besoin d'être seule un instant, dis-je. Nous lui passerons un coup de fil plus tard, tu veux bien ? » À mes côtés, Missy fait un bond. « Marchons », dis-je, en l'éloignant du camion. « Il faut que j'aille ouvrir les fenêtres de la maison. Il faut faire entrer la lumière. Tu m'aideras à épousseter ?

— Est-ce que tu vas faire de la musique ?

— Avec ma trompette ?

— Je t'entends la nuit, parfois », dit-elle, en frottant sa joue contre mon épaule. Je me demande si c'est vrai.

Nous marchons en balançant les bras. Nos ombres devant nous sont aussi longues que des poteaux de téléphone.

La magie va me manquer. À partir de maintenant, il faudra, je crois, que je crée ma propre magie. Je me penche pour prendre ma trompette, mais je l'ai laissée à la maison, je ne l'ai même pas emportée avec moi dans le camion.

Je me mets à fredonner une chanson écossaise pleine d'entrain. Missy me regarde en souriant, son corps bougeant au rythme de ma chanson.

« Dansons », dis-je. Missy rit. À ses côtés, je place mon bras droit dans son dos tout près de son épaule droite. Elle lève la main comme pour poser une question, et nos mains droites se croisent. Nous joignons nos mains gauches à hauteur de la taille. « Un, deux, trois, hop » dit la chanson.

« Un, deux, trois, hop,
Un, deux, trois, hop
Faites un tour de l'autre côté. »

Je fais danser Missy dans un cercle étroit dans la chaude poussière de la route. Nous sautillons et nous tournons encore une fois, sur la route d'Onamata. Nous nous arrêtons, et nous rions. Je serre Missy dans mes bras. Tandis que je relâche mon étreinte, je passe les doigts sur sa nuque ; elle est mouillée près de ses cheveux roux, grisonnants.

Je me rappelle ce que disait mon père à propos de ces moments que chacun d'entre nous voudrait voir figés pour l'éternité.

Nous rions toujours lorsque tout à coup je me rends compte que nous ne sommes pas seuls. Deux personnes sont apparues, tout près. Ce sont des Indiens. La femme nous tourne le dos ; elle s'éloigne. Elle porte une jupe brune, et un châle blanc recouvre sa poitrine. Deux tresses noires bondissent sur ses épaules à chacun de ses pas.

Nous avons dansé quasiment sur les talons de l'homme. Il se retourne et nous jette un regard plein de curiosité. Nous sourions tous deux, Missy et moi, comme des idiots. L'homme est plus petit que moi ; il porte une chemise à carreaux rouge et noire et un pantalon ample. Un bandeau rouge noué autour de sa tête maintient ses longs cheveux en place.

« Vous avez l'air d'avoir du plaisir », dit-il.

Je l'observe des pieds à la tête, je l'étudie comme si nous étions dans un musée anthropologique. Sa voix est douce, il a l'accent du coin, celui de la réserve Sac-Fox, tout près. Mais il ne peut cacher ses yeux ; ce sont les mêmes. Il peut prendre la forme qui lui chante, mais il ne peut pas changer son regard.

« Vous avez réussi, dis-je. Êtes-vous heureux ?

— Bien sûr, nous sommes heureux. Ma bonne femme et moi, nous allons rejoindre son frère à Onamata. »

Il me fait la conversation. Suis-je en train de me faire des idées encore une fois ? Ses yeux. Je suis certain que ce sont *ses* yeux.

« Est-ce que je ne vous ai pas vu jouer au baseball ? lui dis-je.

— Au baseball », répète Missy, comme en écho, en tapant du pied dans la poussière.

« Peut-être dans les gradins. Ça fait des années et des années que je n'ai pas joué. J'ai été frappeur d'urgence seulement, une seule fois.

— Je vous ai vu, dis-je.

— Peut-être nous reverrons-nous au terrain de baseball, à Onamata », dit-il. Puis il se tait un long moment, comme pour penser à ce qu'il vient de dire. « Après, ajoute-t-il, en regardant droit vers Missy.

— Oui, après… Sarah », dis-je en un souffle, tout simplement pour entendre le son délicieux de son nom. « Cette fois,

338

j'apporterai quelque chose avec moi. » Je crie presque, l'enthousiasme monte en moi, comme de la crème sur le lait. Un exemplaire de *l'Encyclopédie du baseball.* Un passeport.

— Comme tu voudras », dit l'homme en s'éloignant, se dépê-
chant d'aller rejoindre sa femme.

Je prends la main de Missy, et je suis si heureux que j'ai l'impression que je pourrais exploser de joie. Nous regardons nos
ombres s'allonger sur la route, et je me rends compte que la
magie ne nous a pas désertés, après tout. Mon ombre, grêle et
anguleuse, porte une coiffe de plume et dessine la silhouette clas-
sique de l'Indien qu'on voit sur les pièces d'or de cinq dollars.

« Regarde », dit Missy ébahie, la pointant du doigt, et avançant à grands pas.